SORCIERS

Gulf stream éditeur remercie les stagiaires
Cerise, Coralie et Irène qui ont contribué, par leurs précieux retours,
à faire de ce livre ce qu'il est aujourd'hui.

Direction des publications : Stéphanie Baronchelli, Jérôme Bernez-Binder
Suivi éditorial et maquette : Romain Allais
Conception graphique : Tiphaine Rautureau
Correction : Maud Bataille

Couverture et cartes : Anne-Clotilde Jammes
Typographies : R Festival Budaya XXXI – Marsnev™ ; Roman Antique – Dieter Steffmann
Josefin Sans – Santiago Orozco ; Titania – Dieter Steffmann ; Aka Posse – akaType

WWW.GULFSTREAM.FR

ISBN : 978-2-35488-985-2

I

Maxime Fontaine & Romain Watson

SORCIERS

Les Sources de l'Ombre

Gulf stream éditeur

LE CIRQUE

PALAZZI

A L'HONNEUR DE VOUS PRÉSENTER...

La symphonie nocturne du

SORCIER VILLEMPRÉ

Le prodige **VAUDOU**

de **KÉTINÉE** l'envoûteuse

L'armada des **CLOWNS INVISIBLES**,

et son **BALLET MASQUÉ !**

LA FILLE DES ENFERS,

dans son numéro

FRACASSANT !

Les **ANIMAUX SAUVAGES** des Pyrénées

LES JEUX DU PRINCE

et son implacable justice !

Les prédictions de **LOUISE BALSIA**,

l'étonnante **TAROMANCIENNE**

Une **RENCONTRE** foudroyante avec le **DIEU RENARD**

Et le grand

FINAL SOUTERRAIN,

votre immanquable

RENDEZ-VOUS

AVEC LA MORT !

…………

À Marie et sa merveilleuse sorcellerie.
À nos jeunes magiciens : Martha, Méliès, Misha et Lily.

MAX

À Arsène, Ambre et Mélanie,
pour leur soutien quotidien
et les étincelles dans leurs yeux
qui font naître mes envies.

ROM

Nous sommes tous porteurs d'un monde

…………

Première partie

Les enfants de Linda

La destinée nous donne parfois un verre de folie à boire.

Victor Hugo, *L'Homme qui rit*

I

Sous la voûte céleste d'un singulier soir d'octobre, en 1875, aux abords de Verdun, se découpait un vaste chapiteau rayé, rongé par le feu.

La structure flottante, lumineuse et vibrante, crachait des dizaines de silhouettes fébriles sur les roulottes de fer et de bois assemblées autour du brasier : la panique avait gagné la foule.

Depuis une colline, à quatre cents mètres de là, un petit garçon de cinq ans, totalement étranger au drame, ne percevait de ce lugubre spectacle que son aspect fascinant.

Ces flammes qui mangeaient le tissu. Ces parois incandescentes qui s'alanguissaient. Ces personnes en costume qui gesticulaient, certaines devenues des torches humaines.

Loin de la souffrance, le petit garçon la devinait mal. Il ne la cernait pas. Pour lui, ce spectacle n'était qu'une pantomime sublime et grotesque, de captivants lilliputiens qui propageaient les lumières mobiles et le spectacle dans le paysage.

— Que fais-tu ici, toi ? murmura une voix toute proche.

Le petit garçon sursauta. Leva le nez pour détailler la fine silhouette qui venait de l'approcher. Il n'aurait su donner d'âge à cette inconnue. En partie à cause du maquillage bigarré qui recouvrait sa peau. Sa chevelure possédait une teinte bleutée.

— Je ne vais pas te manger, tu sais, insista cette étrange personne. Tu as le droit de me répondre.

— Je… voulais voir le cirque, avoua le petit garçon. Mais maman n'a pas assez d'argent pour me payer une place.

— Tu as donc fait le mur, et tu as marché jusqu'ici, comprit son interlocutrice. Si ta maman constate ta disparition, elle va très certainement s'inquiéter… Comment t'appelles-tu, aventureux jeune homme ?

— Léopold.

— Eh bien, cher Léopold, il semblerait que tu as tout de même trouvé un spectacle auquel assister.

La fille aux cheveux bleus s'accroupit juste à côté de lui. Son regard clair s'était tourné vers le chapiteau incendié. Depuis quelques secondes, la fournaise gagnait les roulottes. Et l'on commençait à entendre, un peu plus distinctement, quelques cris de panique et de souffrance. Pour la première fois, Léopold se mit à frissonner. Ce changement dans sa jeune physionomie n'échappa guère à l'inconnue.

— Tout cela ne t'effraie-t-il pas ? s'enquit celle-ci, curieusement sereine. Ce genre de… divertissement n'est pas vraiment pour les enfants.

Léopold la considéra de nouveau, et ne répondit pas à sa question. Son attention s'était de nouveau posée sur l'apparence de sa voisine. Cheveux colorés. Maquillage. Tenue noire intégrale d'artiste, qui mettait en valeur le blanc sur son visage. Quelque part au-dessus de sa poitrine, une broche sertie de mots dorés. Mais Léopold ne savait pas lire.

— Tes amis sont là-bas, madame ? Tu fais partie du cirque ?

— À l'une de ces questions seulement, je peux répondre oui, Léopold. L'autre réponse est non.

Léopold fronça les sourcils.

— Je ne comprends pas ce que tu racontes, bouda-t-il.

Le toit du chapiteau était entièrement dévoré par les flammes, désormais. Léopold eut l'impression de voir se dessiner une gigantesque couronne dansante et incandescente, qui s'élevait en majesté vers les étoiles.

La foule poursuivait sa dispersion. Certains luttaient contre le feu qui mangeait tout. D'autres hurlaient encore. La fille aux cheveux bleus se leva.

— Tous ces gens vont venir. Il ne faut pas rester ici.

Elle tendit la main à Léopold.

— Suis-moi. Nous allons partir, ensemble.

Léopold répondit par le geste à cette invitation. Pourtant, quand l'inconnue tenta d'infléchir la marche dans une certaine direction, il protesta :

— Pas par là madame... La maison de maman, c'est de l'autre côté.

La foule n'était pas encore sur eux. La fille aux cheveux bleus prit encore le temps de dévisager Léopold.

— Tu ne vas pas à la maison, jeune homme, lui asséna-t-elle. D'ailleurs, tu n'iras plus jamais là-bas... Je vais te faire découvrir un somptueux pays. Tellement merveilleux que tu ne sauras le quitter.

Une ombre passa sur le jeune visage de Léopold. Il hésitait. L'inconnue pencha alors son visage vers le sien, pour lui offrir un plus large sourire.

— Je suis venue ici pour toi, tu sais. Pour toi, et pour tes semblables… Il y a, en particulier, une petite fille que nous avons tous très envie de rencontrer.

Ce sourire un peu trop prononcé, un peu trop proche, allié aux cris des gens qui couraient et se rapprochaient, effraya Léopold.

Le jeune garçon se raidit.

— Non… Non, je ne veux pas aller dans ton pays, dit-il. Je veux retourner voir maman.

Léopold tenta de dégager sa main. Ce faisant, il découvrit l'incroyable et oppressante poigne de la femme bariolée.

— Des petits monstres comme toi, sais-tu combien il est difficile de les débusquer en une seule moisson ? poursuivit-elle. Par chance, il y en avait beaucoup ce soir. *Elle* en sera ravie, oh oui…

— Lâchez-moi ! Lâchez-moi ! commença à hurler Léopold.

La femme aux cheveux bleus tira d'un côté, le petit garçon de l'autre. Le rapport de forces était inégal. Léopold se débattit. En vain. Il ne parvint qu'à déloger la broche qui avait attiré son attention, quelques instants plus tôt.

Les protestations de l'enfant bientôt se mêlèrent à celles des anciens spectateurs du cirque, devenus badauds en détresse.

Au loin, la charpente du chapiteau commença à se recroqueviller sur elle-même. Dans très peu de temps, elle s'effondrerait.

Lorsque la grande vague humaine finit par s'échouer sur la colline, la femme aux cheveux bleus et le petit garçon qu'elle tenait si fermement s'étaient évanouis.

Les enfants de Linda

Cette nuit-là, le jeune Léopold ne rentra pas chez lui.

À l'endroit exact où il s'était débattu, on découvrit une large broche, en forme de croissant de lune. Les pas successifs des gens qui fuyaient l'incendie ne l'avaient pas écrabouillée.

On pouvait clairement discerner les quelques lettres d'or qui formaient ces mots :

Linda pour la Vie.

II

Pour Ernest Villempré, prestidigitateur au cirque Palazzi, la nuit s'était avérée houleuse. En même temps, comment dormir sereinement en compagnie d'une ménagerie constituée d'un cheval chanteur, un rat mélomane, deux lapins farceurs, une colombe versatile, un singe minuscule et six souris blanches, parfaitement synchronisées ?

Quand la colombe ne roucoulait pas aux aurores, le cheval hennissait puis soufflait, le singe lui répondait, les souris s'agitaient en cadence, les lapins sautaient partout, ou bien le gros rat jouait avec les cordes du violon. Ernest Villempré tenta de calmer tout ce petit monde, avec force jets de pantoufles. Peine perdue : les animaux paraissaient tous malicieusement résolus à raccourcir le maigre temps de sommeil de l'artiste ambulant.

Vers quatre heures du matin, Ernest n'y tint plus. Il se leva d'un bond. Dans la pénombre, il évita soigneusement le hamac suspendu où une enfant dormait. Puis il attrapa sa longue veste usée, ferma la porte de chez lui et partit prendre l'air. Le ciel était encore baigné d'étoiles. L'aurore ne s'y inviterait que plus tard. Sans but précis, pieds nus dans l'herbe humide, Ernest slaloma un moment entre la douzaine de roulottes qui constituaient le cirque Palazzi.

— Conneries de saloperie de grmmblmmblmmf d'animaux ! jura-t-il entre ses dents.

Ernest ne possédait pas un tempérament particulièrement violent. Énergique mais empathique, il tentait très souvent d'analyser les besoins des uns et des autres, avant de les juger. Cette ouverture d'esprit naturelle s'étendait jusqu'aux multiples spécimens qui constituaient sa très vaste ménagerie. Avant de les blâmer, il voulait les comprendre. Il y parvenait même incroyablement bien. Leur dressage tenait du prodige, sans aucune violence ni privations, et sans même beaucoup d'efforts. Un don inné, en somme. Sous ses douces paroles, illustrées de quelques gestes précis, rongeurs, volatiles, quadrumanes et autres équidés devenaient tous capables de merveilles. Un peu comme si Ernest parvenait à éveiller en eux une fibre artistique, en belle résonance avec un monde plus humain. De véritables acteurs, qui rendaient les spectacles d'Ernest absolument uniques. Et nombre de ses collègues totalement jaloux. Tandis que tous ceux-ci jouaient du fouet, Ernest se contentait de parler et de rire. Au centre de la piste de cirque et de tous les regards, il savait agencer son monde avec une délicatesse infinie. Quand sa colombe virevoltait dans les airs, sous le chant du cheval, accompagnée de la mélopée grattée de concert par le singe et le rat, tandis que lapins et souris pirouettaient dans un savant ballet chorégraphié, on touchait à l'essence même de la poésie.

Entre les numéros, ses animaux pouvaient vagabonder où bon leur semblait. Cette harmonie entre tous ces spécimens, cette liberté rencontrée nulle part ailleurs le rendaient fier et très heureux.

N'empêche.

Parfois, comme cette nuit, le prestidigitateur aspirait à se débarrasser de ses multiples collaborateurs à quatre pattes, qui entravaient continuellement son sommeil et compliquaient sa vie.

À cause d'eux, Ernest et sa compagne Helena faisaient roulotte séparée. La trapéziste vedette du cirque Palazzi, amour tempétueux d'Ernest, avait préféré depuis le début conserver son intimité. Son numéro à elle exigeait une discipline de fer, une forme physique absolue.

Lorsque l'on voltige à près de vingt mètres du sol, en enchaînant les cabrioles insensées, tous les jours, au péril de sa vie, le manque de sommeil peut s'avérer délétère. Ou bien mortel, au choix.

Brune piquante et volontaire, le menton souligné d'une discrète cicatrice, Helena Silène animait la vie d'Ernest depuis six ans. Six ans de fougueuses soirées, d'entente volcanique, d'inévitables coups de sang, de séparations retentissantes et d'épineuses réconciliations. Une vie sentimentale en dents de scie, pleine de bruit et de fureur, d'étreintes, de conflits et d'explosions. Les autres membres du cirque Palazzi avaient d'abord tenté de suivre les différents épisodes de ce feuilleton riche en rebondissements.

— Ernest est encore avec Helena, non ?

— Ils ne sont pas de nouveau séparés ?

— Elle ne lui a pas dit hier : « Je ne veux plus jamais te voir… » ?

On parlait en français, en espagnol, en italien, en anglais, parfois même en dialecte africain de ces hauts, de ces bas : caractéristique d'un cirque cosmopolite, rassemblement de plusieurs nationalités.

Au bout de quelques mois de montagnes russes entre Helena et Ernest, de vaisselle cassée et de « je t'aime, moi non plus », chacun finit par s'habituer à cette très stable instabilité. Dans l'esprit de tous les employés du cirque ou presque, Ernest et Helena étaient donc ensemble, et puis ne l'étaient plus, et puis l'étaient de nouveau. Pour toujours et à jamais.

La faute à tous ces animaux, donc ? Ou bien aux personnalités des deux artistes, autant attirés l'un par l'autre qu'incompatibles ? Nul n'aurait su le dire avec une certitude absolue. Car Helena sans son impétueux caractère n'était pas Helena. Et Ernest sans tous ses animaux n'était guère Ernest.

La seule personne à totalement supporter, au quotidien, la débordante énergie de la ménagerie du prestidigitateur mesurait moins d'un mètre vingt, et n'avait guère plus de sept ans. Cette nuit-là, malgré le chambard qui secouait toute la roulotte, Déa, dans son hamac, dormait paisiblement. Aucune facétie des lapins, aucun concert de la colombe, du cheval et du rat, aucune cabriole des souris ou bien même du singe ne l'avaient jamais dérangée.

Déa, aux longs cheveux châtains. Déa, au calme olympien. Déa, secrète et souvent silencieuse, très effacée, le visage agréable, malgré un regard entièrement voilé de blanc. Ces yeux sans couleur étaient l'étrange marque de sa condition d'aveugle. La plus évidente de ses différences. Il y en avait tant d'autres, que même son père adoptif ne soupçonnait pas.

Toute une histoire, elle aussi…

Les enfants de Linda

Au bout de quelques circonvolutions nocturnes entre les roulottes des autres, Ernest comprit qu'à part lui-même et ses espiègles animaux tout le monde évoluait encore au doux pays des songes. Même la petite famille Mountabila, grand-oncle et petite-nièce, personnages souvent noctambules, ne se baladaient pas sous les étoiles cette nuit. Impossible de discuter avec son amie Kétinée ou bien avec ce vieux roublard de Kilma, donc. Dommage.

Toujours pieds nus, Ernest se mit à fouiller machinalement les poches de sa veste. Au fond de celles-ci : plusieurs foulards, des balles en mousse, quelques morceaux de corde, une petite boîte d'allumettes et des cartes truquées. Mais surtout trois couteaux. Sans vraiment s'en rendre compte, par déformation professionnelle, il commença à jongler avec ces lames. L'exercice n'était pour lui pas plus difficile qu'un autre. Tellement récurrent, qu'il pouvait l'effectuer sans une parfaite visibilité. Il n'en tirait pas de fierté particulière. Après tout, chaque artiste du cirque Palazzi savait plus ou moins bien jongler. Au sein de leur troupe, c'était comme respirer. Helena était capable de manipuler sept ou huit massues. Et la famille Lezziero, tout autant. Leurs numéros, qui impliquaient souvent des objets enflammés, s'avéraient bien plus compliqués que de faire voltiger trois malheureux couteaux.

Malgré l'absence de lumière, Ernest parvint à discerner la botte de paille installée là, pour s'entraîner au tir. La cible en son centre ne devait pas avoir bougé, elle non plus. D'un mouvement habile, Ernest conclut son bref numéro de jonglage par un triple tir. Une brise se leva soudain. Les trois couteaux sifflèrent vers la cible avec vélocité. Personne au sein de la troupe ne savait jeter les lames aussi rapidement qu'Ernest.

En ce qui concernait la précision, en revanche...

— Mouais, pas foufou tout ça, jugea le magicien, qui venait de craquer une allumette.

Des trois couteaux lancés à l'aveuglette, aucun n'avait atteint le centre de la cible. Ils n'en étaient pas vraiment loin. Beaucoup trop aux yeux d'Ernest, cependant.

S'il souhaitait s'améliorer, il allait devoir s'entraîner plutôt que de bayer aux corneilles, comme il le faisait trop souvent.

Récupérant ses lames, Ernest scruta les alentours. Dans le camp, tout paraissait paisible. L'obscurité était donc sa complice. À l'abri des regards, il pouvait tout oser. Il tourna le dos à la cible. Ferma les yeux. Se concentra. La brise qui s'était brièvement manifestée quelques secondes auparavant se leva de nouveau. Elle redoubla d'intensité, bientôt décupla de violence. L'herbe se déforma. Des tentures proches claquèrent. Des dizaines de feuilles mortes et de brins de paille arrachés décollèrent en tous sens. Ce souffle, Ernest préférait le garder secret pour diverses raisons.

Il repoussa, sans les toucher, toutes les feuilles mortes de part et d'autre de la cible. Un couloir d'air, parfaitement dégagé, reliait le prestidigitateur à sa botte de paille désormais. Les cheveux châtain-roux d'Ernest voletèrent dans ce vent violent.

Enfin, il ouvrit les yeux. Toujours dos à la cible, il balança ses trois couteaux, vers les roulottes et la pénombre. Le vent se montra si puissant que les trois lames virevoltèrent. Emportées par le courant contraire, elles firent demi-tour. Puis fusèrent l'une après l'autre au-dessus des épaules d'Ernest, dans la direction inverse de son jet, de nouveau vers la cible. Où elles étaient censées se planter.

Tchac, tchac… Et pas tchac.

Ernest exhala bruyamment. D'un coup d'un seul, la brise se calma. Les tentures cessèrent de s'agiter. Les feuilles mortes atterrirent les unes après les autres. La prairie retrouva son calme. La chevelure ondulée d'Ernest retomba, juste un peu plus désorganisée que d'habitude.

De nouveau, le prestidigitateur craqua une allumette.

— Alors, quel score cette fois ?

Deux projectiles dans la cible, un troisième un peu plus loin : il l'avait entendu. Aucun couteau au centre : il fallait s'y attendre. Les deux autres dans le tout premier cercle, le plus éloigné de la mouche : minable.

— Eh ben, mon vieux Ernest, si tu veux jouer un jour à Robin des Bois devant un public en délire, c'est pas encore gagné…

Les couteaux bientôt regagnèrent la poche de la veste élimée, et tout son peuple de foulards, de cordes et de cartes.

Non content de parler aux animaux et de faire voler les objets, Ernest savait également produire de réelles illusions, l'espace de quelques secondes. Un don très pratique, et dont il usait énormément lors de ses spectacles. Dans l'obscurité cependant, cela ne servait à rien de s'entraîner à ces jeux de lumière.

D'un pas traînant, le magicien revint donc vers sa roulotte. S'il regagnait son lit, peut-être parviendrait-il à grappiller une heure de sommeil ou deux. Dans son champ de vision se dessina la plus luxueuse caravane de leur campement. Celle du grand patron du cirque : le Signor Palazzi.

Guido Palazzi. Propriétaire de tout ce qui se trouvait alentour ou presque. Italien de naissance. Un mètre soixante-huit de hargne. Aussi intransigeant que rustre. Le genre de type à sourire exagérément au public. À distribuer ensuite les coups de bâton en coulisse, et sans ménagement.

Généralement, l'homme était accompagné de son ombre difforme : un colosse de près de deux mètres, beau-frère de Palazzi, que tout le monde appelait Brutus ou « Monsieur Muscles ». Pas un rigolo lui non plus : Ernest l'avait souvent appris à ses frais, œil au beurre noir, contusions à l'appui. Cela lui apprendrait, aussi, à se moquer du manque de subtilité de Monsieur Muscles et à vouloir défier l'autorité du sacro-saint patron !

Ces dernières semaines, lassé des rixes et des brimades, Ernest avait failli quitter le cirque. Kétinée et Kilma Mountabila l'auraient certainement suivi. Mais pas Helena. Helena, elle, l'avait retenu. En avançant qu'une trapéziste de sa trempe ne pouvait réaliser son numéro n'importe où, et certainement pas dans les rues. Pour pleinement s'exprimer, il lui fallait un chapiteau, une haute structure. Et cette jungle de trapèzes qui rythmaient sa vie, depuis sa tendre enfance.

Face à son insistance, Ernest avait cédé. Il avait ravalé sa fierté. Même présenté des excuses à Palazzi, et à son crétin de beau-frère. Ce soir-là, sa chère Helena avait semblé ravie.

Helena…

De nouveau au centre de ses pensées, elle guida ses pas. Soudain, il voulut bifurquer jusqu'à sa roulotte. S'il la sollicitait à cette heure, elle lui jouerait probablement une vilaine scène.

Oui mais…

Oui mais, pas forcément.

Des reproches dans un premier temps, sans doute. Mais pourquoi pas d'autres commentaires plus agréables ensuite ? Pourquoi pas quelques gestes plus doux, plus attentionnés ?

Un moment impromptu, à l'abri des regards. Une oasis nocturne où pourrait de nouveau se déployer leur houleuse complicité. Un précieux pansement pour leur couple, qui en avait sacrément besoin en ce moment.

L'affaire valait la peine d'être tentée.

Résolu donc à déranger la belle trapéziste, Ernest tenta d'ouvrir la porte de cette roulotte qu'il visitait souvent. Verrouillée, bien évidemment… Il grimpa alors sur la roue la plus haute et tambourina au carreau. Bien vite, le visage de la trapéziste surgit. La fenêtre s'ouvrit en grand.

— Ernest, qu'est-ce que tu fiches ?

Étape numéro 1 : la colère. Ernest voulut apaiser sa bouillonnante compagne par quelques roucoulades maladroites.

— Je dormais mal, parce que tu me manquais, répondit-il. Et je me disais que peut-être… peut-être on pourrait, tous les deux, profiter de la nuit pour… Enfin, tu vois ce que je veux dire.

— Tu te souviens de ce qui se passe demain ? lui reprocha-t-elle. Tu te souviens qu'à notre prochaine représentation, j'essaie pour la première fois le triple saut périlleux arrière, en public, et donc que j'ai besoin d'une *excellente* nuit ?

— Non, non, euh… Comment aurais-je pu oublier ça ?

— Évidemment, que tu avais oublié ! s'énerva Helena. Trop souvent, tu penses que le monde tourne autour de ton petit nombril… Ou bien d'une autre partie de ton anatomie. Alors file, Ernest. Tu m'agaces !

Très brusquement, elle referma sa fenêtre. Tout aussi vivement, elle tira les rideaux.

Le magicien, dépité, sauta de la roue, gagna le sol. Pour se retrouver pile en face du gros Brutus, une lampe-tempête en main, et tout aussi furieux que la belle trapéziste.

— Ça ne te dérange pas, Villempré, de réveiller une fois de plus tout le campement avec tes scènes de ménage ?

— Ohé, ça va, Brutus, s'agaça Ernest. Je viens de me prendre un râteau, voilà. Alors je rentre, fous-moi la paix !

Monsieur Muscles retint fermement le prestidigitateur par le bras. À partir de cet instant, tout dégénéra. Quelques coups furent échangés. Ernest en reçut la plupart. Plusieurs insultes fusèrent à l'encontre de ces lutteurs nocturnes. D'autres employés du cirque quittèrent leur roulotte. On finit par séparer les deux adversaires.

La jeune Kétinée s'empressa d'apaiser Ernest. Elle s'assura que le prestidigitateur n'était pas trop sévèrement blessé.

— Laissez-le-moi ! Laissez-moi lui défoncer sa sale petite gueule ! rugissait Monsieur Muscles.

Lequel heureusement, et grâce à l'habile intervention du vieux Kilma Mountabila, n'en fit rien du tout.

— Du calme, enfin, Brutus, insista le marabout. Demain, il y a spectacle. Et nous avons besoin de notre magicien en un seul morceau, tu ne crois pas ?

À l'oreille d'Ernest, Kétinée murmura :

— Enfin, qu'est-ce qu'il te prend, de vouloir te mesurer à cet imbécile ? Tu sais bien qu'en termes de stupidité et de force brute, il va forcément gagner, celui-là !

— C'est un peu lui qui m'a cherché, grogna l'illusionniste.

— Mais est-ce qu'on peut me laisser dormir, enfin ? intervint Helena à son tour, excédée par tout ce raffut sous ses fenêtres.

Guido Palazzi lui-même s'en mêla, demanda à chacun de conserver la tête froide. Son beau-frère Brutus, docile, l'écouta aussitôt. Après cette courte intervention, la bagarre prit fin.

— Il lui fallait simplement la voix de son maître, remarqua Kétinée à voix basse. Maintenant, hop : coucouche-panier.

En guise de salut nocturne, la jeune métisse au regard sombre et aux longs cheveux ondulés adressa un clin d'œil à Ernest, qui enfin retrouva sa roulotte.

De retour chez lui : miracle. Plus aucun rongeur en goguette, deux lapins assagis, un singe et un rat assoupis. Seul le cheval, Monsieur Dufoin, hennissait encore doucement. Ernest se servirait de ses vocalises comme berceuse.

Il dormirait sans Helena, soit... Mais quelques heures de plus, tout de même, espérait-il. Rien de tel qu'une échauffourée nocturne pour vous épuiser.

Au moment où la tête du magicien vint se nicher au creux de l'oreiller moelleux, une petite main le secoua.

— Papa, papa...

Déa s'était levée de son hamac. Le regard blanc, comme à son habitude, elle paraissait le fixer.

— Je suis bien désolé, ma puce, grommela Ernest. La bagarre avec ce vilain Brutus t'a réveillée, c'est ça ?

Le très jeune Déa secoua la tête. Sa voix se fit soudain un peu plus grave.

— Papa, j'ai fait un rêve.

— Ah oui ? Quel type de rêve ? Du genre agréable, j'espère ?

« Non », fit de nouveau la tête de Déa.

— Je vois du feu, et puis des larmes... Beaucoup de peur, des masques et des rideaux... Ce sera terrible, tu sais. Comme un séisme. Quelque chose qui va tout changer pour nous.

Ernest s'approcha de Déa, elle se blottit entre ses bras. Le magicien ne sut pas vraiment quoi répondre, à part :

— Ce n'est qu'un rêve, ma puce... Ça ne veut pas forcément dire grand-chose.

Dans l'obscurité de la roulotte, Ernest, soucieux, se mordit la lèvre inférieure. Par expérience, il savait que les songes de son étrange fille adoptive n'étaient jamais anodins.

III

Un peu à l'écart de la roulotte de son grand-oncle, Kétinée Mountabila avait dressé une tente. Un endroit bien à elle, celui où elle méditait. Assise en tailleur, elle avait fait le vide en elle, s'était peint une partie du corps, s'était parée de longs colliers d'agates et d'os, de quelques bracelets de pierres et de chiffons. Sur son bras, son épaule, son torse et son visage, quelques symboles issus de vieilles traditions, héritées de la vaste branche africaine de sa famille. Dans des fioles, des mixtures, des pattes d'animaux, des poudres colorées. Accrochées à des fils, des structures tressées, certaines d'une simplicité déconcertante, d'autres somptueusement complexes. Devant Kétinée, cernées de galets savamment choisis, quelques flammes dansantes animaient un foyer. Parfois, la jeune femme y faisait brûler une plante odorante, des herbes qui emplissaient sa tente d'une épaisse fumée. Elle avait commencé à psalmodier des paroles apaisantes. Pas question ce matin de réveiller des entités hostiles.

L'art très subtil et habilement codé de Kétinée était aussi métissé qu'elle. Il tenait en même temps de la magie vaudoue d'Afrique occidentale, de traditions ancestrales dérivées du peuple dogon, et d'un soupçon d'écritures européennes pour épicer le tout. Ces dernières années, sous l'égide de son grand-oncle, Kétinée s'était approprié toutes ces influences. Au grand dam de sa mère, qui pour sa part fuyait désormais cet héritage comme la peste.

Bien avant la naissance de Kétinée, celle-ci avait laissé ce monde de superstitions derrière elle, sans regards en arrière. Éprise de liberté, de nouveauté, pour elle d'exotisme, elle avait construit un foyer, s'était mise en ménage avec un architecte français progressiste, avait oublié ses racines, ses voyages passés. Ils n'avaient jamais pu se marier, mais vivaient ensemble – ce qui, en cette ère coloniale, faisait beaucoup jaser. Très vite, Kétinée était arrivée. Tout cela remontait à vingt et une années.

Dès sa plus tendre enfance, la métisse s'était construit sa propre personnalité, par opposition à celle de sa mère, Zuhri. À son insu, la jeune fille s'était renseignée sur ses origines, avait renoué plusieurs liens, retrouvé certains parents, dont Kilma. Depuis, chacun, chacune lui avait enseigné ce qu'il ou elle savait : des contes, des légendes, des histoires édifiantes, des récits peuplés d'esprits impitoyables et d'animaux parlants.

Fantasmes, rêves, réalité se mêlaient en ces fables et dessinaient ensemble une certaine vérité : celle d'un monde fascinant, caché de ceux qui ne pouvaient le percevoir. Le plus souvent, parce qu'ils ne le souhaitaient pas.

Cette ardeur à explorer ses origines s'expliquait, chez Kétinée, par un don naturel pour la magie vaudoue jadis pratiquée par sa mère. Ou plutôt, comme lui avait appris son grand-oncle, à la « sorcellerie ». « Sorcellerie » était un terme qui selon lui convenait bien mieux au monde occulte. Car il définissait, plus précisément, l'origine de ces étranges pouvoirs qui se manifestaient, parfois avec violence, chez les êtres humains les plus réceptifs.

Le vieux Kilma Mountabila était de ceux-là, lui aussi.

— Il n'y a pas de magie blanche, répétait-il. Tout est sorcellerie, et découle de l'ombre.

Afin de suivre ses enseignements, Kétinée avait quitté sa vie paisible, ses parents, son foyer. Elle avait suivi le vieil homme sur les routes, dans sa vie d'artiste de cirque, là où celui-ci monnayait ses dons, souvent avec malice, en nourrissant tous les mensonges que ses clients voulaient entendre.

Car Kilma, à la peau burinée, à la très longue barbe grise et tressée, possédait deux visages. Celui d'un puits de science d'abord, vieux sage dépositaire d'un savoir ancestral, cet épais et subtil nectar dont Kétinée se nourrissait. Celui d'arnaqueur ensuite, reniflant la possibilité d'argent à mille lieues. Pour se remplir les poches, Kilma enchaînait les bobards, feignait le dialogue avec l'au-delà, concoctait des filtres impossibles et simulait des sortilèges. Sa principale source de revenus n'était pas, comme la plupart de ses collègues, liée au spectacle lui-même. Mais plutôt aux entretiens privés qu'il organisait pour quelques clients « privilégiés », badauds que le battage du cirque en ville avait attirés, gros poissons crédules adroitement ferrés par Kilma, auxquels il promettait monts et merveilles… pour peu qu'ils sachent ouvrir un peu plus grand leur porte-monnaie.

Kétinée acceptait de bonne grâce ce trait de caractère, assez discutable, de son grand-oncle. Après tout, il leur fallait bien vivre !

— Et puis, si je dis à ces pigeons la vérité, que m'arriverait-il ? répétait-il sans cesse. Ont-ils envie de voir les défaites, les maladies, la perte de leurs facultés, ou bien la mort qui va immanquablement s'inviter dans leur foyer ? Non non non, tous ces gens ont besoin de rêves. De rêves et d'illusions. D'un monde enchanté où se déploieront leur force et leurs désirs, d'une existence fantasmée dont ils seront les maîtres, d'un bout à l'autre, même si tout cela n'est qu'un tissu d'âneries !

En réalité, leurs dons véritables ne suffisaient ni à Kilma ni à Kétinée pour améliorer le quotidien. Dessiner dans le sable de prévisibles malheurs rapporte peu. Inventer à chacun un destin glorieux, en revanche, fonctionnait beaucoup mieux.

Ces derniers jours, par exemple, la récolte s'était avérée faste. À coups de pseudo-passes magiques, paroles qui ne voulaient rien dire, breloques inutiles vendues à prix d'or, les caisses de la famille Mountabila s'étaient correctement remplies. Parfois, il arrivait à Kilma de simplement réciter, en dialecte dogon, la liste de ses commissions, en marmonnant entre les noms de légumes, et en tambourinant solennellement sur un djembé. Pendant ce temps, juste derrière lui, Kétinée se lançait dans une danse sensuelle, ondulant du bassin parmi les vapeurs odorantes. Effet garanti !

À cette abondante récolte, deux bémols cependant.

D'abord, la part de plus en plus importante que prélevait Palazzi sur leurs revenus. Leur patron justifiait cette pratique car, selon lui, les deux artistes « profitaient de la structure du cirque pour développer leurs affaires ». Ici, ils « possédaient un statut social » généralement refusé aux gens qui partageaient « leur couleur de peau ». Tout cela n'était pas entièrement faux.

Le second bémol, c'étaient ces remords qui grignotaient parfois l'âme de Kétinée. Surtout lorsqu'elle voyait son grand-oncle promettre la guérison à telle adorable vieille dame condamnée, ou bien la richesse prochaine à tel miséreux qu'il venait de plumer. Dans ces moments de culpabilité, Kétinée éprouvait l'impérieux besoin de se retirer dans sa tente, de se reconnecter avec les esprits véritables, d'écouter la voix de la Nature. Un peu comme ce soir.

Alors, tandis que toutes et tous préparaient le spectacle, répétaient leurs tours, la jeune femme fit le vide en elle.

Ce recueillement intérieur se déroula sans peine, durant plus de trois quarts d'heure. Quarante-neuf minutes et trente-huit secondes plus tard, très exactement, Kétinée sentit l'imminence d'une perturbation. Un flot de pensées houleuses nourries d'inquiétude.

— Ernest, devina-t-elle, quelques dizaines de secondes avant que celui-ci ne pénètre effectivement dans la tente.

Elle l'attendit là, dans l'exacte position qui avait été la sienne depuis le milieu de la matinée.

— Kétinée ! fit la voix d'Ernest depuis l'extérieur. Kétinée, tu es là-dedans ?

Le prestidigitateur, en chemise blanche, mal rasé comme à son habitude, écarta les pans de l'installation. Il y trouva Kétinée, maquillée, immobile, la poitrine nue.

— Ouh là, oh... Euh... excuse-moi, commença-t-il en détournant le regard. Je ne t'imaginais pas dans ce genre de tenue. Ou plutôt : pas dans ce genre d'absence de tenue. Tu veux... que je repasse plus tard ?

— La nudité ne me dérange pas, lui signifia Kétinée, le plus naturellement du monde. Elle te gêne, toi ?

La réponse du magicien n'aurait pu être plus confuse.

— Oui. Non. Enfin, je ne sais pas, gesticula-t-il.

— Si tu cherches ici une réponse à tes angoisses, si tu es venu quémander quelques indices immatériels auprès de la *mambo* que je suis, maintenant est le meilleur moment entre tous. Car la méditation a aiguisé mes sens, et le pont tracé entre les mondes ne demande qu'à être franchi.

Le ton était formel, le regard franc. Ernest s'installa donc en face de Kétinée, en tailleur.

— Les paroles que tu viens de prononcer… ça ressemble tellement au baratin de Kilma.

— Tu sais bien que je ne te mentirais pas, Ernest. Car tu es comme nous : quelqu'un qui cache ses capacités réelles sous un masque plus acceptable. Nous en avons déjà parlé, toi et moi… Alors, ce pont que je viens d'évoquer, nous pouvons le franchir, ensemble. Et sans trop de difficultés.

Ernest se remémora ces intenses soirées sous les étoiles, en compagnie de Kétinée et de Kilma. Des moments précieux où chacun, tour à tour, s'était délesté de quelques lourds secrets.

Au cirque Palazzi, ils étaient quatre. Quatre personnes en liaison avec leur héritage sorcier. Helena, Palazzi, les Lezziero, Brutus et tous les autres… cet étonnant aspect du monde leur était étranger.

D'un commun accord, un doute avait été émis sur Yaneli, l'un des phénomènes de foire du cirque. Une femme-araignée, jalousement gardée par celui qui se prétendait être son mari. Dans la journée, elle ne sortait jamais. On ne la voyait évoluer que sur scène, d'une cage à la piste, de la piste à sa cage. Une tête humaine, toujours impassible, vissée sur un corps démesuré de tarentule. Chacune de ses apparitions provoquait la terreur. Et le public en redemandait. S'il s'agissait d'une escroquerie, jamais personne n'en avait connue de si sophistiquée. Le compagnon de Yaneli, Alvaro, entretenait cette savante ambiguïté. Guido Palazzi lui-même ignorait le fin mot de l'histoire.

— Du moment que ça rameute les foules, je m'en cogne, clamait-il.

Concernant Yaneli, Kétinée avait ressenti quelque chose qu'elle n'aurait su précisément décrire. Et l'enquête d'Ernest, de son côté, n'avait rien donné de très concluant. Impossible de faire boire Alvaro, impossible de l'amener à avouer quoi que ce fût.

Y avait-il maltraitance animale ? Chirurgie contre-nature ? Hybridation monstrueuse et miraculeuse ? On avait bien du mal à imaginer le grand Alvaro, affable de nature, responsable du calvaire de quelqu'un d'autre.

Selon le vieux Kilma, l'étrange Yaleni ne souffrait pas.

— Quelque chose émane bien d'elle, avait un jour résumé le marabout. Mais ce ne sont pas vraiment des sentiments au sens où nous, nous pouvons en parler… Désolé, je ne saurais dire mieux !

Faute d'avoir su percer cette énigme, donc : quatre sorciers au sein du cirque. La petite famille Mountabila, arrivée depuis dix-huit mois. Ernest, qui était parvenu à supporter les brimades de Palazzi et de Brutus six longues années durant pour les beaux yeux de sa trapéziste. Et enfin : Déa.

Déa, qui avait accompli une entrée fracassante dans la vie d'Ernest, pile au moment où Helena et celui-ci traversaient leur crise de couple la plus grave.

Un soir de neige, impossible à oublier pour le magicien…

Depuis, Ernest ne vivait plus seulement pour lui-même. Aujourd'hui, comme très souvent, c'était pour le bien-être de sa fille qu'il agissait – même si, à cet instant précis, la vapeur en volutes dans la tente rendait tout un peu plus flou.

Les jambes repliées, les bras croisés, Ernest tâcha d'ignorer la poitrine découverte de Kétinée.

— Allons-y, engageons-nous sur ton drôle de pont, murmura-t-il. Je… Je dois me mettre torse nu moi aussi ?

Kétinée lui lança un tendre air de reproche :

— Ernest…

— Excuse-moi. Je me concentre, promis… Alors, tout d'abord : devine à cause de qui je suis venu te voir.

— Trop facile : Déa.

— Déa, oui. La nuit dernière, quand j'ai regagné ma roulotte, elle était éveillée. Elle m'a parlé de l'un de ses rêves, tu sais ?

— Alors, ça recommence ?

Kétinée évoqua une récente inondation, en bord de Loire. Elle se souvint de leur campement inondé, de tout le matériel perdu. Et surtout de la quasi-noyade des jeunes frères Lezziero.

— On a eu de la chance de les récupérer, ceux-là.

— Grâce à Déa, insista Ernest. Grâce à Déa, qui avait vu le truc venir. Qui m'avait parlé de la balade des deux garçons, dans ses songes, et de « l'eau qui mangeait le cirque », trois jours plus tôt… Il y a aussi eu la mort de madame Silène, emportée par une pneumonie. Déa s'était pointée devant Helena, en lui disant : « Ta maman ne va pas très bien. » Je te raconte pas comment Helena a eu peur. Depuis cet épisode, d'ailleurs, ça reste assez tendu, entre elles deux. Helena sait bien que Déa n'est qu'une enfant, qu'elle n'est pas responsable du décès de sa mère. N'empêche : elle l'évite autant qu'elle le peut.

— Ce rêve d'aujourd'hui, qu'est-ce que ça donne ?

De mémoire, Ernest répéta les mots de Déa.

— Assez vague, mais plutôt alarmant, jugea Kétinée. L'idéal, Ernest, serait que tu me l'amènes ici… Pourtant, la connaissant, je suppose qu'elle a déjà refusé.

— Et c'est un non catégorique, lui indiqua le magicien. Tu sais comme elle peut se braquer, parfois. Ta magie lui fait peur.

— Comme la sienne m'effraie un peu, avoua la mambo. Elle possède une telle force intérieure…

— Décidément, je suis le seul à ne pas craindre cette enfant…

— Tu sais surtout te montrer enthousiaste vis-à-vis des gens que tu apprécies, lui sourit Kétinée. C'est une grande force, je trouve. Ton amour pour Déa n'est que la plus évidente manifestation de ce trait de caractère.

— Ben oui, je l'aime, cette gosse ! Je t'ai apporté son plus récent dessin… On essaie de l'interpréter ?

Il lui tendit une feuille de papier griffonnée. Ils tombèrent d'accord : la composition était étonnamment structurée pour un dessin d'enfant. Surtout pour une fillette censée être aveugle !

— Je t'ai toujours dit, Ernest, qu'elle voit *autrement*. Et puis, quand elle se déplace, elle ne le fait pas de façon hésitante. Elle se sert de ses dons.

Kétinée l'avait observée. Elle savait Déa capable de deviner la présence des êtres, des choses, des bâtiments. Vraiment, quelle fille singulière !

— Une sorcière comme nous, résuma Kétinée.

Le croquis, au trait sûr, était divisé en quatre parties distinctes. À gauche : des maisons sommaires et un chapiteau.

— Notre cirque, aux abords de la ville, analysa Ernest.

À droite s'allongeaient trois silhouettes en toge posées sur un grand quadrillage. Leurs visages paraissaient recouverts de masques vénitiens. Sur leur poitrine : un cœur schématisé.

— Et puis, qui est cet homme, demanda Kétinée ?

Au-dessous des trois silhouettes, on devinait un quatrième personnage. Gros ventre, chapeau sur la tête, le bas du visage constellé de petits traits. Une clé dessinée, dans la main.

— Mal rasé comme toi, signifia Kétinée. Et ce chapeau ressemble un peu à ton haut-de-forme…

— Mais je n'ai pas ce ventre rond… Et puis, Déa me dessine assez différemment, d'habitude. Toujours en utilisant la couleur verte, d'ailleurs… Non, ce type, ces quatre silhouettes, ce sont, selon ses mots, des personnes qu'elle « ne connaît pas encore ».

— Sous-entendu qu'elle va les rencontrer.

Sur la partie centrale du dessin s'étendaient des ondulations, organisées autour d'un petit cercle noir. Enfin, deux yeux dessinés sans pupille surplombaient le tout.

— Les yeux blancs de Déa, avança Ernest.

Des sourcils prononcés endurcissaient ce regard… Pouvait-il s'agir de quelqu'un d'autre qui l'observait ?

— Elle ne t'a rien révélé de plus ? demanda Kétinée.

— Elle parle de douleur, de larmes… C'est vague, comme tu dis !

— Trop de sentiments en elle sans doute… Bon, maintenant, Ernest, place ce dessin sur le sol. Je vais tenter de le comprendre, *au-delà* des apparences. Pour cela il me faut l'aide de Papa Legba.

— Demande bien l'aide de qui tu veux. Du moment que ça marche.

— Un peu de respect pour les divinités vaudoues, Ernest…

Sur le document, Kétinée versa un peu de sable. Puis elle sortit une poudre bleue, qu'elle jeta dans le foyer. Les volutes de fumée qui s'étaient à peu près dissipées se reformèrent, teintées d'azur. Kétinée se mit à psalmodier dans une langue chantante. De l'une des poches d'Ernest sortit une souris blanche, qui aussitôt éternua. Incommodé par l'odeur, le rongeur se redressa, se frotta le museau.

— Tiens, voilà Itsy. Je l'ai cherchée une bonne partie de la matinée… Il faut toujours que l'un ou l'autre de mes animaux vienne piquer un roupillon dans mes poches !

— Chut ! Ernest, ce n'est pas le moment.

La sorcière reprit ses incantations. Quelques paroles furent prononcées, d'une voix douce mais profonde. Lentement, Kétinée effectua quelques passes au-dessus du dessin de Déa. Le morceau de papier s'éleva, auréolé d'une fine énergie, à peine perceptible.

— Ta main, Ernest, murmura Kétinée. Faute de Déa, j'ai besoin de la personne la plus proche d'elle. Je vais me servir de tes dons, et nous allons mêler nos trois magies.

Ernest tendit le bras. Quand leurs deux peaux se trouvèrent en contact, Kétinée toucha le dessin.

Alors, tout parut s'effacer autour d'eux. Ernest renifla.

— C'est… normal si je ne vois plus les parois de la tente ?

Kétinée ne répondit pas. En transe, elle poursuivait sa prière.

La souris blanche, effrayée, regagna la poche du magicien. La fumée se dissipa d'un coup. D'épais rideaux bleus apparurent. Même le sol se transforma. La terre nue céda la place à un carrelage bleu azur et bleu nuit, composé de petites dalles.

— Kétinée… Kétinée, il se passe un truc vraiment pas normal, insista Ernest.

Elle ne lui répondit rien. Alors, lentement, les tentures bleues reculèrent. Au bout de quelques dizaines de secondes, elles se fixèrent à vingt mètres du couple. Lequel se trouvait au centre d'un vaste espace rectangulaire, où le plafond en damier répondait au sol.

— Où est-ce qu'on est ? C'est une illusion ?

Ernest finit par comprendre que parler à la mambo était inutile. Plus concentrée que jamais, Kétinée psalmodiait encore. Sa main gauche serrait celle du magicien, tandis que la droite touchait le dessin. Un bruissement se fit entendre.

Ernest leva le nez, tendit le cou. Il eut l'incroyable surprise d'apercevoir une silhouette, debout et à l'envers, collée au plafond, au mépris des lois de la gravité.

Vêtue d'une longue toge rouge, l'apparition portait un masque. Ce très singulier personnage, sur ce long carrelage, rappela quelque chose à Ernest. Qui jeta un coup d'œil à ses pieds, cette fois. Puis de nouveau en l'air. Aucun doute : sur le dessin et au plafond, il s'agissait de la même personne. Un peu comme si l'une des créatures esquissées par Déa avait soudain pris vie.

Ernest n'osa exprimer sa surprise par peur de voir l'illusion s'estomper. Plusieurs pensées traversèrent son esprit simultanément.

Qui ? Comment ? Pourquoi ? Où ?

Bientôt la fantasmagorie s'enrichit de nouveaux détails, tout aussi perturbants. Ce personnage qui stationnait tête à l'envers, à six ou sept mètres au-dessus d'Ernest, n'était pas seul. Il fut rejoint par deux, trois, quatre… puis une bonne douzaine d'individus, qui tous évoluaient sur le vaste plafond. Certains marchaient en crabe. D'autres en zigzags, ou bien à reculons. Et tous étaient masqués.

Certains murmuraient… mais que se disaient-ils ?

« Je perds la boule, moi ! » songea soudain Ernest.

La figure centrale de cet improbable tableau se mit à évoluer à son tour. Pas en marchant, en flottant. Autour d'elle, les gens firent la révérence.

Brusquement, l'une de personnes en toge leva le masque qui lui tenait lieu de visage, comme si elle venait de se rendre compte de la présence d'Ernest et de Kétinée. Elle leur adressa un paisible mouvement de main. D'instinct, le prestidigitateur s'apprêta à rendre ce salut. Il ne le fit cependant pas. Car une caractéristique cruciale et dérangeante de cette scène venait de foudroyer la partie rationnelle de son esprit.

Si toutes ces personnes évoluaient à l'envers, si ce plafond leur servait de plancher, alors, où donc était l'endroit ?

Et si c'étaient Ernest et Kétinée qui se trouvaient fixés en hauteur ?

Dès lors que se forma cette pensée, la scène bascula. Comme chavire la raison, quand celle-ci se trouve confrontée à la logique du plus grand nombre.

— Ernest, prononça Kétinée, soudain consciente. Ernest, calme-toi, s'il te plaît. Tu rationalises un peu trop.

— Rationaliser ? Mais… à quoi ça rime, tout ça ? Qui sont ces gens ? Et pourquoi tous les deux, on ne tombe pas ?

— Si tu penses que tu vas tomber, alors nous tomberons, répondit Kétinée.

La gravité terrestre se rappelait au bon souvenir du magicien, bien trop pressante, impossible à nier. Quelques gris-gris et pendentifs s'envolèrent. Plusieurs fioles décollèrent, se brisèrent au plafond devenu sol. Ernest s'éleva lui aussi.

— On va tomber, on va tomber ! s'affola-t-il.

— C'est fini, nous tombons, acquiesça Kétinée.

La chute des deux sorciers fut aussi brusque que courte. En moins d'une seconde, tous deux furent enveloppés de brume.

Ernest et Kétinée percutèrent le sol ensemble. Pas le grand damier, non : celui de la tente enfumée. Sous leurs poids, sous le choc, les parois de tissu oscillèrent mais tinrent bon.

L'illusion s'était dissipée.

Kétinée secoua la tête, remit de l'ordre dans ses idées.

Ernest jeta des œillades effarées tout autour de lui. Ils étaient seuls désormais. Plus d'intrus, plus de toges, plus de masques. Aucun rideau bleu, aucun plafond, pas de damier.

— Tout cela paraissait si réel ! s'exclama Ernest. On n'a… On n'a jamais quitté la tente, en fait ?

Kétinée prit son ami par l'épaule et prononça, très lentement :

— Est-on partis ? Se trouvait-on ailleurs ? Comment le savoir avec une certitude absolue ? En liant trois magies différentes, Ernest, on obtient quelquefois un mélange étonnant.

IIII

Le rêve que Déa avait voulu retranscrire sur papier l'avait complètement chamboulée. Depuis, elle se trouvait à l'affût de toute nouvelle information qui lui permettrait de mieux comprendre ce qu'elle ressentait confusément.

Il y avait déjà les signes avant-coureurs du drame. Les changements les plus évidents. Les adultes se comportaient avec raideur. Ils devenaient un peu trop brusques, ou bien trop prévenants. Ils chuchotaient beaucoup, essayaient de lui cacher des choses. Aveugle mais pas stupide, Déa le comprenait très bien.

Cette effervescence, elle en était partiellement responsable. Sans ses révélations, Ernest et Kétinée ne se seraient pas agités autant. Pourtant, ne pas évoquer son cauchemar eût été bien pire. Car celui-ci serait ensuite advenu, sans qu'elle n'ait même rien tenté.

Déa était un peu effrayée. Mais paniquée ? Ça non. À quoi bon perdre ses moyens ? En quoi le danger serait-il évité ?

Du haut de ses sept ans, elle possédait une gravité et un sang-froid peu communs. Son père angoissait et gesticulait cent fois plus qu'elle. Assise au fond de la roulotte, elle le sentait. De l'index, elle taquina machinalement Noidkoko, leur minuscule ouistiti. Flatté, celui-ci enchaîna les cabrioles avec malice. Tout contre elle, les deux lapins dormaient paisiblement.

Ernest venait de mettre Helena au courant, pour le rêve et pour le dessin. Il lui parlait aussi d'une expérience récemment tentée avec Kétinée.

— C'était complètement dingue, répétait-il. Ces êtres se déplaçaient n'importe comment. Et ces rideaux, ce carrelage... Tout ça paraissait tellement réel !

— Mouais, bougonnait Helena. À mon avis, ce sont surtout les herbes que brûlait Kétinée qui vous ont monté à la tête. Elle n'était pas encore seins nus, au moins ?... Maintenant, passe-moi mes ballerines, tu veux ? Le spectacle de ce soir, c'est autrement plus important que ces bêtises.

Aujourd'hui, comme souvent, Helena et Ernest ne se comprenaient pas. Lui parlait rituel, messages indicibles, prémonitions funestes. Elle restait focalisée sur son métier d'artiste et sur les exigences de Guido Palazzi. Qu'elle ne tienne pas compte de tous ces phénomènes agaçait Ernest. Qu'il se passionne pour autre chose que leur représentation du lendemain insupportait Helena.

Plus dévouée que lui à son art, la brune trapéziste y mettait toute sa fougue, tout son savoir-faire. Son numéro de voltige était un modèle de rigueur, un ballet aérien et enchanteur, parfaitement millimétré. Davantage dilettante, s'appuyant sur ses dons, Ernest improvisait beaucoup, et même en plein spectacle. Pas toujours préparées, ses prestations comportaient plusieurs temps de flottement, heureusement compensés par son savoir-faire de prestidigitateur, et l'incroyable concorde de tous ses animaux sur scène.

De caractère affirmé tous les deux, ils ne cédaient que peu de terrain l'un à l'autre. Une particularité d'Ernest qui agaçait Helena était cette propension à s'enthousiasmer pour des gens qu'il ne connaissait que très peu. À l'inverse, Ernest s'offusquait de voir la trapéziste n'accorder sa pleine confiance à quasiment personne. Ce sujet particulier était source de violents échanges. Dans ces moments-là, Déa rentrait en elle-même, et puis laissait passer l'orage. Seulement, aujourd'hui, elle partageait davantage la vision de son père.

Son père, celui qui l'avait recueillie dans un autre moment de confusion. Quelques années plus tôt, au milieu de l'hiver et d'un paysage aux arbres cotonneux.

Déa plongea au cœur de ce souvenir. Car celui-ci, plus que tout autre, lui apportait un incroyable réconfort.

Pour elle, tout y était un peu trop flou sans doute. Aussi avait-elle souvent demandé à Ernest de l'enrichir de sa propre expérience, et de son ressenti. Ce qu'il avait très souvent fait, avec tendresse et patience.

8 décembre 1871. Quatre ans auparavant.

La caravane du cirque s'était fixée deux jours plus tôt dans une vaste pâture, un peu trop exposée au vent. À cause du très mauvais temps, aucun battage en ville n'avait été possible. Le montage du grand chapiteau s'était trouvé interrompu. Il avait fallu reporter les représentations prévues.

Secoués par la bise, clowns, acrobates et dresseurs s'étaient enfermés dans leurs roulottes respectives en attendant des heures plus calmes. Qui avaient fini par venir, au moment où personne ne les attendait plus.

D'habitude plutôt enjoué, Ernest se sentait maussade. Le pays était anémié, on le sentait jusque dans ces campagnes françaises, encore sous le coup d'une très éprouvante guerre contre la Prusse. En cette fin d'année, les affaires du cirque n'étaient pas au beau fixe : les clients potentiels, souvent frappés par la misère, n'avaient plus rien à dépenser pour se divertir. Très peu d'argent rentrait donc dans les caisses, et ce manque à gagner alimentait les tensions entre les artistes.

La vie privée d'Ernest s'en ressentait, elle aussi. Sa chaotique union avec la bouillante Helena avait atteint un point qu'il pensait être de non-retour. La trapéziste, ces derniers temps, imaginait une relation libre, loin de toute exclusivité, et parlait même d'autres rencontres, d'autres bras que les siens. L'illusionniste, beaucoup trop passionné, ne pouvait concevoir pareille expérience. Il voyait donc Helena s'éloigner de lui, inexorablement.

Afin de tromper son vague à l'âme persistant, Ernest Villempré avait quitté ses quatre murs de bois, laissé derrière lui tous ses animaux, pour s'enfoncer dans le décor d'après-tempête. Avides de sérénité, ses yeux se posaient sur les mille et un détails somptueux qui habillaient ce blanc tableau, éphémère et précieux : le chef-d'œuvre qui résultait de la fureur des éléments.

Cherchant à oublier, cherchant à se perdre, il contemplait la lande paisible et superbe, remodelée par le souffle sculpteur d'une nature en représentation.

Sur le sol meuble, irrégulier, l'épais manteau de neige faisait crisser chacun des pas d'Ernest. Ces fiers peupliers rehaussés de blanc, ces buissons d'aubépine saupoudrés, ces marronniers aux ramifications gelées étaient autant d'invitations à une promenade dans les bois voisins, fantomatiques et décharnés.

Assez vite, au pied d'un orme, il avait discerné une silhouette d'une bonne stature, plus imposante qu'un renard ou bien qu'un louveteau. Ralentissant la cadence, il considéra cette découverte avec prudence, sans d'emblée s'approcher. Le soleil n'avait pas encore disparu. Ses reflets dorés, bientôt pourpres, permirent à Ernest de comprendre qu'il ne s'agissait pas d'un animal égaré, puis tombé de froid sur le bord d'un chemin. Bientôt se dessinèrent des cheveux châtains, une peau laiteuse, ainsi qu'une simple robe de lin, à peine plus foncée que le sol. Alors, Ernest s'était mis à courir. À perdre haleine. Il avala, sans réfléchir, les derniers mètres qui le séparaient de l'enfant.

Sous sa veste sombre et rapiécée, son cœur s'était mis à battre la chamade. Cette enfant, dormait-elle ? Respirait-elle encore ? S'était-elle soudain éteinte au creux de la tempête ?

Ernest Villempré tomba à genoux. Il plaça une main sur la nuque de la jeune inconnue. Puis il colla l'oreille sur la poitrine à peine couverte.

Oui, il y avait encore un pouls et un souffle.

Faibles. Ténus. Irréguliers.

Pas de blessure visible. Pas d'hémorragie détectable. Rien d'autre que le froid, qui avait offert à l'enfant une trop forte étreinte.

Ernest tourna sur lui-même. Alentour, pas une âme, juste l'enfant et lui. Par acquit de conscience, il donna de la voix.

— Ohé !… Y'a quelqu'un ?

À cet endroit, aucune trace à part les siennes. Pour seules réponses, un léger bruissement dans les buissons, et le chant de quelques oiseaux. Ernest défit prestement sa veste pour en envelopper l'enfant. Ensuite, il la prit dans ses bras. Il l'arracha très doucement à ce tapis glacial.

— Petite… Petite, tu m'entends ?

De la part de la fillette frigorifiée : un soubresaut. Un bref mouvement de paupières, un frémissement de ses lèvres bleuies. L'artiste s'accrocha à cette promesse de vie. Il voulut y creuser l'espoir. Tout en caressant cette fine chevelure, il demanda :

— Tu es perdue, c'est ça ?… Où habites-tu, ma grande ? Où sont tes parents ?

Les paupières de la petite fille demeurèrent closes. Pourtant, pour la première fois, il entendit sa voix.

Ce soir-là, elle lui répondit quelque chose. Quelques mots saisissants, qu'il n'oublierait jamais.

— Je ne suis pas perdue, lui dit-elle dans un murmure. Je t'ai trouvé, toi.

…

Ernest s'en trouva bouche bée. Quel âge pouvait bien avoir cette gamine transie ? Trois ans peut-être…

Sans s'appesantir, le magicien agit comme il devait le faire. Il rebroussa vivement chemin, suivit ses propres pas, regagna sa roulotte. Il installa la petite fille entre oreillers et édredons. Il lui prépara un thé bien chaud, sortit un peu de pain, retrouva des biscuits et de la confiture. Il la questionna un peu, sans obtenir de réponses. À bout de forces, elle refusait de lui parler.

Alors, il la laissa dormir.

Ce silence dura le lendemain matin. Les jours suivants aussi.

Quand il ne travaillait pas, Ernest cherchait à savoir d'où provenait cette jeune inconnue, qui pour le moment ne quittait plus sa roulotte. Dans les environs proches, aucune disparition d'enfant n'avait été signalée. Ernest avait écumé mairies, orphelinats, gendarmeries : personne ne manquait. Ni perte ni plainte.

Bientôt, le cirque Palazzi quitta la région. Ernest y demeura un peu, en pure perte. Aucun indice, même lointain, ne vint étoffer son enquête. Son patron, que cette obstination agaçait, somma Ernest de rejoindre la troupe. Il lui fit parvenir une lettre dans laquelle il le menaçait de le licencier s'il ne revenait pas.

Le magicien abandonna donc ses recherches infructueuses. Pas question de laisser la gamine croupir dans un orphelinat : tous ceux du secteur lui étaient apparus sinistres.

La petite fille, entre-temps, n'avait toujours rien révélé. À part les quelques mots susurrés le soir de leur rencontre, elle était demeurée muette. Ce mutisme prolongé, chacun l'expliqua par le traumatisme qu'elle avait sans doute subi et qui lui avait peut-être déjà ôté la vue.

Ernest étant Ernest, c'est-à-dire quelqu'un qui s'attache très vite, la fillette devint sa fille. Pas juste une enfant trouvée, qu'il aurait prise sous son aile attendrie. Mais un être plus important à ses yeux que sa propre existence, et qu'il se ferait un devoir d'élever correctement.

L'adoption devint officielle. Pour obtenir les bons papiers, le saltimbanque mentit un peu. Il ignorait tout d'elle ou presque. Son âge exact, son foyer d'origine, et même son prénom. Sans trop y réfléchir, Ernest écrivit à la plume les trois lettres qui formeraient le prénom *Déa*.

Il se promit de revenir de temps en temps là où il l'avait trouvée. La réalité de sa vie d'artiste l'en empêcha.

Discrète, muette, extrêmement calme, la fillette s'installa durablement dans la vie du cirque Palazzi. Elle s'occupait des animaux, accomplissait des tâches ménagères, dessinait étonnamment bien, mais jouait très peu. Elle ne fréquentait pas beaucoup les mômes de son âge. Les jeunes enfants Lezziero, les sœurs Willenberg et les autres la trouvaient barbante, trop silencieuse, et finissaient par la bouder.

Aveugle, Déa ne courait pas entre les roulottes avec eux. Elle savait marcher à un rythme correct, se déplacer sans trébucher, sans hésiter, en anticipant chaque obstacle. Cependant son agilité – tout de même remarquable pour une non-voyante – s'arrêtait là.

Son arrivée dans le quotidien d'Ernest, les heures qu'il lui consacrait, sa patience avec elle surprirent un peu tout le monde, Helena la première. Entre les deux artistes, la trapéziste et le prestidigitateur, tout redevint un peu plus tendre. Le couple se lova dans cette oasis sereine autant qu'inattendue, cette fois secouée par de moins fréquentes tempêtes. Cela, Helena et Ernest pensaient le devoir à Déa.

Deux ans presque jour pour jour après cette mémorable rencontre dans la neige, on entendit de nouveau résonner la voix de la petite fille, qui désormais semblait avoir cinq ou six ans.

Il s'agissait d'un soir de tension. Un soir où une partie de la recette du spectacle avait disparu. Brutus, qui n'avait jamais apprécié Ernest, s'était souvenu l'avoir vu traîner du côté de la caisse. Le magicien se défendit en racontant qu'il était, une fois de plus, parti à la recherche de l'une de ses souris vagabondes. Effectivement, il avait pénétré dans la roulotte qui contenait la caisse. Mais il jurait n'avoir rien pris. L'épisode avait mal tourné, Palazzi avait soutenu son beau-frère, Ernest avait même été secoué comme un prunier. Jeté à terre, il faillit être roué de coups par Brutus. Sa fille, doucement, s'interposa. Ce soir-là, face au Monsieur Muscles de la troupe, elle resta campée sur ses jambes, poings serrés, et prononça d'une voix distincte et bien ferme :

— Ne touche plus à mon papa.

L'événement surprit jusqu'à Brutus lui-même. Qui curieusement s'étrangla en entendant la jeune voix de l'enfant qu'il pensait muette. Il suffoqua, toussa, son visage rougit, il tomba à genoux. Palazzi et sa femme lui frappèrent le dos. Lorsque l'infortuné Monsieur Muscles parvint de nouveau à respirer, la situation avait changé : accompagnée de madame Lezziero, Helena Silène parut, avec en mains l'intégralité de l'argent volé. Tout avait été retrouvé dans la roulotte d'un jeune balayeur, récemment employé par le cirque, et qui avoua tout. Évidemment, le voleur fut bien vite licencié. Ni Palazzi ni Brutus ne présentèrent d'excuses à Ernest. Peu importait au magicien, en fait : sa fille, après deux ans, venait enfin de lui parler.

À partir de cet instant, quelques mots franchirent par intermittence le seuil des jeunes lèvres de Déa. Entre le père aimant et la fille secrète, le dialogue s'installa peu à peu.

Déa n'allait pas, d'un coup d'un seul, devenir la plus loquace ni la plus expansive des enfants, bien entendu. Cependant, elle accepta de répondre, par dessin ou même en paroles, à quelques interrogations d'Ernest.

Elle ne se connaissait pas d'autre prénom que Déa. Dans sa jeune mémoire, le souvenir de leur rencontre, un soir de neige, dans le sud-ouest de la France, était le plus ancien.

Elle ne se rappelait guère avoir possédé des yeux valides un jour. Et pourtant, ses dessins tracés étaient extrêmement précis. Elle savait même nommer les couleurs. La couleur verte paraissait avoir sa préférence. Ernest revint sur la toute première déclaration de Déa, deux ans plus tôt. Son fameux : « Je ne suis pas perdue. Je t'ai trouvé, toi. »

— Pourquoi m'as-tu dit cela ?

— Je ne sais plus, papa… Quand j'ai senti tes bras, sous moi, j'étais heureuse. Voilà.

Le magicien n'en sut jamais davantage. Quelques mois plus tard, la famille Mountabila se joignait à la troupe du cirque. Et très vite Kilma comme Kétinée firent part à Ernest de leurs sentiments face à Déa.

— Une gentille poulette en apparence, dit le vieil homme. Pourtant, ne t'y fie pas trop. Il y a quelque chose de complexe en elle. Et d'extrêmement torturé… Toi, tu es un sorcier, Ernest. Comme Kétinée. Comme moi. Elle, c'est tout autre chose. Quelque chose qui me dépasse et que, malgré mes soixante-huit années au compteur, je n'ai jamais rencontré.

Kétinée renchérit.

— Je ne possède pas la même expérience que mon oncle, Ernest. Ceci dit, je ressens à peu près la même chose que lui. Tu dois l'avoir remarqué : Déa m'évite. Elle cache beaucoup de secrets, qu'elle-même ne comprend pas bien… Le jour où elle voudra me parler, ma porte lui sera ouverte.

Depuis, malgré ses invitations répétées, jamais Déa n'avait participé à un seul rituel concocté par Kétinée.

On en était au soir de l'expérience surnaturelle qui avait si bizarrement tourné. Très proche désormais de la représentation d'octobre 1875 aux environs de Verdun, aux parfums d'incendie.

N'étant guère parvenu à alarmer Helena, trop préoccupée par son imminent et très dangereux numéro, Ernest s'était de nouveau tourné vers son amie, la sorcière vaudoue.

— « Beaucoup de peur »… « et puis des larmes »… répétait-il, en citant sa fille. Franchement, j'aimerais bien éviter tout ça ! Et si on filait, loin, très loin d'ici ? Les prémonitions, ce n'est pas inéluctable, si ?

— Ét si, en voulant éviter que ne se réalisent ces funestes présages, tu les précipitais, au contraire ? répliqua Kétinée. Et si elles naissaient de tes actes impétueux, et de ta fuite ?

— Alors quoi ? On ne doit rien faire du tout ? s'emporta le prestidigitateur. Juste attendre que les trucs nous tombent dessus, et ne réagir qu'*a posteriori* ?

— N'est-ce pas ainsi que la vie est faite ? avança Kétinée, philosophe.

Bientôt, ce fut Guido Palazzi lui-même qui interrompit les vitupérations d'Ernest. Il demanda au magicien pourquoi personne ne l'avait vu dans le courant de l'après-midi, pour les répétitions.

— Tu ne vas pas encore improviser n'importe quoi à la dernière minute ? l'accusa-t-il.

En traînant les pieds, Ernest Villempré embarqua sa colombe, son rat, les souris qu'il dénicha, un lapin sur les deux, et Noidkoko le singe. Il trouverait bien ce qu'il leur donnerait à faire. De toute façon, il trouvait toujours…

Il eut juste le temps de coordonner cette équipe, et de produire quelques illusions qui devaient moins à ses manipulations qu'à ses dons innés… Dans l'heure qui suivit, on ouvrit le guichet, et le public afflua.

Ce soir-là, il y avait foule. Soit le battage avait été savamment assuré, soit les gens du secteur avaient énormément besoin de se divertir. Les gradins s'emplirent bientôt de nombreuses personnes de tous âges, de toutes conditions, des classes populaires à casquette, pantalons élimés, tuniques rapiécées, jusqu'aux hauts-de-forme impeccables et robes à corset les plus élégantes, à col montant, ceintures de soie et bottines à boutons.

Le spectacle fut lancé par Palazzi, fier comme un coq. L'orchestre de cuivres partit ensuite, et la famille Lezziero ouvrit le bal, à grands coups de saltos arrière, doubles sauts périlleux, et autres cabrioles.

Comme souvent, Déa assistait au spectacle. Assise dans un coin des coulisses, elle attendait de pouvoir se rendre utile. On lui assignait toujours une tâche ou deux : un filet à plier, des massues à ranger, quelques animaux à raccompagner. Bientôt, son père allait entrer en scène. Elle espérait juste qu'il saurait improviser avec énergie.

Avant d'entrer dans le cercle de lumière, Ernest Villempré ajusta son vieux haut-de-forme et serra son nœud papillon. Déa l'aida à faire entrer Roméo le lapin dans une valise à double fond, en compagnie de Sybil la colombe.

— Pas de bazar vous deux, on reste calmes ! leur intima Ernest.

— Bonne chance, papa, lui murmura Déa.

— Avec tes encouragements, comment pourrais-je rater mon coup ? s'égaya le prestidigitateur dans un large sourire.

Son numéro, très inspiré, se passa bien mieux que prévu. Ce soir, malgré l'impressionnante foule, colombe, lapins et petits rongeurs lui obéirent au doigt et à la baguette magique. Le final vit une longue corde de foulards émerger du col d'Ernest. Ceux-ci changeaient de couleurs, auréolés de brèves étincelles. Une brise opportune, générée par on ne savait quoi, fit onduler cette corde bariolée devenue cerceau flottant, et autour duquel voltigeait la colombe, tandis que le lapin sautillait en cadence. Le public fut conquis, il en redemanda : un véritable triomphe !

— Dis donc, Ernest, siffla un collègue acrobate impressionné, comment t'as encore réussi ce coup-là ?

— Un magicien ne révèle jamais ses tours, esquiva Ernest dans un geste élégant.

Les enfants de Linda

Non loin d'un pylône, Kilma et Kétinée ajustaient leurs costumes : très long boubou pour l'un, tenue courte et pailletée pour l'autre, et quelques colliers colorés au cou.

En attendant leur numéro, tous les regards assemblés s'étaient tournés vers Helena, déjà conquis. Annoncée avec force superlatifs par la voix enthousiaste de Guido Palazzi, l'incroyable voltigeuse était en train de repousser les limites de ce qu'il était humainement possible d'accomplir, à l'aide de deux ou trois trapèzes, à dix-sept mètres au-dessus du sol.

— Dans son genre, Helena est une sorcière elle aussi, murmura un Ernest totalement admiratif à l'adresse de Déa.

Celle-ci ne l'écoutait pas. Un détail venait d'attirer son attention. Pas vraiment un bruit, plutôt une présence. Quelque chose qui lui rappelait Kilma, Kétinée et son père. Comme un aimant attiré par son pôle contraire, la fillette trottina entre les obstacles qui se dressaient sur son chemin – tremplins, bottes de paille, poteaux, caisses à roulettes. Elle anticipa chacun de ces objets comme elle le faisait toujours : s'approchant d'eux, elle en cernait immédiatement les contours. Un peu comme fonctionne le sonar d'une chauve-souris.

Selon Déa, le monde était tel un vaste océan d'obscurité au sein duquel elle distinguait de rares couleurs. Il y avait celles, en teintes différentes, spécifiques aux Mountabila : quelques nuances d'or diluées. Il y avait celle, couleur émeraude, et pour Déa éblouissante, de son père. Et puis, depuis quelques dizaines de secondes, une autre de ces couleurs, plus sombre, mystérieuse. Absolument inédite. Laquelle irradiait, irréelle.

Déa leva le nez. Car cette teinte n'évoluait pas au sol. Elle progressait un peu plus loin, aussi haut que les trapézistes.

Tandis que tout le monde s'affairait en coulisse, et qu'au centre du cirque Helena Silène régalait le public d'un quadruple saut absolument parfait, Déa se planta au pied d'un pylône, et se concentra.

Une nouvelle couleur, en effet. Une sorte de noir tirant sur le mauve. Peu à peu, elle distingua plusieurs foyers, de grandes lucioles qui se divisaient et puis qui sautillaient, un peu partout.

L'attrait de cette nouveauté lui parut bien trop fort. Elle ne lutta pas. Guidée par ces phares dans l'obscurité, résolue à s'en approcher, Déa fit ce qu'elle n'osait jamais : dans l'ombre, elle agrippa l'échelle fixée sur le pylône, et grimpa sans que personne n'y prête attention.

L'une des lucioles sombres oscillait dans les hauteurs, juste au-dessus d'elle. Tellement nette, pour Déa, qu'elle accéléra la cadence. En quelques secondes, elle atteint le haut de l'échafaudage. Elle progressa encore de quelques pas, puis stationna très près de cette forme nouvelle, qui l'avait attirée.

— Eh bien, te voilà, lui dit-on.

La forme jusqu'alors accroupie s'étira. Elle irradiait avec une telle intensité que Déa put tout percevoir : des yeux brillants, des cheveux fous, un visage paré d'un épais maquillage. Il s'agissait d'un homme, à la musculature svelte. Dans sa main droite, il tenait un flambeau, qu'il venait d'allumer. Telles des bougies qui scintillent, Déa perçut une douzaine d'autres présences, cachées auparavant, qui désormais se détachaient de l'ombre.

Un sourire carnassier déforma les traits de l'inconnu.

Alors, deux autres teintes semblables s'invitèrent très près d'elle. Trop près.

Déa comprit qu'elle était tombée dans un piège. Elle se sentit tel un insecte hypnotisé par une source lumineuse, et qui se rendait compte, au tout dernier instant, de sa réalité létale.

— Vous m'attendiez, dit-elle.

— On ne peut rien te cacher, prononça l'homme. Nous te cherchions, et nous t'avons trouvée… Pour célébrer la grande fête de la Moisson, laissons le feu parler !

D'un preste mouvement de poignet, l'inconnu balança sa torche enflammée en direction d'une tenture.

Aux quatre coins du chapiteau, tous ses complices l'imitèrent.

V

Ernest avait perdu de vue Déa. Rien d'alarmant, *a priori*. Grisé par les exploits de la femme qu'il aimait malgré leurs orages, il réservait toute son attention à ce corps féminin qui semblait en apesanteur. Ce fut Kétinée qui le tira de sa rêverie.

— Ernest… Ernest ! Ça ne va pas du tout.

— Hein ? Quoi ? lui répondit le magicien. Comment ça, « quelque chose ne va pas » ? Franchement, je peux te dire que ce qu'Helena est en train d'accomplir est en tout point parfait. Technique, grâce, sens du spectacle, tout y est.

— Je ne te parle pas du tout d'Helena, coupa Kétinée, agacée. Plutôt de quelque chose qui se cache dans la foule. Une énergie en lien avec ce que nous avons ressenti, ensemble, dans la tente et dans la fumée. Ernest… Je crois bien que le rêve de Déa va se réaliser ce soir.

Le prestidigitateur s'obligea à ne pas rester focalisé sur le ballet de sa compagne. Déa… Où donc était passée Déa ? Le vieux Kilma comprit ce qu'il cherchait.

— J'ai vu ta fille filer par là-bas, dit-il en désignant un coin du chapiteau.

— On doit la retrouver, insista Kétinée. Je sens que la menace se précise. Ernest, fais-moi confiance !

Le marabout, la sorcière vaudoue et le prestidigitateur partirent dans trois directions différentes. La fillette paraissait s'être évanouie. Était-elle partie vers la roulotte ? Kilma proposa d'y aller. Tandis qu'Ernest appelait discrètement sa fille – il ne fallait pas perturber le spectacle – Kétinée fut traversée d'un autre pressentiment. Du regard, elle suivit le parcours de l'échelle la plus proche, jusque dans les hauteurs. D'abord, elle perçut une lueur. Un feu qui brûlait. Elle devina plusieurs personnes sur l'échafaudage. Parmi elles, Déa.

— Ernest, par ici ! lança-t-elle.

Le prestidigitateur ne l'entendit pas. Car à cet instant précis, et tandis qu'Helena recevait une ovation bien méritée, plusieurs dizaines de torches enflammées strièrent le grand chapiteau. Certaines rebondirent sur la toile, d'autres vinrent se loger dans les hauteurs. Cependant la plupart atterrirent parmi le public, en provoquant les premières blessures et des cris effarés.

L'enthousiasme collectif céda aussitôt la place à quelques hurlements d'horreur. Puis à un brouhaha. Suivi d'un incontrôlable mouvement de foule. Autour des torches, les gens s'agitaient, reculaient, sautaient, prenaient peur. Très peu songeaient à éteindre le feu.

Geste très naturel : on se mit en retrait, par peur d'être brûlé. Ce réflexe primaire sépara quelques couples et autant de familles. Puis les parents pensèrent aux enfants, aux vieilles personnes, à celles et ceux qu'ils devaient protéger. Déjà, quelques malchanceux s'étaient métamorphosés en torches humaines : leurs habits s'embrasaient.

Sensible aux détresses tout autour d'elle, Kétinée recueillit alors beaucoup trop d'informations en même temps. Elle perçut la surprise de Déa. La panique environnante. La souffrance des gens atteints par le feu. Et puis, toutes ces ombres, jusque-là parfaitement dissimulées, qui venaient d'agir, ensemble, pour semer le chaos.

Ces actes d'agression coordonnés, ce trait de vandalisme et de folie, ce feu qui pleuvait aux quatre coins du cirque possédaient une raison d'être. Car au sol et sous les gradins s'étaient dissimulés d'autres personnages, qui tous attendaient leur instant. Entre le premier réflexe des spectateurs (celui de survie) et leur second, plus altruiste (celui de protection), une nouvelle vague d'intrus avait surgi. Hirsutes, au nez de clown, aux chevelures bigarrées, au maquillage outrancier qui jurait sur leur uniforme noir. En quelques secondes, ils prirent corps dans une réalité à laquelle ils n'appartenaient que rarement.

Reflets déformés, sombres parodies d'artistes, créatures infernales à l'expression malsaine, tous ces agents funestes étaient munis d'une très grande cape. Un pur morceau de nuit, qu'ils déployèrent ensemble, pile aux endroits choisis.

Déa ne fut pas la seule enfant enveloppée par une cape. Constamment en lien avec l'invisible, Kétinée sentit ainsi plusieurs jeunes présences brusquement effacées.

Très près d'elle, une petite fille. Deux garçons, un peu plus loin. D'autres aussi, disséminés dans la foule mobile. Soustraits aux regards de leurs proches en une fraction de seconde par des êtres capables de les rendre invisibles.

Alors, à la panique, au début d'incendie, aux blessures et à la peur succéda l'angoisse plus ardente encore de tous les parents, soudain privés de leur enfant.

C'en était trop pour Kétinée. Trop de surprises. Trop de frayeurs. Trop d'intense et brusque souffrance. Elle chancela. Tout tournait, tournait. La mambo perdit la notion du temps.

— Kétinée, reprends tes esprits… Kétinée, tu vas bien ?

C'était la voix d'Ernest. La jeune sorcière se concentra sur cette ancre. Son regard se fixa sur une tenture que léchaient les flammes. Son cerveau fut secoué par ce terrible électrochoc : le cirque était en feu ! Autour d'elle : la panique. Des gens qui fuyaient, qui hurlaient. Certains, à contre-courant de la foule, criaient les prénoms des enfants disparus.

— Agathe, ma puce !

— Valentin ! Valentin !

— Jeanne ! Jeanne, bon sang, où es-tu ?

Sous le chapiteau, la chaleur grimpait en flèche, et le feu s'étendait. Quelques employés valeureux maniaient d'épaisses couvertures, ou bien jetaient du sable. Armes dérisoires contre le brasier. Car celui-ci se déployait beaucoup trop vite. À partir d'un trop grand nombre de foyers. En écho direct à ce tumulte, Kétinée perçut l'inquiétude dans la voix d'Ernest.

— Dis-moi que tu as repéré Déa, s'il te plaît !

Kétinée pointa le sommet du chapiteau, maintenant gagné par le feu.

— Elle était là-haut. Mais elle n'y est plus. *Ils* ont dû l'emmener.

— Ils ?… De qui tu parles ? De ces clowns qui ont surgi de partout ? J'en ai aperçu plusieurs, aussi vite apparus qu'évanouis. Des gens qui n'appartenaient pas à notre troupe.

— Ce sont eux qui ont provoqué l'incendie, j'en suis sûre, indiqua la mambo. Le coup était organisé, Ernest. Je crois… Je crois qu'ils sont venus ici pour enlever les enfants.

Les enfants de Linda

Les yeux écarquillés, le magicien tentait de comprendre les tenants et aboutissants du drame.

— Mais… pourquoi ici ? Où sont-ils ? Où est Déa ?

À trop réfléchir au milieu des flammes, ils ne virent pas le danger le plus imminent. Bousculé par des dizaines de personnes en panique, un grand pylône vacilla. Le coup d'épaule vigoureux d'un homme de très forte carrure servit de coup de grâce. Soudain, ce long piquet qui assurait l'équilibre d'une partie du chapiteau bascula en entraînant un pan de toile enflammé avec elle.

— Ernest, attention !

Malgré sa silhouette fine, Kétinée parvint à pousser son ami, presque deux fois plus lourd qu'elle. À l'endroit qu'ils venaient de quitter, une partie d'échafaudage s'écrasa. Puis ce fut la toile du chapiteau qui s'abattit sur eux.

Le souffle généré par cette chute provoqua un appel d'air, où flammes et fumée s'engouffrèrent. À genoux, effarées, débordées par la violence du phénomène, plusieurs dizaines de personnes se trouvèrent captives de l'incendie. Derrière elles, plus aucune issue. Tout autour, un océan ardent et furieux. Et ce plafond brûlant, qui ondulait dangereusement, beaucoup trop proche de leurs têtes, et qui menaçait de les avaler.

Avant même de rôtir, le petit groupe allait se trouver intoxiqué par l'abondante fumée qui les englobait tous.

Kétinée venait de sauver la vie d'Ernest. C'était au tour du sorcier de jouer. Levant les bras, il généra une bourrasque qui balaya la vingtaine de personnes autour d'eux. Ce souffle providentiel repoussa les flammes qui les encerclaient. Une fois ce périmètre délimité, Ernest s'intéressa à la toile penchée, bientôt en contact avec leurs habits et leurs chevelures. En même temps qu'il maintenait, au sol, la barrière de vent, il repoussa à distance, de la paume de la main gauche, l'ardent plafond.

Personne ou presque ne se rendit compte que le prestidigitateur était le centre de ce phénomène salvateur. Kétinée, en revanche, venait d'obtenir la confirmation de ce qu'elle soupçonnait : s'il donnait libre cours à la sorcellerie qui ruisselait en lui, son ami magicien était capable de merveilles.

Pourtant, personne n'était encore sauvé. Un tel déploiement de puissance exigeait de la part d'Ernest une concentration féroce. Fournir un tel effort, c'était comme soulever un roc, aussi lourd et imposant que soi-même. Hommes et femmes, piégés dans la poche d'air providentielle, cherchaient en vain une issue de secours. De grosses gouttes ruisselèrent sur le front d'Ernest. Malgré le sortilège, ses poumons s'emplirent de fumée.

— Si je devais juste nous sauver tous les deux, je pourrais tenter quelque chose, souffla-t-il à Kétinée. On est bien trop nombreux… Je ne veux pas… abandonner quelqu'un…

— Alors, laisse-moi faire !

Kétinée plaqua les deux mains au sol.

Quelques secondes plus tard, la terre brune se mit à onduler. Par réflexe, chacun s'éloigna de la sorcière, qui paraissait provoquer un séisme. En réalité, elle venait d'appeler quelqu'un.

Du sol déformé par elle émergea une forme musculeuse, humanoïde, aussi large que haute, de trois mètres environ. Cette apparition colossale soutint la toile de tente enflammée. Mieux : elle la souleva. Cette poussée fit sauter les piquets plantés aux abords qui la maintenaient. Un coin de ciel se dessina aux yeux du groupe médusé, qui ne cherchait plus à comprendre le miracle : simplement à profiter de cette impensable opportunité.

Au pas de course, toutes et tous contournèrent l'imposante créature humanoïde uniquement composée de terre, et qu'aucune brûlure n'atteignait. Immense, robuste, placide, elle fixait Kétinée, demeurée entre ses jambes, et qui paraissait consolider cette sculpture mouvante.

En modifiant la forme du cercle d'air, Ernest s'arrangea pour que fumée et flammes s'écartent sur le passage du groupe libéré. Puis il prit Kétinée par la main, et tous deux empruntèrent le même chemin.

Derrière eux, le vent se dispersa, comme la créature de terre s'affaissa. À part cet incident, qui avait failli coûter la vie à une vingtaine de personnes, aucun spectateur ou artiste ne paraissait en imminent danger de mort.

— Alors comme ça, tu crées des golems ? demanda Ernest à Kétinée, tandis qu'ils s'éloignaient au pas de course. Cachotière !

— Pas un golem, un iwa de la terre. Un esprit vaudou, serviteur de Sakpata… Parce que toi, tu m'avais dit que tu savais engendrer de telles bourrasques, peut-être ?

Ernest parvint à repérer Helena, entraînée par la foule dans le sens contraire de leur marche, trop loin pour qu'il l'appelle. Cette vision le rassura. Autour de lui, il y avait tant à faire : aider d'autres gens à rester en vie, prêter main-forte à ses collègues qui sauvaient ce qui pouvait l'être… Et puis, dans la bataille, il avait égaré sa colombe, son lapin. Il espérait qu'ils avaient fui.

Une pensée, plus que toute autre, occupait son esprit.

— Il faut trouver Déa et les autres enfants, dit-il à Kétinée. Et vite. Si tu te concentres ?

— Je pourrai sans doute les localiser, confirma-t-elle. Eux, et leurs ravisseurs… Pour cela, il me faut invoquer un iwa de l'invisible. Viens.

Au moment où ils allaient se mettre en marche, il y eut un nouveau craquement : une autre partie du chapiteau était en train de s'effondrer. De nouveaux cris résonnèrent, d'autres personnes aux prises avec le feu. Ernest hésita. Il lui fallait retrouver sa fille au plus vite. Mais comment laisser derrière lui tous ces gens en détresse ?

À cet instant, au-dessus du prestidigitateur et de la prêtresse vaudoue, un oiseau fendit l'air : il s'agissait d'un corbeau, noir comme la nuit. La lueur dégagée par les foyers permit aux humains assemblés de distinguer ses vastes ailes.

Contre toute logique, le volatile, plutôt que de fuir la scène de panique, traversait le ciel en direction du chapiteau et des cris. Comme s'il volait à tire-d'aile, au-devant du danger. Ernest, qui possédait une connexion toute particulière avec les animaux, repéra immédiatement ce comportement inhabituel.

— Kétinée, ce corbeau… Ce n'est pas un animal comme les autres.

— Et puis, il y a cette fille, compléta son amie.

De l'index, elle indiqua une très jeune femme aux cheveux blonds, presque blancs, vêtue de noir, une cape sur les épaules. Tout comme l'oiseau, la nouvelle venue évoluait à contresens. Le sang-froid dont elle faisait preuve contrastait fortement avec les mouvements de panique de la foule. Elle paraissait suivre le même itinéraire que le corbeau, mais à partir du sol, droit vers le chapiteau incendié.

Son regard accrocha celui d'Ernest, de Kétinée. Sa détermination s'en trouva comme secouée. Une ombre passa sur son visage. Un mélange de sentiments difficiles à analyser.

L'instant était étrange. Au sein de la catastrophe, dans l'œil de ce cyclone de terreur et de feu, tous trois demeurèrent immobiles. Ernest et Kétinée, intrigués par la fille en noir. Et celle-ci, qui ne les quittait pas des yeux.

Les fines lèvres de la jeune inconnue tremblèrent :

— C'est... C'est étrange de vous rencontrer, murmura-t-elle.

Aussitôt, elle sembla regretter ses paroles. Ernest comme Kétinée ne surent comment réagir.

Au-dessus du trio, le fier corbeau revint, poussa un cri perçant. Se reprenant aussitôt, la fille en noir secoua la tête, puis parut réfléchir à vitesse accélérée.

— Partez à la recherche des enfants, conseilla-t-elle. Moi, je m'occupe de l'incendie.

Alors, elle poursuivit sa progression vers le chapiteau. Sous les regards effarés de Kétinée et d'Ernest, elle s'y engouffra. Se jeter ainsi, au milieu du brasier, ne paraissait guère la perturber. Elle s'était comportée tel un baigneur aguerri, qui soudain plonge au beau milieu d'un océan furieux.

— Soit cette fille est complètement folle, soit elle possède les attributs que l'on prête aux salamandres, jugea Ernest.

— Bon... les enfants ! rappela Kétinée.

Pas le temps de s'appesantir sur cette drôle de rencontre. Comme elle avait modelé la terre quelques instants auparavant, Kétinée se mit à tordre le ciel. Une forme évanescente se manifesta, un spectre soudain tiré du néant.

— Serviteur de Shangô, dit-elle. Par les lois sacrées et immuables qui lient le visible et l'invisible... localise pour nous ces créatures d'ombre qui ont enlevé les enfants.

La créature vaporeuse s'inclina. Celle-ci tourna sur elle-même. Puis elle fila vers l'est, en laissant derrière elle une longue traînée de lumière. Comme un éclair à l'horizontale.

— C'est donc par là ! indiqua Kétinée.

Elle se mit à courir à grandes enjambées. Comme elle, Ernest suivit la très utile trace dessinée dans la nuit, mais qui déjà commençait à s'effacer.

— C'est complètement dingue, ce que tu peux faire avec les esprits que tu convoques, parvint à souffler l'illusionniste entre quelques foulées.

— Si je suis aussi efficace, c'est parce que je me suis préparée magiquement à cette nuit, révéla Kétinée. La méditation a payé. Sans le rêve de Déa, j'aurais été prise au dépourvu, bien sûr !

À trois cents mètres d'eux, la foudre s'abattit.

— Qu'est-ce qu'il se passe, là-bas ? demanda Ernest.

— Le serviteur de Shangô, dieu de la foudre, a frappé l'un des ravisseurs invisibles, comprit Kétinée. Vite, avant qu'il ne se relève !

En moins d'une minute, le duo de sorciers atteint son objectif. Pour mieux y voir, Ernest craqua une allumette. Un homme se trouvait recroquevillé dans l'herbe, le visage grimaçant, les cheveux hirsutes tirant sur le jaune, légèrement brûlés. Au-dessus de lui, l'iwa de l'air offrit à sa maîtresse une expression satisfaite : il avait accompli sa mission, et pouvait désormais rejoindre l'éther qui était son royaume. Après s'être incliné, cet esprit disparut.

Sans ménagement, Ernest attrapa le clown par le col.

— Mais qui vous êtes, au juste ? Où sont tous les enfants ?

Sous le feu d'une nouvelle allumette, cette fois craquée par Kétinée, l'être au regard dément fut agité de soubresauts.

— La Moisson… ha ha ha… Le temps de la Moisson était venu… Tous uniques. Tous, magnifiques… Et très utiles, ha ha ha !

— La foudre qui lui est tombée dessus a dû lui griller le cerveau, jugea Kétinée.

— Où est-ce que vous emmenez les enfants ? s'obstina Ernest. Où est ma Déa ?

— Ha ha ha… Toutes et tous, en offrande à Linda… Ha ha ha ha.

Silencieusement, Kétinée indiqua une broche où une devise, *Linda pour la Vie*, se dessinait dans un croissant de lune. Moins subtil, Ernest arracha cette broche, la plaça sous le nez du dément.

— Linda… Mais Linda *qui* ? Qui est Linda ?

Pour unique réponse : un nouveau rire. Excédé, Ernest sortit cette fois un couteau. Il en menaça le clown, le pointa sur la gorge ennemie. Sans obtenir d'autre résultat qu'un gloussement de plus en plus frénétique.

Un mouvement, sur leur flanc gauche, fit sursauter les deux sorciers. Ernest comme Kétinée reconnurent Kilma, qui chevauchait Monsieur Dufoin.

— Ne perdez pas votre temps avec ce sale type, leur lança le vieux marabout. Tous mes sens me crient que ses complices avancent à grands pas, juste devant nous !

Kilma Mountabila s'apprêta à repartir.

— Attendez, j'arrive ! s'exclama Ernest.

Le magicien généra un courant d'air, si violent qu'il décolla de terre, pour atterrir en douceur sur la large croupe de Monsieur Dufoin. Puis il joua aussitôt des talons. Malgré le poids de ses deux cavaliers, la robuste monture s'élança dans l'obscurité. De nature paisible, Monsieur Dufoin avait bien compris que ce soir il fallait galoper.

Laissant une Kétinée bien surprise derrière eux, Ernest et Kilma chevauchèrent tout droit dans la prairie.

— Vous pouvez sentir la présence de ces types, Kilma ? interrogea le prestidigitateur.

— Assez distinctement, reconnut le marabout. Ce genre d'aura… ça me rappelle Yaneli.

— Hein ? La femme-araignée ? Il existe un lien entre elle, et tous ces dingues pyromanes ?

— Pas vraiment un lien, grommela Kilma. Plutôt une signature commune… Comme notre Yaneli, ces gens sont imprégnés d'une sorcellerie qui ne vient pas de notre monde.

— « Pas de notre monde » ? répéta Ernest, incrédule. Qu'est-ce que vous entendez par là ? Ce seraient juste des esprits ?

— Non, non… Encore autre chose.

Kilma en savait-il un peu plus qu'il n'en disait, sur la femme-araignée ? Que le vieil homme gardât quelques secrets ne surprenait pas Ernest outre mesure. Cependant, ce soir-là, il eût aimé obtenir quelques précisions utiles. La conversation ne put se poursuivre, car bientôt Kilma s'écria :

— Là ! Ils sont là !

Sous l'éclat de la lune, Ernest distingua la cohorte des sombres clowns, arrivés à la lisière d'une forêt. Sur les épaules, sur le dos, entre les bras de ces sinistres individus, on pouvait deviner plusieurs enfants emmitouflés, inconscients pour la plupart. Parmi ces jeunes victimes devait se trouver Déa.

Pour ne pas perdre de terrain, Monsieur Dufoin dut contourner un bosquet d'arbres. La traque se poursuivit en forêt. Malheureusement, celle-ci se fit vite un peu trop dense. La cohorte filait encore entre les troncs et les branches, tandis que l'épais cheval devait éviter les obstacles. Ernest et Kilma faillirent bien perdre leurs adversaires de vue. Brusquement, il leur fallut ralentir.

— Attention ! s'exclama Kilma.

Monsieur Dufoin fit une embardée. Le destrier s'arrêta pile à vingt centimètres d'une large fosse qu'Ernest n'avait pas du tout vue. À moins de trente mètres, la cohorte de clowns stationnait, tout comme eux, sur les abords de l'abîme cerné de chênes et de marronniers.

— Oh là… C'est quoi ce truc, encore ?

Il ne s'agissait pas vraiment d'une fosse, plutôt d'un cratère lumineux. Un trou de près de vingt mètres de diamètre qui tournait telle une toupie.

— Ce passage… C'est donc de là qu'ils ont surgi, réfléchit Kilma. Vers là qu'ils retournaient.

— Hein ? hallucinait Ernest. En face de quoi on est, au juste ? De quel passage me parlez-vous ?

Très près d'eux, tous les clowns bondirent. Certains en un simple saut, jambes tendues. Et d'autres, la tête la première. La plupart de ces créatures tenait entre ses bras le fruit de leur « Moisson » : une douzaine de jeunes silhouettes, enveloppées.

L'un après l'autre, clowns et victimes disparurent.

Ernest faillit descendre de cheval pour les suivre sans réfléchir.

— Attends, petit, tempéra Kilma. L'entrée de ce genre d'endroit n'est pas forcément ouverte à tous. Si tu t'y précipites tête baissée, la sorcellerie environnante peut te foudroyer. Ce qu'il faudrait, c'est une clé, tu vois… Un artefact magique qui vient de cet autre monde, et qui nous permettrait de nous y inviter à notre tour. Mais nous n'avons pas été assez rapides, toi et moi. Je ne vois pas bien comment nous…

— Un objet qui vient de ce monde, releva Ernest. Comme cette broche, par exemple ?

Entre le pouce et l'index, il montra la broche qu'il avait arrachée à la poitrine du clown aux cheveux jaunes. Celle où étaient gravés quatre mots : *Linda pour la Vie.*

Kilma Mountabila se concentra. Détecta une énergie sombre. Comprit que l'objet pourrait peut-être les aider.

— Je ne suis pas complètement certain, marmonna-t-il.

Devant Monsieur Dufoin, le portail d'ombre et de lumière était en train d'osciller. Un mouvement de spirale le déforma. Il se rétractait de façon notable. À ses abords, la fosse et son tapis de feuilles mortes réapparaissait.

— Pas question de laisser tomber Déa, jugea Ernest.

— Tu ne comprends pas, tu ne sais pas ce que c'est ! s'exclama Kilma. Il vaudrait mieux réfléchir. On ne sait pas où on va atterrir. On ne sait pas…

— On verra bien ! coupa Ernest.

Des talons, il percuta les flancs du robuste cheval. Qui se mit à hennir. Qui comprit l'ordre. Qui l'exécuta aussitôt.

Encouragé par son maître, et malgré les protestations du marabout, l'animal s'élança vers le portail en un saut prodigieux.

VI

Ernest Villempré émergea d'un sommeil extrêmement pesant. Il ne se souvenait pas s'être endormi.

Autour de lui se dessinait un véritable océan d'édredons colorés, rassemblés sur un matelas rond, tellement vaste que le sorcier avait du mal à en discerner les contours. Se redressant sur un coude, il rassembla ses souvenirs, tout en considérant l'endroit où il venait de se réveiller. Il s'agissait d'une pièce circulaire, au plafond blanc. Le mobilier consistait en ce matelas gigantesque et en une petite chaise placée devant un large rideau de velours bleu sur laquelle un individu était assis. Un homme de taille moyenne, replet, la bouille rigolarde, vêtu d'une tunique bigarrée et coiffé d'un immense chapeau à grelots.

Un fou du roi, en somme. S'agissait-il d'une statue de cire ? Était-il seulement vivant ? Il se tenait, en tous les cas, parfaitement immobile. Dans cette étrange salle, personne d'autre. Ni Kilma ni cheval. Juste Ernest et le fou.

Le sorcier joua des coudes pour gagner le bord de ce lit ridiculement grand. Au moment même où son pied se posa au sol, le fou fut agité d'un spasme. Son visage se tourna vers Ernest, à qui il offrit un sourire. L'homme présentait un strabisme divergent.

— Bien le bonjour, très cher Messire.

« Que puis-je pour votre plaisir ?

« Vos songes furent doux je l'espère.

« Bienvenue en notre repaire.

Ernest ne sut d'abord quoi lui répondre. Trop de questions se bousculaient dessous son crâne. Que s'était-il passé, après le saut de Monsieur Dufoin dans la fosse ? S'était-il fracassé la tête ? Hallucinait-il ? Était-il en train de rêver cette scène, mélange entre le saisissant rituel vécu en compagnie de Kétinée et la lecture récente d'un livre anglais qui avait marqué son esprit, écrit par un certain Lewis Carroll ? Ernest finit cependant par formuler une question :

— Excusez-moi… en fait, euh… C'est quoi cette salle ?

Comme électrisé, l'individu gesticula :

— Ces grands coussins, très accueillants,

« Sont pour vous tous, bandits, brigands,

« Noirs criminels, démons cornus.

« Tout ce qui pille est bienvenu.

Une fois de plus, Ernest Villempré tomba en arrêt. Un fou du roi, donc. Qui s'exprimait en vers. Et qui accueillait les forbans. Comme ceux qui venaient d'enlever Déa. Il se trouvait dans leur antre, bien sûr… Alors, il lui fallait jouer le jeu.

— Ah oui, voilà ! s'exclama-t-il. Pilleur, démon, c'est tout à fait moi, ça… Hum… Et vous ? Vous êtes… ?

— Mon nom à moi, c'est le Passeur.

« Je dois aider les voyageurs.

On ne s'attendait pas à voir cet individu diriger un groupe de criminels. « Un sous-fifre, songea Ernest. Une sorte de vigile, aux portes d'une tanière de truands. Mais quel genre de tanière ? Pour quel genre de truands ? »

— Les... Les gens qui sont arrivés avec moi, évoqua-t-il. Vous ne les auriez pas vus passer, par hasard ? Un de mes amis, d'abord. Assez âgé, avec une longue barbe. Et puis, euh... hum... Un cheval, aussi. Même si, je l'avoue, j'imagine assez mal un cheval dans ce très grand lit.

L'image de Monsieur Dufoin, qui soudain atterrirait au milieu des confortables édredons, le fit sourire.

Le fou sur le siège haussa les épaules.

— Le passage que vous empruntâtes

« Entre deux points n'est pas une droite.

« Quand la magie est convoquée

« Dans la tempête vous embarquez.

« Si tout portail a sa sortie

« La leur n'est pas la vôtre aussi.

Il fallut quelques secondes à Ernest pour décoder ces paroles.

— Le... portail magique – appelons-le comme ça – ne fonctionne donc pas pour tout le monde de la même façon... D'accord, ça doit être un joyeux bazar ! Oublions donc les autres pour l'instant. Et mes... collègues forbans, vous les avez croisés, au moins ? Les cheveux colorés, le visage grimé, des collants noirs. Avec chacun un enfant ou presque, dans une cape et dans leurs bras.

Le fou sur le siège haussa les épaules.

— Le passage que vous empruntâtes

« Entre deux points n'est pas une droite...

Ernest l'interrompit, fronça les sourcils.

— Vous… Vous me ressortez la même tirade, là.

Le fou, visiblement ravi, hocha très vivement la tête, ce qui fit tinter chacun de ses grelots.

Ernest voulut vérifier quelque chose. Il redemanda :

— Et vous, vous êtes ?

— Mon nom à moi, c'est le Passeur.

« Je dois aider les voyageurs.

Ernest hésita sur l'attitude à adopter. Ce type se payait-il sa tête ? S'agissait-il d'un automate ? Le prestidigitateur fut tenté par l'idée de sortir l'un de ses couteaux, d'en menacer le fou, d'exiger de lui quelques réponses claires. Et surtout, sans aucune rime !

Au lieu de cela, il respira un grand coup, contint son impatience. S'il arrivait ici, en balayant tout sur son passage, la sécurité des enfants enlevés pouvait en être compromise. Surtout s'il se trouvait seul contre tous. Il continua donc de jouer à ce jeu déroutant.

— Je suppose qu'il y a autre chose à visiter, dans le coin, qu'un lit presque aussi grand que la pièce, insista-t-il. Si je dois retrouver mes collègues et leur butin, par où je dois passer ?

Le visage rayonnant, l'individu grimpa sur le dossier de la chaise, puis, à la surprise d'Ernest, effectua une cabriole qui le propulsa sur le grand rideau derrière lui. Au vol, il saisit un cordon. Tandis qu'il retombait au sol, le rideau s'écarta. Ernest découvrit trois issues. Trois portes placées à un mètre à peine les unes des autres. Dans le bois de chacune de ces portes était gravé un prénom différent. De gauche à droite : *Sacha*, *Linda*, *Isabelle*.

Le prénom de Sacha était barré d'un trait. Celui de Linda, organisé en lettres mal alignées. Celui d'Isabelle, enfin, paraissait avoir été gravé par une main particulièrement tremblante.

Le fou effectua une très solennelle révérence. Puis de sa voix la plus profonde il entonna :

— Vous voici aux portes d'un monde

« Fait de folie, de peur immonde

« De mensonges et d'hypocrisie.

« Ces émotions sont reines, ici.

Que voulait dire tout cela ? Ernest se le demanderait un peu plus tard. Pour le moment, ses yeux s'étaient fixés sur le prénom du milieu, qui lui rappelait cette broche brillante qui gisait encore au fond de sa poche. Logiquement, si la bande de ravisseurs l'avaient précédé, elle avait dû emprunter la porte centrale.

Mais la logique possédait-elle seulement sa place, ici ?

— Si je dois choisir, je prendrai la porte du milieu, tenta-t-il. C'est par celle-ci que mes collègues sont partis, pas vrai ?

Bien entendu, malgré son insistance, il n'obtint de l'agaçant vigile aucune indication précise. Celui-ci se contenta de réciter :

— Aujourd'hui est jour de Moisson.

« Fêtons-la donc, à l'unisson.

« Seigneurs soudés, butins royaux.

« Car pour Linda, rien n'est trop beau.

Le fou ouvrit grand la porte centrale. Derrière l'huis : un autre rideau bleu, mais qui délimitait un vestibule. Et dans ce vestibule : des masques blancs, des gants, de longues toges. Tout était accroché à des portants de bois. Le fou indiqua ces habits.

— N'oubliez pas votre tenue

« Elle attendait votre venue.

Puis, tandis qu'Ernest franchissait le seuil de l'issue qu'il avait choisie, son guide le gratifia d'une toute dernière réplique, servie par son sourire le plus inquiétant :

— Je vous souhaite un fier moment.

« Empli de joie et de tourment.

Derrière le magicien, le fou claqua la porte. Une porte qui parut se dissoudre dans les rideaux environnants. Lorsqu'Ernest voulut de nouveau la localiser, il en fut incapable. Autour de lui, tout n'était plus que tentures.

Il saisit une toge rouge et une paire de gants au hasard, mais prit le temps de choisir son masque. Les yeux et la bouche, rehaussés de noir, affichaient tout un éventail d'expressions stylisées : colère, joie, tristesse, frayeur, indifférence... Finalement, il opta pour ce qui se rapprochait le plus de la folie : un sourire qu'il jugea malsain et qui lui rappelait les clowns. Ainsi, il saurait peut-être se fondre parmi eux.

Attifé de la sorte, le prestidigitateur allait-il maintenant déboucher sur une scène de théâtre ? Deviendrait-il la risée de ces clowns qui le retrouveraient de l'autre côté du rideau pour lui trouer la peau ?

Vu la nature de l'endroit, difficile de deviner ce à quoi il pouvait s'attendre. En chemin, s'il avait le temps, il réfléchirait à cette expérience unique et à tous ces mystères. Ce grand portail magique qui séparait les gens. Ces criminels venus d'ailleurs. Ce lieu absurde, comme hors du temps, et que définissaient d'autres règles que celles d'un monde plus commun. Cette « Moisson », souvent évoquée. Et puis, ces trois prénoms gravés...

Ernest songea au dessin de Déa. L'homme coiffé d'un haut-de-forme, mal rasé, au ventre proéminent, et au pied des trois entités masquées, était-ce lui, finalement ? Pas en ce moment en tout cas ! Et puis, il avait depuis longtemps perdu son chapeau...

— Déa, ma puce, tu avais donc vraiment tout vu, sourit-il. Tu es une sorcière prodigieuse... Est-ce que par hasard tu sais aussi comment on se tire de ce guêpier ?

Ces mots, il se promit de les répéter à sa fille dès qu'il pourrait de nouveau la serrer dans ses bras. Il exhala, écarta enfin les rideaux.

Partout autour de lui, ces mêmes tentures bleues délimitaient une très grande salle. Au sol, un grand damier bicolore. Et, surgissant de mille recoins différents, d'autres personnages déguisés. Longues toges rouges, gants de cuir, masques. Certains avançaient posément, avec grâce. D'autres évoluaient de manière peu commune. En tournant sur eux-mêmes. Ou bien en zigzaguant. À dix mètres du sol, le plafond en damier répondait au très large pavement.

Ernest tenta de repérer des êtres de petite taille. Des enfants que l'on aurait déguisés, et que l'on mènerait Dieu savait où. Pour le moment, aucune piste sérieuse... Intérieurement, le magicien bouillonnait. En passant le portail, pourquoi diable s'était-il endormi ? Les clowns l'avaient-ils précédé de quelques minutes... ou bien de quelques heures ? Dans cet endroit étrange, pas une fenêtre, un ciel toujours caché. Était-ce une caverne ? Un palais souterrain ? Une entière cité troglodyte, hors de toute juridiction, et réservée aux hors-la-loi ?

Faute de réponses, Ernest se fit espion. Un agent aux aguets, arrivé en terre inconnue. Du coin du masque, il repéra d'autres personnes, arrivées comme lui en écartant les rideaux. Il existait d'autres Passeurs, sans doute. Qui accueillaient tous les nouveaux venus dans d'autres vestibules. Dans ce cas, parmi cette foule, pouvait-il repérer Kilma ?

Sur le pavement très spacieux, il devait y avoir une petite centaine de personnes, qui allaient et venaient. Le gros de la foule cheminait dans une direction précise. Vers une extrémité de la salle. Vers cette fête qu'avait brièvement évoquée le fou, peut-être ?

Chacun se déplaçait d'une manière qui lui était propre. Il avait observé cette excentrique régularité, ces fréquences chez la plupart des visiteurs. Comme les mouvements d'une très vaste danse. Il fallait qu'il s'y mette. Il entama une ligne droite. Et puis, tous les cinq pas, il effectua un large mouvement de bras.

Oui, c'était cela. Tous ces gens, vêtus de toges, se déplaçaient tels des danseurs. Les composantes vivantes d'une immense chorégraphie, identique à nulle autre.

De tous les badauds affublés, Ernest n'était guère le plus excentrique. Certains se mettaient soudain à ramper. Ou bien ils roulaient sur le ventre. D'autres encore battaient l'air de leurs bras, à la manière de grands oiseaux. L'un de ces pseudo-volatiles, d'ailleurs, s'approcha un peu trop près d'Ernest. Entre deux mouvements, il lui souffla cette phrase :

— On étouffe par ici, pas vrai ? Vous ne trouvez pas qu'un peu d'air frais, au loin, nous ferait le plus grand bien ?

Ernest préféra ignorer le personnage. Il restait concentré sur sa fréquence de déplacement. En se demandant s'il n'allait pas finir totalement contaminé par le délire ambiant. Et se prendre à son tour pour un oiseau.

Brusquement, au sein de ce parterre surréaliste, une clameur se fit entendre. Suivie par des murmures. Des dizaines de chuchotements où l'on sentait poindre l'admiration.

— C'est elle !

— Oui. C'est bien elle !

Les enfants de Linda

Ernest jeta une œillade sur sa droite : impossible de rater la personne dont tout le monde parlait soudain. Tout simplement parce qu'elle était immense. Une silhouette de deux mètres cinquante, qui surplombait les autres et les écrasait de sa majesté.

— De plus en plus dingue, ce truc ! marmonna Ernest.

— Vraiment, vous ne trouvez pas qu'on étouffe, ici ? insista celui qui se déplaçait comme un oiseau.

La foule sur le grand damier bientôt se scinda en deux groupes. On poussa Ernest d'un côté, et l'homme-oiseau de l'autre. Ce fut ce couloir qu'emprunta la géante, clairement une personne respectée de tous. Quelqu'un de haut rang. Sur son passage, toutes et tous effectuèrent la révérence. Pour ne pas être en reste, Ernest les imita. Son regard brun se fixa sur cette tunique plus rouge et plus luxueuse que toutes les autres. Sur ce masque d'ivoire, poli avec grand soin, aux ornements noirs et dorés. Sur ce cou paré d'or. Et sur cette démarche inimitable : en effet, sous la toge, les longues jambes ne bougeaient pas. Car cette souveraine flottait.

Quelque chose s'empara d'Ernest, un sentiment qu'il ne sut guère analyser sur le moment. Qui lui fila un doux frisson le long de son échine. La géante était magnétique. Étrange certes. Mais charmante en chacune de ses postures.

— Linda… devina-t-il.

— Linda pour la vie ! lui répondit son voisin le plus proche.

— Linda pour la vie, entonnèrent toutes les voix qui émanaient des masques.

Sur son chemin l'élégante géante adressa quelques mouvements de poignet, puis des saluts royaux. Elle fit clairement signe à tous ses admirateurs d'avancer dans son sillage. Chacun se remit donc en mouvement, trop heureux de l'accompagner. Un type marchait en zigzaguant. Un autre, à reculons. Un autre encore, en crabe.

À cet instant précis, un sentiment de déjà-vu étreignit Ernest. Il leva le cou, presque jusqu'à le tordre, en direction du plafond de la salle.

Au travers d'une brume, il aperçut sa propre silhouette, collée au plafond. Mais pas en toge : dans ses habits de tous les jours. Il était assis en tailleur, aux côtés de la belle Kétinée.

Son regard sous le masque croisa celui de son double à l'envers.

Instinctivement, il leva la main droite, adressa un salut ganté. Au plafond, tout devint un peu plus flou, vraiment chaotique.

Les silhouettes qu'il avait cru reconnaître accélérèrent le mouvement et s'évanouirent bientôt, comme deux bougies que l'on souffle.

Ernest baissa les yeux. Il fut saisi d'un immense vertige.

Se trouver ainsi, face à soi-même : il ne pouvait s'agir que d'une très convaincante hallucination.

La tête lui tournait. Le spasme de la foule, il le sentait devenir sien.

Il perçut son cœur affolé battre avec tous, à l'unisson.

Sans réfléchir, ses pas reprirent la cadence qu'il venait d'inventer plus tôt.

Il lui fallait rejoindre la géante, il devait l'escorter, cela allait de soi ! Il se devait de suivre l'étiquette, de se conformer à la foule, d'anticiper chaque envie, chaque désir de la très grande souveraine, celle de la maison qu'il avait choisie en entrant ici.

Chaque moment lui semblait vide, chaque seconde paraissait bien morne, loin de sa présence. Ses doutes, sa volonté, et même sa personnalité s'effacèrent.

Les enfants de Linda

Le cœur gagné par le charme fou de la silhouette masquée, l'esprit rongé par la déraison, Ernest devint, en une poignée de secondes, un suivant dévoué de l'exquise Linda.

Désormais, aucun doute, il la servirait pour la vie.

VII

Kilma pensait s'être plutôt bien tiré de son entretien avec le Passeur. Pourtant, au saut du lit, tout avait plutôt mal commencé. Le type à grelots avait bondi dans sa direction, puis sur l'énorme matelas, lui réclamant en rimes un laissez-passer que le vieux marabout ne possédait pas. Il avait vite compris qu'il s'agissait de la broche qui leur avait permis de franchir le portail. Cependant, celle-ci devait encore se trouver dans l'une des poches d'Ernest. Qui, comme le dodu destrier qu'il chevauchait tantôt, avait bel et bien disparu.

Le fou du roi, surexcité, avait sautillé en tous sens, en répétant :

— Il me faut ce laissez-passer.

« Sans lui vous n'êtes pas invité !

« Si vous jouez les matamores

« Vous signez votre arrêt de mort.

« Je vais sonner ! Au scélérat !

« La garde armée vous occira.

Vivement, il s'était ensuite précipité vers un cordon censé donner l'alarme. C'était compter sans le talent de pickpocket de Kilma qui, ni vu ni connu, venait de subtiliser une broche au hasard, parmi toutes celles que le fou avait gardées sur lui.

D'abord suspicieux, puis convaincu par le savant baratin du vieil homme, le Passeur avait fini par révéler les trois portes. Contrairement à Ernest, Kilma avait opté pour celle de gauche. Tout simplement parce qu'elle correspondait à la fibule qu'il venait de subtiliser. En route vers le monde de Sacha (le nom qui se trouvait barré d'un trait), il était entré à son tour dans un vestibule. À cet endroit, ni toges ni masques. Juste quelques pancartes, devises que Kilma jugea assez mielleuses.

On pouvait lire, par exemple :

Accepter ses limites, c'est déjà être heureux.

Soyez généreux, le monde le sera en retour.

Chacun, à force de volonté, est capable d'écrire la grande et belle histoire de sa vie.

Bougon de nature, Kilma n'appréciait guère l'optimisme béat. Il se méfiait surtout de ce que ce genre de mantra supposait : conditionnement de la pensée, acceptation aveugle de l'autorité et de l'ordre établi, ignorance des problèmes les plus révoltants…

Toute sa vie, lui l'étranger s'était battu pour qu'on l'accepte, pour qu'on le regarde comme un être humain, ni pire ni meilleur que tous les autres. Mais il venait d'Afrique. Il était pauvre. Il n'avait jamais été beau. Et depuis quelque temps, il sentait le poids des années limiter ses facultés.

Rouler les plus riches, les supposés plus malins que lui, l'amusait au plus haut point. Cela rétablissait, l'espace d'un instant, le grand déséquilibre entre les êtres. Entre les sans-visages et les bien nés. Entre ceux qu'on oublie de suite, et ceux qui s'attardent dans la lumière, comme si celle-ci leur appartenait.

Kilma savait que, devant la Faucheuse, on finissait tous égaux. N'empêche. Entre le jour de la naissance et la définitive sortie de route, il existait un océan d'inégalités flagrantes, d'injustices immuables, de privilèges qui lui donnaient la nausée.

Kilma enviait son grand frère, plus sage que lui sans doute. De sept ans son aîné, davantage philosophe quant à la nature humaine, Babadji demandait peu, ne cherchait pas grand-chose, savait se contenter d'un rien. Lui vivait à Paris, au fin fond d'une modeste boutique qui lui apportait de quoi manger, pas beaucoup plus. Pourtant Babadji n'en était pas aigri. Il se trouvait en paix avec lui-même. Contrairement à Kilma qui était un perpétuel révolté, un être bouillonnant, un adolescent dans des habits de vieux personnage. Du genre à tout envoyer valdinguer, quand le quotidien lui pesait. À faire le vide autour de lui, pour préserver sa liberté. À garder ce côté nomade qui avait toujours fait partie de lui.

Rester à un endroit : très peu pour Kilma. Suivre toute sa vie les ordres d'un même patron ? Ça non merci. Être le mari d'une seule compagne peut-être ? Et puis quoi encore, tiens ! Élever des enfants, tant qu'on y était ? Très peu pour lui.

Les trajets des deux frères n'avaient pas toujours été opposés, bien au contraire. Ensemble, dans leur jeune temps, ils avaient commis mille et une bêtises. Ils s'étaient entraînés l'un l'autre. Sauf que Babadji, au bout d'un moment, était devenu père. Il s'était assagi, s'était consacré à sa femme et à sa fille, puis, neuf ans plus tard, à un second enfant, un petit garçon.

Quel bien cela avait-il apporté à son frère ? Beaucoup plus de tourments que de satisfactions, de l'avis de Kilma. Car la femme de Babadji avait disparu – peut-être assassinée, on ne l'avait jamais su. Sa fille aînée, Zuhri, la mère de Kétinée, lui avait vilainement tourné le dos, à lui et à toute la famille, sans distinction. Enfin, son fils trentenaire était mort prématurément, il y avait un an et demi.

De quoi se trouver révolté, abattu ou anéanti. Sauf que le vieux Babadji, plutôt stoïque, ne blâmait personne. Il paraissait toujours serein lors des visites de son frère et de son unique petite fille, Kétinée. Lorsqu'il évoquait sa vie, il voulait toujours en tirer le meilleur, chérir en souvenir ses années de mariage, en souligner les épisodes heureux. Et accepter, serein, le poids de la fatalité.

Philosophe, donc, comme ne l'était pas son cadet. Les panneaux dans le vestibule, jugés agaçants par Kilma, son frère Babadji les aurait sans doute faits siens.

Une autre différence, entre eux, récente celle-là : Babadji avait renoncé à toute transmission de son savoir dans le domaine surnaturel. Souvent indisponible, il ne s'occupait plus de sa petite-fille. Voilà pourquoi la jeune Kétinée, avide d'exploiter son potentiel, s'était plutôt tournée vers son grand-oncle pour devenir mambo.

— Quel dommage qu'il n'ait pas voulu de toi comme apprentie ! s'agaçait Kilma. Aurait-il peur de la sorcellerie, désormais ? Il a toujours été le sorcier le plus doué de nous deux. Et de très loin. Même pas besoin d'effort pour accomplir un dixième de ce que moi, je réalise avec grand-peine ! T'enseigner son art, cela lui aurait redonné, je pense, un peu de baume au cœur… Au lieu de cela, voilà qu'il tourne ascète !

Kilma ne tenait pas ses propres capacités en très haute estime. De bon gré, il avait accepté Kétinée à ses côtés. Car il n'avait plus à l'élever. Juste à lui enseigner ce qu'il savait.

Surtout : il était persuadé que sa petite nièce ne resterait pas éternellement accrochée à ses basques. En peu de temps, elle s'était hissée à son niveau. Déjà, la jeune mambo commençait à mieux réussir certains rituels, que Kilma avait toujours jugés bien trop complexes et bien trop fatigants pour lui. Le marabout assumait sa paresse, celle des chemins rapides et faciles. En cela, il se rapprochait un peu de son collègue Ernest, lui aussi dilettante.

D'ailleurs, Ernest, où était-il ? Pas dans le monde de Sacha, visiblement. Et les clowns incendiaires non plus.

— J'aurais dû prendre la porte du milieu, bien sûr ! finit par s'exclamer Kilma.

En matière de mondes magiques, le marabout avait connu quelques expériences marquantes. Avec son frère, du temps de leur concorde, ils s'étaient aventurés en des endroits particulièrement dangereux, inaccessibles au commun des mortels. Fouler ces territoires sacrés, c'était s'exposer à la colère d'entités qui pouvaient ensuite vous poursuivre jusque dans vos songes.

Parfois, certains de ces mondes devenaient votre prison. Et l'on vous y torturait lentement.

En compagnie de Babadji, Kilma avait rencontré quelques créatures dont il aurait préféré ignorer l'existence. Il se souvenait d'un homme-sirène, en Italie, qui régnait en despote sur un immense enchevêtrement d'égouts. D'une très jolie brune, du côté d'Arles, entourée de squelettes, dans un environnement dépouillé, émaillé de crânes-bougeoirs et de créatures prêtes à vous dépecer. Enfin, il y avait eu ce brûlant voyage un peu trop près du centre de la Terre. Un endroit peuplé d'êtres constitués de flammes, de magma. Mais surtout quadrillé par des cohortes de moines aussi répugnants que cruels, à la peau calcinée. Cette expédition-là avait été la pire. Les deux frères avaient été attrapés, séquestrés, pendus par les pieds, longtemps suppliciés. Ils en portaient encore, l'un comme l'autre, les brûlants stigmates. De longues cicatrices qui zébraient leurs deux corps. S'ils s'en étaient tirés, cela relevait du miracle !

À cause de ses expériences, Kilma avait cessé ce genre d'exploration magique, merci bien !

À l'époque plus intrépide, Babadji avait un temps continué ses pérégrinations sans Kilma. Mais lui aussi avait fini par faire machine arrière, et de façon spectaculaire : en fondant sa famille.

S'il avait eu son mot à dire la nuit dernière, jamais Kilma n'aurait franchi ce nouveau portail entre le monde des clowns et le leur. Avant le saut à dos de cheval, il avait deviné la nature des enleveurs d'enfants. Des êtres déformés par les ténèbres, et parmi eux quelques extensions d'une tout autre réalité, nées ailleurs que sur le vaste territoire majoritairement occupé par les humains. Des créatures de fantasme, issues de l'imagination morbide d'un sorcier d'envergure. Car oui : certains de ses semblables, parmi les plus doués, étaient capables de créer la vie…

Selon le marabout, Yaneli, la femme-araignée de leur cirque, appartenait à cette catégorie de créatures. Entre deux numéros, un soir, il avait coincé Alvaro. Il lui avait asséné, d'un air faussement détaché :

— Je ne sais pas où tu as été la chercher, celle que tu appelles ta femme. Mais je me doute que cet endroit, du genre très secret, n'existe sur aucune carte humaine.

Alvaro n'avait ni confirmé ni infirmé l'information. Il s'était contenté de rire et d'éluder la question, comme à son habitude.

Méfiant face aux émanations des mondes magiques, Kilma n'avait jamais voulu creuser la piste. Il tolérait Yaneli, bien sûr. Mais sans vouloir la connaître ni même l'approcher. Un peu comme certains autres esprits, très étriqués, ne voulaient pas le connaître non plus, songeait-il parfois, un peu coupable, et non sans ironie.

Maintenant, il était condamné à arpenter ce drôle d'endroit, doté d'une triple entrée. Et s'il laissait la « garde armée », brièvement évoquée par le Passeur, l'expulser simplement, *manu militari* ? Non. Cent fois non. Car intervention de la garde armée ne signifiait pas forcément reconduite à la sortie. Sa peau noire, marquée au fer rouge, en savait quelque chose.

Les rideaux bleus, franchis à la sortie du vestibule, avaient depuis bien longtemps disparu. Ses pas l'avaient mené dans une ville au ciel infiniment noir, aux ruelles pavées de maisons à colombages, aux toits d'ardoise. Un paysage urbain du Moyen Âge, mais repeint avec l'encre de la nuit.

Les habitations, collées les unes aux autres, formaient de riches amalgames aux formes hétéroclites, aux poutres apparentes, percées de fenêtres opaques. Souvent, des bâtiments construits de part et d'autre d'une allée se rejoignaient en leur sommet, formaient de grandes arches. De nombreux escaliers, galeries couvertes, ruelles pavées rendaient tout parcours éreintant. Notamment pour quelqu'un de l'âge de Kilma, qui souffrait de rhumatismes aux genoux.

Si la ville paraissait vaste, construite sur plusieurs niveaux, elle n'était pas particulièrement animée. Plutôt lugubre, clairsemée de passants en capes et grands chapeaux. Aucune époque particulière ne définissait la mode vestimentaire de ces promeneurs du crépuscule, dont Kilma ne parvenait que rarement à discerner le visage, invariablement mangé d'ombre.

Parfois, les allées devenaient ruelles, ou même goulots d'étranglement, endroits que le marabout jugeait oppressants. Même s'il discernait parfois des mouvements à l'intérieur des bâtiments, globalement les fenêtres et portes de bois demeuraient closes. L'éclairage public, plutôt rare, consistait en quelques torches, bougies et lanternes, fixées aux murs, laissant beaucoup trop de place à l'incertitude.

Inspectant les enseignes, il reconnut divers commerces. Bottier, tailleur, taverne, écrivain public, bijoutier, marchand de quatre saisons... Aucun de ces magasins n'était particulièrement accueillant.

Pour le moment, Kilma s'était contenté d'explorer ce dédale issu de plusieurs époques amalgamées. Pour ne pas trop attirer l'attention sur lui, il n'avait adressé la parole à personne. Et personne ne s'était approché de lui. Bien entendu, le marabout ne se berçait pas d'illusions. Avec sa tenue africaine, sa couleur de peau, son fez, il se savait aussi visible qu'un flamant rose dans une basse-cour. Bientôt, il dut se rendre à l'évidence : à force de descendre des escaliers, de choisir entre deux ruelles, d'emprunter des embranchements, il s'était bel et bien perdu.

— Dans une *vraie* ville, il y aurait au moins des plaques, des noms de rues ! maugréa-t-il dans sa barbe. Foutu monde sorcier !

N'y tenant plus, il avisa une dame blonde à la silhouette ronde, qui battait un tapis au premier étage d'un bâtiment.

— Excusez-moi, madame... Sans doute pouvez-vous m'aider. En fait, je cherche une bande... de clowns. Vous savez : visages peints, chevelures de couleur, sourires exaspérants.

Ils étaient sans doute accompagnés d'une petite douzaine d'enfants. Dont une jeune aveugle. Ah, et puis, tant qu'on y est : si par hasard vous aviez aperçu un rouquin en costume, la chemise de travers, mal rasé, et chevauchant un canasson dodu, ça m'arrangerait bien !

Sur son balcon, l'autochtone hocha la tête.

— Je les ai vus. Oui. Je les ai tous vus. Chacun de ceux que vous me décrivez. Et même le cheval.

Kilma ne s'y attendait pas. Enfin une bonne nouvelle !

— Eh bien parfait ! s'enjoua-t-il. Ils ont déboulé il y a longtemps ? Je peux savoir par où ils sont partis ?

— Par là, répondit sans hésiter la dame blonde, en pointant du doigt l'une des ruelles. Si vous vous dépêchez, vous les rattraperez sans doute.

Kilma n'en revenait pas de ce coup de veine. Il remercia l'inconnue, puis fila dans la direction indiquée. Il lui fallut encore descendre un escalier, en monter deux, s'aventurer sous un porche, trottiner le long de deux avenues en coude. Essoufflé par tant d'efforts, il déboucha… sur un cul-de-sac.

— Qu'est-ce qu'elle m'a raconté, celle-là ? réfléchit Kilma à voix haute. Ils n'ont pas pu s'engager par ici, il n'y a rien du tout ! Ou alors, ils ont disparu à l'intérieur d'un bâtiment ?

Le vieux marabout pivota, voulut revenir sur ses pas. Pour ce faire, il devait dépasser deux individus, qui curieusement s'engageaient eux aussi dans l'impasse.

— Holà, monsieur ! l'interpella un premier inconnu drapé d'une cape, chaussé de longues bottes, coiffé d'un tricorne et masqué d'un loup. Nous sommes bien aises de vous trouver céans.

— C'est ça, bien le bonjour, répondit simplement Kilma sans s'arrêter.

Le second personnage, masqué lui aussi, attifé comme le premier, mais paré d'une longue moustache, le saisit par le coude.

— Nous n'allons pas vous retenir, n'ayez crainte, l'assura celui-ci dans un sourire. Loin de nous l'idée de vous violenter.

En totale contradiction avec ces paroles, l'homme repoussa Kilma d'un brusque mouvement d'épaule.

— Hé, ho ! Qu'est-ce qui vous prend, bon sang ? souffla le marabout, déséquilibré. Vous me laissez passer, oui ?

— Mais allez-y monsieur, intervint l'homme à tricorne. Filez comme le vent, nous vous laissons la place.

À ces mots, il se plaça jambes écartées, bras croisés, dans l'attitude d'une personne qui barre clairement le passage. Kilma faillit directement ruer dans les brancards. Puis il se souvint de son âge. Il n'était plus ce jeune homme qui jadis réglait tous ses problèmes à coups de poing. Il chercha donc à contourner les deux individus. Qui, rieurs, effectuèrent un pas de côté.

— J'espère du fond du cœur que nous ne vous importunons guère, insista l'homme à tricorne en poussant Kilma sans ménagement.

— Nous ne vous souhaitons que le plus grand bien, monsieur, assura le moustachu, qui venait de dégainer un long couteau.

Avant de lui foncer dessus, lame tendue.

Âgé, mais pas encore sénile, Kilma esquiva ce premier mouvement. Un autre vint aussitôt, de la part de l'homme à tricorne.

— Ne cessez pas de bouger ! s'exclama le second assaillant. Loin de nous l'idée de vous trouer la peau.

Les enfants de Linda

Cette fois, la lame ripa sur l'épaule de Kilma. Elle déchira la toile de sa tunique. Quelques gouttes pourpres et épaisses envahirent le tissu, puis maculèrent le pavé.

— Ainsi n'est pas la loi, continua le moustachu, qui venait de verser le premier sang. Tout intrus est accepté dans le monde de Sacha.

— Vous appartenez à la garde armée, comprit enfin Kilma. Et vous prononcez le contraire de ce que vous pensez.

— Ce soir, monsieur, votre intrusion n'a pas été remarquée et sera pardonnée ! tonna l'homme à tricorne.

— Et donc, vous allez me tuer, déduit Kilma.

Les deux assaillants agirent en parfaite coordination. Leurs poignards fendirent l'air en direction de la poitrine du marabout.

Le vieux sorcier n'allait pas se laisser assassiner. De la sacoche qu'il emportait partout avec lui, il avait tiré une poignée de sable. Ce sable, il le souffla au visage de ses adversaires. Arme dérisoire ? Pas vraiment. Les deux gardes eurent beau se protéger les yeux, les particules glissèrent entre leurs doigts, se réorganisèrent magiquement, puis vinrent se couler jusque sous leurs paupières.

— Argh. Aïe ! gémit le moustachu. Quel bonheur, je vois tout !

— Cher ami, grand merci pour ce cadeau ! pleura l'homme à bicorne, aveugle lui aussi, et tombé à genoux.

— Mais le plaisir est mien, voyons ! les parodia Kilma en filant.

À grandes enjambées, il revint sur ses pas. Reprit les escaliers en sens inverse. Pourquoi ces deux sentinelles exprimaient-elles, systématiquement, le contraire de ce qu'elles voulaient faire ? Était-ce un trait commun à tous les habitants ? Dans ce cas, la fille blonde, au balcon, lui avait très certainement menti. Elle n'avait jamais aperçu un cheveu d'Ernest. Peut-être même avait-elle prévenu la maréchaussée locale.

Kilma voulut se faire oublier. Sauf que d'autres soldats à chapeau, cape et couteaux arrivaient dans sa direction. Ils le hélèrent, lui demandèrent très poliment de décamper – ce qui devait correspondre, par ici, à l'ordre formel de ne surtout pas bouger.

Le marabout s'engagea donc dans une ruelle adjacente. Ignorant ses douleurs articulaires, il sprinta jusqu'à un embranchement. Derrière lui, les voix se rapprochaient.

— Je ne l'ai pas vu.

— Nous voilà bredouilles.

— Ne le prenons pas en tenaille !

Impossible de semer tous ces soldats, nettement plus en forme que lui. Kilma choisit donc de pousser la première porte ouverte, celle d'une très petite remise, d'à peine un mètre de large, afin de s'y cacher. Il saisit la poignée, s'engouffra dans le local et ferma derrière lui. Puis il se retourna, hoqueta de surprise.

Cette remise n'en était pas une. La porte donnait en réalité sur une immense salle à manger. Kilma considéra l'entière tablée composée d'une vingtaine de personnes. Père, mère, grands-parents, enfants, oncles et tantes peut-être, qui toutes et tous partageaient une gigantesque marmite de soupe, et qui le dévisageaient avec des yeux ronds.

Kilma comprit cette évidence : dans ce pays où tout était mensonges, même les portes les plus anodines pouvaient vous tromper.

Tandis que de la rue parvenaient les cris des gardes affairés à sa traque, Kilma offrit à l'entière famille son plus innocent sourire.

— Hé hé, pas de panique ! tenta-t-il. Enfin, si : paniquez ! Enfin, faites au mieux. Ou au pire… Rhô là là, c'est compliqué, de penser comme vous !

Le père de famille, barbu et chauve, se leva vivement et assura au marabout :

— Vous pouvez compter sur notre absolue discrétion.

Alors, dans la seconde suivante, chacun des membres de la tablée, de l'ancêtre au petit dernier, se mit à hurler à tue-tête :

— IL N'EST PAS ICI !

Kilma jura. Traversa le salon en trombe. Voulut trouver une autre issue. Faillit sauter par une fenêtre. Choisit finalement un placard qui le mena… vers le jardin potager.

Une autre porte se dessina dans le fond du jardin. Kilma préféra la bouder. S'il l'ouvrait, peut-être allait-il aboutir de nouveau à l'intérieur de la maison.

Il grimpa sur le muret, sauta dans le jardin voisin, le traversa, franchit une autre enceinte.

Désormais, il filait dans une ruelle. Au bout de celle-ci : catastrophe ! Une partie de ses poursuivants le repéra, fonça vers lui. Kilma emprunta un escalier. Trébucha. Jura. Dévala les dernières marches, sur le coccyx.

— Ah mais non ! Pas possible ! pesta-t-il.

Comme au tout début de sa cavalcade, cet endroit déboucha sur une impasse. Percée cependant d'une unique issue, une porte finement ouvragée dont Kilma se fichait bien de savoir où elle menait, du moment qu'elle lui permettait de partir. Il tira de toutes ses forces sur la poignée d'apparence très luxueuse : fermée à clé ! Quant aux fenêtres, toutes étaient voilées de volets !

Entre-temps, les gardes s'étaient regroupés. Tous arrivèrent, arme en avant, un sourire malsain aux lèvres.

— Cette fois, cher ami, tu pourras t'échapper !

Kilma porta la main à sa sacoche. Possédait-il assez de sable pour aveugler dix personnes sans se prendre un autre coup de poignard, mortel cette fois ?

Le marabout n'eut pas à répondre à cette angoissante question. Car sur sa gauche, tout à coup, la luxueuse porte s'ouvrit en grand.

Sur le seuil de celle-ci : Kétinée. Accompagnée d'un homme aux cheveux bruns, aux yeux vairons. Et d'un petit garçon. Derrière eux : un très grand boudoir percé d'une baie vitrée.

— Hein ? Comment ? s'interrogea Kilma.

— Franchement, mon oncle, tu crois que c'est le moment de me poser des questions ? répondit la mambo.

D'un geste vif, elle invita le marabout à la rejoindre. Il ne se fit pas prier. Presque aussitôt, l'homme aux yeux vairons ferma derrière lui.

Sans le savoir, la garde armée avait dit vrai. Car lorsqu'elle rouvrit l'étrange porte finement sculptée, elle ne trouva qu'une grange, encombrée de bottes de foin.

Kilma Mountabila leur avait effectivement échappé.

VIII

Quelque temps plus tôt, aux abords d'une forêt de feuillus, une femme très maquillée, accompagnée d'un petit garçon, tournait autour d'une fosse qu'elle ne reconnaissait plus. Les pleurs de l'enfant, apeuré, épuisé, résonnaient entre les ormes et les châtaigniers.

— Maman, maman… Je veux revoir maman !

— Ah mais, tu vas te taire, sale môme ?

La prédatrice aux cheveux bleus perdait patience. Depuis un long moment, elle scrutait les environs à la recherche de quelque chose qu'elle ne se souvenait pas avoir perdu. L'enfant à ses côtés tremblait de tous ses membres. Le sortilège qu'elle devait utiliser, pour l'enlever, s'était dissipé depuis bien longtemps. La moisson tant attendue, tant préparée, virait pour elle au cauchemar. À plusieurs reprises, elle avait frappé l'enfant.

— Excuse-moi, ce ne serait pas ce genre de chose que tu cherches, par hasard ?

La femme maquillée n'avait pas entendu venir cette personne à la peau foncée, vêtue d'une très courte tenue de cirque. Entre le pouce et l'index, celle-ci brandissait une broche aux lettres scintillantes.

Juste après la disparition de ses amis, en revenant vers le cirque Palazzi, Kétinée avait localisé cet objet, irradiant une énergie mystique. L'autre clown, tombé plus tôt et fermement ligoté avec des racines, lui avait révélé son utilité. Près des roulottes, le feu avait été éteint, tout semblait apaisé. Le bilan serait lourd, bien sûr. Plutôt que de constater l'étendue des dégâts, Kétinée s'était donc redirigée vers la forêt. Désormais, elle devisait avec une kidnappeuse. Elle l'avait vue maltraiter le petit garçon qui l'accompagnait. Cela l'avait mise en rage.

— Ta broche… C'est une sorte de clé, pas vrai ? demanda-t-elle. Et si tu as perdu ta clé, tu ne peux pas rentrer chez toi…

La femme-clown, menaçante, s'approcha de la mambo.

— Tu vas me rendre ça, grogna-t-elle.

— Et te laisser filer avec le gosse, peut-être ? Ben voyons !

Sans un mot de plus, la femme-clown pirouetta. Tel un caméléon qui choisit la forêt comme tenue de camouflage, elle disparut complètement. Ce petit tour ne surprit guère Kétinée : elle s'y était préparée. Au moment où son ennemie invisible arriva dans son dos, celle-ci eut la percutante surprise de frapper de la jambe un mur tout aussi indétectable qu'elle. Projetée en arrière, la femme-clown poussa un cri : son tibia venait de se fracturer !

— Un iwa de l'air peut se révéler aussi compact que de la brique, lui indiqua Kétinée, protégée par le serviteur qu'elle venait d'invoquer avant même d'engager la conversation.

D'un geste du poignet, elle demanda à l'iwa d'assommer la kidnappeuse. Alors, une force colossale et implacable s'abattit sur son crâne. La femme-clown, le tibia en morceaux, la tête en vrac, s'effondra, terrassée. La redoutable mambo congédia l'iwa et put s'intéresser au petit garçon en détresse. Elle s'approcha doucement de lui, s'accroupit tandis qu'il reculait.

— Ne t'inquiète pas. Je n'ai rien à voir avec cette horrible personne. Je suis venue t'aider, promis. Comment t'appelles-tu ?

— Lé… Léopold, madame.

Le cœur secoué, Kétinée prit le temps de considérer les blessures du petit garçon. Elle lui palpa les membres, le torse, le visage. Rien de très grave, heureusement.

— Tu vas pouvoir rentrer chez toi, mon grand. Retrouver tes parents… Tu sauras trouver ton chemin ?

— Pour le moment, je reste avec toi, trembla le garçon.

Kétinée réfléchit. Elle allait devoir raccompagner l'enfant apeuré, c'était une évidence. Cependant, elle voulait savoir où avaient disparu ses amis. Chaque atome de son corps le ressentait : le lieu où ils stationnaient – Kilma, Ernest et Déa – regorgeait de sorcellerie.

La mambo s'approcha de l'endroit où l'énergie résiduelle était la plus forte. Soudain, la broche désormais accrochée à sa tunique s'illumina. Des étincelles crépitèrent. En réponse à cet appel, un vaste cercle de lumière se dessina, s'étendit autour de la fosse. Instable, cette énergie rebondit d'arbre en arbre. Tellement vivace qu'elle fit chanceler Kétinée et l'enfant.

— Ouh là, il se passe quoi ? ! s'étonna la mambo.

La source lumineuse, incontrôlable, se mit à vrombir. Elle attirait à elle les feuilles, les branches mortes, les cailloux. Pris dans un tourbillon, ces éléments s'envolaient puis s'abîmaient vers la lumière. Avant de se désagréger à son contact, broyés en mille particules. Bientôt, le jeune Léopold quitta terre à son tour.

— Accroche-toi à une branche, un tronc, n'importe quoi ! lui intima Kétinée.

Les doigts du garçon affolé ripèrent sur diverses surfaces.

— Non non non, toi tu restes ici ! s'exclama la mambo en attrapant sa main au vol.

Elle-même cramponnée à un arbre, elle luttait contre l'attraction du passage, de plus en plus forte. Le collier et le pendentif qui paraient son cou s'agitaient, et elle faillit bien les perdre l'un comme l'autre. La lumière, éclatante, fusait de toutes parts. Tiraillée entre Léopold et le tronc d'arbre, Kétinée ne fut pas certaine de ce qu'elle aperçut ensuite. Car tout sembla se dérouler en même temps. Au-dessus de sa tête était apparu un corbeau. S'agissait-il du même volatile que celui vu plus tôt, tout près du cirque en flammes ? Et dans ce cas, l'étrange fille aux cheveux blond platine qui avait plongé au cœur de l'incendie se trouvait-elle dans les parages ? Kétinée la chercha du regard. En mauvaise posture, elle n'aurait pas refusé un peu d'aide. Au lieu de cela, ses yeux tombèrent sur… un loup. Un animal au poil gris, aux yeux verts, qui comme elle paraissait lutter contre le flux qui secouait le paysage entier. Au bout de sa main droite, le petit Léopold criait. Kétinée ne parvenait plus à lui faire regagner terre.

Ce fut au tour de la femme-clown de décoller. En une poignée de secondes, son corps se mit à flotter, à voler. L'ennemie inconsciente fut bientôt happée par le maelström.

Tout devint chaotique. Bien trop lumineux. Dans le ciel, y avait-il un seul corbeau… ou bien étaient-ils deux ? Un volatile, en tous les cas, parut se poser sur une ombre, placée en retrait du loup gris. Il s'agissait d'un homme blond, la quarantaine, le menton cerné d'un collier de barbe. Le frère de la fille en noir, peut-être ? La mambo n'aperçut cette personne que très brièvement. Pourtant, cette apparition lui fit un effet saisissant.

Malgré le déchaînement de magie, malgré la tempête ambiante, et contre toute logique, elle perçut distinctement les paroles que cet inconnu murmura. Celles-ci fendirent le vent, brisèrent le chaos ambiant.

Pour venir se graver dans l'esprit de la mambo.

« Le piège est en place, résonna cette voix. Pour qu'il se referme, j'ai besoin de toi. »

L'inconnu demeurait à bonne distance du passage. Mais pas le loup gris, qui avançait vers la main gauche de Kétinée – celle agrippée à l'arbre. La mambo s'attendit presque à ce que l'animal attrape sa main gauche dans sa gueule et l'aide à rester en ce monde. Au lieu de cela, l'animal lui flanqua un vilain coup de griffes. Kétinée, saisie, dut lâcher prise.

— Non mais saleté ! jura-t-elle.

La main en sang, elle fila dans l'air à son tour, le jeune Léopold à ses côtés. Puis leurs corps rencontrèrent bientôt le portail en furie.

L'inconnu, le loup, le corbeau assistèrent stoïquement à cette double disparition, sans intervenir davantage. De Kétinée et de l'enfant, il ne demeura bientôt plus aucune trace.

*

Comme Ernest, comme son grand-oncle Kilma, Kétinée fut confrontée au Passeur. Léopold s'était éveillé à ses côtés.

Le personnage à grelots leur révéla bientôt ce détail :

— Pour les enfants, pas de ticket.

« Ils vont et viennent, où vous voulez.

La femme-clown au tibia fracturé n'était pas reparue. Kétinée choisit par déduction la porte du milieu, celle qui correspondait à sa broche : le monde de Linda. La mambo et l'enfant franchirent à leur tour les rideaux bleus puis arpentèrent le grand damier, après avoir enfilé de longues toges rouges. Léopold arborait un masque à l'expression surprise. Kétinée avait choisi un faciès déterminé : bouche droite, sourcils froncés. Elle interpréta chacune des démarches excentriques des personnes alentour comme une façon personnelle de prier.

— Je suis vraiment désolée de t'avoir entraîné dans cette folie, s'excusa-t-elle auprès de Léopold.

— C'est ma faute, murmura le garçon. J'avais peur de rentrer chez moi, tout seul.

Kétinée fut touchée par ces paroles. Surtout venant d'un enfant qui venait de vivre une violente tentative d'enlèvement. Elle déposa une main gantée sur l'épaule de son jeune compagnon. Ce simple geste provoqua une vive douleur, souvenir de la griffe du loup. Elle préféra l'ignorer.

— Tu es très courageux, Léopold, jugea-t-elle. Surtout, reste bien à côté de moi. Car les choses risquent de devenir encore plus bizarres et dangereuses.

Ils sortirent en dansant d'un temple corinthien pour découvrir une succession de bassins et de fontaines, colorés et imbriqués les uns dans les autres, qui se découpaient sur un ciel azuré. Des jets couraient d'un bassin à un autre en de savantes circonvolutions. On déambulait au sein de cette structure en empruntant des chemins partiellement inondés, qui parfois vous donnaient l'impression de marcher sur l'eau. Kétinée avisa un individu qui progressait sur les mains. Un autre enchaînait les roues et les roulades, ce qui fit rire Léopold.

— De mieux en mieux, s'amusa Kétinée. J'espère qu'ils ne vont pas exiger quelques flips arrière de notre part !

Tous ces bassins étaient bordés d'un jardin en pagaille : ici un saule, là des palmiers, plus loin du houx. Des dizaines et des dizaines de personnes masquées s'affairaient à décorer arbres et haies, à orner de guirlandes, de lanternes et de fleurs quelques arches de pierre, des structures en fer forgé et de hautes vasques de bronze. Plusieurs fois, Kétinée lut le mot *Linda*, souvent accompagné d'un cœur. Une fête était en préparation.

Le long d'un bassin en forme de spirale, un drôle d'individu chercha à les aborder. Il battait des bras, à la manière d'un oiseau. Son masque possédait une bouche arrondie.

— Vous ne trouvez pas qu'on étouffe, ici ? souffla-t-il. Et si nous nous isolions, afin de converser tranquillement ?

Kétinée voulut immédiatement chasser cet importun.

— Sans façon. Nous avons bien des choses à faire. Adieu.

— Non non, attendez, vous ne comprenez pas, insista l'inconnu. Je ne suis pas comme les autres… J'ai conservé toute ma tête. Enfin… en grande partie, je pense.

Son propos eût été plus convaincant s'il ne s'était pas soudain mis à siffloter, jambes arquées en battant des bras.

— Je scrute l'arrivée des nouveaux venus, compléta-t-il. Ceux qui n'ont jamais rencontré Linda. Et votre démarche ne m'est pas familière… Si vous croisez la souveraine, surtout prenez garde ! Car elle vous entraîne dans son sillage. Gagnée par son charme irréel, vous ne pouvez lutter, votre raison chavire…

Intriguée par ces paroles, Kétinée accepta de suivre ce « drôle d'oiseau » vers un petit kiosque fait de bric et de broc. À l'abri des regards, il retira son masque. C'était un homme d'une quarantaine d'années, légèrement dégarni, aux yeux vairons. Des favoris bruns encadraient son visage anguleux.

— Je m'appelle André, commença-t-il. C'est vraiment chouette de rencontrer quelqu'un avec qui converser. Quelqu'un qui ne répète pas le nom de Linda tous les trois mots, je veux dire.

Kétinée ne ressentait aucune hostilité de la part d'André. Elle décida de lui faire confiance en ôtant son masque. Sa couleur de peau ne paraissait guère gêner l'inconnu.

— À part vous, tout le monde est timbré dans le secteur ?

— Plus ou moins... Le truc, c'est que j'ai la tête un peu dure... un esprit assez fort, capable de résister aux manipulations mentales. Chaque fois que je me fais de nouveaux amis, comme vous, cela ne dure pas, hélas ! Car tôt ou tard, ils rencontrent Linda, Sacha ou Isabelle. Et alors là, leur cervelle surchauffe. Ils se trouvent sous l'emprise de l'une de ces déités. D'ailleurs, je ne me fais pas d'illusions. Vous y passerez aussi, tous les deux.

— Vous êtes un sorcier, donc ? devina Kétinée. Mais d'où venez-vous ? Depuis combien de temps êtes-vous ici ? Et puis, quelle est la nature de cet endroit, au juste ?

— Déjà, j'ai perdu la notion du temps. Et puis... mes souvenirs sont flous, avoua André en se grattant le crâne. Je lutte tellement, au quotidien, pour ne pas devenir l'un de ces moutons masqués, que les informations qui ne me sont pas vitales ont fini par... s'effacer ! Si je partais d'ici, je les retrouverais peut-être... Malheureusement, partir d'ici, c'est impossible.

— Certains vont et viennent jusque dans notre monde humain, objecta Kétinée. Des clowns, en tenue noire. Alors, pourquoi pas nous ?

— Vous parlez des agents de la Moisson, comprit André. Ceux-là sont dépêchés par Linda, Sacha et Isabelle. Ils possèdent un laissez-passer spécial. Tous, nous nous sommes retrouvés piégés en traversant le portail magique. Voilà une entreprise de recrutement bien pratique, vous ne trouvez pas ? Lorsque Linda, Sacha ou Isabelle cherchent de nouveaux suivants, ils ouvrent simplement les écoutilles. Dans un premier temps, ils acceptent tout le monde. Mais ensuite, la garde armée intervient. Elle se charge d'occire, ou plus rarement de bannir, les indésirables. Les fortes têtes qui paraissent destinées à semer le trouble. Ces gens-là sont vite repérés, en général… Et puis, il y a les sacrifices. Tous ceux qui seront bientôt tués, lors de la grande fête de la Moisson.

André avait débité toutes ces informations, quasiment d'une traite. Preuve qu'en effet le malheureux se sentait seul, avide de discuter avec des gens qui savaient encore aligner trois mots sans se répandre en louanges envers les déités.

— Voilà qui est charmant ! s'exclama Kétinée dans une moue. Des sacrifices, maintenant… De mieux en mieux !

Elle espérait que Léopold, sous son masque, s'alarmait un peu moins qu'elle en ce moment.

— J'ignore depuis quand cette espèce de grand piège existe, avoua André. De temps en temps, j'échafaude un plan d'évasion. Je sens confusément que je dois rejoindre quelqu'un… mais je ne sais plus qui. Peut-être suis-je arrivé ici avec d'autres personnes qui me sont chères ? Comment savoir ? Avoir été privé de la plupart de ses souvenirs, ce n'est pas évident, croyez-moi !

Kétinée songea à Kilma, Ernest, Déa. Elle devait les repérer : c'était urgent. Surtout si ses souvenirs étaient destinés à s'effacer. Les oublier, tous trois ? Cette pensée l'horrifiait, la glaçait.

— Et les enfants ? demanda la mambo. Pourquoi les clowns… enfin les « agents »… enlèvent des enfants ?

André énuméra ses explications sur les doigts de ses mains.

— Sur ce sujet, ma pensée est très claire : parce qu'ils sont vulnérables. Particulièrement malléables. Faciles à enlever, à escamoter. Parce que ces enfants ne sont pas choisis par hasard, mais pour leur potentiel magique, que parfois leurs propres parents ignorent. Les agents de Linda sont très doués pour repérer ces « futurs talents ». Aussi, ils préfèrent les grands rassemblements humains. Ceux qui leur permettent de moissonner large, en une seule fois. Enfin, enlever des enfants, c'est attirer leurs parents, leurs grands-parents, peut-être leurs amis ici. D'autres personnes intéressantes. Qui par la suite deviendront de puissants serviteurs, eux aussi… Je continue ?

Kétinée hocha très lentement la tête. À la suite des enfants en effet, Kilma, Ernest et elle-même s'étaient rués ici. D'autres suivraient peut-être…

Un groupe de gens s'approcha du kiosque où ils se cachaient. Chargés d'iris, de lampions ronds et de rubans, ils cherchaient à le décorer. Cela signifiait la fin de leur conversation. Les masques furent remis, et les trois conspirateurs repartirent. Tout en marchant, André mit Kétinée en garde :

— Il vaut mieux éviter la foule. Un enfant à vos côtés va forcément attirer les curiosités…

— Il me faut absolument retrouver mes amis, indiqua la mambo. Et les autres enfants, enlevés cette nuit.

— Les fruits de la Moisson doivent être jalousement gardés, avança son guide. Au palais de Linda, peut-être. Ou dans les geôles du grand colisée… Je suis désolé, je ne les ai pas vus passer… En fait, les agents de la Moisson empruntent parfois des coursives secrètes, interdites à nous autres, simples sujets.

— Avant de me rendre au palais, je vais chercher mes amis.

— Encore faut-il savoir où chercher…

— Je pense pouvoir me débrouiller, le coupa Kétinée.

De sous sa toge, elle extirpa l'un des deux objets qu'elle portait toujours sur elle, en guise de collier.

— Celui-ci a été tressé par mon grand-oncle, révéla la mambo. Si je me concentre, si je trouve un endroit tranquille pour entamer un rituel, je pourrai sans doute le localiser.

— Et si votre parent n'a pas franchi la porte du monde de Linda ? lui demanda André. Et s'il est ailleurs ?

— Chez… Sacha ou Isabelle, vous voulez dire ?

— Eh bien oui. Ces trois endroits sont séparés.

— Alors ça, franchement, je n'y avais pas pensé.

— Remarquez, réfléchit André. Il y a bien le vieux clochard…

— De quoi me parlez-vous ?

— Il s'agit d'un type qui traîne dans le secteur, parfois. Je crois que c'est une sorte de concierge. Ou d'ex-concierge, plutôt. Ses habits sont miteux, il est toujours accompagné d'un petit chien… Un drôle de zigoto, c'est sûr. Pas toujours cohérent dans ses paroles. On dirait bien qu'il a été démis de ses fonctions à cause de son net penchant pour l'alcool… Le truc, c'est qu'il possède un vieux trousseau de clés. Et certaines de ses clés ouvrent les coursives secrètes dont je vous ai parlé.

Sous son masque, les yeux de la mambo s'illuminèrent.

— Intéressant… Sans doute très utile !

— Il me semble l'avoir justement aperçu, tantôt. Si ça ne vous dérange pas de faire un tout petit crochet…

Il fallut moins d'une dizaine de minutes à Kétinée, Léopold et André pour localiser le clochard. Celui-ci se trouvait avachi, à l'écart des festivités, derrière un bosquet d'aubépine. Sa veste élimée, son pantalon troué, son chapeau déformé enrobaient une silhouette ronde. Sa peau, rougeâtre, était imbibée d'alcool fort. Et deux bouteilles vides trônaient à ses côtés. Un petit chien très mignon, à poil ras, léchait copieusement sa figure hébétée.

— Il a trop bu le monsieur ! analysa simplement Léopold.

André retourna le corps endormi du clochard.

— Bon, il n'est pas en état de nous aider, je le crains… Si j'osais, je lui piquerais bien ses clés.

Ce remue-ménage finit par réveiller l'homme. Qui ouvrit péniblement un œil. Et encore plus péniblement les deux.

— Mmmbrrrmgrmmbl, grogna-t-il.

Il lui fallut un long moment, pour que ses lèvres forment quelque chose de vaguement intelligible.

— Maptitepopo… Ma p'tite Popo…

L'individu se mit à caresser son chien, qui remua frénétiquement la queue. Le clochard se grattait en même temps le menton, la nuque, les fesses. Ses yeux encore à demi clos, bouffis, se trouvaient injectés de sang.

— Excusez-moi, commença André. Je voulais savoir, sans trop abuser, s'il était possible de vous emprunter votre trousseau.

— Hum, toussa Kétinée. Vu son état, est-il bien nécessaire d'entamer un dialogue ?

André tâcha de se rappeler au bon souvenir de l'énergumène. Il lui parla durant de longues minutes. Trop imbibé, le malheureux ne paraissait posséder aucun souvenir de lui.

— Ma p'tite Polly, répétait-il en caressant son animal de compagnie. Tout doux Popo. Tout doux !

— Bon… ça m'a l'air cuit votre histoire, jugea Kétinée.

— Oui, je crois que vous avez raison. Eh bien, tant pis. Je…

Brusquement, le clochard tendit le bras. Dans sa main cliquetait un trousseau composé de nombreuses clés.

— Mmmséssakvouvoulez ?… Hum… Z'oubliez pas de m'le rendre, hein !… Et pas d'bêtises, surtout !

André s'empara du trousseau, le remercia.

Moins de deux heures plus tard, Kétinée retrouvait son grand-oncle.

Le vieux Kilma Mountabila, qui venait de franchir une improbable porte-raccourci, se trouvait hors d'haleine. Il avisa un siège. S'y affala, le temps de reprendre des forces. Il venait de quitter le monde de Sacha pour rejoindre celui de Linda.

— J'ai bien cru que j'allais y passer, souffla le vieil homme. Sont complètement marteaux, par ici !

Le petite groupe, constitué du marabout, de la mambo, du jeune Léopold et de leur énigmatique mais sympathique guide aux yeux vairons, devisait dans une salle d'inspiration vénitienne, un boudoir désert situé dans un bâtiment tout en longueur, attenant aux jardins. Léopold, épuisé, s'assit à même le sol et s'endormit d'un coup. Kétinée conta son parcours à Kilma.

— Et comment tu m'as retrouvé ? demanda le marabout.

La mambo indiqua quelques cercles tracés au sol.

— Avec les moyens du bord. J'ai d'abord accompli le genre de rituel que tu m'as enseigné, mon oncle. Celui qui me permet de me concentrer sur un objet pour en localiser le propriétaire.

— L'un des nombreux enchantements que tu maîtrises, avec l'aisance d'une jeune et vive panthère, comparé au gnou dilettante que j'ai toujours été, sourit Kilma.

— Au départ, tu m'es apparu loin, très loin de moi. Et extrêmement proche, en même temps… Cela est dû à la structure très particulière de cet endroit.

— Trois mondes collés l'un à l'autre, précisa André, tout en avisant par la large baie vitrée les allées et venues des gens qui préparaient la fête. L'un représente la Peur. Le deuxième, la Folie : c'est ici que nous sommes. Et le troisième…

— Le Mensonge, devina facilement Kilma, qui se rappela sa cuisante expérience et les paroles du Passeur. Drôle de Trinité, pour concevoir un territoire magique ! Et donc, tu as tout de même senti ma présence, d'un secteur à l'autre ?

Une vive lueur de fierté animait son regard, tandis que sa petite nièce poursuivait :

— Mentalement, j'ai vu où tu te trouvais. À partir de là, André a utilisé un trousseau emprunté à… une espèce de concierge aviné. Parmi ces clés, il existe un passe-partout magique, vraiment intéressant. Écoute ça !

L'homme aux yeux vairons leva la clé en question. En fer forgé, elle ne paraissait pas différente des autres. Et pourtant…

— Celle-ci permet d'aller de n'importe quel point des trois mondes à n'importe quel autre. Enfin, quasiment… Tout à l'heure, votre petite-nièce m'a décrit l'endroit qu'elle voyait en pensée. J'ai immédiatement reconnu le pays de Sacha.

— André et moi, nous avons mêlé nos magies. Tandis que je maintenais le contact avec toi, lui a affiné sa localisation.

— J'ai alors introduit mon passe-partout dans la serrure de cette porte, juste derrière nous… Et en l'ouvrant, hop ! Nous vous avons récupéré, conclut leur bienfaiteur.

— Eh bien bravo ! s'exclama le marabout, bluffé. Mon grand frère Babadji serait très fier de toi, Kétinée. Lui aussi aimait mêler plusieurs sorcelleries, comme tu le fais. Cela permet de complexifier les rituels. Nous en avons une preuve splendide, aujourd'hui !

— Ce passe-partout est génial, renchérit Kétinée. Si l'on possédait ce genre de choses, dans notre monde, ce serait assez dingue… Tu imagines, on passerait de la porte de notre roulotte à celle d'un temple d'Asie, par exemple !

— Ça fait rêver, admit Kilma. Avec mon frère, j'ai déjà emprunté quelques raccourcis étonnants… Mais une clé universelle, c'est une nouveauté !

— Universelle, je ne sais pas, relativisa André. En fait, les endroits réservés à l'élite demeurent inaccessibles.

— Je vais abuser, sans doute… poursuivit la mambo. Serait-il possible de réitérer l'opération pour un autre de mes amis ?

— Si on ne se fait pas coincer avant, tempéra André.

— Mais au fait, intervint Kilma, soudain méfiant, pourquoi il nous aide, ce zouave ? Qu'est-ce qu'il y gagne ?

— La liberté, bien sûr, dit Kétinée. Nous aurons davantage de chances de quitter cet endroit si nous unissons nos magies.

— Nos *sorcelleries*, la corrigea Kilma. Il me semble te l'avoir déjà dit, ma nièce…

La mambo récita.

— « La magie blanche n'existe pas. Tout découle de l'ombre… » Oui, je sais, mon oncle. Pardon.

— Ce que j'espère aussi, c'est récupérer tous mes souvenirs, avoua André. En m'éloignant de l'horrible influence des trois déités locales, ils finiront peut-être par me revenir…

— Très bien, céda Kilma. Eh bien, autant s'y mettre tout de suite.

Soudain, il se claqua le front de la main droite.

— Ah mais non, suis-je bête ! Il te faut un objet ayant appartenu à notre collègue Ernest pour réitérer ton exploit !

— Cela ne devrait pas trop poser de problème…

La mambo s'installa. Reproduisit, en psalmodiant, le rituel qui lui avait permis de localiser son grand-oncle. Elle extirpa de sa tenue le second ornement qu'elle gardait toujours sur elle. Un pendentif fermé qu'elle posa sur un symbole vaudou, tracé précédemment à la cendre.

— Hé, mais j'ai déjà vu ce pendentif, se souvint Kilma. Dedans, il y a une mèche de cheveux, non ? Je me suis toujours demandé à qui ceux-ci appartenaient. Ne me dis pas…

Son regard croisa brièvement celui de sa petite-nièce. Qui, soudain découverte, détourna ses grands yeux. Kilma se demanda comment il avait pu être aussi aveugle. Pourtant, il y avait eu des signes. Un soir de juin, elle avait coupé les cheveux de cet homme. Des cheveux qu'il avait aperçus plus tard et très brièvement, sans faire le lien, au creux du pendentif ouvert sur une table de nuit. Donc, sa petite-nièce en pinçait en secret *pour ce type.*

— Laisse-moi donc me concentrer, lui dit-elle sèchement. Car pour Ernest, ça va être délicat, je le crains. D'après André, il est sans doute déjà sous la coupe de Linda ! Mais on va tenter quelque chose. Tiens, assieds-toi près de moi. Joignons nos forces, nous ne serons pas trop de trois. On va tous l'appeler, ensemble !

Kilma s'exécuta. Puis il hocha la tête, un fier sourire en coin. Il se félicitait de l'inventivité de sa petite-nièce, qui savait si bien improviser, en détournant des rituels ancestraux selon ses besoins. *Quelle perle, vraiment !*

Par contre… que pouvait-elle bien lui trouver, à cet Ernest ?

Les enfants de Linda

André rejoignit les deux membres de la famille Mountabila. Leurs esprits entrèrent en résonance. Ensemble, ils devaient réussir l'impensable : arracher à la puissante Linda l'un de ses tous nouveaux sujets.

VIIII

Ernest Villempré se sentait extatique. On venait de lui commander la confection d'une guirlande d'aubépine pour la nouvelle dame de ses pensées. Depuis plus d'une heure, il organisait minutieusement les grappes de fleurs blanches en les coupant, en les liant au lierre, en les espaçant avec harmonie. L'opération exigeait des trésors de patience et de délicatesse, qu'Ernest fournissait avec empressement, en chantonnant.

Rien n'était trop beau pour Linda.

Parfois, une souffrance indéfinissable au niveau de la nuque, de l'oreille ou du poignet le distrayait quelques secondes de sa tâche. Ces récurrentes mais brèves douleurs, accompagnées d'un chatouillement le long des épaules ou du bras, n'étaient pas suffisantes pour tempérer son enthousiasme. Afin d'œuvrer correctement, il avait ôté ses gants. Aussi voyait-on parfois apparaître puis disparaître la queue d'une minuscule souris blanche, responsable des morsures et griffures qui importunaient Ernest.

Comme à son habitude, Itsy s'était endormie dans l'une des poches confortables du prestidigitateur. À son réveil, elle avait été troublée. Pas seulement par la lourde toge qui occultait l'habituelle chemise de son compagnon humain. Plutôt par l'atmosphère générale de l'endroit. Ce ciel lumineux, sans soleil, la chagrinait beaucoup. Et puis, Ernest ne se comportait pas comme d'habitude. Plutôt que de la nourrir, la papouiller, s'occuper un peu d'elle, il était entièrement absorbé à triturer ces fleurs et ces feuillages, qu'elle jugeait sans intérêt. Aussi avait-elle décidé de le mordre, de le griffer, afin d'attirer son attention. Pour le moment, sans aucun résultat.

Ces allées et venues réveillèrent le dernier habitant de la toge : le singe Noidkoko, à peine plus grand qu'Itsy. La gueule chiffonnée, le poil en vrac, le ouistiti pygmée finit par se joindre à la samba sous cape. Il grimpait le long d'une manche, tournoyait autour du ventre d'Ernest, se hissait jusqu'à un lobe d'oreille, qu'il mordillait ensuite. On avait grand faim, par ici ! Et plus aucun reste de biscuit à se mettre sous les quenottes !

Ainsi, ça vivait, ça courait, ça couinait et ça se plaignait, sous l'habit rouge du magicien. Aucun habitant de ce monde ne s'en souciait outre mesure. Lorsqu'un autre adorateur, en toge, masque et gants, passait auprès d'Ernest, ce genre de paroles étaient invariablement échangées :

— Louée soit Linda.

— Linda est source de lumière, d'inspiration. Elle est la beauté et la grâce de ce monde.

— Linda est un cadeau des dieux, une fine perle d'azur brodée d'un océan de feu.

— Linda pour la vie !

Chacun y allait de son couplet, de son compliment. Certains même entonnaient des chansons, improvisaient des poèmes entiers, conçus en alexandrins à la gloire de celle qui avait ravi tous les cœurs, qui occupait toutes les pensées.

Face à ces considérations éthérées, ces envolées d'amour et d'enthousiasme, que pouvaient donc peser deux minuscules animaux, qui ne faisaient qu'agiter un peu de tissu ?

Depuis déjà de longues minutes, Kétinée, Kilma et André cherchaient à s'insinuer, sans succès, dans l'esprit d'un Ernest illuminé par son adoration.

— Je n'y arrive pas, s'énervait Kétinée, depuis le boudoir devenu lieu de rituel.

— Son esprit est trop loin, déplora André. Nimbé de limbes et de folie. Je ne sais pas si on pourra l'atteindre.

— Attachez-vous aux détails qui peuvent le sauver, intervint Kilma, clairvoyant. Sentez-vous ces frêles présences animales autour d'Ernest ?

Kétinée comme André durent avouer que non.

— D'un certain côté, cela me rassure, ma nièce, sourit Kilma avec douceur. Cela veut dire que je possède encore quelques tours à t'apprendre. Regarde donc.

Le vieux marabout, les yeux clos, pianota l'air de ses gros doigts. Comme s'il cherchait à saisir un élément volatil. Cet élément, c'était l'esprit des deux bestioles qu'il manipulait à distance. Sous sa savante impulsion, Itsy et Noidkoko, parfaitement coordonnés, mordirent Ernest de concert. Ces stimuli furent l'ingrédient qui manquait pour enfin capter l'attention du magicien. Lequel leva donc le nez de sa guirlande.

— Enfin, voilà une ouverture, ressentit Kilma.

Sans trop s'en rendre compte, Ernest répondit à cet appel insistant, qui lui commandait d'oublier un instant les aubépines, le lierre et la fête de la Moisson. On l'aiguillait vers cette porte, située à dix mètres de lui, percée dans une modeste cabane de jardin. Il avança à la manière d'un zombie, d'une démarche lente, empesée.

— Avec un peu de chance, on le tient ! s'enthousiasma Kétinée.

Elle s'en voulut de crier victoire trop vite. Deux adorateurs de Linda, qui portaient ensemble une gigantesque corbeille de fruits, gratifièrent le magicien d'un salut.

— Quelle journée radieuse, où nous évoluerons tous ensemble dans la glorieuse voie dessinée par Linda.

À cette évocation, Ernest Villempré suspendit le pas.

Linda. Linda, bien sûr. Comment avait-il pu vivre quelques dizaines de secondes sans que la lumière de sa vie occupe la totalité de ses pensées ?

Aussitôt, il fit demi-tour.

— Eh ben voilà, on va le perdre, regretta André, fataliste.

— Rien n'est encore perdu, jugea Kilma.

Il crispa tous les doigts. Itsy et Noidkoko, sous son emprise, mordirent Ernest comme jamais.

— Allons-y, tous ensemble ! intima Kétinée.

Elle saisit les mains d'André et de Kilma. Pour la mambo, le contact possédait une grande importance. Leurs peaux qui se touchaient faisaient circuler la magie avec facilité. Leurs esprits, associés, devaient briser le sortilège qui embrumait l'esprit d'Ernest.

De nouveau, le rouquin pivota dans la bonne direction. Effectua quelques pas. Se trouva bientôt à moins d'un mètre de la cabane et de la porte.

— Votre clé, André ! s'exclama Kétinée. Maintenant !

André hocha la tête. Se leva vivement. N'oublia pas de remettre son masque. Agrippa le trousseau. Introduisit le passe-partout dans la serrure qui fermait le boudoir. Pas même besoin d'ouvrir la porte lui-même : Ernest venait de le faire. Derrière lui, plutôt que les couloirs donnant sur une maison vide, un paysage de jardins. Kilma se leva à son tour, il agrippa la main d'Ernest, encore complètement perdu, et qui ne se rendait compte de rien.

À cet instant précis, une présence s'imposa. Qui empêcha le prestidigitateur de terminer son geste. Kilma eut beau tirer : peine perdue. Le corps de son collègue était devenu aussi lourd que celui d'une statue de bronze.

— Mais enfin, que se passe-t-il ? s'impatienta le marabout. Il pèse des tonnes, ce type ! Sorcellerie, évidemment ! André, vite, aidez-moi !

Les efforts conjugués du vieil homme et de son compagnon aux yeux vairons n'y changèrent rien du tout. Ils ne parvinrent qu'à arracher le masque d'Ernest.

Encore assise en tailleur, Kétinée, les traits crispés, avait agrippé la mèche de cheveux du magicien.

— Quelqu'un s'est invité dans notre rituel ! gémit-elle. Quelqu'un d'assez puissant pour nous contrer à distance.

— Linda ! cria André en tremblant.

Il reconnut la signature psychique de la déité. Celle contre laquelle il luttait, chaque heure de chaque jour. Il sentit son esprit, en éveil, quelque part en un lieu bondé.

— Elle nous a repérés, paniqua-t-il. Elle ne nous laissera jamais la priver de l'un de ses serviteurs. On doit abandonner ! On doit…

— Alors ça, pas question ! s'exclama Kétinée.

Dans sa courte tunique, la mambo possédait deux poches. La première contenait une poupée de chiffon, toujours prête à l'emploi. La seconde était une lame sacrificielle. Sans hésiter une seconde, Kétinée entama la paume de la main gauche, celle qui avait déjà été griffée par le loup. Le sang ruissela. Elle le versa sur la poupée, qu'elle coiffa bientôt des mèches de cheveux d'Ernest. Liés par le sang, ces éléments lui serviraient d'ancre pour la dernière phase de son rituel : le désenvoûtement.

Sur la surnaturelle puissance de Linda, elle possédait cet avantage : elle connaissait bien mieux qu'elle le matériau qu'elle manipulait. Dans le secret de sa roulotte, ou sous sa tente, Kétinée avait maintes et maintes fois joué avec l'idée, discutable et tellement tentante, d'envoûter l'homme qu'elle aimait. Et qui se trouvait lié à une autre, pour son malheur.

Durant les heures les plus sombres de la nuit, il lui était arrivé de rêver, de fantasmer. De tracer quelques entrelacs de sang. De rassembler les ingrédients. D'entonner quelques chants secrets. Et de vouloir prier Erzulie Freda, déesse du désir, pour qu'elle l'aide à plier le cours des sentiments d'autrui, selon sa volonté.

Mille fois, elle avait failli passer à l'acte. Détacher Ernest d'Helena, le voir tomber entre ses bras. Entre eux, elle avait toujours senti quelque chose que la relation du magicien avec la trapéziste vedette du cirque ne faisait qu'empêcher.

Par respect pour Ernest, pourtant, Kétinée n'était jamais allée jusqu'au bout de son envie.

Alors, cette matière… Son sang à elle, ses cheveux à lui… Elle les connaissait par cœur, ils résonnaient dans chaque atome de son être. Ce n'était pas une inconnue masquée qui allait l'éloigner d'elle, ça non !

Derrière Ernest, bien trop lourd et statufié, quelques adorateurs commençaient à s'agiter, à se poser des questions sur ce collègue immobile, sur cette cabane bien plus spacieuse qu'il n'y semblait.

Surtout, pour eux, il y avait Linda. Linda qui, depuis un tout autre endroit, déployait sa colère invisible et son autorité.

Kétinée sentit cette poigne d'acier. Comme un poinçon, au milieu de son crâne qui voulait annuler sa volonté. La mambo gémit de douleur. Puis elle se remit à psalmodier. Sur le sol du boudoir, le sang épais devenait flaque, où se noyait une poupée aux cheveux clairs.

— Ernest ! finit-elle par crier.

Cela fit l'effet d'un électrochoc. Brusquement, les yeux embrumés d'Ernest retrouvèrent leur éclat brun et vif. Il vit la scène, il la comprit. Ses amis se liguaient pour l'arracher à la pesante volonté de Linda. Il émergeait d'un cauchemar cuisant, dans lequel sa volonté avait été balayée.

Mais avait-il seulement envie de s'arracher à ce songe ?

Les efforts physiques répétés de Kilma et d'André finirent par payer. Le corps d'Ernest, soudain plus léger, fut attiré vers le boudoir, à la surprise des adorateurs.

André ferma la porte derrière le magicien, récupéra sa clé.

Toute cette agitation avait réveillé le très jeune Léopold.

— Gardez Ernest allongé ! ordonna Kétinée. Son esprit n'est pas complètement libéré.

André vint prêter main-forte à Kilma, qui éprouvait toutes les peines du monde à maintenir le prestidigitateur au sol. Car il se débattait, tel un poisson qui manquait d'air.

— Linda… Linda, où est Linda ? répétait-il en s'agitant.

Kilma se mit à bougonner.

— Impossible à bouger tout à l'heure… Et maintenant, il ne sait pas tenir en place. Il n'a pas l'esprit de contradiction, tiens !

— Encore quelques petits efforts, leur promit Kétinée.

Elle se plaça à califourchon sur Ernest. Dans une vigoureuse formule magique, elle plaqua ses mains sur ses joues. Le sang de la mambo coula sur lui, il en avala une partie.

Les yeux d'Ernest se révulsèrent. Soudain, il abandonna toute lutte. Dans le cercle magique, il y eut un éclat de lumière.

Au même instant, au cœur d'un colisée, la grande Linda se leva, furieuse, pour abattre le poing sur l'accoudoir d'un trône, qu'elle pulvérisa.

Elle venait de perdre l'un de ses sujets, corps et âme. Phénomène incroyablement rare et frustrant.

Sur le sol du boudoir, Kilma Mountabila reprit son souffle. Puis il considéra Ernest, inanimé.

— Hé, il n'est pas mort, au moins ?

En guise de réponse, le prestidigitateur inspira un grand coup, et puis toussa. Ses pupilles réapparurent.

— Qu'est-ce qui… Qu'est-ce qui m'est arrivé ? hoqueta-t-il.

À ses côtés, André se mit à paniquer.

— On est mal ! On est mal ! s'exclama-t-il, s'arrachant presque les cheveux. Vous l'avez senti comme moi, non ? Linda sait, pour nous tous ! Nous voilà repérés ! Oh, si elle s'approche d'ici, en personne, on ne s'en sortira pas !

Pour le moment, Kétinée s'en fichait. Elle venait de faire revenir Ernest. Échevelée, elle se jeta à son cou. Lui s'étonna de cette si vive manifestation d'affection.

— Mais… tu es blessée ? découvrit-il.

— Ça va aller, ce n'est qu'une simple entaille…

Elle déchira un morceau de sa propre tunique, qu'elle enroula autour de sa paume entaillée pour en faire un pansement de fortune. Du coin de l'œil, elle observait son ami qui essuyait le sang sur lui et venait d'enlever sa toge.

— Toi aussi, tu as quelques coupures, rétorqua-t-elle en pointant du doigt ses bras couverts de morsures et d'égratignures.

— Oui, aïe ! Itsy et Noidkoko ne m'ont pas loupé.

Les enfants de Linda

Le singe et la souris, intrigués, sortirent en même temps de ses manches. Chacun prit le temps de souffler. Tandis qu'Ernest les caressait, la mambo fit disparaître la poupée vaudoue, et puis le médaillon.

— C'était… C'était complètement dingue, tenta de résumer Ernest, bien réveillé maintenant.

— Tu nous as donné du fil à retordre ! avoua Kilma.

— Ton esprit voguait loin de nous, avoua Kétinée. Et puis, la souveraine de ce monde s'en est mêlée.

— Linda. Je devais tout préparer pour Linda. Chacune de mes actions était conditionnée pour son plaisir… Pourtant, je n'ai jamais vu son visage !

— J'espère bien qu'on ne le découvrira pas, frissonna André.

La famille Mountabila présenta brièvement leur guide à Ernest, ainsi que Léopold. Puis ils passèrent rapidement en revue les secteurs visités. Kilma leur expliqua :

— Je ne suis pas spécialiste en mondes magiques. Pourtant, je sais ceci : la conception d'un endroit de ce type dépend souvent d'un ou de plusieurs architectes. Évidemment, des sorciers. Ce sont ces architectes qui définissent les règles de leur monde. S'ils veulent que la Folie règne… pourquoi pas ? En ces lieux, les seules limites sont celles de l'imagination.

— Une imagination morbide, ici, jugea Kétinée.

Ernest acquiesça :

— Pour prendre la Folie, la Peur et le Mensonge comme bases de construction, il faut avoir un sérieux grain, oui !

André leur fit part de ses propres soupçons : Linda, Sacha et Isabelle, trois figures entourées de mystère, devaient être les architectes de ce monde.

— Certains lieux secrets sont bien plus anciens que d'autres et existent depuis plusieurs générations, indiqua Kilma.

— Combien d'endroits dans le genre de celui-ci existent ?

— Alors ça, Ernest, je n'en sais fichtre rien ! Autant que de sorciers avec des velléités d'architectes, sans doute… C'est à mon frère aîné, Babadji, qu'il faut poser ce genre de questions. Il s'est penché sur le sujet bien plus longtemps que moi ! J'espère que tu le rencontreras… Encore faut-il sortir d'ici.

— Je peux rentrer à la maison ? demanda alors Léopold.

— On va faire de notre mieux pour t'y conduire, assura Kétinée en le serrant entre ses bras.

— C'est vrai qu'on n'est pas encore vraiment tirés d'affaire, jugea Kilma. Il faut filer ! André, ouvrez-nous vite une autre porte, le plus loin possible d'ici.

Leur guide épouvanté hocha très vivement la tête.

— On va se cacher chez Sacha. Ou bien chez Isabelle.

De nouveau, il brandit le passe-partout. Au moment de s'en servir, pourtant, il stoppa son geste. Tout comme Ernest avant lui, son regard moitié bleu moitié vert s'illumina.

— Eh mais… les souvenirs ! s'exclama-t-il. Les souvenirs de mon autre vie ! Ils me reviennent, ils sont de nouveau là !

Un immense sourire s'était emparé de ses traits. Il sauta presque de joie.

— Je sais qui je suis ! Je me souviens de ma famille, et de ma fille, Idonéïs… Quelle beauté, une merveille !… Et puis, oh ! Je devais vous attendre, oui… En fait, je suis venu ici… pour vous !

L'information sema la confusion dans l'esprit de la mambo, du marabout… et surtout d'Ernest, qui venait de prendre le train en marche. Quant à Léopold, à part les habitants du monde de Linda, jamais il n'avait croisé quatre personnes plus étranges.

— Ce doit être un effet du rituel, réfléchit Kilma. En désengageant l'esprit d'Ernest, le vôtre est venu, lui aussi…

— Tout me revient, insista-t-il. Tout ce qui est très important… Ceux qui m'attendent. Ceux que nous devons affronter… Et puis aussi, il y a Ludwig !

— Ludwig ? répéta Ernest. Mais de qui vous parlez ?

— Ludwig, avec son loup et son corbeau… Il est prisonnier de ce monde. Je ne suis pas censé en parler. *Personne* n'est censé en parler… Ludwig est un secret dans le secret.

— Hum, c'est moi ou bien notre ami part gentiment en sucette ? analysa Kilma.

André s'était pris la tête entre les mains. Ses yeux vairons paraissaient affolés, assaillis par un trop-plein d'informations.

— Un corbeau et un loup, répéta Kétinée.

Elle revit mentalement l'homme qui lui avait murmuré de bien étranges paroles, juste avant que son loup ne la griffe.

— Eh bien ! Du diable si j'y comprends quelque chose ! reprit Kilma. Et si, eu lieu de se raconter nos petites vies, on décampait ? Vous vous souvenez que la personne la plus puissante de ce monde nous veut du mal, pas vrai ? Et toute sa horde d'adorateurs, sans doute !

— Vous avez raison, oui ! se reprit André. Oh là là, si vous saviez, si vous saviez !

Il engagea son passe-partout dans la serrure. Malheureusement, il n'eut guère le temps de l'utiliser. Car la porte s'ouvrit à la volée, sous les coups d'épaule d'une douzaine de gardes. Les mêmes gardes qui avaient traqué Kilma dans le monde du Mensonge.

— Ne te voilà pas, très cher ! s'exclama un moustachu que Kilma connaissait trop bien, un large couteau à la main.

Le marabout voulut lui rejouer le tour du sable. Un rapide coup de poignard l'en empêcha. Les gardes se jetèrent en masse sur le petit groupe. Ernest leur fit face, bras levés. Il généra une bourrasque. Un vent d'une violence extrême, qui repoussa tout le groupe d'un coup. Les gardes armés luttèrent pour conserver l'équilibre. La plupart des chapeaux volèrent.

— Pour une fois que je peux déchaîner mes pouvoirs sans crainte d'être aperçu par les gens du cirque ! s'exclama-t-il.

Itsy et Noidkoko, mal à l'aise, regagnèrent l'intérieur de la veste du magicien. En face, le garde moustachu, tenace, parvint tout de même à brandir son arme. Il la lança en direction du visage d'Ernest. Mais le vent face à lui était trop fort. L'arme blanche se figea dans l'air, à quelques centimètres du nez de sa cible.

Le prestidigitateur s'en empara. Il la relança vers leur adversaire. Dans le sens du vent, cette fois. Le poignard se planta dans l'épaule du moustachu, qui hurla de douleur. En perdant l'équilibre, l'homme rebondit sur deux collègues. Tous trois furent expulsés hors du boudoir. Deux gardes plus résistants que les autres s'agrippaient férocement au chambranle de la porte.

Tout en maintenant l'intensité de sa bourrasque, Ernest trouva dans sa veste deux autres lames. Il les fit voler à leur tour. Chacune toucha le corps d'un adversaire. Surpris et blessés, les deux gardes lâchèrent prise. Puis décollèrent de concert.

Derrière eux, la porte claqua. Ernest avait perdu deux lames. Mais il venait de débarrasser leur groupe de tous ses ennemis.

— Sacrément bien joué, siffla Kilma. On a bien fait de te secourir, tiens ! André, à toi !

— J'y suis ! assura l'homme, se jetant vers sa clé restée dans la serrure, parvenant cette fois à s'en servir.

Lorsqu'il tira sur la poignée, la porte donna sur un paysage extrêmement lugubre. Il s'agissait de l'intérieur d'une riche demeure, aux parois lambrissées, aux fenêtres barrées de volets qui claquaient au vent. Autour d'un vaisselier de chêne, des silhouettes spectrales dansaient une sarabande. La peau de leurs visages difformes, évanescents et hirsutes se décollait, laissant entrevoir les muscles. Très vite, ils s'intéressèrent aux cinq êtres vivants venus les déranger.

— Le pays de la Peur, devina Kilma. Euh… je n'ai pas très envie de le visiter, celui-là !

— C'est que… hésita André, je ne suis pas certain de trouver mieux.

Un brouhaha l'interrompit. Derrière la baie vitrée s'était formé un attroupement. Plusieurs adorateurs de Linda, en masques et toges, avaient été rejoints par d'autres représentants de la garde armée, arme blanche au poing.

— Ah d'accord ! s'exclama Ernest. On n'en a pas du tout fini avec eux.

— Ils sont surtout extrêmement nombreux ! remarqua Kétinée.

— Ils vont passer par la baie vitrée, anticipa André.

Et effectivement, le groupe se dirigeait droit vers eux.

Un bruit sourd provint de l'unique autre porte percée dans la pièce : celle à double battant qui donnait sur un placard vide. En sortit une silhouette rondouillarde. Il s'agissait du clochard, accompagné de son chiot, et qui visiblement venait de dessaouler.

— J'vous… J'vous cherchais, avoua-t-il, avant de jeter un coup d'œil circulaire, du groupe hostile qui s'assemblait dehors jusqu'aux spectres qui s'approchaient dangereusement de la porte ouverte. Wow ! Eh bé ! Vous faites un peu n'importe quoi avec mes clés, dites donc !

— Hum… On fait surtout ce qu'on peut, vu le bazar ambiant, commenta Kilma. Et puis d'abord, vous êtes qui ?

— C'est… le concierge dont on a emprunté le trousseau, expliqua Kétinée avant de se tourner vers l'individu mal fagoté. D'ailleurs… comment vous êtes entré dans ce placard ?

— Ben, j'ai d'autres jeux de clés, pardi ! s'exclama l'homme.

Il fit alors un pas de côté. Grâce à son intervention, le placard s'était métamorphosé en une sorte de couloir donnant sur un rectangle de ciel bleu, au loin.

— Hé, on pourrait sortir par là ! proposa Ernest.

— T'as raison, opina Kilma. Y'a pas photo !

À cet instant précis, les grandes fenêtres volèrent en éclats. Dans une explosion de verre brisé, les adorateurs de Linda et la garde armée se jetèrent vers les intrus. Des gens en toges, en masques, s'engouffrèrent dans le boudoir.

Tandis que Kétinée s'emparait de Léopold, Ernest généra une nouvelle bourrasque, censée repousser les assaillants tout proches. Les adversaires masqués ou non luttèrent de toutes leurs forces contre cet ouragan.

— Dépêchez-vous ! hurla Ernest. Il y en a beaucoup trop !

Plusieurs couteaux volèrent vers le dos de la mambo et vers l'illusionniste. Qui se trouva incapable de contrer autant de projectiles.

Alors, le corps d'André s'interposa.

Plutôt que de fuir le combat, leur allié se posta pile entre l'escouade en furie et leur mort annoncée. D'un héroïsme inattendu, il tendit les deux bras, se fit le plus vaste possible. Trois poignards vinrent se ficher successivement entre ses omoplates.

— André ! hurla Kétinée en se retournant, secouée d'horreur.

— C'est… C'est pour vous que je suis venu ici, répéta l'homme aux yeux vairons.

Les enfants de Linda

En un éclair, tous les adversaires se jetèrent sur André. On vit la silhouette du pauvre homme percée d'une dizaine de lames.

Ernest voulut générer un nouveau vent contraire. Kétinée invoquer un iwa. Kilma utiliser son sable. Rien de ce qu'ils tentèrent ne put effacer la réalité du corps moribond d'André, transpercé de dix poignards sanglants.

Les yeux exorbités, leur guide condamné eut tout juste la force de sauver le reste du groupe.

— Je suis un corbeau, exhala-t-il.

D'un geste abrupt et héroïque, son tout dernier, il ferma la porte du placard derrière lui. Puis il s'effondra et mourut, pour toujours séparé de ses alliés.

Quand Kétinée et les autres voulurent ouvrir de nouveau la porte, celle-ci donna sur un souterrain. À cause du clochard, ils avaient quitté le boudoir.

— Non, non, pas possible ! s'écria la mambo. On doit retourner d'où on vient ! On ne peut pas laisser André !

— Parce que tu crois qu'il a pu survivre à ces fous furieux, peut-être ? réagit Kilma. Une chance qu'on n'y soit pas tous passés, tiens ! Et puis, faudrait déjà que ton copain clodo fasse réapparaître le boudoir. Il est passé où, lui ?

— Et Léopold ? angoissa Kétinée. Où est Léopold ?

Ils eurent beau tourner sur eux-mêmes : le portier et l'enfant avaient disparu. Avaient-ils déjà emprunté le couloir et filé au grand air, effrayés par la sortie de scène d'André ?

Le trio courut aussitôt à leur recherche. À l'extérieur, la lumière se fit aveuglante.

Kétinée, Ernest et Kilma ne comprirent pas où ils venaient d'apparaître. Lorsque leurs yeux s'habituèrent à la clarté ambiante, ils découvrirent qu'ils se trouvaient… dans la fosse d'un colisée gigantesque. Derrière eux, une grille de fer tomba.

Le théâtre était surpeuplé. Au sein du colisée se déployait la foule des grands jours. Des groupes de gens masqués en toges rouges côtoyaient des personnes dont le style vestimentaire, vaguement médiéval, rappelait à Kilma le monde de Sacha. Le dernier tiers du public arborait des habits sombres et vaporeux, tirant sur le mauve. Ceux-là devaient peupler le pays d'Isabelle.

La foule, impatiente, réagit avec enthousiasme à l'arrivée des nouveaux venus. Car ils signifiaient le renouveau d'un spectacle qui s'éternisait.

Kétinée secoua la tête. Les milliers de personnes qui constituaient la foule lui donnèrent le vertige. Tous ces gens costumés avaient les yeux rivés sur eux. Il repéra la tribune principale. S'en détachaient trois silhouettes, beaucoup plus grandes que les autres. Ernest reconnut immédiatement Linda, au centre, assise sur un trône doté d'un seul accoudoir. À ses côtés, un personnage long et androgyne, qui devait s'appelait Sacha. Puis une fille aux cheveux ondulés, au visage extrêmement pâle, vêtue de mauve : Isabelle, sans doute. Pourtant, un détail dans la disposition de ces trois sièges chagrina le prestidigitateur et la mambo.

À cet instant, dans tout le colisée, il y eut une immense clameur. La personnalité que tout le monde attendait pour conclure la fête de la Moisson venait de faire son entrée.

Au milieu de la tribune principale, aux côtés des trois déités de l'endroit, le concierge était apparu.

Entre Linda et Isabelle, il y avait une place vacante. Un trône libre. Sous un tonnerre d'applaudissements, le Roi Clochard s'y installa.

X

Face à la tribune principale, les trois sorciers fixaient les quatre personnes qui s'étaient instituées maîtres de leur destinée. L'imposant colisée, d'inspiration romaine, avait été décoré de mille guirlandes fleuries. Ce jour paraissait spécial entre tous.

Kétinée, révoltée, dévisageait le Roi Clochard. La mort d'André gravée dans la rétine et dans le cœur, la mambo tremblait de colère.

— Forcément, si ce type dirige l'affaire, il ne pouvait pas nous laisser filer, jugea Kilma.

— Tout à l'heure, vous nous avez parlé de « sorcier architecte », se souvint Ernest. Vous croyez que celui-ci…

— … s'est sacré roi d'un endroit qu'il a peut-être conçu de toutes pièces ? Oh oui, je le pense. Menteur. Fou. Et qui veut inspirer la peur. Sa création reflète sa charmante personnalité.

Dans l'entourage du monarque et du trio de déités, Ernest, Kilma et Kétinée reconnurent les clowns kidnappeurs ainsi que le Passeur, toujours coiffé d'un bonnet à grelots.

La foule mauve, en costume d'époque ou en toge ne se contenait plus d'enthousiasme. On arrivait au point culminant de la fête. Chacun savait que les fruits de la Moisson allaient être présentés avant d'être assignés à de nouvelles maisons : celles de Linda, Sacha ou Isabelle.

Sous un nouveau tonnerre d'applaudissements, on fit entrer les douze enfants, juste en dessous du potentat. Ils étaient encadrés par de féroces représentants de la garde armée. Parmi eux, Kétinée repéra le pauvre Léopold. Le cœur d'Ernest manqua un mouvement lorsqu'il reconnut sa chère Déa.

Comble de l'horreur : les jeunes captifs étaient enchaînés. Des fers leur entravaient les chevilles, les poignets. Cette vision révolta profondément Ernest, qui commença à injurier copieusement les quatre têtes couronnées.

— Vous êtes malades ! hurlait-il. Faire subir ça à des gamins !

Kétinée, tout aussi révoltée, mais la tête un peu plus froide, nota que tous les enfants ne devaient pas encore avoir subi l'ensorcelante magie de Linda ou bien d'une autre déité. Car tous, contrits, effrayés, étaient en pleurs. Seule Déa gardait son calme. La mambo espérait qu'elle ne se trouvait pas sous influence.

— Regarde, dit Kilma à sa petite-nièce en lui tirant la manche. Ça bouge du côté des coulisses.

Effectivement, tout près des grilles, les gardes s'agitaient, certains criaient des ordres. On perçut des rugissements.

— Ernest, prévint Kétinée, on va se préparer, Kilma et moi. Parce qu'il va falloir se battre, c'est évident…

— Faites comme vous voulez, leur répondit l'illusionniste. Pendant ce temps, moi je ne quitte pas Déa des yeux !

Les enfants de Linda

Les deux membres de la famille Mountabila s'installèrent à même le sol sableux de l'arène. Tous deux marmonnèrent quelques prières. D'un air furieux, Ernest fixait alternativement sa fille captive et la tribune principale. Chaque atome de son corps paraissait atteindre son point d'ébullition. Mâchoires contractées, poings serrés, le sorcier se tenait en équilibre, sur la pointe des pieds. Tout autour de lui, un zéphyr balayait l'atmosphère, soulevait quelques traînées de sable.

Au bout d'un instant, transporté de rage, Ernest se trouva en lévitation. Un mini-cyclone s'était formé autour de lui, ses pieds avaient quitté le sol. Lui-même ne s'en rendait pas compte.

Au sein de la tribune principale, le Passeur à grelots pirouetta. Il vint se placer juste devant les déités et annonça :

— Vous l'attendiez, vous le saviez

« Il va venir, il va parler !

« Pas de clameur. Silence, surtout…

« Sa Majesté, le roi de Tout !

À cette annonce, le souverain clochard se leva de son trône. Le tumulte qui agitait la foule entière se mua en murmure, puis très vite vint le silence. Chacun voulut entendre sa déclaration.

Le Roi Clochard toussa. Puis, avec de grands gestes, il s'adressa à son vaste auditoire. Avec un phrasé impeccable.

— Une fois de plus, chers amis, la Moisson a été fructueuse. Grâce aux agents de ma très chère Linda, douze jeunes pousses ont été cueillies, enfin toutes réunies parmi vous, qui vont revigorer nos pays assemblés. Leur magie pure, immaculée, va alimenter nos canaux, va mieux faire pousser nos arbres, va emplir de couleurs notre ciel, nos jardins.

— Vous allez les vampiriser, oui ! hurla Ernest depuis l'arène. Vous servir de leur imagination, de leurs pouvoirs naissants de sorciers, avant de leur griller le cerveau !

Désormais à quinze centimètres du sol, le magicien paraissait prêt à s'élancer. La foule toisa l'impudent qui avait osé interrompre le divin souverain. Face à cet agité, le roi garda son calme.

— Vous qui avez osé défier l'autorité de Linda. Vous qui vous êtes introduits en traître sur le territoire de Sacha. Vous qui avez durement frappé la garde armée. Vous serez jugés, aujourd'hui, en même temps que les rebuts.

— Les rebuts ? releva Ernest, toujours en suspension.

— La fête de la Moisson va atteindre son apogée, entonna le Roi Clochard. Veuillez découvrir celles et ceux qui ont passé glorieusement les tests pour rejoindre notre peuple ! Certains d'entre eux se sont même révélés… flamboyants !

À cet instant, dans une savante mise en scène, les douze enfants captifs furent libérés des fers qui les entravaient. Le Roi Clochard les nomma, chacun leur tour.

— Agathe. Hugo. Christelle. Vous avez été jugés dignes d'entrer au service de Linda… Jeanne. Charles. Paolo. Vous ne rejoindrez pas la maison de Sacha. (Sous-entendu : ils y seraient assignés.) Henri. Émilie. Pauline. Vous servirez tous trois Isabelle.

Déjà, les gardes guidaient les enfants nommés vers leur souverain respectif. Ne restaient qu'une fille et deux garçons. Déa. Léopold. Ainsi qu'un gamin d'à peine quatre ans, qui pleurait à vous fendre le cœur. Si la famille Mountabila n'avait pas bougé d'un pouce, Ernest, porté par sa bourrasque, n'attendait qu'un signal – l'annonce concernant sa fille – pour agir.

— Déa. Valentin. Léopold, recommença le Roi Clochard. Votre esprit chagrin, rétif, et vos mauvaises fréquentations nous obligent à prendre des mesures drastiques.

D'un tournemain, le Roi Clochard fit apparaître une porte, juste à côté des trois enfants restants – ceux que la foule, grondante et cruelle, appelait déjà « les rebuts ». D'abord, deux gardes s'emparèrent des garçons. On obligea Léopold et Valentin, en pleurs, à franchir la porte qui les condamnait. Aussitôt celle-ci disparut, puis se redessina au milieu de l'arène, pile entre Ernest et la famille Mountabila. Une fois les garçons expulsés, cette issue s'effaça. La foule hua les rebuts. Le cœur en vrac, Kétinée quitta sa transe pour les accueillir en douceur au sein de cet enfer. Ernest, quant à lui, demeurait focalisé sur sa fille.

Le Roi Clochard conclut :

— Quant à toi, Déa… La plus prometteuse et la plus obscure de tous nos nouveaux sujets… Ton potentiel, je pense, t'empêche de partager le sort de ces rebuts. Malgré ton caractère très affirmé, je te prendrai donc à mon service personnel. J'ai dit !

Deux gardes s'emparèrent de Déa, voulurent la conduire jusqu'au roi.

— Alors ça, pas question ! s'enflamma Ernest.

Et cette fois, il décolla telle une fusée, au mépris de la gravité terrestre.

Chargé de la puissante sorcellerie ambiante, pour la première fois, il volait. Pour la première fois, il avait créé un sortilège surpuissant, capable de supporter et manipuler son poids. Il s'en étonnerait plus tard. Car il fallait agir. Arracher enfin Déa à l'emprise de ses bourreaux.

Ernest finit par atterrir au seuil de la tribune principale. À son approche, des gardes dégainèrent aussitôt leurs couteaux.

D'un double mouvement de bras, le magicien généra

une bourrasque, qui les repoussa jusqu'aux extrémités du gradin.

Les clowns, serviteurs de Linda, se déployèrent à leur tour. Dans une complexe série de cabrioles, ils s'organisèrent ensemble, afin de barrer le passage. Seule l'une d'entre eux, à la jambe cassée, demeura à sa place. Ernest voulut de nouveau décoller. Éviter ces nouveaux adversaires à l'agaçant sourire, aux chevelures colorées. Malheureusement, cette fois, ses pieds ne quittèrent pas si facilement le sol. Pour réitérer cet exploit, il aurait dû se concentrer, se préparer.

— Déa ! se mit-il à crier.

Un peu plus haut, coincée entre deux gardes, sa fille remua.

— Papa… prononça-t-elle simplement.

Tout comme le roi avant elle, la grande Linda venait de délaisser son trône. Tandis qu'Ernest tentait d'éviter les clowns, qu'il repoussait ceux qu'il pouvait, qu'il recevait des coups, la souveraine flotta à la rencontre de Déa.

Elle ôta prestement le gant qui couvrait sa main droite. Déa se débattit. Ernest était trop loin. Lentement, Linda déplia chacun de ses longs doigts désormais nus. Puis elle plaqua ceux-ci sur la tignasse de la jeune enfant, dans un crépitement d'énergie blanche.

— Déaaaaa ! hurla Ernest, produisant cette fois un courant d'air qui balaya l'intégralité des clowns d'un seul coup.

Il se souvenait comment il avait failli perdre la raison, juste en s'approchant de Linda. Il n'osait pas imaginer quels effets pouvaient bien avoir le contact direct de cette main surpuissante et funeste sur le crâne de sa fille.

Ernest bondit en direction de Linda. De sa poche de veste, il sortit l'unique couteau qui lui restait. Il s'apprêta à le lancer vers la déité.

— Mon ami, tu prends un peu trop de libertés, tonna le Roi Clochard, qui avait délaissé les discours officiels pour retrouver son franc-parler.

Entre Linda et Ernest, il avait dessiné une porte de lumière. Quand Ernest lança son couteau, cette porte s'ouvrit. Le couteau s'y engouffra, disparut dans l'éther. Ernest stoppa brusquement sa course. Décontenancé, il voulut contourner l'issue apparue en plein gradin, et qui donnait sur le sable de l'arène. Le Roi Clochard en profita pour lui flanquer une ruade. Déséquilibré, le magicien franchit l'ouverture malgré lui… et rejoignit la famille Mountabila.

— Petit cadeau supplémentaire, indiqua le monarque en touchant le chambranle de lumière qui encadrait la porte.

Aussitôt, une décharge magique se dégagea de l'huis et vint s'abattre sur Ernest.

Balayé par cette force lumineuse, le sorcier s'affala dans le sable, inconscient et vaincu, à moins de trente mètres de Kilma, Kétinée, Valentin et Léopold. Ensuite, comme à son habitude, le Roi Clochard fit disparaître la porte, dans l'arène et dans les gradins.

Une clameur assourdissante s'éleva du colisée. La foule en délire acclamait son souverain, qui avait si bien su gérer cette situation de crise. Linda, la tête haute, soutint la jeune Déa. Le protocole reprit son cours. Chaque enfant fut placé aux côtés du monarque à qui il avait été assigné. Chacun allait devenir, sous peu, serviteur de la Peur, de la Folie ou du Mensonge. Jusqu'à se dissoudre dans leur personnalité contagieuse.

Sur leurs trônes respectifs, Sacha et Isabelle n'avaient pas bougé. Ils avaient assisté aux tout derniers événements sans lever le petit doigt. La situation ne s'y prêtait pas. Dans sa robe mauve, vaporeuse, Isabelle, au visage extrêmement pâle, aux yeux fixes de poupée, affichait un sourire crispé. Ses trois nouveaux disciples, placés à ses côtés, tremblaient comme des feuilles mortes, sans pouvoir se contrôler. À l'extrémité, Sacha l'androgyne, loup noir brodé d'or sur les yeux, un peu avachi dans son costume d'arlequin à fanfreluches, considérait toute cette agitation avec un vague ennui. Les jeunes personnes que l'on avait placées sous son patronage, d'abord impressionnées, commençaient à jeter autour d'elles des regards de défiance, premiers stigmates du mensonge qui bientôt gouvernerait leur vie.

Dans un flottement de toge, Linda, au masque paré d'un énigmatique sourire, regagna bientôt la place qui était la sienne. Enfin, le Roi Clochard, aux vêtements dépenaillés, vissa son postérieur sur le siège central. Entre ces deux derniers despotes se tenait désormais Déa, au regard blanc, encore plus neutre qu'à l'accoutumée. Reconditionnée par Linda, droite comme un piquet, elle ne cillait même plus.

— Les choses peuvent rentrer dans l'ordre, annonça le monarque satisfait. Que l'on sonne le Grand Final !

Dans sa barbe, il ajouta :

— Et si quelqu'un pouvait m'apporter de quoi me rincer le gosier, ce serait pas plus mal.

Aussitôt, des serviteurs se mirent en branle pour satisfaire ce désir. En bas, au niveau de l'arène, des crissements métalliques indiquèrent qu'on ouvrait les grilles.

— Ernest ! appela Kétinée, qui enveloppait son ami de ses bras. Ernest, réveille-toi !

— Pas la peine d'insister pour le moment, ma nièce, ton béguin s'est pris un vilain coup de jus ! Concentre-toi plutôt sur la nouvelle tuile qui va nous tomber dessus. Il va falloir gérer.

Des grilles émergèrent bientôt trois fauves. Trois tigres surdimensionnés, au regard fou. Dans leur gueule aux babines retroussées, on pouvait percevoir plusieurs rangées de crocs. On avait évidemment affamé et savamment maltraité ces animaux pour qu'ils se ruent sans réfléchir vers chaque morceau de viande qui passe, vivante ou non.

— C'est quoi ces monstres ? s'indigna Kilma.

En guise de réponse, le plus proche des trois fauves poussa un rugissement. Puis il se jeta sur Kilma. Qui fit un effort surhumain pour ne pas bouger d'un pouce. Son cœur, son esprit, sa raison lui commandaient de détaler, au moins de sauter de côté. Mais non : Kilma resta planté là, face à l'animal qui chargeait, en se mordillant simplement la lèvre inférieure.

— Pourvu que ça marche. Pourvu que ça marche. Pourvu que ça marche, répétait-il, de moins en moins convaincu.

Au tout dernier moment, un colossal guerrier de terre surgit entre le vieil homme et l'immense prédateur. Le grand tigre, surpris, fut catapulté dans les airs.

L'iwa se dessinait à la démesure de la bête. De près de cinq mètres de haut, il arborait une impressionnante musculature. Son corps parfait, fruit des sorcelleries conjuguées du marabout et de la mambo, paraissait prêt à fendre en deux le ciel. Le premier tigre effectua bien malgré lui un double flip arrière avant d'atterrir lourdement sur le sable et de rouler sur le flanc. Puis il revint tout de même sur ses pattes, secoua son crâne, et rugit de nouveau. Le colosse de terre n'allait pas lui permettre de reprendre son souffle. Rapide malgré sa très grande taille, il se rua vers la bête encore abasourdie, et devant un public ébahi.

Restaient deux fauves, tout aussi voraces. Chacun observait d'un regard en coin le colosse, et s'en détournait prudemment. Apercevant une ouverture, ils filèrent de biais, l'un à la suite de l'autre, pour s'attaquer aux deux enfants : un casse-croûte qu'ils jugeaient moins coriace sous la dent.

Valentin paniqua, pleura de plus belle. Léopold se mit à courir.

— À moi de jouer ! annonça Kétinée.

Il était temps de dévoiler le second tour préparé avec son grand-oncle. Elle caressa le sol. Qui se mit à frémir. Qui parut danser. Entre les enfants et la bêtes, le terrain se fit beaucoup plus meuble. Jusqu'à devenir le périlleux territoire de puissants sables mouvants.

Les deux tigres monstrueux s'y empêtrèrent. Ils eurent beau battre des pattes : chaque mouvement précipitait leur enlisement. L'un comme l'autre, ils cherchèrent à bondir, à s'extirper du piège. Peine perdue ! En quelques dizaines de secondes, ils disparurent presque complètement, noyés de sable, le corps empesé et la gorge en feu. Ne dépassaient que leurs museaux.

Kétinée eut pitié de ces fauves. Elle se concentra, fit durcir la structure du sable. Celui-ci devint une prison pour ces bêtes matées. Pour les sauver, il faudrait désormais les déterrer. Mais pour l'heure, la mambo n'allait certainement pas pousser la compassion jusque-là.

Certains parmi la foule, impressionnés par les exploits des sorciers africains, commençaient à les acclamer. Un tel revirement n'était pas vraiment du goût des hauts dignitaires installés à la tribune d'honneur.

— Lâchez la deuxième vague, grogna le Roi Clochard.

D'autres grilles coulissèrent. De deux d'entre elles surgirent d'immenses serpents des sables, de plus de vingt mètres de long. Une troisième grille demeura bloquée à mi-parcours.

— Ah mais nan ! protesta Kilma.

Pour empêcher le premier reptile de le gober, il voulut appeler le colosse. Occupé par le tigre, celui-ci ne put l'aider.

Au même instant, Kétinée levait une immense vague de sable pour engloutir le second serpent. Malheureusement, ce monstre-là se révéla bien trop agile. Il fila entre les nappes épaisses et parvint à faucher la mambo qui, déséquilibrée, roula sur elle-même. Puis il se jeta dans sa direction.

Alors, le jeune Léopold surgit de nulle part. Brave parmi les braves, il se plaça entre Kétinée et l'animal affamé.

— NON ! hurla-t-il.

De ses mains jaillit une étonnante boule de lumière, qui aveugla son assaillant.

Kétinée, médusée, contempla le très jeune sorcier qui venait de lui sauver la vie. Sous l'effet du stress, ses tout premiers pouvoirs s'étaient manifestés. Maintenant, la mambo devait reprendre la main.

Soudain, la terre se mit à trembler. Ce phénomène n'était provoqué par aucun des sorciers dans l'arène, et pour le moment personne n'y prêta vraiment attention.

Le serpent qui avait approché Kilma s'enroula autour de son corps. Le marabout, minuscule face à ce monstre, ne put rien tenter. Le serpent lui comprimait les poumons, lui écrasait la trachée. Une pression un peu plus grande, et tous ses os allaient craquer. À cause de ce revers, le colosse de terre s'effondra, se démantibula et redevint poussière. Trop occupé à survivre, Kilma ne possédait plus la force de le manipuler.

Kétinée voulut attirer l'autre reptile immense loin des enfants. Trop essoufflée pour invoquer un nouvel iwa, elle improvisait quelques cabrioles en l'agaçant. Puis en évitant sa gueule d'extrême justesse. Ce petit jeu, très dangereux, n'allait pouvoir durer longtemps.

Chacun dans le colisée, cette fois, ressentit le tremblement qui agitait la terre. Une deuxième secousse, bien plus forte que la précédente, ébranla tout le paysage. Le phénomène chagrina le Roi Clochard.

— Que se passe-t-il ? s'étonna-t-il à voix haute.

Au milieu de l'arène, tout près du pauvre Valentin qui pleurait, Ernest commençait à reprendre ses esprits. À moins de dix mètres de lui, le tigre survivant, rossé par le colosse mais toujours présent, fit de même.

À cet instant, la troisième grille se débloqua. Apparut un scorpion aux dimensions cyclopéennes qui provoqua des cris d'admiration et d'horreur de la part de tous les spectateurs. Les plus impressionnables tombèrent en pâmoison tant la bête était gigantesque. Son dard empoisonné fendait l'air. Ses pattes s'agitaient, furieuses.

Les premiers rangs, sidérés, se levèrent et grimpèrent les marches du colisée en catastrophe. Le dard de la bestiole, immense et menaçant, se trouvait bien trop près d'eux à leur goût.

Ernest, déboussolé, tenta d'amadouer le tigre qui titubait encore mais s'approchait un peu trop de lui. Le petit Valentin, tétanisé, s'était réfugié entre les jambes du prestidigitateur.

— Tout doux, mon beau, tout doux, tenta Ernest. J'ai loupé quelques épisodes… Et si toi tu nous aidais un peu, hum ? Je suis sûr que si tu n'étais pas aussi affamé, je pourrais te faire entendre raison.

Le monstrueux arthropode s'invita justement dans cette zone. D'un coup de queue fulgurant, il piqua le tigre trop faible pour fuir. Celui-ci fut saisi de convulsions. Il rugit, cracha, se débattit. Trois secondes plus tard, il s'effondra sur le sable, déjà mort. Le scorpion, satisfait, considéra cette fois Ernest et Valentin.

— Là, ça y est, on est cuits, reconnut le prestidigitateur.

Sauf qu'une troisième secousse, de loin la plus puissante de toutes, ébranla cette fois tout le colisée.

La structure de pierre, prise dans ce tremblement prodigieux, se fissura en plusieurs morceaux.

Des tribunes entières furent séparées les unes des autres. Des pierres pleuvaient en tous sens, c'était un véritable cataclysme !

Kilma fut libéré. Les deux serpents furent balayés par des vagues de sable. Le grand scorpion lui-même fut renversé. Il tourneboula, rebondit, puis s'encastra dans une tribune, pulvérisée sous le choc.

Miraculeusement, aucun sorcier dans l'arène ne fut atteint par l'incroyable phénomène. Les survivants s'entreregardèrent. Chacun d'eux avait senti le déploiement d'énergie, colossal, qui avait provoqué le bref et terrible séisme. Pourtant, celui-ci les avait épargnés, comme à dessein. Bientôt, en même temps que le Roi Clochard et les trois déités, Kétinée, Ernest et Kilma en découvrirent l'épicentre.

Tout venait de la tribune principale. Pas de Sacha. Pas d'Isabelle. Pas de Linda. Et encore moins du Roi Clochard. Les quatre monarques, d'ailleurs, s'étaient levés. Interloqués, ils fixaient toutes et tous cette jeune enfant aux yeux blancs, qui désormais possédait un visage constellé de longues veines rouges.

— *J'en ai assez de tous vos jeux*, prononça alors une voix caverneuse qui émanait de Déa.

Ce timbre profond n'était pas celui d'un enfant. Plutôt celui d'une créature inconnue, à la présence glaçante, à la puissance démesurée.

Autour du roi et des trois déités, tous les gardes et serviteurs avaient été renversés, inconscients. Seuls les neuf enfants, parfaitement indemnes, assistaient à cette confrontation, sans vraiment la comprendre.

— *En tentant de manipuler cette fillette, vous avez raccourci mon sommeil*, poursuivit encore la voix sépulcrale de Déa en se tournant vers Linda, soudain à bout de souffle. *Je devrais peut-être vous en remercier... Ou bien plutôt vous supprimer pour cette offense.*

Linda, qui ne parvenait plus à respirer, porta la main à la gorge, s'agita très piteusement. Déa était en train de l'étrangler à distance !

Ni le roi, ni les autres déités n'osèrent lui porter secours. Car en face d'eux se trouvait une créature comme jamais ils n'en avaient croisée.

Alentour, le colisée s'effondrait sur lui-même. De partout surgissaient des cris d'horreur. Des milliers de personnes se trouvaient déjà entre la vie et la mort. Certaines furent écrasées sous des tombereaux de très lourdes pierres. Seules celles qui comptaient pour Déa échappaient au désastre ambiant.

— *Maintenant, nous allons partir d'ici. Tous ensemble*, ordonna cette enfant effroyable qui n'en était plus vraiment une. *Et si d'aventure vous croisez de nouveau notre chemin, je m'occuperai de vous quatre. Une fois pour toutes.*

À son tour, Déa lévita. Il parut à chacun que les veines rouges qui striaient son visage et ses mains s'obscurcissaient. Autour d'elle gravitait une énergie d'un noir intense, plus dense que la nuit.

— Ce n'est pas possible, j'hallucine ! souffla Ernest.

À ce moment, entre deux pans de colisée, Kétinée reconnut l'homme barbu, accompagné d'un corbeau et d'un loup, responsable de sa chute dans le vortex qui menait chez le Roi Clochard.

Les enfants de Linda

D'après André, ce « secret » se nommait Ludwig.

Difficile pour la mambo de se concentrer sur cette sourde présence cependant. Car l'essentiel se passait à l'épicentre, du côté de Déa.

De ses doigts fins, la jeune aveugle à la voix caverneuse parut déformer l'air.

Il y eut une ultime secousse.

La seconde suivante, toutes celles et ceux qui avaient été récemment dérobés à leur réalité par les agents de Linda s'évanouirent sans un bruit.

Fin de la première partie

Deuxième partie

Non loin du Castel

Les cœurs sont le miroir obscur des firmaments ;
Toutes nos passions reflètent les étoiles.
Victor Hugo, *La Légende des siècles*

XI

L'heure était favorable aux songes.

Vicente Rodriguez, ravi de sa promenade, s'assit sur un rocher et contempla les teintes rougeoyantes qui se déployaient sur ses chères montagnes. Jamais la vallée ne lui avait paru plus somptueuse. Dans le lac suspendu, à deux mille mètres d'altitude, le reflet du soleil baignait le paysage d'une atmosphère abstraite.

Les monts du Besiberri, face à lui, dominaient un peuple de conifères qui ondulaient fièrement sous la brise du soir. D'innombrables rochers de toutes tailles émaillaient une prairie encore verte malgré l'arrivée prochaine de l'hiver. L'air vivifiant qui balayait l'espace chatouillait la chevelure en bataille, la barbe fournie et le poitrail duveteux de Vicente Rodriguez. Peu vêtu, car peu frileux, il goûtait avec délice à ce souffle qui animait chaque brin d'herbe du paysage.

Parfois, il lui semblait que la montagne respirait.

Le gitan n'était pas pressé. Il comptait bien savourer chaque seconde de ce divin spectacle, inestimable don de la nature. Ce genre de représentation, grandiose, paisible et sauvage, il ne s'en lasserait jamais.

Le crépuscule s'installa, et avec lui une cohorte de stratus qui pimentaient l'horizon. Ces zébrures incandescentes donnaient au ciel des Pyrénées un tempérament incendiaire, qui préparait à la majesté de la nuit.

Vicente ne voulait rater aucun de ces changements subtils, indolents mais spectaculaires, qui faisaient peu à peu basculer la vallée de la lumière vers l'ombre, ces mille mouvements qui préparaient à l'avènement des étoiles.

Bientôt, s'il avait de la chance, et si les stratus paresseux ne lambinaient pas trop, il verrait poindre les constellations des Gémeaux, de Persée ou Cassiopée. Il en relierait chaque élément, s'imprègnerait de la lumière de ces sentinelles lointaines.

Ensuite, et seulement ensuite, il daignerait quitter son poste d'observation, et peut-être se souvenir qu'on l'attendait, ailleurs, autour d'un feu de camp.

Seulement, ce soir-là, rien ne se passa tout à fait comme il l'avait prévu.

Cela commença par un frémissement du paysage. Quelque chose qui lui hérissa le poil, car cette manifestation possédait un aspect surnaturel. Cela se propagea dans un diffus parfum de soufre. Puis soudain, une fulguration pourpre fendit la montagne. Lui succédèrent bientôt plus d'une dizaine d'éclairs. Qui martelèrent le paysage, de tous côtés. Certains s'abattirent dans la forêt. D'autres choisirent un pic, une colline, une étendue herbeuse. Le suivant, dans un fracas, tomba au beau milieu du lac. Et enfin, l'un d'entre eux, à moins de cent mètres de Vicente, zigzagua entre les rochers.

Non loin du Castel

Le promeneur effaré demeura quelques dizaines de secondes cloué sur place. Puis il comprit que ce phénomène tout à fait inhabituel venait de prendre fin.

L'obscurité n'était pas encore totale. Seule l'étoile du Berger, téméraire, avait osé s'illuminer.

Vicente quitta enfin son siège de fortune. Il voulait voir où la foudre exactement s'était abattue. Avec une agilité surprenante malgré son embonpoint naissant, il bondit entre les rochers. Il décela un gémissement. Mais pas celui d'un animal.

Habitué à analyser les signes du ciel, le promeneur avait mille questions en tête. À commencer par cette odeur, qui s'évanouissait, mais que d'autres que lui avaient pu sentir. Surtout que ce très court orage avait eu lieu *près de leurs terres*. Tôt ou tard, *ces gens-là* allaient immanquablement s'y intéresser. Alors, il lui faudrait filer. Tandis qu'il progressait entre les rochers, Vicente, nerveux, gratta machinalement l'extrémité de la longue et profonde cicatrice qui affleurait dans l'ouverture de sa chemise et barrait son torse. La dernière fois qu'il y avait eu confrontation avec le groupe voisin, cela s'était très mal passé. Sans les bons soins de Sabrina, de Raquel, de Mamà Giacomo, et aussi l'intervention de Georgio, de Carlos, il nourrirait les vers, aucun doute possible. Il s'était lui-même défendu, bien sûr ! Un Rodriguez ne rend jamais les armes sans se battre ! Tout comme lui, son ennemi en garderait, à vie, un cuisant souvenir…

Bientôt, la plainte qu'il avait perçue se mua en hoquets, puis en pleurs. Vicente découvrit un petit garçon recroquevillé entre deux rochers plus vastes que lui. Il ne devait pas avoir plus de quatre ans. Le même âge que certains des enfants de sa famille, et les cheveux blonds.

Autour de ce corps si pâle, si fragile, gravitaient encore quelques étincelles de foudre pourpre, qui peu à peu s'évanouissaient. Le sol alentour formait un cratère. De quoi ne laisser aucun doute : l'enfant était tombé du ciel.

La prudence eût sans doute dicté de se tenir à distance, d'analyser la situation, de ne pas d'emblée se jeter vers ce jeune garçon en détresse, arrivé ici par sorcellerie. Cependant Vicente Rodriguez était plutôt homme à laisser pleinement s'exprimer son cœur, bien avant que ne se manifeste sa raison. Aussi bondit-il au fond de ce cratère encore fumant pour venir en aide à l'enfant. Il prit le visage en pleurs entre ses mains. Puis, avec une infinie douceur, il tenta de lui prodiguer quelques paroles rassurantes.

Le nouveau venu paraissait terriblement désorienté. Il jetait des regards apeurés. Mais il avait cessé de crier.

— Voilà. C'est tout, c'est tout, lui dit Vicente en catalan. Tu es chamboulé, c'est normal. On le serait à moins…

Le petit être baragouina quelque chose. Un mot revenait sans cesse : « maman. » Vicente puisa dans les rudiments de français qu'il avait glanés au cours des années. Avec un fort mais chaleureux accent catalan, il parvint à demander :

— Je ne sais pas où est ta maman. Mais peut-être que je peux t'aider à la retrouver. Cela te ferait-il plaisir ?

D'entendre quelques mots prononcés dans sa langue natale rassura un peu le blondinet. Pourtant, il avait vécu trop de choses terribles, ces dernières minutes, pour se calmer d'un coup. Vicente apprit qu'il s'appelait Valentin et qu'il venait d'échapper à « des monstres ».

L'emploi de ce terme fit sourciller son bienfaiteur. Lequel leva le nez, huma l'air, tenta de percer les environs du regard. On commençait à ne plus discerner les contours des êtres et des choses. Malgré tout, l'homme barbu était à peu près certain que ses ennemis n'étaient pas encore là. Il se souvint d'une expression française qui collait parfaitement à la situation.

— On se trouve entre chien et loup, prononça-t-il. Et des loups, hum… justement, tu n'en as pas croisé, j'espère ?

Valentin lui fit non de la tête. Cela rassura son interlocuteur. Vinrent ensuite d'autres paroles. Confuses, brouillonnes. Vicente se gratta la barbe, ne saisit pas tout. Il était question de « spectacle », de « tigres », de « gens masqués », ou encore de « serpents géants ». Le mot « peur » revenait très souvent lui aussi.

Vicente se souvint de tous les autres éclairs. Alors, il se dit que peut-être d'autres enfants avaient eux aussi traversé le ciel pour atterrir dans la vallée.

Après tout, pourquoi pas ? Pour le gitan, tout cela respirait la magie noire. Avec les *Pueblo* dans les parages, rien d'étonnant.

Vicente se rappelait avoir vu une autre lumière tomber au bas de la colline, entre le lac et lui.

— Valentin, je vais te poser une question très importante, continua Vicente. As-tu voyagé seul, ou bien accompagné ?

— Y'avait… Y'avait Agathe, parvint à lui dire le petit garçon, de plus en plus cohérent dans ses déclarations. Et Émilie. Et Hugo. Mais je ne sais pas où ils sont. On était en prison. Je veux plus aller là-bas. Plus jamais.

— Je ne sais pas très bien de quel endroit tu parles… Mais je te promets de tout faire pour que tu ne vives plus cela. Maintenant, viens. Nous allons chercher tes amis. *Si ?*

Valentin avait été enlevé, malmené, menacé par de très nombreux inconnus. Pourtant, cet étranger-là possédait des manières si douces, un ton de voix si apaisant, qu'il venait en quelques instants de gagner sa pleine confiance.

Main dans la main, l'homme des montagnes et l'enfant contournèrent la haute colline, pour découvrir où avait frappé le deuxième éclair. Avant d'y arriver, ils durent reculer. Car de derrière la butte surgit un cheval dodu, tout aussi effaré que l'était Valentin d'avoir atterri dans la vallée.

— Oh, toi aussi, tu es perdu, comprit aussitôt Vicente Rodriguez.

Et tout comme il avait réconforté le blondinet qui maintenant ne pleurait plus, il s'approcha de l'animal, le plus doucement possible.

— Reste là, Valentin, murmura-t-il. Je ne voudrais pas que tu te prennes un méchant coup de sabot. Tu connais ce cheval ?

Valentin fit non de la tête. Pourtant, Vicente était sûr de lui : il émanait du destrier une odeur âcre et agressive, la même que celle qui enrobait encore le garçonnet. Clairement, ils émergeaient des mêmes ténèbres.

— Tu es égaré, mon beau ? entonna l'homme à l'adresse du cheval.

Il s'agissait de Monsieur Dufoin. Qui avait lui aussi goûté aux sous-sols et à la captivité. Après l'expérience du changement de monde, de la prison, de la fièvre du colisée, de la proximité des bêtes sauvages ou encore du séisme, n'importe quel autre équidé eût aussitôt galopé dans le sens inverse, voulu rejoindre les collines et ne plus jamais entendre parler de ces humains qui chamboulaient sa vie et l'empêchaient de brouter à sa faim.

Pas Monsieur Dufoin cependant. Car « affable » était pour le décrire un adjectif bien trop féroce encore. C'est avec bonhomie que le cheval laissa l'inconnu s'approcher de lui,

lui parler, et même caresser son museau, sa crinière. Une connexion immédiate s'établit entre les deux êtres, que l'on pouvait qualifier d'accointance d'esprit. Que l'un évoluât à deux pattes, et l'autre à quatre, ne constituait pas une immense différence entre eux.

— Tu as dû en traverser, des épreuves, murmura le Catalan dans sa langue tandis qu'il lui flattait l'échine. Mais tout cela est terminé. Ou plutôt : le sera bientôt. Car j'ai comme l'impression qu'avec votre arrivée, aussi visible qu'une tache de peinture orange sur un mur tout blanc, il va bien se passer deux ou trois bricoles dans le coin.

Monsieur Dufoin calmé, Vicente se tourna vers Valentin. Il fallait s'intéresser aux endroits où étaient tombés les autres éclairs. L'homme, l'enfant et le cheval partirent donc ensemble en direction du lac.

Au moment où ils approchèrent de la berge, une silhouette détrempée, trapue, grelottante et bougonnante émergeait de l'eau.

— Malgré mon âge, qui tout de même devient respectable, rien ne me sera épargné, vraiment !

Kilma était furieux de sa malchance. Et n'avait plus un poil de sec. Ses habits lui collaient à la peau. Sa barbe et ses longs cheveux, détachés, pendaient lamentablement de chaque côté de sa tête furibonde. Quant au sable dans sa sacoche, il était inutilisable.

— À ce que j'ai vu, il y en a un, et un seul, qui s'est abîmé dans ce foutu lac. Évidemment, c'est moi !

Il faisait encore assez clair pour que le marabout discerne l'expression pacifique de Vicente, et ses deux mains levées. Contrairement à Valentin et Monsieur Dufoin, cependant, ces belles manières ne suffirent guère à apaiser l'ire du vieil artiste.

— Vous êtes qui, vous ? cracha-t-il. Le comité d'accueil local ? C'est à vous qu'on se plaint, pour ce très mémorable amerrissage ?

— Excusez-moi, sourit le Catalan, qui faisait une tête de plus que lui. Pourriez-vous parler un peu plus lentement ? Le français n'est pas ma langue natale.

— Ah ben super, ça va être commode pour comprendre où on est arrivés, tiens ! Pas du côté de Verdun, il me semble.

— Je ne connais pas de « Verdun », lui avoua Vicente. Mais j'espère pouvoir vous aider. Je me nomme Rodriguez. Vicente Rodriguez. J'habite ces montagnes, en compagnie de ma famille, qui campe un peu plus loin. Mais nous n'avons pas de maison. Nous vivons en… cabanes sur roues. Je ne sais pas comment vous appelez ça, en français.

— Des roulottes, rebondit Kilma. Ah ben, de ce côté-là, au moins, on ne sera pas dépaysés ! Parce que c'est quoi, ces montagnes ? Là d'où on vient, ça devait culminer à cinq cents mètres, pas davantage.

— Nous sommes au cœur des Pyrénées, révéla son interlocuteur. Pas très loin de *Caldes de Boí*.

À part l'Espagne, ce dernier nom de localité n'évoquait rien à Kilma. En revanche il situait facilement les Pyrénées : à l'extrême sud de la France. Et donc à plus de mille kilomètres de l'endroit où il pensait arriver.

Il lui fallut quelques secondes pour digérer l'information.

— Les Pyrénées… très bien, finit-il par répéter. Parfait, parfait. De mieux en mieux. Je suppose qu'après ce qu'on a vécu chez les dingues, je ne dois plus m'étonner de rien !

Comme il le put, Vicente évoqua les éclairs.

— Il va falloir regrouper notre troupe, comprit Kilma.

Non loin du Castel

Le marabout se refusait, pour l'heure, à réfléchir aux tenants et aboutissants de l'affaire. Déa les avait-elle tous fait sortir du monde de Linda ? Mais comment ? Par quel miracle ? Ou plutôt : par quelle malédiction ? Parce que ce grondement, ce tremblement de terre, cette panique générale, ces gens qui périssaient et cette voix d'outre-tombe... Kilma se promit d'y réfléchir à deux fois avant de contrarier cette gamine. S'il s'agissait effectivement d'une gamine. Et non d'une sorte de monstre implacable, dissimulé sous l'apparence d'une enfant.

Ce genre de considérations, aussi folles et démesurées qu'elles puissent paraître, allaient devoir attendre un autre moment. Car s'ils s'étaient effectivement extraits, toutes et tous, des griffes d'un despote et de ses trois émanations, il allait falloir maintenant retrouver les enfants dispersés et perdus dans ce paysage nocturne et méridional. D'autant qu'une menace qui sourdait depuis quelques instants se précisa.

En plein milieu d'une phrase, le dénommé Vicente Rodriguez renifla vigoureusement. Puis il bondit sur une pierre, scruta les environs, huma l'air de plus belle.

— Très belle imitation d'un chien de chasse aux aguets, jugea Kilma.

Vicente ne releva pas la moquerie. Il regagna la terre ferme et déclara, beaucoup plus crispé que précédemment :

— On va avoir de la visite d'ici peu. Peut-être qu'ils sont déjà là... Le groupe dont vous me parlez. Ils savent se battre, ou bien... ?

— Ah ben, franchement, ça dépend qui, avoua Kilma. En même temps, je crois que certains – et surtout certaines – vous surprendront !

Vicente creusa dans ses souvenirs.

— J'ai repéré un ou deux éclairs, dans la forêt. C'est par là !

Cette fois, il prit le petit Valentin, le hissa sur son épaule et détala droit devant lui, vers les sapins.

Extrêmement nerveux, il jeta des œillades dans le ciel. La nuit était tombée, et la lune était apparue.

— Évidemment, elle est pleine ! jura-t-il en catalan.

Il fraya alors parmi les sapins, sans se retourner. Monsieur Dufoin, peu motivé par une poursuite, préféra brouter l'herbe des environs. Kilma Mountabila, en revanche, se sentit obligé d'emboîter le pas de ce drôle d'oiseau velu. Tandis que Vicente, très vif, disparaissait parmi les ramures, Kilma, toujours aussi trempé, toujours aussi frigorifié, trottinait comme il le pouvait.

— Oh là, hé ! tenta-t-il. Pourriez pas m'attendre ? Vous savez où vous allez, au moins ?

Bientôt, le marabout perdit totalement le gitan de vue. Il aurait voulu suivre ses traces. Malheureusement, en pleine pinède, il faisait encore plus sombre qu'à ciel ouvert.

— Non mais, franchement ! s'agaça-t-il. Ne me dites pas qu'en plus de ne plus avoir un seul poil de sec, de me geler les miches et d'être devenu en quelques secondes quantité négligeable, maintenant je suis paumé dans la forêt ?

Il se prit les pieds dans une racine, jura, se vautra dans l'océan piquant et inhospitalier des aiguilles tombées.

— Finalement, soupira-t-il, je me demande si je ne préférais pas le serpent géant !

À trois cents mètres de lui, Vicente slalomait à grande vitesse et évitait, pour Valentin comme pour lui, tous les pièges que la forêt balançait en travers de son chemin. Il évita les branches basses, devina les fossés, anticipa les souches à moitié enterrées. Redoublant d'agilité, il effectua même quelques cabrioles. On eût dit que ses yeux perçaient la nuit.

Non loin du Castel

Au bout de trois minutes de cette course effrénée, il déboucha sur une clairière. Ou plutôt : sur quelques arbres tombés, fracassés par l'arrivée d'une visiteuse venue du ciel.

Une enfant, inconsciente, gisait au centre d'un très large cratère. Les cheveux châtains, vêtue d'une robe qui jadis avait été claire, elle avait le crâne en sang. Un liquide épais avait coulé de son nez, de ses oreilles, de ses yeux, et de plusieurs autres blessures.

— Elle s'appelle Déa, dit une voix sur la gauche de Vicente.

Le barbu découvrit deux autres enfants, en bonne santé ceux-là. Celle qui venait de s'exprimer était une brunette de dix ans. L'autre, un petit garçon brun et chétif, qui en paraissait six ou sept. Ils s'appelaient Jeanne et Paolo.

— On a tout essayé, poursuivit la fillette. Mais on n'arrive pas à la réveiller. On l'a secouée, pincée… Paolo l'a même mordue.

— J'espère qu'elle n'est pas morte, angoissa le petit garçon.

Intérieurement, Vicente se félicita d'avoir trouvé trois autres enfants d'un seul coup.

Mais tous ses sens l'avaient mis en garde sur le revers de la médaille. Le plus rapidement possible, il posa Valentin, se mit à genoux et examina Déa.

Multiples lésions. Certaines assez profondes. Saignements abondants. Impressionnante commotion. Elle ne se relèverait pas de sitôt. Si personne ne tentait rien, elle ne passerait pas la nuit. Vicente se demanda même s'il pourrait la transporter sans la tuer.

Et puis, il y avait cette présence, qu'il avait sentie. Qu'il avait crainte, anticipée. Et qui désormais était là. La famille Pueblo…

Vicente se plaça devant les enfants, juste en face des gens qui se détachaient de l'ombre.

— Restez bien derrière moi, surtout.

Ils étaient deux adultes. Deux personnes que les enfants devinaient à peine, mais que les yeux de Vicente voyaient très bien.

Il y avait un cinquantenaire. Le crâne dégarni. Un air mauvais. Un sourire cruel. Accompagné de quelqu'un qui paraissait être son frère ou son cousin. En tout cas un membre de sa famille. L'échange se déroula en catalan.

— Qu'est-ce que tu fais ici, Rodriguez ? demanda le plus âgé des deux. Encore à vouloir t'aventurer sur notre territoire ?

Face à ces gens qu'il connaissait trop bien, Vicente Rodriguez ne se démonta pas. Il haussa simplement les épaules.

— Ce territoire n'est pas plus le vôtre que le mien, Jorge. Ne jamais se fixer, telle est notre nature. De toute façon, nous allions nous éloigner. C'est juste que… je dois rassembler mes amis. Ensuite, je vous propose que nous partions chacun de notre côté.

L'homme dégarni inclina la tête, puis il fit la grimace.

— Et depuis quand tu décides pour nous, Rodriguez ?… Tu ne crois pas que l'on va se plier à tes directives ? De plus, les « amis » dont tu parles préfèreront peut-être nous rejoindre…

— Seulement s'ils ne tiennent pas à la vie, jugea Vicente. Je sais les jeux cruels que vous réservez aux voyageurs égarés. Ce genre de comportement ternit l'image de notre peuple. À cause de vous, ce sont tous les nôtres qui trinquent.

Le chauve renifla, avec dédain.

— Vous, les Rodriguez, les Giacomo, et tous ceux qui vous ressemblent, vous avez simplement coupé les liens avec la vie sauvage. Votre goût des autres vous a rendus pitoyables. De vrais toutous !

Non loin du Castel

Vicente trouva Jorge bien imprudent. Surtout pour quelqu'un qui connaissait sa nature. Et s'il se montrait aussi insolent, c'était forcément que…

— Vous êtes quatre, déclara Vicente.

Un bruissement derrière lui indiqua qu'il avait raison. Cette fois, il y avait un homme et une femme. Et maintenant, Vicente était seul, entouré de quatre représentants de ce clan qu'il détestait plus que tout. En plus de cela, il devait protéger quatre enfants, dont une vraiment mal en point.

— Quatre contre un, souligna le barbu. Vous ne trouvez pas ce combat déloyal ?

Les personnages assemblés se mirent à rire.

— Tu deviens vieux, Rodriguez, prétendit Jorge. Tes sens ne sont pas aussi affûtés que jadis… Qu'est-ce qui peut bien te faire penser que nous ne sommes *que quatre* ?

Vicente jura. Il s'en voulait énormément. Trop occupé à localiser les endroits qu'avaient frappés les éclairs, il n'avait pas maintenu tous ses sens en éveil. Kilma Mountabila choisit ce moment pour débouler dans la clairière. La pleine lune lui permit de distinguer les différentes silhouettes.

— Ah ben tout de même ! Vous voilà ! Ça vous amuse de me semer dans la pinède pendant que vous rejoignez vos amis ?

— Ce ne sont pas du tout mes amis, répondit très calmement Vicente.

Les quatre individus qui les encerclaient ricanèrent de plus belle. Ils s'avancèrent, provocateurs.

— Ils veulent se battre, ces loustics ? réagit Kilma, nullement impressionné.

Puis il se souvint que le sable dans son sac ne lui serait d'aucun secours. Qu'avant de batailler, il n'aurait jamais le temps de préparer un rituel.

Il se sentit démuni. Démuni et surtout frigorifié.

— Très accueillantes, ces Pyrénées ! Ces gens sont des gitans comme vous ?

— Semblables par certains côtés, souffla Vicente. Mais parfois aussi différents que le jour peut l'être de la nuit… C'est à cause de ce genre de créatures que les loups, ces magnifiques et paisibles bêtes, ont si mauvaise réputation, les pauvres !

— Ce « genre de créatures » ? De quoi parlez-vous ?

À cet instant, les corps des quatre individus vibrèrent à l'unisson. Leurs poils et leurs cheveux poussèrent. L'un après l'autre, ils tombèrent à quatre pattes. En quelques secondes, leurs traits se modifièrent. Leurs dents s'aiguisèrent. Leur nez devint museau. Leurs vêtements se déchirèrent. Un pelage gris ou noir recouvrit chaque centimètre de leur peau. Ensemble, ils se mirent à grogner.

— Des loups-garous ! s'exclama Kilma, qui malgré lui se mit à trembler.

— Pas tout à fait, précisa Vicente. Ces créatures-là, on les appelle autrement. Je suppose que pour le moment cela n'a pas vraiment d'importance… Monsieur Kilma, vous allez prendre dans vos bras la jeune fille blessée. Les enfants vont vous suivre et vous allez courir… droit devant vous !

— Ils… ils ne vont certainement pas nous laisser passer, vous savez ! objecta le marabout.

Les feulements féroces des quatre grands loups parurent confirmer cette hypothèse.

— Les Pueblo, j'en fais mon affaire, assura le gitan.

Alors, il ôta rapidement sa chemise. Lui aussi se mit à frémir. Se couvrit de poils. Gagna en volume. En muscles. En mâchoires.

Non loin du Castel

Mais lui resta debout. Ses oreilles, plus arrondies que celles de ses ennemis, dominaient un visage brun, féroce. À chacun de ses doigts, de ses orteils avaient poussé des griffes.

Vicente Rodriguez était devenu un ours.

— OK. D'accord. Très bien, se contenta de dire Kilma.

En espérant ne pas la blesser davantage, le marabout prit Déa dans ses bras.

— Maintenant, les enfants, on file ! hurla-t-il à la cantonade.

Il prit la tangente sans attendre.

De nouveau, les quatre loups hurlèrent de concert. Deux d'entre eux se ruèrent sur le pelage de Vicente. Dans un rugissement qui résonna dans toute la vallée, l'homme ours voulut se charger de ses quatre adversaires en même temps.

XII

Léopold se sentait à bout de forces. Son enlèvement puis l'horrible spectacle du cirque l'avaient éreinté. Il ne rêvait que de rentrer chez lui. Profiter d'un répit. Retrouver les bras de sa mère, les bêtises de son frère, de sa sœur. Au lieu de cela, il venait d'arriver, il ne savait comment, au beau milieu de la montagne.

Quand il fermait les yeux, il voyait encore les tigres, les serpents, le scorpion. Toute la démesure de ce cauchemar tellement réel. Quitter cet enfer, pour arriver dans un nouvel endroit sombre, inconnu, comment le supporter ?

Quelques instants plus tôt, il avait été capable de générer un étrange objet de lumière qui avait sauvé la vie de Kétinée. Comment avait-il fait cela ? D'où ce pouvoir lui venait-il ? Pouvait-il réitérer cet exploit ? Il aurait voulu poser mille questions à la mambo. Pour l'heure, celle-ci n'était pas à ses côtés. Comme toutes et tous, elle avait disparu.

Léopold se trouvait-il dans un autre endroit du pays de Linda, de Sacha, d'Isabelle ? Avait-il regagné le monde des humains ? Dans ce cas, pourquoi ne pas avoir immédiatement retrouvé la forêt, près de Verdun ?

Trop d'incertitudes se bousculaient sous son jeune crâne. Jadis insouciant, au centre d'une vie simple liée aux saisons et rythmée par l'activité de ses parents, simples paysans, il venait d'être propulsé dans un univers instable constitué de quelques merveilles, mais d'un peu trop d'horreurs.

Ses pieds avaient buté sur un certain nombre d'obstacles. Il était tombé. Lui qui n'avait jamais arpenté la montagne découvrait les pièges des terrains en pente. Ces cailloux qui roulaient sous vos chaussures. Ce sol qui se dérobait. Et ces larges versants qui donnaient sur le vide.

Il avait dérapé, s'était écorché les genoux, s'était plusieurs fois rattrapé de justesse à un arbuste, à un rocher.

Il avait atterri sur un mont, loin de tout. Au début, il apercevait la vallée, en contrebas. Il lui avait semblé y déceler du mouvement, des voix lointaines. Pour la rejoindre, quel calvaire ! Impossible de se jeter droit devant lui. Il fallait suivre les sentiers. Enjamber les rochers, en escalader d'autres. S'engager ensuite parmi les arbres. Puis sortir de la pinède, se réorienter.

La nuit était tombée. Dès lors, Léopold n'y voyait plus rien. Il avançait les mains devant lui pour anticiper les mauvaises surprises. Quand ses doigts rencontraient une nouvelle surface, il ne pouvait s'empêcher de sursauter.

Perdu. Il se sentait complètement perdu. Plusieurs fois, il appela Kétinée. Ou Ernest. Ou Kilma. Et même ses parents. Il s'en cassa presque la voix. Cela ne donna jamais rien.

Le long de ses joues, les larmes avaient coulé. Il voulait être brave, il eût voulu ne pas pleurer. Plus facile à dire qu'à faire, surtout quand on n'a que cinq ans.

Avec la nuit, les ombres s'étaient étendues. Elles s'étaient faufilées dans chaque endroit propice aux chimères. Dans l'obscurité, ce qui ne se voit pas devient mystérieux, objet de fantasmagories, terreau fertile pour de nouveaux cauchemars. Car l'invisible recèle forcément sa part de ténèbres lorsque l'on vogue au pays des peurs.

Léopold souhaitait un peu de lumière. Quelque chose qui le guide et le rassure, qui lui permette de faire taire son imagination, devenue morbide, depuis son séjour chez le Roi Clochard.

De toutes ses forces, il tenta de générer un nouvel objet de lumière. Il imaginait une lanterne. Une boule scintillante. Une minuscule flammèche, n'importe quoi ! Quelque chose surgissant de ses mains, qui l'aiderait à vaincre sa terreur.

Rien de rien, malheureusement. Ce miracle, survenu à un moment opportun au sein d'un monde sorcier, ne pouvait pas se reproduire dans un paysage où la magie se faisait plus rare.

L'objectif qu'il s'était donné, à savoir descendre la vallée pour rejoindre quelques silhouettes entraperçues, lui paraissait désormais inatteignable. Il avançait donc au hasard, là où ses jambes voulaient bien encore le porter. Il voulait un lit. Il voulait *son* lit. Heureusement pour lui, il ignorait encore la réelle distance qui l'en séparait.

Son seul et unique réconfort, dans cet océan de noirceur et d'incertitude, était la frêle bestiole qui l'accompagnait. Car Itsy la souris s'était réfugiée dans la poche de Léopold. Les bruits, la fureur, les secousses ressenties plus tôt avaient tellement terrifié le rongeur, que toutes ses habituelles velléités de fuite avaient été inhibées.

Ça, et les yeux cruels de ces prédateurs aussi hauts que des chapiteaux, et munis de beaucoup trop de dents à son goût.

Dans ses moments les plus téméraires, Itsy s'aventurait jusqu'au col du maillot de Léopold. Là, elle se blottissait contre son cou et prodiguait au garçon le peu de chaleur qui émanait d'elle. Suffisamment pour ne pas qu'il sombre totalement dans la panique et l'effroi. Parfois, Léopold parlait à cette souris.

— Tu crois qu'on va réussir, Itsy ? Tu crois qu'on va trouver les autres ?

Habituée aux paroles et aux sollicitations régulières d'Ernest, il arrivait à l'animal de couiner en retour.

Depuis combien de temps Léopold avançait ainsi, sans plus trop savoir où il se dirigeait ? Plusieurs fois, il s'arrêta et s'assit, pour de nouveau pleurer. Mais toujours, il sécha ses larmes d'un revers de main, câlina Itsy, et repartit vers l'inconnu.

Désormais sorti d'une longue partie boisée, il errait sur un versant un peu moins escarpé que les pentes précédentes. Un bruit lointain, répercuté par l'écho de la vallée, attira son attention. Il leva les yeux vers la lune. Il la découvrit ronde, très lumineuse, presque rousse. Au loin, en contrebas, il perçut un mouvement. Léopold eut la nette impression de voir flotter une silhouette qui s'était élevée au-dessus des sapins. Cette personne semblait voler et partit dans la direction opposée à la sienne. Léopold se souvint qu'Ernest s'était brusquement élevé dans l'arène, juste avant de rejoindre la tribune où lui se trouvait prisonnier.

Léopold effectua un demi-tour.

— Ernest ? cria-t-il.

Il répéta ce prénom à plusieurs reprises. Mais le magicien – si c'était bien lui ! – l'avait-il seulement entendu ?

Non loin du Castel

Léopold se mit à courir. Il regagna ces bois qu'il avait été pourtant ravi de quitter. Tout le long du chemin, il hurlait encore « Ernest ! Ernest ! », avec une peur indomptable, vissée au ventre. L'horrible idée se déploya, que sans doute le magicien était déjà trop loin, qu'il ne reviendrait pas, et que Léopold jamais plus ne le recroiserait.

Le petit garçon buta sur plusieurs troncs d'arbre, s'empêtra dans les arbustes. Il mettait bien trop de temps à s'en extirper.

Petit à petit, dépité, il ralentit l'allure.

Sa course effrénée s'était soldée par un échec. Encore une fois, il se retrouvait abandonné. Itsy dut sentir cette immense déception, car elle vint se blottir tout contre son menton.

— Je suis fatigué, Itsy, sanglota Léopold, déçu une fois de plus. Je veux rentrer chez moi. Juste fermer les yeux, et puis rentrer chez moi.

Un bruissement dans les arbres le fit alors sursauter.

Il n'en était pas très sûr. Non loin de lui, il y avait peut-être quelqu'un. Quelqu'un, ou plutôt quelque chose. Une présence qui passait d'un arbre à l'autre, qui avançait en parallèle de lui. En se cachant un peu. Et en le suivant, surtout.

— Qui est là ? interrogea Léopold.

Seul le silence lui répondit.

Léopold se dit qu'il avait peut-être imaginé tout cela. Soudain, la bestiole passa de nouveau. Difficile de savoir si cette ombre mouvante appartenait à un animal ou à un être humain. Mais ça tournait autour de lui. Et si c'était un monstre ?

Léopold frémit de tous ses membres. Parfaitement silencieux, il finit par percevoir un souffle régulier. Une respiration.

Derrière lui. Oui, c'était derrière lui.

Léopold se retourna. En même temps, Itsy couina et descendit en catastrophe jusque dans sa poche, où elle disparut.

Deux éclats jaunes le fixaient. Un regard sauvage et perçant. Qui appartenait indéniablement à un animal. Mais un animal qui soudain lui susurra :

— Courrrrs !

Léopold ne se le fit pas répéter deux fois. Il fila droit devant lui, rencontrant de nouveaux branchages qui lui griffèrent les bras, le visage, mais qui ne le stoppèrent pas. Lorsqu'un loup parlant est à vos trousses, la douleur ne suffit plus à vous arrêter.

L'animal apparut par intermittence sur sa droite, sur sa gauche. Il s'amusait de sa détresse. Lorsque Léopold fut obligé de reprendre son souffle, le loup émergea des branchages et se posta juste en face de lui.

— Pas assez rrrapide, sourit-il.

Léopold puisa donc dans ses réserves et partit à toute vitesse dans une autre direction. Il ne voulait pas se faire croquer ! Dans sa fuite, il ne prenait plus garde au relief. Lorsqu'il sortit du bosquet et déboucha sur une falaise, il n'eut pas le temps de ralentir. Sous ses pieds, le sol n'existait plus. Avant de plonger, il voulut se retenir à un rocher. Ses doigts glissèrent sur la pierre : il avait couru bien trop vite.

Derrière lui, cette fois, un rire : le loup parlant l'avait précipité exactement là où il le souhaitait.

Tombé dans ce piège, le pauvre Léopold rebondit sur la paroi rocheuse. Il eut le réflexe de se protéger le visage, mais tout se mit à tournebouler. De vives douleurs émanèrent de ses membres, lorsqu'il percuta certains reliefs et que son corps se désarticula.

Il perdit à moitié connaissance.

Non loin du Castel

Combien de temps ? Une minute ? Dix minutes ? Ou bien tout juste dix secondes ? Une horrible douleur le tira de cette torpeur.

C'était encore la nuit. Il avait atterri quelque part. En un seul morceau, peut-être. Mais pas indemne, non. Il ne pouvait plus se relever. Il était incapable de bouger la jambe, le poignet. Il se mit à hurler.

— Allons, allons, lui répondit une voix suave, avec un fort accent espagnol. Tu ne vas pas bien, jeune ami ?

Entre ses pleurs, Léopold parvint à lever le menton.

Il y avait un homme, installé dans un arbre. Vêtu d'une chemise noire ouverte sur sa poitrine, il ramena en arrière les cheveux sombres qui encadraient son regard cruel, hautain et asymétrique : l'un de ses yeux, en effet, était pour toujours immobile, abîmé par la cicatrice d'une large griffure, souvenir d'une lutte sans merci. Dans sa main, l'homme avait actionné un briquet. Nonchalant, il toisait Léopold. La compassion ne paraissait pas l'étouffer.

— Tu as l'air de souffrir, j'en suis bien désolé, déclara-t-il, cynique. Diego t'a joué un bien vilain tour en t'aguillant vers la falaise. Tu aurais pu y rester, tu le sais ? Il va bientôt revenir, dans ta direction. Je serais toi, je me dépêcherais de m'en aller.

L'homme avait deviné que Léopold ne pouvait plus bouger. D'où sa pique cruelle, totalement gratuite. Destinée à faire angoisser le garçon, avant que ne reparaisse le loup.

Dans la poche de Léopold, Itsy ne bougeait plus. Le choc de cette chute vertigineuse paraissait avoir eu raison d'elle.

L'inconnu quitta son promontoire. Agile comme un chat, il se coula le long du tronc. Puis il marcha, très lentement, jusqu'au corps meurtri de Léopold. Malgré les longs sanglots du petit garçon, il continua à soliloquer.

— Je pourrais te tuer, tu sais. Je pourrais, d'une pression du pied, faire taire tes douleurs, pour toujours. Ce serait là œuvre de miséricorde. Car nous avons un certain sens de l'honneur, nous, les Pueblo.

Joignant le geste à la parole, il vint placer le pied sur la trachée du petit garçon.

— Tu es un jeune sorcier, je le sens, murmura-t-il. Et j'ai bien l'impression qu'une magie très ancienne, jadis très précieuse, coule dans tes veines… Malheureusement pour toi, ce genre… *d'antiquités* me rebute davantage qu'elle ne m'intéresse. Je te laisse donc aux crocs de Diego. Ta jeune chair lui sera agréable sous la dent, je pense… Enfin, s'il arrive assez vite…

Son regard se perdit sur un point lointain, visible de lui seul. Il hocha la tête et reprit.

— Moi, j'ai une tout autre proie en vue. J'aimerais la rejoindre, avant que cet endroit ne se peuple un peu trop.

Sans un mot supplémentaire, le borgne ôta la jambe, laissa Léopold à son triste sort et disparut dans la forêt.

L'enfant pleurait, pleurait encore. Sa gorge, sur laquelle l'inconnu s'était appuyé, le faisait souffrir. Il exhala, toussa, crachota. Il eût voulu se lever et partir. Durant quelques longues minutes, il maudit sa propre incapacité à remuer.

La terreur qui sourdait en lui demeurait vissée à son ventre. Elle ne le quitterait pas de sitôt. Car du mont que l'enfant avait dévalé à pic apparut bientôt un individu au crâne dégarni. Qui possédait un regard en tout point similaire au loup qui l'avait coursé.

— Te voilà, mon beau, haleta Diego. J'ai bien cru avoir perdu ta trace… Tu m'as l'air épuisé, meurtri… Je n'ai plus qu'à profiter du travail accompli à ma place par la montagne.

Non loin du Castel

Devant un Léopold tétanisé, l'homme se métamorphosa. Reprit sa forme de loup. Puis s'approcha lentement de lui, en savourant l'immense terreur qu'il provoquait.

Alors, ce que Léopold tentait d'accomplir depuis de trop longs moments se réalisa. Une boule de lumière jaillit de ses mains et fusa vers le visage de son tortionnaire. Dont le corps partit en arrière quand le projectile lui percuta le menton. Le loup effectua une vrille aérienne. Puis vint s'abîmer entre les ronces dans un gémissement suraigu. La boule lumineuse s'évanouit entre les arbres et dans la nuit. Et dans les fourrés, sonné, piqueté de partout, le loup nommé Diego gémit atrocement.

Il lui fallut quelques instants supplémentaires pour s'extirper des ronces coupantes. Quelques moments de répit offerts à sa proie, qui malheureusement ne pouvait guère en profiter pour décamper.

Le lycanthrope finit par se sortir de cette cuisante embûche. Désormais courroucé, le poil en bataille, le corps hérissé de pointes, fou de rage, il montrait ses crocs jaunes, écumait avec force, et plus d'irritation que pouvait n'en faire preuve n'importe quel animal à quatre pattes. Cette colère, cette frustration et ce ressentiment étaient l'apanage de sa partie la moins plaisante : son côté humain.

— Laissez-moi... Laissez-moi tranquille ! sanglota Léopold, toujours à terre, trop épuisé pour générer un autre sortilège.

Diego le cruel ne permettrait plus au jeune garçon immobile de le surprendre. Cette fois, il s'élança, la gueule ouverte. Ses crocs s'écartèrent, prêts au festin.

Cependant, comme le gitan borgne l'avait pressenti, cet endroit des bois devait encore se peupler davantage. Jamais les crocs de Diego ne se plantèrent donc dans la jeune chair. Car un dernier gitan, surgi des bois, cueillit le lycanthrope au passage.

L'homme, armé d'un couteau, avait saisi la bête au collet. Il roula avec elle, tenant ses mâchoires à distance. Il y eut quelques griffures, plusieurs coups échangés, beaucoup de confusion.

Moins d'une minute plus tard, le jeune homme plongea son couteau dans l'épaule de l'animal humain. Puis il l'assomma d'un vigoureux coup de pied.

— Avec les Pueblo, c'est très souvent jusqu'à la mort, jugea le sauveur de Léopold, un genou à terre. Pas ce soir, je l'espère…

L'homme ne devait pas avoir plus de vingt-cinq ans. Les cheveux courts. Des traits très agréables. Des boucles d'oreilles à chaque lobe. Il s'exprimait dans un français parfait. Il tendit à Léopold une main amicale.

— Je m'appelle Sancho, dit-il. Et toi, mon jeune ami, tu es la toute dernière personne que nous cherchions, et que nous devions arracher à cet enfer.

Dans la poche de Léopold, Itsy la souris blanche s'était remise à bouger : pour elle, plus de peur que de mal.

Avec autant de délicatesse que de robustesse, le dénommé Sancho s'occupa du petit Léopold. Il le prit dans ses bras, l'amena effectivement vers celles et ceux qu'il avait tant appelé, cette nuit.

Tous étaient là : Ernest, Kilma, Kétinée. Une dizaine d'enfants avaient été regroupés autour d'eux. Une femme entre deux âges gardait constamment sa main sur le front de Déa, blessée et inconsciente. Elle n'était pas la seule inconnue alentour. Un groupe de dix personnes, hommes et femmes, aux cheveux noirs, munis de torches, s'affairaient et scrutaient les environs.

— Léopold, Léopold ! s'empressa Kétinée en le reconnaissant. Je suis désolée, j'ai senti ta présence, mais je n'arrivais plus à courir… Ma cheville est foutue, je pense. Mais franchement, qu'est-ce qu'on s'en fiche !… Et toi ? Toi aussi, tu es blessé ! Rien ne te sera épargné ! Je vais te conduire à Raquel. Elle saura t'aider, elle est douée… C'est fini Léo, c'est fini…

Elle remercia vingt fois le dénommé Sancho d'avoir retrouvé le garçon. Humble et discret, le jeune gitan omit le fait qu'il venait de risquer sa vie pour l'arracher aux griffes d'un membre du clan rival.

— On a tout le monde ? C'est bon, on a tout le monde ? s'assura Ernest, qui paraissait épuisé.

Il avait passé les dernières heures à quadriller le secteur en tous sens pour rassembler les enfants perdus. La tâche s'était compliquée lorsque des personnes hostiles s'étaient dressées sur leur chemin. Heureusement, ils avaient profité de l'aide d'autres gitans, tout aussi sympathiques et dévoués que les autres paraissaient féroces. Deux clans ennemis, d'un côté les Giacomo-Rodriguez, de l'autre les Pueblo.

Le patriarche du clan ami, un quadragénaire prénommé Vicente, pensait au début se battre seul contre les Pueblo. Fort heureusement, sa femme Sabrina, d'une nature inquiète, avait dépêché les autres hommes de leur clan quand Vicente n'était pas revenu de son excursion dans la vallée voisine.

La première fois qu'Ernest avait croisé Vicente, le patriarche barbu venait de conclure un dangereux combat contre quatre adversaires qu'il avait mis en fuite. À cet instant, il ressemblait à un ours des montagnes, de plus de deux mètres de haut. Ernest avait voulu calmer l'animal. Sa surprise fut grande lorsque celui-ci se métamorphosa en être humain et qu'il le salua d'un air affable.

Entre Ernest, Kétinée, Kilma et les gitans arrivés du sud, l'entente s'était avérée parfaite. Grâce au brassage de nationalités au sein de leur cirque, les artistes parlaient un peu espagnol. La plupart des gitans connaissaient des rudiments de français. Et ce que l'on ne comprenait pas tout de suite, on finissait par le deviner.

Quelques instants plus tard, les membres de sa famille étaient arrivés. Il y avait eu plusieurs échauffourées avec d'autres membres des Pueblo. D'ailleurs, tout n'était pas encore fini…

Raquel la guérisseuse, belle-sœur de Vicente Rodriguez, demeurait auprès de Déa. Elle essayait de la réveiller. L'inconscience prolongée de sa fille, extrêmement préoccupante, mettait à mal l'habituel optimisme d'Ernest.

— Raquel est très douée, assura Vicente. Si ta fille peut être sauvée, ma belle-sœur le fera !

En expulsant son groupe du pays du Roi Clochard, Déa avait sauvé la vie de tout le monde au mépris de sa propre santé. Mais elle avait également plongé, sans le savoir, au cœur d'autres problèmes, vers d'autres dangers. Pourquoi ici, d'ailleurs ? Ernest et les autres y réfléchiraient plus tard. Pour l'heure, il restait à régler une embûche de taille : les Pueblo se rassemblaient.

Le jeune frère de Vicente, Georgio, un gitan au visage buriné, aux longs cheveux, se rapprocha des autres.

— Ils seront là dans quelques instants, Vicente, l'informa-t-il. Maintenant que nous avons tout le monde, il vaudrait mieux filer.

— Sage décision, en effet, approuva son aîné.

Non loin du Castel

Pourtant, le groupe n'eut pas vraiment le temps de se mettre en marche. Bientôt, une quinzaine de silhouettes hostiles apparurent dans la vallée. Certains possédaient une apparence humaine. Mais la moitié étaient des loups.

Devant cette ligne ennemie, Georgio et son cousin Carlos se transformèrent tous deux en ours. Vicente leur fit signe de rester sur place. Puis il avança, seul, vers les Pueblo.

— Cela suffit pour cette nuit, entonna Vicente Rodriguez. Il y a eu assez de sang versé. Si nous nous affrontons, des morts surviendront, soyez-en sûrs… Et de notre côté, et du vôtre. Est-ce le prix que vous voulez payer ?

En face du clan Giacomo-Rodriguez, les Pueblo serrèrent les rangs, les poings, les dents. Ils ne semblaient pas véritablement disposés à parlementer. Plutôt parés à en découdre.

La tension, palpable, parcourut les deux formations. Georgio, Carlos, sous forme d'ours, grognèrent.

Puis parut un tout dernier personnage. Un gitan borgne et barbu légèrement plus âgé que Vicente : celui qui avait laissé Léopold à son triste sort. Ernest et ses amis apprirent qu'il s'agissait de Vasco Pueblo, le chef du clan adverse. Et que venant de lui, tout était possible. De réputation sulfureuse, il aimait explorer les arcanes les plus sombres de la sorcellerie. Sans beaucoup se soucier des conséquences de ses actes.

Durant une poignée de secondes, chacun s'attendit à ce que Vasco sonne la charge du bain de sang. S'il le faisait, bien peu en sortiraient indemnes.

Tout le clan Giacomo-Rodriguez serra les poings. Vasco Pueblo parut s'amuser de cette tension. Il fixait un point bien précis, dans le groupe d'en face. Il parut se concentrer, évaluer quelque chose. Soudain, ses traits changèrent. D'une voix pleine, il entonna :

— Cela me fait mal aux tripes de l'avouer. Cependant les propos de Vicente Rodriguez ne sont pas dénués de bon sens. La chasse n'est plus amusante. Mes amis, mes sœurs, mes frères, il vaut mieux partir. Nul doute que nos chemins se croiseront, plus tard, pour réparer certains torts… Au plaisir de te revoir, Vicente ! Et surtout passe mon bon souvenir à Sabrina.

Vasco Pueblo accorda un sourire mauvais à son homologue adverse. Qui s'efforça de ne pas lui répondre. Puis il s'éloigna. Les autres membres de son clan exprimèrent quelques réticences. Mais finalement l'imitèrent, en crachant par terre, et sans plus de cérémonie. Dans les minutes suivantes, les Pueblo avaient quitté les abords du lac, et disparu à la frontière des monts Besiberri.

— Étonnante cette réaction, jugea Georgio. J'ai bien cru qu'ils allaient nous foncer dessus.

Vicente Rodriguez haussa les épaules.

— Ce n'est pas la première fois que les agissements de Vasco nous échappent, commenta-t-il. Si cela a permis de sauver quelques vies ce soir, autant s'en réjouir.

— Ils s'en tirent trop bien pour ce qu'ils ont fait au jeune Léopold, grogna Ernest. Si ça ne tenait qu'à moi…

Vicente se tourna vers le prestidigitateur, dans un large sourire.

— Tu es un homme de cœur, lui déclara le chef des gitans. Impétueux et fier. Le sang chaud… J'étais comme toi, avant.

Il prit le magicien par l'épaule.

— Viens, mon ami, viens, dit-il. Pansons nos blessures. Et prenons soin de nos enfants. Demain est un autre jour, plein de promesses. Leur guérison est d'une importance cruciale, qui vaut bien mieux que les vengeances qui parfois nous entravent.

Non loin du Castel

Sur ces sages paroles, le clan des Giacomo-Rodriguez, accompagné de ses nouveaux amis, s'éloigna de la vallée à son tour.

XIII

Le camp de la famille Giacomo-Rodriguez était composé de neuf roulottes, un nombre un peu moins important que celui du cirque Palazzi. Se dégageait de cet équipage une ambiance chaleureuse, bienveillante. Chaque femme, chaque homme, chaque enfant qui constituait cette grande famille était à l'image de Vicente et Sabrina Giacomo-Rodriguez. À peine âgés de quarante-cinq ans tous deux, le patriarche et son épouse étaient le cœur et l'âme de la tribu, ceux dont la présence rayonnante influençait les comportements, par leur tolérance et leur joie de vivre. Une seule femme de la tribu était plus vieille qu'eux : celle que l'on appelait « Mamà Giacomo ». Plus sèche, moins souriante au premier abord, elle se révélait néanmoins tout aussi sympathique lorsqu'on apprenait à la connaître.

Au contact de ces gitans, Ernest, Kétinée, Kilma et les autres apprirent le véritable sens du mot « hospitalité ». Afin d'héberger les trois adultes, les douze enfants et les trois animaux qui formaient leur groupe, on poussa les meubles, on réorganisa les lits, on partagea coussins et oreillers. Les réserves de nourriture des Rodriguez-Giacomo étaient assez maigres. Sans se poser de cas de conscience, on ouvrit tonneaux et pots scellés, car ces visiteurs avaient faim, ils avaient besoin de reprendre des forces. Pour les remettre d'aplomb, il n'était pas question de lésiner sur les moyens. Lorsqu'il faudrait constituer de nouvelles réserves, on irait de nouveau chasser, cueillir, pêcher. En attendant, l'heure était au partage et au réconfort.

— Toi qui noues facilement des liens, tu peux clairement t'enthousiasmer vis-à-vis de ces gens que l'on connaît à peine, chuchota Kilma à l'adresse d'Ernest. Car ils semblent prêts à nous donner leur chemise, alors qu'ils ne savent rien de nous.

— Tu vois donc combien il est agréable d'obtenir ce genre de sympathie spontanée, nota malicieusement Ernest, qui depuis qu'ils avaient traversé nombre d'épreuves ensemble s'était mis à tutoyer Kilma.

Ce soir-là, le marabout se contenta de hausser les épaules : il ne trouva absolument aucun prétexte pour pinailler.

Autour d'un grand feu de camp, on fit passer la viande salée, mijoter les légumes, et l'on dégusta même des pâtisseries. Certains sortirent les guitares, quelques femmes de la tribu dansèrent. Une nuée de filles et de garçons aux pieds nus, aux tignasses brunes, dérida les jeunes gens de leur âge, arrivés depuis le ciel. On se courut après, on rit beaucoup. L'amusement devint le plat de résistance de ce repas nocturne qui se mua en grande fête. Et les enfants qui avaient tant enduré depuis leur enlèvement à Verdun retrouvèrent ici une part de leur si précieuse insouciance.

Non loin du Castel

Le sommeil finit par les gagner, l'un après l'autre, lorsqu'ils se furent enivrés de rythmes et de jeux. Quelques heures puis quelques jours passèrent ainsi, à se reconstruire gaiement. Suspendus entre aurore et crépuscule, les enfants de Verdun oublièrent presque l'absence de leurs parents et leurs récents malheurs. Ernest se fit la réflexion que si un jour il devait monter une troupe itinérante, diriger un cirque lui-même, c'était ce genre d'ambiance et cet esprit d'entraide qu'il voulait instaurer. Loin, très loin des considérations mercantiles et des mauvais coups de Guido Palazzi.

Comme tous les gens du voyage, ces gitans-là s'installaient à un endroit, repartaient pour un autre. Pour autant, ils paraissaient particulièrement attachés aux Pyrénées, qu'ils parcouraient de long en large, qu'ils ne quittaient guère. Vicente avait promis d'expliquer cette particularité.

— Nous essayons d'éviter les Pueblo autant que faire se peut, assura-t-il. Quand on les repère, on reste à distance ! Mais il arrive, comme vous l'avez vu, que nos routes se croisent. Dans ce cas, nous sommes comme deux cailloux, frottés très vivement l'un contre l'autre : cela produit des étincelles !

De l'aveu du patriarche, les deux clans se détestaient depuis plusieurs générations. Tout simplement parce qu'ils possédaient une vision diamétralement opposée du monde. Les uns se considéraient comme des prédateurs, prêts à croquer ou broyer ceux qui avaient la très mauvaise idée de s'approcher d'eux. Les autres, au contraire, considéraient femmes, hommes et enfants comme égaux. Quels que soient leurs origines, leur passé, et même parfois leurs erreurs.

Au fond d'un lit douillet, dans la roulotte de Raquel et de Georgio, Déa dormait paisiblement. De l'aveu de la guérisseuse, ses jours n'étaient plus en danger. Mais il lui fallait encore beaucoup de repos. Ernest Villempré remercia Raquel chaleureusement. Il se doutait que, sans ses soins et ceux de Mamà Giacomo, sa fille ne se serait peut-être jamais réveillée. Selon Kétinée, toute la famille Giacomo-Rodriguez, ou presque, vivait en accord avec les forces surnaturelles. Pratiquer la magie était pour eux comme chanter, comme respirer. Il avait même vu les enfants s'essayer à quelques tours. Faire pousser une fleur. Générer un feu spectral. Détourner brièvement, par la pensée, le cours d'un torrent. Tout cela, avec beaucoup de mesure : on ne laissait pas ces enfants doués accomplir n'importe quoi. Et comme on pouvait les encourager, on savait tout aussi bien les réfréner.

Un tel comportement n'eût guère été envisageable, dans la société d'où venait Ernest. Les rares fois où il s'était essayé à la magie devant témoins, tout le monde avait fui, pris de grands airs, ou évoqué le diable. Mamy Beldani, sa défunte grand-mère, lui avait fait promettre de garder son don secret. Elle aussi avait été sorcière. Elle portait toujours un foulard sur ses longs cheveux gris. Quand elle l'enlevait, on pouvait discerner une croix, gravée très profondément dans sa chair, en plein milieu du front.

— Si tu ne caches pas ce que tu es, lui avait-t-elle dit, ceux qui m'ont fait ça te retrouveront et le feront payer à toute ta famille. Il en va de ta responsabilité, Ernest, de rester caché. Surtout, ne l'oublie pas.

Il n'avait pas oublié. Et même s'il n'avait jamais compris, vraiment, quelle haute et secrète autorité pouvait bien s'offusquer de sa nature, il s'était toujours tenu tranquille, sans jamais faire de vague. Le métier de prestidigitateur avait été pour Ernest un moyen d'être lui-même sous les feux des projecteurs, sans continuellement se dissimuler. En cela, il avait désobéi à son aïeule. Qu'aurait-elle pensé, à le découvrir ainsi, entouré d'une foule qui payait pour qu'il les régale de ses tours de passe-passe –en réalité, de véritables tours de sorcier ?

Se cacher en plein jour avait été pour lui un jeu excitant, qui lui avait plutôt bien réussi. Il y avait eu quelques anicroches, bien sûr. Des gens dans le public qui avaient sans doute perçu ce qu'il était vraiment. Pour les tromper, il dosait maladresse volontaire, moments d'improvisation et savantes illusions. Alors, le doute persistait.

Pour l'heure, le prestidigitateur songeait à Déa, à sa peau marquée de blessures. Il se souvint de la voix grave, comme surgie d'outre-tombe. De sa brève transformation physique. Du déploiement d'énergie, du séisme, et puis de leur brusque départ. Était-ce sa fille qui avait accompli cet exploit saisissant ? Ou plutôt, une entité bien plus ancienne, qui s'était brièvement emparée d'elle ? Qui sommeillait en elle, peut-être ? Des dizaines de scénarios, plus fantaisistes les uns que les autres, avaient traversé l'esprit du magicien. Depuis, il essayait de ne pas laisser se déployer son imagination galopante.

Il passait énormément de temps au chevet de Déa, remerciant sans cesse Raquel, qui s'occupait d'elle sans relâche. Pour le moment, sa fille n'avait pas encore rouvert les yeux. Mais son état s'améliorait. Et selon la guérisseuse, elle reprendrait bientôt conscience.

Ernest n'avait qu'une envie : voir sa fille sortir du coma. Mais que se passerait-il, ensuite ? Et si Déa, au réveil, redevenait immédiatement cette entité qui avait tout détruit autour d'elle ? Et si, en provoquant un nouveau tremblement de terre, elle rasait le camp gitan ?

Le magicien secoua la tête. Soucieux, il rejoignit Kétinée. Celle-ci tenait le jeune Léopold entre ses bras. Tous deux portaient une attelle. Parfois, la malicieuse Itsy se glissait entre les pansements et leur jambe, et les chatouillait de ses pattes ou de ses moustaches. Kétinée faisait semblant d'être très fâchée à ce propos. En réalité, elle en rajoutait un peu, pour faire rire Léopold.

Depuis qu'elle avait entraîné le petit garçon bien malgré elle dans cette folle aventure, la mambo se sentait responsable de tout ce qu'il pouvait traverser. Et elle avait vécu très durement le traitement infligé par les Pueblo à son jeune protégé. Au point d'avoir déjà commencé à confectionner une poupée vaudoue des deux tortionnaires dont l'enfant lui avait parlé. Ce Diego, d'abord, l'un des hommes-loups qui l'avait entraîné vers la falaise à pic. Et puis aussi Vasco, le chef de meute, qui avait lui aussi terrorisé Léo. Petit problème, pour le moment : elle ne possédait aucun cheveu, aucun ongle des deux hommes. Et ne pouvait, par conséquent, compléter son sortilège de vengeance. Si jamais elle les croisait de nouveau, elle rectifierait le tir.

Ernest s'installa auprès d'elle. Machinalement, il lui avait caressé l'épaule pour signifier sa présence. La mambo tourna vers lui ses grands yeux bruns et son petit nez rond. Le reflet des flammes dansantes animait son regard. Elle le fixa un peu trop longuement sans doute. Car Ernest finit par lui demander :

— Tout va bien, Kétinée ? Tu as l'air dans les vapes. À quoi tu penses ?

Ce qu'elle pensait, les images qu'elle imaginait, une partie d'elle eût préféré se jeter vive dans le feu plutôt que les exprimer. En même temps, certains de ses mots se bousculaient, au seuil de ses lèvres ourlées.

Non. Pas maintenant. Pas maintenant, pas ici.

Ou bien alors, jamais. Jamais, peut-être…

— Je pense à notre cirque, Ernest, mentit Kétinée. À tous les gens qu'on a laissés derrière nous.

Elle regretta aussitôt d'avoir prononcé cette phrase. Elle aurait dû dire n'importe quoi d'autre. Parler de la nuit, des étoiles. De la majesté de ces montagnes qui, grandioses, encadraient leur modeste campement. Au lieu de cela…

— C'est vrai, moi aussi, je pense à tout ça, avoua Ernest. J'y songe tout le temps. Ils doivent sacrément se demander où on a disparu, c'est sûr ! Et je me vois mal adresser un télégramme à Palazzi pour lui révéler qu'on a atterri soudain dans les Pyrénées ! Cela dit, il y a Helena… Je me demande comment elle a réagi. Je me demande si elle s'occupe bien de tous nos animaux.

Plus que tout autre mot, ce « nos », ce possessif de la première personne du pluriel, blessa Kétinée. Tel un poignard subtil, il s'était soudain planté dans son âme. Pour lui rappeler, implacable, tout ce que cette fille et lui partageaient.

Elle détourna son visage, se mordit la lèvre inférieure. De l'autre côté du feu de camp, Kilma toussa, fort à propos.

Il les observait tous deux depuis quelques secondes tout en fumant une substance que le magicien n'aurait su identifier.

— Je ne vois pas à qui, parmi nos collègues, nous pourrions confier notre très étonnant voyage, déclara-t-il. Il va falloir mentir. Et peut-être même aux gens qu'on apprécie.

— Qu'est-ce qu'on va raconter, alors ? réfléchit Ernest. On pourrait inventer quelque chose, imaginer une traque qui nous aurait menés depuis le nord-est de la France jusqu'ici. Là, nous aurions enfin arraché les enfants à leurs ravisseurs…

Très à l'aise dans l'art du mensonge, le marabout prit le relais.

— Les ravisseurs les ont emmenés en train et voulaient les revendre dans un autre pays, comme main-d'œuvre. Heureusement, nous avons remonté cette piste. Et nous avons démantelé cette partie du réseau !

— Dans ce cas, plutôt enlever des enfants dans une ville portuaire, objecta Ernest. Pourquoi risquer de se faire arrêter au cours d'un long voyage, en compagnie de tous ces mômes ?

— Ah oui, hum… Je n'avais pas pensé à ça, avoua Kilma.

— On pourra bien raconter tout ce qu'on veut, embraya Kétinée. Je vous rappelle qu'un jeune enfant, ça ne sait pas vraiment garder un secret. Plusieurs d'entre eux parleront forcément du Roi Clochard, de Linda, des clowns.

— Peuh ! Tout le monde évoquera un traumatisme, avança Kilma. Personne ne les croira. Franchement, qu'est-ce que je m'en fiche ! L'important, c'est de ramener ces chères têtes blondes à leur famille, non ? Et sinon, on parle de ta fille, Ernest ? Tu crois qu'elle gardera la même voix caverneuse qu'auparavant ? Tu crois qu'elle va fendre la montagne en deux si on la contrarie ?

— Mais enfin, mon oncle ! s'indigna Kétinée. Tu ne vois pas qu'Ernest fait tout pour ne pas y penser, justement ?

— Alors, il nous faut passer sous silence tous les gens qu'elle a blessés ou qui se sont fait écrabouiller sous les gravats, dans ce qui restait du grand colisée ? objecta Kilma.

— Peut-être n'était-elle pas totalement responsable de ses actes, à ce moment précis, estima Ernest. Peut-être même n'aura-t-elle aucun souvenir de ce qui s'est déroulé là-bas.

— Ce serait bien commode, ça !

— Et tu préférerais quoi, Kilma ? explosa Ernest. Que l'on soit tous encore captifs, chez cette bande de cinglés ? Tu préférerais qu'on soit morts, en charpie, face aux monstres déchaînés, tandis que tout le monde se délectait de notre sort ?

Cette fois, le marabout ne trouva rien à redire. Bientôt, on proposa à Kétinée et aux deux hommes un nouveau bol de soupe. Vicente Rodriguez se joignit à eux, accompagné de Sabrina, de Georgio et de Sancho. Il était temps d'aborder certains sujets évités depuis leur arrivée. Le patriarche gitan commença, avec sa douceur coutumière, par cette proposition :

— Nous allons vous accompagner jusqu'en bas des Pyrénées. Là, nous vous prêterons deux roulottes. L'une tirée par l'un de nos chevaux. L'autre par votre « Monsieur Dufoin ».

— Oh, vous n'êtes pas obligés ! s'exclama Ernest.

— J'insiste ! renchérit Vicente. On vous a aidés, ce n'est pas pour vous abandonner ensuite. Il en va de la sûreté de douze enfants. Chez nous, ces choses-là, c'est sacré !

En argumentant, Vicente se frappa le poitrail. Ses invités comprirent qu'il n'accepterait aucune objection.

— Une fois arrivés en bas, expliqua-t-il, Raquel et Sancho poursuivront la route avec vous. Nous autres, nous ne le pourrons pas. Même si notre cœur vous accompagnera. D'ailleurs, il est peut-être temps de vous dire pourquoi nous ne pouvons nous éloigner de ces montagnes. C'est un coup des Pueblo…

Ernest, Kétinée et Kilma ouvrirent grand les oreilles. Ils apprirent que, jadis, le clan Giacomo-Rodriguez s'était spécialisé dans le dressage d'ours. Qu'ils parcouraient l'Espagne, un peu à la manière du cirque Palazzi. Leurs tours savants amusaient petits et grands, du Pays basque jusqu'à l'Andalousie.

Un jour funeste, cependant, ils croisèrent leur ennemi héréditaire : les Pueblo. Cette affaire-là remontait à vingt ans.

— C'est un peu à cause de moi, avoua Sabrina.

— N'importe quoi ! jugea doucement Vicente, son mari. Doit-on accuser le soleil de son éclat ? L'églantine de son parfum ? Le responsable, c'est Vasco !

— Vasco, c'est le chef de file des Pueblo ? demanda Kilma. Le borgne que nous avons croisé, l'autre soir ?

— C'est un mage noir très puissant, dit Georgio. Quelqu'un qui n'hésite pas à frayer avec les ténèbres. Il paraît avoir cinquante ans. En réalité, les pactes innommables qu'il a conclus ont stoppé son vieillissement. Car il est centenaire.

— Cent ans, et toujours l'air fringant ? résuma Kilma. Faut qu'il me donne sa recette !

— Je ne te le conseille pas, ami, estima Georgio.

— Vasco n'a peur de rien, regretta Vicente. Ni pour lui ni pour les siens. Par ses agissements, il a maudit sa famille entière. Et, d'une certaine façon, il nous a entraînés avec lui, dans la spirale infernale qu'est devenue sa longue vie.

— Vous m'avez dit, l'autre soir, que les Pueblo ne sont pas vraiment des loups-garous, se souvint Kilma. C'est-à-dire ?

— Un loup-garou se transforme uniquement les soirs de pleine lune, résuma Vicente. Quiconque souffre de cette malédiction ne possède aucun contrôle sur la bête qu'il devient. La plupart des membres des Pueblo, eux, sont des hybrides… Des gens qui sont parvenus à mieux dompter cette magie, à se transformer quand ils le souhaitent. Moins impressionnants que de vrais loups-garous, peut-être. Mais beaucoup plus retors ! Car devenus animaux, les Pueblo gardent des traces d'humanité. S'ils sont sauvages, c'est par calcul.

— D'après ce que nous savons, leurs transformations résultent de sombres commerces avec des puissances démoniaques, marmonna Georgio.

— La fréquence de leur transformation pose également problème, précisa Sabrina. Plus ils utilisent cette sorcellerie, plus les hybrides deviennent avides de sang.

— Alors, que s'est-il passé entre les Pueblo et vous-mêmes, il y a vingt ans ? reprit Ernest.

On leur expliqua cette vieille histoire. À l'époque, Vasco Pueblo avait été ébloui par Sabrina Giacomo. Il alla jusqu'à l'enlever, voulut la forcer à rompre ses fiançailles, projeta d'en faire sa nouvelle épouse. Vicente partit rechercher sa belle.

— J'ai alors commis la grossière erreur de ne pas regarder où je mettais les pieds, avoua Vicente. Ce soir-là, je suis entré dans un cercle de pierres sans m'en apercevoir. Chaque rocher qui le délimitait avait été arrosé de sang. Le sang d'un ours. Un de nos ours, qu'il avait égorgé…

— Un rituel de magie noire, devina Kétinée, fébrile. Il vous a lancé une malédiction.

— Originellement, il souhaitait me voir régresser à l'état sauvage. Faire de moi un ours errant, entre les monts pyrénéens. Ce genre de plan tordu, c'est tout à fait Vasco ! Tandis que je me débattais sous le joug de son horrible magie, Georgio, mon jeune frère, et mon cousin Carlos ont voulu me secourir. Comme souvent, ils m'avaient suivi…

— On n'est jamais très loin de toi, mon frère. Surtout dans les coups durs, appuya Georgio.

Vicente lui adressa un sourire.

— Georgio et Carlos sont entrés dans le cercle à leur tour. Leur présence a rompu le rituel. En même temps, eux aussi ont été frappés par la malédiction. La bonne nouvelle, c'est que nous n'avons pas été transformés en ours-garous.

— Mais en hybrides, vous aussi, comprit Kétinée.

— Exactement. En créatures que nous contrôlons. Tout de même liées à ce domaine. Cela, Vasco l'a parfaitement réussi… Nous ne pouvons pas nous éloigner des Pyrénées. Notre essence vitale est, depuis ce soir-là, lié à cet endroit. Partir au loin signifierait notre mort à tous trois.

— Suite à cela, nous avons relâché nos ours, précisa Georgio. Devenus plantigrades nous-mêmes, nous ne pouvions supporter leur captivité…

— Et… cela n'a pas changé, depuis vingt ans ? s'étonna Kétinée. Il n'y a pas un moyen de lever la malédiction ?

— Pas à notre connaissance, soupira Sabrina.

— Il faudrait recréer les circonstances du rituel, considéra Georgio.

— Et sombrer, comme les Pueblo, dans la magie noire ? Très peu pour moi, mon frère ! s'indigna Vicente. Et puis… n'y a-t-il pas plus bel endroit au monde que ces montagnes ?

Les gitans tombèrent d'accord sur ce point : aucun lieu, selon eux, ne valait leurs chères Pyrénées. Et ils s'estimaient heureux de voyager du nord au sud, d'est en ouest, dans ces massifs. Kétinée, Kilma et Ernest apprirent qu'il y avait encore eu, avant leur arrivée depuis le ciel, d'autres altercations spectaculaires entre les deux clans. La plus récente avait laissé sur le torse de Vicente une immense et profonde cicatrice, cadeau de Vasco Pueblo lui-même.

— Je l'ai surpris en compagnie de sa nouvelle conquête. Une femme très élégante, une Française je crois. D'après ce que je sais, elle s'appelle Lucienne. Ils étaient en train de… hum…

— De se compter les grains de beauté sur le corps, proposa Kilma.

— C'est à peu près ça, sourit Vicente. Vasco a très mal pris la chose. Devant sa conquête, il a voulu jouer les matadors… et me faire la peau.

— Apparemment, il n'a pas vraiment réussi, s'amusa Ernest.

— Pire que ça ! Tu as vu son visage, non ? Sous ma forme d'ours, je lui ai crevé un œil. Pas très glorieux, désolé. Mais il fallait bien que je me défende.

— Toujours cet… emportement en toi ! lui fit remarquer Sabrina. Même à quarante-cinq ans, et sous tes airs de patriarche, tu restes l'impétueux jeune homme que j'ai connu jadis.

La gitane embrassa tendrement son compagnon.

— En cela, nous nous ressemblons, avoua Vicente en s'adressant à Ernest. Tu n'es pas gitan, toi. Mais le même sang bouillonnant coule dans tes veines, je sais sentir cela, *mon frère sorcier* !

Il tapa chaleureusement sur l'épaule du prestidigitateur, touché par l'emploi de ce terme. Gitans et invités en vinrent à évoquer la nature de la magie elle-même.

— J'ai remarqué que vous encouragiez vos enfants à développer leur potentiel magique, analysa Kétinée. Mais, en même temps, vous leur apprenez à s'en méfier. C'est très sage, je trouve.

— C'est important, estima Sabrina. La sorcellerie fait partie du quotidien. Mais il ne faudrait pas s'y adonner sans aucune mesure. Nous ne voulons certainement pas devenir comme les Pueblo : des gens irrespectueux des lois immuables. Vouloir plier le roseau dans une certaine direction, pourquoi pas. Vouloir changer la nature profonde des choses, en revanche, voilà qui serait dangereux. En mépriser les conséquences, ce serait devenir ces créatures carnassières contre lesquelles nous nous dressons.

Chacun médita ces paroles.

En pleine confiance avec ces gitans, Kétinée, Ernest et Kilma évoquèrent leur incroyable périple dans le monde du Roi Clochard, depuis le vortex en forêt jusqu'au spectacle dans le colisée. Bestioles improbables comprises.

Leurs hôtes n'en perdirent pas une miette.

— J'ai visité quelques endroits de ce type, avoua Vicente. Une grotte aux merveilles, à l'extrême ouest des Pyrénées. Quelques bois enchanteurs, aussi. J'ai cependant promis à leurs habitants d'en parler le moins possible. Et de ne surtout pas en révéler l'emplacement… Un Rodriguez n'a qu'une parole !

De cela, aucun des invités ne doutait.

— Alors, il existe toute une géographie *secrète*, réfléchit Ernest. Des mondes dans le monde. C'est fascinant, tout ça…

Cette idée lui flanqua le vertige. Il aurait immédiatement voulu savoir qui, où, comment. Dresser une carte de ces endroits, peut-être… Oui, cela pourrait s'avérer passionnant.

— Voilà une tâche bien vaste et bien délicate, mon frère, avoua Vicente Rodriguez. Mais si tel est ton désir, pourquoi pas ? À ce sujet, une chose me semble certaine… Aussi vrai que les étoiles illuminent notre chemin, aussi vrai que notre imagination, parfois, sait seule fixer nos limites, je dirais que chacune, chacun, sur cette Terre, est porteur de son propre monde.

— Nous sommes tous porteur d'un monde, reformula Ernest, rêveur.

Ces paroles riches d'implications se perdirent dans le ciel et l'éther, au-delà du feu de camp.

XIIII

Ernest toqua prudemment à la porte de la roulotte de Georgio et de Raquel. Ce fut la voix de Déa qui lui répondit.

— Je suis toute seule. Tu peux entrer, papa.

On avait informé Ernest que sa fille allait mieux. Le magicien fit quelques pas au milieu des matelas et des couvertures étendus par terre pour les autres enfants qui logeaient ici. Puis il s'installa sur le rebord du lit de Déa. Les blessures, sur son crâne, n'étaient plus qu'ecchymoses et égratignures.

— Coucou ma puce, commença-t-il en lui embrassant le front. Ça fait plaisir d'entendre ta voix… Ta voix habituelle, je veux dire… Tu m'as fait sacrément peur, tu sais.

Il butait sur les mots, se sentait maladroit.

Déa cligna de ses yeux blancs.

— Je t'ai fait peur à cause de mes blessures… ou parce que je ressemblais à un monstre quand je vous ai sauvés ?

— Tu te souviens de ce qui s'est passé, là-bas ? tiqua Ernest.

— C'était comme dans un rêve, avoua sa fille. Comme si je faisais les choses, et que je ne les faisais pas, en même temps… Là-bas, tout le monde avait peur, voulait partir. Alors j'ai voulu qu'on s'en aille. Mais j'attendais qu'on soit tous réunis. Je t'attendais, papa. Je savais bien que tu allais venir me chercher.

Bouleversé par ces paroles, Ernest retint ses larmes. Ils restèrent plusieurs minutes à parler de cette bouleversante expérience, de leur cirque, si loin, et des onze enfants avec eux. Puis Déa évoqua les Pyrénées, ce lieu où elle les avait emportés.

— Je ne sais pas pourquoi… mais j'ai vu cet endroit. C'était comme un souvenir. Mais en beaucoup plus flou.

Quand Ernest s'aperçut que les yeux blancs de Déa papillonnaient, il la laissa : encore faible, elle avait besoin de dormir. De vastes questions se bousculèrent dans l'esprit de l'illusionniste. L'air grave, Raquel et même Mamà Giacomo l'attendaient dehors. Elles le menèrent à l'écart du camp et des oreilles indiscrètes. Ce genre de comportement, chez ces gitans qui partageaient tout, l'alarma particulièrement.

— Déa est ta fille adoptive, c'est ça ? s'assura Raquel. Entre vous deux, il n'y a pas de liens du sang ?

— Je l'ai trouvée, abandonnée, en pleine campagne, un soir. Je n'ai jamais vraiment su d'où elle venait. Mais entre elle et moi, comment dire… il y a eu une connexion. Quelque chose d'immédiat. Elle m'a d'ailleurs dit, à l'oreille, ces mots que je n'oublierai jamais : « Je ne suis pas perdue. Je t'ai trouvé, toi. »

Raquel et Mamà Giacomo se regardèrent en silence, puis échangèrent quelques mots qu'Ernest ne comprit pas. Puis Raquel planta son regard dans celui d'Ernest. Elle dit doucement :

— Il existe clairement un lien entre vous deux, mais qui échappe à la raison. Quelque chose que nous ne saurions définir.

La vieille dame à ses côtés prononça quelques phrases.

— Vous n'êtes pas du même sang, traduisit Raquel. Pourtant, vous étiez destinés à vous trouver. Votre rencontre. Votre lien… Tout cela dépasse nos simples existences terrestres.

Ernest ne voulait pas s'en remettre uniquement au mysticisme. Cette histoire de destinée, cela ne lui parlait pas. Il imaginait plutôt un heureux hasard. Deux détresses qui s'étaient trouvées ce soir-là. Poliment, il remercia la dévouée Raquel, et Mamà Giacomo. Pourtant, les deux femmes n'en avaient pas fini.

— Nous devons évoquer avec toi *la nature* de Déa, murmura Raquel. Là encore, nous n'avons pas de réponse précise. Cependant nous possédons cette certitude : une part d'elle est liée aux ténèbres. Aux plus noires d'entre elles.

Le magicien ébouriffa ses cheveux roux.

— Depuis notre évasion de chez le Roi Clochard, je m'y attendais… Est-ce qu'il s'agit… d'une possession magique ?

— Je te défie de dénicher un prêtre qui puisse y faire quelque chose, estima Raquel. Cette sombre puissance… elle fait partie intégrante de Déa. Sans cette noire énergie, elle n'existe pas.

Il fallut quelques instants à Ernest pour digérer cette information.

— Et… c'est quoi, au juste, cette « sombre puissance » ?

— Mamà est bien certaine que Vasco Pueblo, avec sa connaissance de l'Obscur, est quelqu'un qui pourrait t'apporter des réponses, dit Raquel. Cependant, tout renseignement de sa part exigerait un prix faramineux. Une part de ton âme, sans doute. Es-tu prêt à vouloir payer ce genre de tribut ?

— Je ne veux rien devoir à ces gens, répondit très vite l'illusionniste.

— C'est une très bonne chose si tu as compris cela, estima Raquel. Et maintenant, un dernier point…

De nouveau, Mamà Giacomo parla.

— Mamà a quelque chose d'étrange à te révéler, continua Raquel : elle se souvient de Déa. Elle l'a déjà rencontrée dans ces montagnes, pense-t-elle. Elle se rappelle son air étrange, son agilité malgré sa nature d'aveugle, ses yeux blancs. Elle ne l'a pas connue longtemps. C'était une brève rencontre, probablement dans la vallée du Besiberri. Elle ne sait plus trop.

— Oooh, sérieusement ? s'étonna Ernest. Alors, elle serait originaire du secteur ? Cela expliquerait pourquoi elle nous a tous amenés ici.

— Oui, mais il y a quelque chose de troublant, ajouta Raquel. Ce souvenir de Mamà ne date pas d'hier… Il remonte à sa petite enfance.

*

Bientôt vint le temps des adieux.

Les douze enfants avaient terminé leur convalescence. Par les bons soins du clan Giacomo-Rodriguez, par la joyeuse et chaleureuse ambiance qui régnait dans leur campement, ils avaient retrouvé le sourire, apprécié cette vie sauvage, pieds nus, au milieu de ces sorciers nomades si accueillants.

Mamà Giacomo avait informé Kétinée du potentiel magique de tous ces enfants, à des degrés divers. En particulier de Déa, bien sûr. Mais aussi de Léopold. Selon la Mamà, il était descendant « d'une longue lignée ». Un pedigree qui paraissait étonnamment royal, pour ce jeune fils de paysans. Kétinée se promit de creuser la question, quand elle conduirait Léopold jusqu'à ses parents.

Le but était évidemment de rendre chaque enfant à sa famille. Tous les bambins réclamaient leur mère quotidiennement, à cor et à cri. Il avait fallu attendre la guérison de Déa. Celle de Kétinée et de Léopold, aussi. Heureusement, celles-ci survinrent bien plus rapidement que prévu.

— Ces guérisseuses, dans leurs rangs, quelle efficacité ! siffla Kilma. Elles te réparent des os brisés en moins d'une semaine. Une aubaine que Raquel nous accompagne au-delà des Pyrénées, tiens !

Le vieux mage goûtait moins la présence du jeune Sancho, qu'il jugeait agaçant.

— On a besoin de lui, enfin ! s'indigna Kétinée. Il faut bien que quelqu'un reconduise la roulotte dans les Pyrénées, au retour. Et puis, qu'est-ce que tu as contre lui ? Il est tout aussi sympathique que Sabrina, Vicente, et toute la tribu !

— J'y peux rien, ses airs de beau gosse me débectent, avoua Kilma. Et que je roule des muscles, et que je joue les matadors devant les filles. Quel m'as-tu-vu !

Kétinée trouva son grand-oncle particulièrement injuste. Puis il comprit qu'en fait, et malgré son grand âge, il était jaloux du jeune homme. Sancho Rodriguez, l'œil vif, le cheveu court, le torse sculpté, avait de quoi faire tourner bien des têtes. Pas celle de la mambo, cependant : il n'était pas vraiment son genre. Sous cape, elle se moqua de son grand-oncle. Qui n'afficherait sans doute jamais la sagesse que ses soixante-huit printemps exigeaient.

Le petit Léopold, qui claudiquait dans le coin, avait entendu la diatribe de Kilma. Spontanément, il défendit Sancho.

— Il m'a sauvé la vie, je l'aime bien.

Cette déclaration parut encore augmenter la mauvaise humeur du marabout, mais eut l'avantage de lui clouer le bec. Il alla ronchonner ailleurs.

Vicente Rodriguez vint très solennellement saluer tout le monde. Il eut un gentil mot pour chaque enfant, les serra un moment dans ses bras. À Kilma, il donna quelques herbes des montagnes que le vieil homme aimait fumer. À Kétinée, il offrit un bracelet d'argent ayant appartenu à sa défunte grand-mère. À Ernest, enfin, il confia un oisillon. Un jeune épervier tombé du nid, rejeté par sa mère.

— Avec toi, mon frère, il sera entre de bonnes mains.

Le magicien et le gitan se tombèrent dans les bras.

— Et allez, bonjour les embrassades viriles ! se moqua Kilma à l'adresse de Kétinée. Tu vas voir qu'ils vont y aller chacun de leur petite larme, et qu'ils vont rester des heures à se complimenter. On n'est pas encore partis, tiens !

Ernest se mit immédiatement à nourrir le bébé épervier, qu'il baptisa Rodriguez. Il espérait juste que le nouveau membre de sa ménagerie ferait bon ménage avec Noidkoko – qui pour l'instant boudait sa présence. Quant à Itsy, elle ne quittait plus Léopold. Ce qu'ils avaient vécu, ensemble, avait généré des liens solides.

Lors de la descente du dernier mont, certains gitans redoutèrent une visite surprise des Pueblo. Fort heureusement, ce clan sombre eut le bon goût de ne pas se manifester.

Bientôt, les deux roulottes prêtées par les gitans quittèrent la caravane. L'une guidée par Ernest, et traînée par le toujours affable Monsieur Dufoin. Et l'autre, sous la responsabilité de Sancho, qui comprenait deux autres chevaux.

Vicente, Sabrina, Georgio, Carlos et quelques autres grimpèrent sur des rochers, firent au revoir d'un geste. Une douzaine de petites mains s'agitèrent en écho, d'Agathe à Hugo, de Christelle à Paolo, en passant par Jeanne, Henri, Charles, Pauline et Émilie. Fidèle à son habitude, le petit Valentin y alla de sa larme. Léopold et même Déa se joignirent au mouvement.

— Au revoir, mes amis, au revoir ! entonna encore une fois Vicente, resté au seuil de ses chères montagnes. J'espère qu'un beau jour nos chemins se recroiseront.

Bientôt, les Giacomo-Rodriguez ne furent plus qu'un tout petit point dans le paysage. À partir du pied des Pyrénées, le voyage avait été planifié ainsi : on partirait, au nord, en direction de la ville de Vielha. Puis l'on se dirigerait vers la frontière, pour atteindre ensuite une première commune française : Bagnères-de-Luchon. Durant ce voyage, tout se passa sans encombre. Le passage de la frontière ne fut même qu'une formalité : Raquel et Sancho connaissaient beaucoup de monde, sur la route.

Une information surprit l'ensemble de la troupe. En traversant le poste-frontière, chacun remarqua la date affichée sur un calendrier. Une date que les gitans, qui se fiaient davantage aux saisons, ignoraient eux-mêmes. Ernest, Kétinée, Kilma et les enfants avaient quitté Verdun le 4 octobre 1875. Désormais, nous étions au début du mois de décembre. Chacun estimait à quelques jours leurs mésaventures, depuis l'entrée dans le monde de Linda jusqu'à la traversée des Pyrénées. Or, le temps écoulé correspondait à deux mois pleins. Kilma se souvint de cette règle vécue avec son frère Babadji, et inhérente aux mondes magiques.

— Le temps ne passe pas de la même façon dans ce genre d'endroit. J'ai déjà eu quelques grosses surprises par le passé !

Une caractéristique fascinante de plus, qu'Ernest Villempré nota dans un coin de son cerveau.

Passer la frontière, retrouver la France n'étaient qu'une première étape, sur le long et sinueux chemin qui les attendait. En premier lieu, ils avaient voulu avertir les services de police. Pourtant les trois artistes redoutaient un interrogatoire, au cours duquel les explications – même exemptes de sorcellerie – ne passeraient pas. Que vaudrait la parole de trois forains, dont une métisse et un Africain ? Au sein du cirque, quand Kilma ou Kétinée se cantonnaient à leurs rôles d'amuseurs, on les considérait avec bienveillance. Face aux forces de l'ordre, à l'administration en général, il en allait tout autrement. On les imaginait facilement sauvages, incapables d'intelligence. Kétinée en savait quelque chose, elle qui avait vu sa mère se battre au quotidien pour justifier sa sulfureuse union. Quant à Kilma, il avait très souvent subi, du temps de sa tempétueuse jeunesse, la colère des policiers qui le frappaient sans chercher à le laisser s'exprimer.

Les trois sorciers décidèrent donc d'emmener eux-mêmes les enfants, par roulotte puis par voie ferroviaire. Il faudrait également dénicher une place dans un convoi de marchandises pour Monsieur Dufoin. La direction principale était Verdun, bien sûr. Avant de s'y rendre, pourtant, on voulut tenter un crochet par Paris. Les Mountabila profiteraient de cette occasion pour rendre visite à Babadji, le frère de Kilma. Car, même si celui-ci semblait avoir fait le deuil de son fils, une visite de sa famille proche lui ferait sans doute du bien. Quant à Ernest, il voulait rencontrer, rue Séguier, une dénommée

Louise Balsia. Il s'agissait d'une gitane, amie des Rodriguez, spécialiste dans la lecture des tarots.

— Par l'entremise de Louise, assura Raquel, les cartes te parleront de Déa. Notre amie s'y connaît en forces obscures...

Concernant cette gitane parisienne, Mamà Giacomo avait cependant voulu mettre Ernest en garde. Elle avait découvert les dents, montré sa mâchoire supérieure. Le magicien n'y avait rien compris.

Avant Paris, avant Verdun, avant ces plans sur la comète, il allait falloir se nourrir, rassembler de l'argent pour les billets de train. Aucun des voyageurs ne possédait d'économies. Alors, pour gagner de quoi financer ce voyage, ils travaillèrent ensemble.

Un petit spectacle fut très vite joué dans quelques rues. Le singe Noidkoko, véritable cabotin, volait continuellement des objets qu'Ernest faisait ensuite réapparaître dans ses poches, dans son chapeau, parmi les spectateurs étonnés. Kétinée, ensuite, charmait l'auditoire de ses sorts : petites marionnettes de terre, de gravier, et même d'eau. Le jeune Sancho, guitariste accompli, accompagnait cette pantomime de quelques airs improvisés. Kilma, quant à lui, proposait des tours de divinations bien réglés, qui consistaient surtout en une raillerie constante de son auditoire.

Les enfants participèrent un peu au spectacle, en plaçant ou en ramassant des accessoires. À la fin, bien évidemment, ils faisaient passer le chapeau entre les spectateurs : leurs joyeuses frimousses étaient de véritables aimants à monnaie.

— À ce rythme-là, s'enthousiasma Ernest, on va pouvoir acheter nos billets assez vite !

Kilma proposa de faire plutôt les poches des spectateurs, la prochaine fois. Cette idée provoqua un véritable tollé. Même le jeune Sancho dévisagea le marabout avec un mélange d'incompréhension et de pitié.

— Voler ainsi les autres ne te procure pas un vilain pincement à l'âme chaque fois que tu le fais, mon ami ?

Se faire reprendre par un garçon trois fois moins âgé que lui, pour Kilma, ce fut le pompon ! Vexé, il quitta le groupe en ruminant. Il s'éloigna des deux roulottes, marcha parmi les badauds en costumes et chapeaux hauts-de-forme, et les dames engoncées dans de longues robes à tournure. Souvent, on se retournait sur lui. Un homme à moustaches et monocle qui lisait un journal parut tellement étonné par sa dégaine qu'il l'observait sans relâche, par-dessus son journal.

— Eh bien quoi ? s'énerva le marabout, tout haut. Z'avez jamais vu un Africain, c'est ça ? Attention, je vais te mordre !

Provocateur, il claqua des dents. Le type fila aussitôt.

— ' s'pèce d'imbécile ! grogna Kilma.

D'une poche de son boubou, il préleva quelques piécettes. L'argent en main, il avança jusqu'au kiosque le plus proche et s'acheta lui aussi un journal.

— *Le Rappel*, s'il vous plaît.

Il feuilleta distraitement ce quotidien qu'il achetait parfois.

— Troisième République, mon œil, jugea-t-il. Ce gouvernement, c'est du grand n'importe quoi ! L'insurrection de la Commune ne leur a-t-elle donc rien appris ?

Il n'avait jamais pu supporter « cette sale trogne » d'Adolphe Thiers, trop monarchiste pour un républicain selon lui.

— Qu'est-ce qu'ils ne nous ont pas encore inventé comme salades, ces débiles ?

Soudain, son regard s'arrêta sur un article en particulier.

Sur une pleine page : le visage dessiné des douze enfants qui séjournaient dans leur roulotte. Juste en dessous : le sien, celui de Kétinée, celui d'Ernest. Ces portraits étaient assez ressemblants.

Toujours sans nouvelle des douze de Verdun, lut Kilma, sidéré. *Où donc les ont emmenés leurs ravisseurs ?* était-il inscrit, juste au-dessus de leurs têtes.

L'article ne mettait même pas en doute leur culpabilité : selon le journaliste, il s'agissait d'un fait avéré. Ce journal venait d'être imprimé. Autour du vieux marabout, de nombreuses personnes le feuilletaient. Les lèvres de Kilma détachèrent les syllabes suivantes.

— Oh. Pu. Tain.

Ce soir-là, le spectacle des circassiens avait fait escale dans la ville de Montréjeau. Au pas de course, Kilma rejoignit les deux roulottes bondées d'enfants, fit rentrer tout le monde en catastrophe dans l'une d'elles, rassembla les adultes autour du journal qu'il venait d'acheter. Tout le monde fut consterné.

En substance, on accusait, en les nommant, Ernest, Kétinée et Kilma d'avoir enlevé douze enfants. Même Déa, la propre fille d'Ernest, avait été ajoutée au lot des disparus.

En parcourant l'article, ils allèrent de stupeur en déconvenue. À la suite de l'incendie du cirque et de leur disparition, une enquête avait eu lieu. On avait rapidement pointé du doigt ces deux personnes d'origine africaine, forcément suspectes, déjà jugées coupables : leur fuite du cirque ne correspondait-elle pas à la disparition de tous les bambins ?

— Je suppose que le clown que j'avais laissé, ligoté dans la plaine, a dû s'enfuir à temps, remarqua Kétinée.

Ernest Villempré, lui aussi, était mis en cause : il passait bien trop de temps en compagnie de ces étranges personnages pour être tout à fait honnête. Interviewé par le quotidien,

Palazzi allait dans le sens de la vindicte populaire. Plutôt que de défendre ses artistes, il exprimait ses regrets de les avoir engagés « par souci d'exotisme ». Entre les lignes, les trois accusés comprirent qu'il lui fallait clairement désigner des responsables concernant l'incendie du cirque pour des questions d'assurance, d'argent à toucher.

Aucune mention n'était faite des clowns. Au sujet de la fameuse soirée du rapt, les témoignages demeuraient confus. Et puis, comment croire à l'existence de personnages qui s'étaient manifestés l'espace de quelques secondes à peine ?

Longtemps, l'affaire était demeurée locale. Devant l'insistance et la grande détresse des familles, qui pleuraient ces enfants disparus sans laisser de traces, on avait imprimé des avis de recherche et lancé une campagne d'envergure sur tout le territoire français. Le résultat, les trois supposés criminels le découvraient aujourd'hui.

À la suite de la lecture de l'article, le débat fit rage. Fallait-il immédiatement se rendre au poste de police le plus proche pour dissiper tous ces affreux malentendus ? Devaient-ils au contraire prendre le maquis, retourner en Espagne ?

Kilma leur fit profiter de son expérience : sur toutes les affaires dans lesquelles il avait été impliqué, on l'avait toujours jugé coupable à cause de sa couleur. Sans aucune exception.

— Autant voler par-ci, par-là. Car au final, larcin ou pas, je finis toujours comme suspect numéro un. Mieux vaut être un coupable les poches pleines plutôt qu'un innocent pauvre et persécuté.

Kétinée trouva ce raisonnement absurde. Selon elle, il fallait justement se montrer exemplaire pour que reculent les préjugés. Son grand-oncle lui répondit qu'avec ce genre d'attitude elle n'arriverait à rien dans la vie. Sancho et Raquel intervinrent. Ils proposèrent de s'occuper des enfants, de les mener à la police. Ernest se demanda si cela n'allait pas déplacer le problème : les gitans, tous comme les gens d'origine africaine, étaient tout aussi mal aimés. Bien entendu, pas question de partir et de laisser les enfants se débrouiller seuls. Il fallait cependant trouver une solution car de nombreuses personnes, à Montréjeau, avaient aperçu l'ensemble des membres de leur troupe. Ernest demanda :

— Il y avait beaucoup de monde qui lisait ce quotidien ?

Kilma fit la grimace.

— Bon, hum… Qu'est-ce qu'on attend pour décamper d'ici ?

Moins de trois minutes plus tard, les deux roulottes se mirent en mouvement, et la troupe quitta la ville. Sancho préféra éviter les grands axes et emprunter les sentiers champêtres de nuit, moins balisés par la police.

Tandis que la majorité des enfants dormaient dans la roulotte emmenée par le jeune gitan, les quatre membres du cirque Palazzi s'étaient réunis dans celle conduite par Raquel. Ensemble, ils discutèrent plus vivement que jamais de la marche à suivre.

— À part m'habiller comme les fous de chez Linda, je ne vois pas bien comment dissimuler mon visage reconnaissable entre mille, grommela Kilma.

— Le problème, c'est qu'en ce moment on se comporte comme des coupables, avança Ernest. Fuir ainsi en avant, ça ne peut que renforcer l'image qu'on veut nous coller à la peau !

— On n'a pas déjà eu cette conversation ? s'emporta Kilma. On ne va tout de même pas parler des clowns kidnappeurs, du monde de Linda ! Au mieux, on nous traiterait de dingues.

Au pire, on nous accuserait d'avoir drogué les enfants, et de prendre les autorités pour des imbéciles. Ah, je me vois bien aller avec eux en forêt, près de Verdun, à la recherche d'un passage invisible, tiens !

Ernest n'eut pas le temps de lui répondre. À l'avant de la roulotte, Raquel tapa frénétiquement du poing. Tel était le signal qu'ils avaient convenu en cas de problème sur la route.

En catastrophe, Ernest s'approcha d'une fenêtre.

— Une patrouille à cheval ! annonça-t-il. Si le signalement de nos deux roulottes a été partagé, on est mal !

Bientôt, on les héla depuis l'extérieur. On pouvait compter quatre cavaliers en tout, sous une pluie battante. Sancho puis Raquel jouèrent la carte de l'incompréhension. Les circassiens entendirent distinctement quelqu'un crier :

— C'est bien dans ces roulottes qu'ont été aperçus les douze de Verdun !

— Bordel ! jura Kilma. Regardez, ils sortent les armes, maintenant. Qu'est-ce qu'on va faire ?

Du fond de leur véhicule résonna bientôt la voix de Déa.

— Ne vous en faites pas, je m'en occupe.

Au-dehors, il y eut quelques bruits de chute.

Ernest eut juste le temps de voir deux agents tomber de cheval. Ils venaient de rejoindre leurs deux autres collègues endormis, sous l'œil ébahi des gitans. Les quatre chevaux, en revanche, étaient encore en pleine forme.

Kilma, Kétinée et Ernest considérèrent avec des yeux ronds la petite Déa, assise tranquillement sur son lit.

— Je ne peux pas faire mieux, s'excusa-t-elle presque. Ici, il y a moins de magie que chez le Roi Clochard. Donc moins de matière que je peux manipuler. C'est comme ça que ça marche, pour moi. Mais cela suffira, pas vrai ?

Non loin du Castel

Les trois sorciers n'en revenaient pas. Apparemment sans efforts, la fillette venait de neutraliser les quatre personnes armées qui menaçaient leur sécurité.

Ernest sortit, trottina vers leurs nouvelles victimes. Certains s'étaient blessés superficiellement en tombant de cheval. Ils respiraient mais dormaient tous quatre sous la pluie, à même le sol, comme s'ils s'étaient trouvés dans des lits douillets.

— Bravo à ta fille : c'est pratique pour les barrages, résuma Kilma, qui avait rejoint Ernest. On va faire comme si tout ceci n'était pas *extrêmement* flippant, c'est ça ?

Ils laissèrent le groupe de gendarmes à leur sieste forcée.

— Incroyable, ce que tu viens d'accomplir ! lança Ernest à Déa. Comment tu as fait ça ?

— J'ai juste réagi dans l'urgence, papa, se contenta de répondre sa fille. Et j'ai improvisé.

Personne n'osa creuser le sujet davantage. Leurs roulottes décampèrent. À leur bord, les débats se firent plus houleux que jamais. Le marabout avança que les gitans devaient urgemment confier les enfants à un orphelinat, tandis que tous trois fileraient dans la direction opposée, avec Déa.

— Mais je veux revoir mes animaux, moi ! protesta Ernest. J'aimerais retrouver Helena !

— Ton Helena, comme je la connais, elle a dû passer à quelqu'un d'autre, mon vieux ! Tu crois qu'elle va rester entichée d'un homme recherché, qu'elle croit disparu à jamais, et qui sonnerait le glas de sa carrière ? Ah, pas étonnant que tu saches t'envoler, tiens ! Parce que tu planes carrément !

Le prestidigitateur encaissa ce coup sans rien dire. Livide, il se leva, fila à l'autre bout de la roulotte, ouvrit une fenêtre et entreprit de contempler les étoiles. Kétinée fixa son grand-oncle avec un air silencieux de reproche.

— Quoi ? se défendit Kilma. Parce que j'ai dit une connerie, peut-être ?

À son tour, elle se leva et s'approcha d'Ernest. Elle demeura un instant à ses côtés, sans rien dire de plus. Une brise discrète et froide se coula entre eux. Le paysage défilait dans la nuit, sombre, énigmatique, chargé de mystères et d'indécisions. Le croassement d'un corbeau fendit l'obscurité.

— Le pire, finit par lâcher Ernest, la voix chargée d'émotion, c'est que ton grand-oncle a sans doute raison…

— Je suis désolée pour toi, lui dit son amie.

Une partie (de moins en moins) secrète d'elle-même ne l'était pas. Entre l'illusionniste et elle, la mambo le sentait, il pouvait se passer quelque chose. Ses œillades en coin, sa façon de la regarder, de la toucher parfois, sans se permettre d'insister, ne la trompaient pas. Lors de leur séjour dans les Pyrénées, ils avaient passé plusieurs soirées au coin du feu, leurs épaules ou leurs hanches collées les unes contre les autres. Et si Ernest n'avait pas franchi un certain cap, s'il n'avait pas osé caresser les cheveux de la mambo, s'il n'avait pas pris sa main dans la sienne, c'est parce qu'il avait des principes. Des principes qu'il avait brandis fièrement, jadis, face à une Helena beaucoup plus volage que lui.

À ce sujet, Kétinée était l'exacte opposée de la trapéziste. Comme Ernest, elle se savait possessive, bouillonnante, totalement exclusive en amour. Et si elle avait jeté son dévolu sur quelqu'un, si entièrement, si passionnément, ce n'était pas ensuite pour oublier ses sentiments.

Que son grand-oncle ait raison ou bien tort au sujet d'Helena n'occultait pas cette vérité : fugitifs, ensemble, accusés d'un crime qu'ils n'avaient pas commis, Ernest et elle-même étaient embarqués dans une même galère. Et chaque jour qui passait les rapprochait un peu davantage l'un de l'autre. Il suffirait à Kétinée d'attendre, sans doute, pour que les choses entre elle et le magicien se fassent, naturellement. Pas besoin de sorcellerie, de prières secrètes, de mèches de cheveux associées à des poupées, pour que ce qu'elle avait rêvé devienne enfin réalité.

En laissant se déployer les petites attentions d'Ernest, ces frôlements qui l'électrisaient, ces contacts qui affolaient son imagination, tout irait dans la direction qu'elle appelait de ses vœux depuis de longues semaines.

Toujours à la fenêtre, à côté du magicien, dans le vent frais, face aux étoiles et aux arbres qui défilaient, la mambo croisa les bras sur la poitrine. Pour se trouver à deux doigts de choisir la voie de la facilité, elle se détesta. Manipuler l'homme qu'elle aimait ? Elle valait mieux que cela ! Kétinée redressa donc fièrement le buste et prononça les paroles qu'elle regretterait ensuite.

— Il y a un moyen, dit-elle. Une façon de raccompagner les enfants et de regagner notre cirque, même si c'est pour la dernière fois… Évidemment, ce ne sera pas facile.

Les yeux bruns d'Ernest s'illuminèrent. Il tourna le nez vers la mambo. Même Kilma, qui somnolait à moitié dans un fauteuil, fut réveillé par ces paroles.

— Nous sommes des sorciers, poursuivit Kétinée. Et nous allons agir en tant que tels.

Elle s'éloigna de la fenêtre, s'approcha de Déa.

— Tu as besoin de moi, intervint l'énigmatique fillette, qui avait saisi les intentions de la mambo.

Déa ne dormait pas, avait sans doute tout écouté, le regard blanc, le visage impassible. Depuis qu'ils avaient quitté le monde de Linda, Kétinée la trouvait vraiment effrayante.

— Je veux tenter quelque chose pour aller jusqu'à Verdun. Mais pour cela, j'aurai en effet besoin de ton aide…

— Je ferai ce que je peux, bien sûr, promit la petite fille. Même si…

— Même si ? répéta la mambo.

— Même si ce genre de sort me fait un peu mal, chaque fois que je l'utilise. Comme un coup de poing dans le ventre. Ou plutôt : comme une aiguille qu'on m'enfoncerait sous la peau.

L'information fit frissonner Ernest. Kétinée, plus pragmatique, posa la main sur l'épaule de la jeune aveugle.

— Je suis désolée de te demander cela, commença-t-elle. Mais nous allons devoir nous appuyer sur tes nouveaux dons si nous voulons traverser la France assez rapidement.

— Bon, tu veux bien nous dire ce que tu as en tête, Kétinée ? demanda son grand-oncle.

La mambo, malicieuse, esquissa un sourire.

— Pour commencer, comme prévu, nous allons prendre le train…

XV

Le groupe de fugitifs avait rallié Auch au petit matin, sans rencontrer d'autre patrouille. Il devait embarquer en fraude dans un train de marchandises en partance pour Paris. Tout le long du chemin, Kilma ronchonna.

— On aurait bien mieux fait de confier ces mômes à une institution quelconque. Vouloir traverser le pays ensemble, au nez et à la barbe de tous les flics de France, c'est de la folie furieuse !

— Les conduire jusqu'au seuil de leurs maisons est peut-être la meilleure preuve de notre bonne volonté, avança Kétinée. On pourra dire « nous vous les avons ramenés », plutôt que « nous voulions vous les ramener ». Tu vois la différence ?

— Parce que tu crois qu'on ne finira pas emprisonnés ? Tu rêves, Kétinée : on est foutus ! Mais vas-y, pfff. Fais tes erreurs. Et surtout ne m'écoute pas.

En réalité, et même s'il ne voulait pas l'admettre, le marabout était curieux de savoir jusqu'où irait sa petite-nièce.

Car il était question d'un ambitieux rituel magique. Sancho et Raquel, qui avaient caché les roulottes dans une grange abandonnée, s'occupèrent de chercher un train susceptible d'accueillir les quinze voyageurs. Ils dénichèrent un convoi qui partait aux aurores, deux jours plus tard, d'abord vers Montauban, puis Limoges. Le wagon, empli de marchandises, serait ensuite rattaché à un train en transit pour Paris. Arrivés à la capitale, ils comptaient retrouver Babadji, le frère de Kilma. Ils attendaient beaucoup de cette périlleuse escale, pour ensuite rallier Verdun.

— Mon frère connaît quelques tours très intéressants, raconta le marabout. Si on parvient jusqu'à sa boutique, si celle-ci n'est pas surveillée, son aide nous sera précieuse…

Kétinée, enthousiaste, embrassa son grand-oncle sur la joue.

— Tu vois bien que notre folle équipée, tu y crois !

— Grumf… Disons juste que j'essaie de limiter les dégâts.

Trouver enfin le cirque itinérant Palazzi serait une tout autre affaire. On n'en était pas encore là ! Raquel et Sancho avaient bon espoir de rallier l'Espagne sans encombre. Comme auparavant avec Vicente, les adieux furent émouvants. Chacun espérait que tout se passerait au mieux pour les autres. Ernest ne s'y était pas attendu, en descendant les montagnes : il allait devoir prendre le chemin opposé à celui de Monsieur Dufoin. Avant de quitter la grange, il s'adressa solennellement aux gitans.

— Depuis que j'ai laissé derrière moi les Pyrénées, je nourris un oisillon qui loge dans l'une de mes poches, rappela Ernest. Vous direz à Vicente Rodriguez que je ne pouvais partir sans lui faire moi aussi un cadeau. Qu'il s'occupe bien de Monsieur Dufoin en retour. Il gagne là un compagnon robuste et fidèle, qui sera à son aise, je pense, au sein de votre admirable famille.

Ernest, ému, s'approcha ensuite seul de son animal. Il lui murmura des paroles d'une grande douceur, prit le temps de lui caresser longuement la crinière, de poser son front contre le sien. Cela faisait six ans que Monsieur Dufoin l'accompagnait. S'en séparer fut pour le prestidigitateur un véritable déchirement.

— Non mais quelles simagrées pour un canasson ! souffla Kilma en levant les yeux au ciel. Encore heureux qu'on ne doive pas, en plus des douze mômes, se traîner le bidet jusqu'à Paris !

Sans considération pour son âge, Kétinée lui flanqua un coup de coude dans les côtes. Puis ils laissèrent Raquel, Monsieur Dufoin, les roulottes, les autres chevaux, et partirent avec Sancho vers le train de marchandises. Pour aller vers la gare, ils durent se séparer en petits groupes, plus discrets qu'un seul convoi de quinze personnes. Chaque adulte s'occupa de trois enfants.

Les derniers à devoir rallier le hangar furent Agathe, Hugo et Christelle. Ils étaient accompagnés d'Ernest.

Quand ils franchirent le Gard tous les quatre, l'aurore baignait de sa lumière rosée le pont de la Treille. Au-delà des toits de tuiles, la cathédrale Sainte-Marie dominait les quartiers les plus anciens d'Auch de sa présence magistrale. Ils laissèrent tous ces bâtiments derrière eux pour filer vers l'est, en direction de la gare.

À l'extrémité du pont, un couple de corbeaux parut les observer. Ensemble, Ernest et les enfants traversèrent une avenue, puis s'engagèrent dans la rue Voltaire. Là, ils croisèrent quelques badauds… mais surtout deux policiers, dont l'apparition fit bondir leur cœur dans leur poitrine.

Ernest tenait de la main droite Christelle et de la gauche Agathe, qui elle-même tenait celle d'Hugo. Le petit groupe fila droit devant, comme si de rien n'était. Soudain, l'un des policiers le héla.

— Hep, monsieur ! Pourriez-vous… effectuer un tour sur vous-même, s'il vous plaît ?

La demande n'était pas commune.

Ernest serra les dents, retint son souffle. Sans doute le policier avait-il eu en main la galerie de portraits des « Douze de Verdun ».

En réalité, les deux agents étaient intrigués par le facétieux Noidkoko, qui dépassait du col d'Ernest.

Après les avoir renseignés sur son ouistiti pygmée, le magicien partit en lâchant un soupir.

— Pour ce qui est de la discrétion, on repassera… Maintenant, Noidkoko, tu restes dans ma poche !

Le singe cabotin s'exécuta en boudant un peu. Puis le petit groupe rejoignit les autres et rallia la gare.

Le train de marchandises que tous devaient emprunter se trouvait à quai. Lourdes caisses, tonneaux, sacs en toile de jute, céréales et produits divers étaient manipulés par des ouvriers levés bien avant le soleil. On trimait sec, et l'on n'avait pas vraiment le temps de poser les yeux sur cette cohorte hétéroclite qui se glissa de l'autre côté de la voie, en direction du wagon qu'elle partagerait avec la cargaison. Lorsque plus aucun ouvrier ou presque ne se trouva dans le secteur, ils attendirent à l'emplacement que Sancho leur indiqua. Puis le gitan, qu'ils ne reverraient plus, s'arrangea pour attirer l'attention des travailleurs qui peuplaient encore le secteur, en prétendant demander s'il y avait de l'embauche dans le coin. En quelques secondes, les passagers clandestins grimpèrent et s'installèrent entre deux très grosses caisses de bois.

Kilma ferma le compartiment derrière eux, et Kétinée délimita une zone de sortilège. Elle se mit immédiatement au travail, demanda à ce que chacun sorte du carré tracé au sol. En cas de danger, en revanche, toutes et tous devaient faire bloc autour d'elle. Car elle voulait mêler sa magie à celle de Kilma, et surtout d'Ernest, afin de générer une illusion durable.

— Nous allons amplifier le pouvoir d'illusion d'Ernest. Vous voyez ces deux caisses, de part et d'autre ? Eh bien, si d'aventure quelqu'un inspecte l'intérieur de ce wagon, c'est à cela que ressemblera notre petit groupe à ses yeux. Bien entendu, tout dépendra du nombre de témoins extérieurs que nous devrons convaincre. S'il n'y en a que deux, ce sera largement jouable. Passé la dizaine, par contre, je ne réponds plus de rien ! Et puis, ça ne durera pas plus de cinq minutes…

— C'est déjà beaucoup plus balèze que les quelques secondes de mirages habituels, lors de mes spectacles. Tu peux vraiment accomplir ça ?

— Et tu saurais peut-être le faire aussi si tu t'entraînais mieux, lui assura-t-elle dans un clin d'œil.

Bientôt, le train se mit en marche. Les adultes possédaient sur eux un stock de victuailles – tout juste de quoi supporter le long et inconfortable voyage qui les attendait. Les enfants, qui s'ennuyaient, ne manquèrent pas de se plaindre. Ainsi enfermés, impossible en effet de tromper l'ennui en observant le paysage. Cependant, ce mode de voyage possédait l'immense avantage de leur éviter contrôleurs et regards indiscrets d'autres passagers, trop au courant des faits divers.

Tout se passa sans incident notable jusqu'à Cahors. Là, le train stoppa pour une longue étape. On attendit un moment, puis on commença à somnoler. Au moment où personne ne s'y attendait, des bruits de pas résonnèrent. Qui se rapprochèrent.

— On se réveille, on se regroupe ! lança Kétinée.

Leur wagon, qui n'était pas encore plein, fut ouvert par de nouveaux ouvriers. On chargea des tonneaux, des bidons. L'opération, menée par six hommes, dura quelques longues minutes. Kétinée faillit demander plusieurs fois à Déa d'intervenir. Elle était son filet de sécurité. Pourtant, chacun tint bon. L'illusion demeura parfaite. Les trois sorciers sortirent de cet épisode satisfaits de leur prouesse, mais totalement éreintés. Le wagon, désormais blindé de marchandises, repartit vers le nord. Bien trop lentement, au goût de tous.

Kilma se plaignait de son dos. Filles et garçons se chamaillaient. Certains jouèrent à cache-cache avec Itsy et Noidkoko pour passer le temps. Kétinée demandait aux enfants de ne pas trop se disperser. On se regroupait dès que le train ralentissait. Il y eut nombre de fausses alertes. Seule la montre de gousset d'Ernest leur donnait le décompte des heures. Sancho n'avait clairement pas choisi le train le plus rapide. Mais au moins ils n'étaient pas censés quitter le wagon, qui roulerait jusqu'à Paris.

Bientôt vint la nuit. Les adultes décidèrent d'assurer chacun un tour de garde, tandis que les deux autres dormaient. Toujours sous le coup de leur épuisant sortilège, ils luttèrent bien difficilement contre le sommeil. Le wagon fut vite plongé dans un calme absolu. Tout le monde avait sombré dans les doux bras de Morphée.

Non loin du Castel

Tout le monde ?

Kétinée se réveilla en sursaut.

Un courant d'air venait de lui caresser la jambe. Elle marmonna, secoua sa chevelure, bougea chacun de ses membres empesés. Ses yeux s'arrêtèrent sur un long rectangle d'étoiles : elle pouvait apercevoir le ciel. Voilà qui n'était pas normal.

Elle regarda alentour. Ernest et Kilma dormaient, eux aussi. Pourtant, elle les avait bien prévenus ! Chacun son tour, ils devaient garder l'œil ouvert et, s'ils se sentaient partir, immédiatement réveiller l'autre. Furieuse, la mambo secoua les deux garçons. Qui se rejetèrent la faute.

— Ah vraiment, c'est malin ! s'emporta Kétinée. Et le wagon qui est ouvert ! Est-ce qu'au moins vous savez si tous les enfants sont encore là ?

On les recompta tous.

Personne n'arriva à douze.

Dans le wagon, il n'y en avait plus que dix. Panique à bord !

Ernest et Kétinée bondirent au-dehors. Puis coururent inspecter les environs. Ils se trouvaient aux abords d'une gare. Celle de Châteauroux. Au niveau de la locomotive, deux cheminots effectuaient un entretien des machines. Tout était bien trop calme. Aucun enfant à l'horizon.

— C'est insensé ! s'exclama Ernest.

Kétinée revint à l'intérieur : un détail l'avait interpellée. Au fond du wagon, le petit Valentin pleurait en silence. Pour une bonne raison, cette fois, car il savait quelque chose.

— C'est… Henri et Charles, sanglota-t-il. Ils ont voulu faire un tour. Ils m'ont dit qu'ils en avaient marre des fruits secs. Ils ont senti une bonne odeur. Ils m'ont demandé de ne pas les dénoncer.

Ernest lâcha un juron. De nouveau, il bondit hors du train. Puis il huma l'air. Outre les odeurs de terre, de charbon, il planait en effet un fumet agréable.

— Du pain que l'on cuit, reconnut Kétinée, qui l'avait rejoint.

Puis elle tendit le bras vers un bâtiment éclairé, au-delà des voies ferrées.

— Sans doute une boulangerie.

La mambo et le prestidigitateur coururent en direction du commerce. Il devait être cinq heures et demie du matin. Le boulanger, déjà debout, avait terminé ses tout premiers pains. Bien vite, ils repérèrent l'un des deux garçons, allongé devant un soupirail. Les voyant arriver, le jeune Henri sursauta.

— On avait… On avait faim, se justifia-t-il. Et puis, le train était arrêté. Alors, on s'est dit…

— Où est Charles ? l'interrompit Kétinée.

En tremblant, Henri indiqua l'intérieur du bâtiment. Kétinée et Ernest aperçurent le boulanger, de dos, en train de pétrir la pâte. À l'extrémité de la pièce, Charles, caché derrière un meuble, tentait d'attraper du pain. Impossible d'appeler cet imprudent garçon sans éveiller l'attention du commerçant.

— Si Déa était avec nous, elle pourrait endormir le type, chuchota Kétinée. Et l'affaire serait jouée.

Ernest faillit rebrousser chemin, aller chercher sa fille. Un coup d'œil vers le train fit grimper son stress en flèche : les mécaniciens étaient en train de ranger leurs outils et montaient à bord de la locomotive. Celle-ci allait repartir !

Kétinée plaqua ses paumes sur le sol, marmonna quelques paroles. Le magicien comprit qu'elle invoquait un iwa.

— Henri, file vers le train ! lui intima Ernest. On te rejoint.

Le garçon ne se fit pas prier. Il partit dans la nuit tandis que la mambo déformait le sol. Un iwa lié à la terre – ceux que Kétinée manipulait avec le plus de facilité – apparut.

— Va me chercher cet enfant. Vite !

La créature acquiesça. Puis elle plongea dans la terre, à la manière d'une taupe. Bientôt, le sous-sol de la boulangerie se souleva, craqua de partout. L'opération n'avait rien de discret : des dalles décollèrent, le carrelage entier se déforma. Puis un plancher se fendit en deux et l'iwa surgit en entier. Devant ce golem, Charles et le boulanger hurlèrent. Sans se soucier de ces réactions, la créature saisit le petit garçon. Puis elle le jeta par la fenêtre. Tandis que le boulanger affolé frappait l'iwa à l'aide d'une pelle à pain, Ernest récupéra Charles.

— Je suis… Je suis désolé, geignit le garçon.

— Le train ! Le train ! glapit Kétinée.

Au loin, la locomotive venait de lâcher un jet de fumée.

Laissant derrière eux le boulanger paniqué et l'iwa qui disparaissait, Kétinée, Ernest et Charles filèrent droit devant eux. Ils enjambèrent les rails. Franchirent plusieurs obstacles. Du wagon encore ouvert émergea la tête de Kilma, qui les cherchait. Ernest s'exclama :

— Si seulement Déa pouvait endormir les conducteurs !

— Ils sont peut-être trop loin d'elle, et puis la machine est déjà lancée, comprit Kétinée.

Jamais ils ne pourraient rejoindre le wagon à temps. Même la queue du train leur parut inatteignable. La mambo déploya ses longues jambes. Derrière Ernest, malheureusement, le jeune Charles était à la peine. Il trébucha, tomba. Levant les mains, le magicien généra un courant d'air si puissant qu'il souleva l'enfant tombé et le propulsa en avant, telle une fusée.

Charles cria dans la nuit. Puis se réceptionna comme il le put, vingt mètres devant Ernest. En un bond prodigieux, Kétinée se hissa sur l'arrière du train. Puis elle se stabilisa, s'agrippa à une rampe, tendit le bras à Charles. D'un geste vif, elle amena le garçon vers elle, en équilibre sur la nacelle arrière du wagon.

— Ernest… murmura-t-elle.

Son ami était beaucoup trop loin d'eux, désormais. Il ne pourrait les rattraper. Elle vit sa silhouette bientôt disparaître, happée par la nuit. Elle ne pouvait sauter du train pour le rejoindre. Lui saurait se débrouiller. Mais pas les enfants…

Resté au milieu des rails, l'illusionniste tomba à genoux.

— Bordel !

Il devait reprendre son souffle : impossible de terminer son juron. Lorsque le train qui transportait les douze enfants et ses deux amis sorciers ne fut plus qu'un lointain souvenir dans le paysage, il se décida à bouger.

— Bon, d'accord… Pas de panique, dit-il à voix haute. Je vais les rejoindre par le prochain train.

Le groupe avait prévu cette éventualité. En cas de séparation, on devait se retrouver à Paris, dans la boutique du frère de Kilma. Ernest avait mémorisé l'adresse. Il marcha jusqu'à la gare de Châteauroux, encore déserte à cette heure. Il trouva des horaires, affichés sur un vieux panneau. Le tout premier train pour Paris partait d'ici quelques heures. Il allait prendre son mal en patience. Se montrer discret, surtout. Dans sa poche, il n'avait pas assez d'argent pour s'acheter un billet. Devait-il jouer les passagers clandestins, mais seul cette fois ? Avec son seul pouvoir, il ne pourrait pas dupliquer le savant sortilège de Kétinée. Et eux, sans lui, comment allaient-ils s'en sortir ?

Distraitement, Ernest nourrit le jeune Rodriguez dans sa poche, le seul animal à l'avoir accompagné. Il voulut rester près de la gare. Une affiche placardée sur un mur, comportant quinze portraits qu'il connaissait bien, lui fit changer d'idée.

— Râh, mais non. Ici aussi ? s'énerva-t-il.

Alors, il arracha l'affiche.

Il avait cédé à l'impatience, et pensait être seul. Une dame d'un certain âge – sans doute la patronne de l'un des commerces du coin – le toisa comme s'il avait commis un crime atroce. Il prit donc un peu de distance en espérant qu'à son retour, cette dame aurait disparu.

Le jour s'était levé. Et avec lui différents volatiles, qui rasaient les toits. Des pigeons, des moineaux. Des corbeaux, aussi. Au bout d'un moment, Ernest revint dans le secteur de la gare. Mauvaise surprise : des brigadiers armés s'y trouvaient. La commerçante les avait-elle prévenus ? De guerre lasse, il s'éloigna encore, s'engagea dans une série de ruelles. Au détour d'un croisement, il revit les deux policiers. On le montra du doigt. On trottina vers lui. Il était repéré. Quelle déveine !

— Pas possible d'être poissard à ce point ! déplora-t-il.

Il se mit à courir, pour semer les hommes qui maintenant le poursuivaient.

Il déboucha sur une petite place. Instinctivement, il s'engouffra dans un hôtel, déjà ouvert malgré l'heure matinale. Dans le hall d'entrée, il se posta près de la fenêtre. Il vit les deux gendarmes hésiter. Regarder autour d'eux.

— Que puis-je pour vous, monsieur ? Vous cherchez une chambre, peut-être ?

Un homme obséquieux, à fines moustaches recourbées, venait de s'installer derrière le comptoir de la réception. Si Ernest refusait son offre, il devrait ressortir du bâtiment.

— Euh… oui… Hum… C'est exactement ce qu'il me faut. Vous pourriez me trouver cela tout de suite ? La nuit a été longue, j'ai vraiment besoin de me reposer.

L'homme, tout sourire, lui proposa plusieurs formules. Ernest choisit la plus économique, et lui lâcha à regret les quelques pièces qu'il possédait. Il n'avait pas l'intention de payer le reste, d'autant qu'il ne cherchait pas vraiment à occuper la chambre.

Comme à son habitude, il improviserait.

L'employé le conduisit au premier étage. Lui confia une clé. Ernest avait choisi une chambre donnant sur la place. Une fois seul, le magicien chercha les deux policiers du regard. D'abord, il ne les vit pas. Puis il se rendit compte que ceux-ci tournaient autour de l'hôtel dans lequel il était entré. Sauf qu'ils n'étaient pas seuls : deux de leurs collègues les avaient rejoints.

— Et deux de plus ! ragea-t-il. Deux qui traînaient dans le secteur, évidemment !

— Vous croyez vraiment qu'ils vont vous trouver ? fit une voix, très près de lui.

Ernest Villempré sursauta. Il y avait quelqu'un dans sa chambre. Un homme brun, à la barbe courte et impeccable, au costume dispendieux : veston de couleur bordeaux, boléro sombre, et pantalon assorti. La pose altière, il fumait un cigare. Des volutes de fumée graphiques se dessinèrent jusqu'au plafond. Dans sa main gauche, il tenait un verre d'alcool fort.

Le magicien en était intimement persuadé : cette personne à l'allure aristocratique ne se trouvait pas dans ce fauteuil moins d'une seconde auparavant.

— Qu… Qu'est-ce que vous faites dans ma chambre ? demanda Ernest à l'inconnu.

Celui-ci se fendit d'un léger rire.

Non loin du Castel

— Je suis désolé, cher Monsieur Villempré… C'est plutôt *vous*, qui êtes chez moi.

Comment cet étrange personnage pouvait-il bien connaître son nom ? À cause des affiches, peut-être ? Interloqué, Ernest cligna des yeux.

Ce court instant d'obscurité suffit pour que le décor bascule.

Fini, la chambre d'hôtel : Ernest se tenait désormais dans un salon immense, d'un luxe manifeste. De somptueux tapis recouvraient un sol qui s'étendait sur des dizaines de mètres. Des canapés, des fauteuils de cuir, organisés autour de tables d'acajou ou de guéridons ornés de marqueterie, meublaient l'espace métamorphosé. Des dizaines de personnes, extrêmement raffinées, étaient en grande conversation. Des militaires parés de médailles. Des hauts dignitaires à larges couvre-chefs. Des dames de tous âges, en tenue de soirée, d'une élégance rare. Et partout, des colonnes de marbre, d'immenses lustres qui habillaient un impeccable plafond blanc.

De larges baies vitrées, très lumineuses, ouvraient sur des jardins taillés avec grand soin, encadrés par un bois touffu.

Rien à voir avec la petite fenêtre de l'hôtel, à Châteauroux.

Ernest se frotta les yeux, se gifla, se pinça.

Non, non, non : il ne rêvait pas.

Son attitude éberluée amusa beaucoup l'homme brun qui fumait le cigare.

— Monsieur Villempré, je vous souhaite la bienvenue au Castel, dit-il.

XVI

Ernest effectua plusieurs tours sur lui-même avant de convenablement appréhender l'étendue de ce hall immense, organisé en différents coins de causerie.

— Souhaitez-vous un bourbon ? demanda l'homme très élégant qui avait accueilli le magicien.

Lui-même venait de boire une gorgée d'alcool.

— Excusez-moi, lui répondit Ernest. J'ai eu comme une absence. Nous étions dans une chambre d'hôtel, à Châteauroux. Et là, vous me dites que nous nous trouvons...

— Nous sommes au Castel, reprit l'inconnu. Et vous êtes mon invité, Monsieur Villempré.

— Le Castel ? répéta Ernest, qui n'y comprenait rien. Mais quel castel, exactement ?

— Eh bien, le mien.

Ernest ouvrit la bouche. La referma. Tenta de se souvenir comment les choses avaient pu se dérouler. Pour lui, tout n'avait duré que le temps d'un battement de cils. Un miroir, au cadre doré, lui renvoya son reflet. Lui qui traînait un début de barbe se découvrit rasé de frais. Ses habituels cheveux en bataille étaient impeccablement coiffés. Son vieil habit élimé avait disparu, au profit d'un costume trois pièces d'excellente facture. À ses pieds, de nouvelles chaussures de cuir luisaient dans la lumière ambiante. En revanche, il sentait encore dans ses poches ses foulards, ses cartes, sa balle en mousse. Il ne se souvenait pas s'être lavé, changé, mis sur son trente et un.

— Le Castel, répéta-t-il encore. Et vous ? Vous êtes… ?

Tandis qu'il posait cette question, le brouhaha s'interrompit. Soldats décorés, nobliaux apprêtés, dames joliment maquillées, chacun le toisa comme s'il venait de proférer une énormité.

— Qui je suis ? reprit l'homme au cigare, qui pour sa part s'égayait toujours de la situation. Mais je suis le Prince, voyons.

— Le… Prince ?

— Le Prince. Bien entendu.

Tandis que l'homme, nonchalant, sirotait son verre d'un air aristocratique, Ernest plissa les yeux.

— Apparemment, vous êtes désorienté, très cher, reprit son interlocuteur. Je puis le concevoir. Je vais donc vous laisser un temps d'adaptation. Profitez de mon domaine. Nous reprendrons notre conversation un peu plus tard.

Sans un mot de plus, le Prince se leva, cigare au bec. Aussitôt, une nuée de serviteurs, dames de ménage et laquais en livrée sortit d'un peu partout. D'une pièce adjacente. De derrière une cloison. Ou de sous un rideau. Toutes et tous emboîtèrent le pas au Prince. Puis ils disparurent à sa suite, dans une autre galerie. Un tout dernier domestique, perruque blanche, nez proéminent, bouscula légèrement Ernest pour s'emparer du verre laissé sur un guéridon et le placer sur un plateau d'argent.

— Excusez-moi, fit-il, avant de trottiner à la suite des autres.

Ernest demeura planté là, au milieu des tapis et des canapés, face à un fauteuil de cuir désormais vide. Le Prince parti, les conversations reprirent bon train, et l'on ignora complètement le magicien. Ernest fouilla encore ses souvenirs. L'instant d'avant, quatre flics lui tournaient autour, au pied d'une chambre qu'il n'avait pas les moyens de louer. Et maintenant, en costume hors de prix, il était reçu dans un Versailles miniature.

— Du diable si j'y comprends quelque chose ! s'exclama-t-il.

Il n'allait pas demeurer dans ce coin de la galerie éternellement. Aussi voulut-il « profiter du domaine », comme lui avait conseillé le Prince. Il observa quelques invités du Castel. Une sorte de grande dame, d'abord, parée d'une magnifique robe brodée, et à propos de laquelle chacun s'extasiait.

— Comtesse de Muronova, vous êtes absolument exquise !

— Splendide !

— Divine !

— Vils flatteurs, minaudait la comtesse. Mais il est vrai que cette robe incrustée de perles de Lyagerône met parfaitement en valeur mon teint. Et l'on m'a récemment rapporté que même le baron Dübürck, rustre parmi les rustres, l'eût trouvé à son goût.

Extrêmement maniérée, elle agita un éventail d'un mouvement du poignet. Ce simple geste suffit pour que la petite cour assemblée autour d'elle tombe en pâmoison.

Un peu plus loin, un quatuor de militaires en uniforme évoquait leurs réussites sur les champs de bataille.

— Je vous assure que l'inventivité stratégique dont vous fîtes preuve lors de la bataille d'Horiface s'est révélée fort inspirante !

— Vous me flattez, cher amiral ! Pourtant, le modeste prestige que vous m'attribuez n'est rien en comparaison de votre glorieuse campagne, dans les glaçants territoires de Kraggatengen.

Les deux officiers se lancèrent ainsi quelques politesses, en citant des noms de lieux qu'Ernest n'aurait su situer sur aucune carte. Il se demandait même si ces militaires d'opérette ne les inventaient pas au fur et à mesure. Ignorant les nobliaux assemblés, il se dirigea vers la porte de chêne à double battant qui donnait sur les jardins. Deux gardes moustachus, à casque argenté et hallebarde, lui adressèrent un déférent signe de tête.

Ernest descendit un élégant escalier de marbre qui le mena à un chemin de sable. Celui-ci se divisait à angles droits en plusieurs embranchements géométriques, dont certains faisaient le tour d'un imposant bâtiment. L'édifice, en pierre de taille, mesurait à peu près trente mètres de haut, pour cinq cents mètres de large. Finement ouvragé, il était constitué de colonnes droites, de statues élégantes, de gargouilles grotesques. Les baies vitrées, immenses, appelaient la lumière d'un ciel sans nuage. Un toit d'ardoises, impeccablement entretenu, se trouvait piqueté d'innombrables cheminées. Au-delà des jardins s'étendait un domaine forestier touffu, planté d'arbres centenaires.

Unique bâtiment alentour – si l'on exceptait un pigeonnier – le Castel trônait au milieu d'une très vaste clairière, merveille d'architecture posée dans les bois. Se repérant au soleil, Ernest estima qu'il était environ onze heures du matin. Il avait donc perdu trois heures de sa vie. Il regagna vite l'intérieur, la tête emplie de questions.

De nouveau, les deux gardes à hallebarde le saluèrent. En évoluant sur les tapis de velours ou sur le carrelage lustré, il ne pouvait se départir d'un sentiment d'imposture. Comment lui, l'artiste itinérant et miséreux qui vivait en roulotte se trouvait-il soudain propulsé au sein de cette cour ?

Ernest dépassa le grand salon organisé en différents coins de causerie. Il s'intéressa à de hauts miroirs, qui s'élevaient jusqu'au plafond. Il s'agissait d'une étonnante galerie de glaces, où l'on pouvait se perdre. Certains panneaux coulissaient, pivotaient, révélant quelques pièces conçues dans la même débauche de luxe. Dans ces salons privés, le magicien repéra quelques tables de jeu.

Ici, on jouait aux dés. Certains s'affrontaient aux échecs. D'autres manipulaient les cartes. L'une des parties en cours, assez animée, comptait une vingtaine de spectateurs, réunis autour d'une paire de joueurs. Un homme âgé, affublé d'un monocle, affrontait un personnage beaucoup plus jeune, peu sûr de lui. Le corps tremblant, les mains moites, celui-ci lançait des regards nerveux en direction de son adversaire… mais aussi vers un type portant une cagoule noire.

— Yé vous aurai, Baron ! grimaçait le vieil homme qui avait un fort accent italien, dans un sourire carnassier.

L'autre battait ses propres cartes.

— Je relance de cinq. Atout pique croisé de cœur.

Ernest ne connaissait pas ce jeu. Sur la table, outre les cartes, on comptait un certain nombre de jetons colorés, des pièces d'échec et même quelques osselets.

— Pourquoi tant de monde ? osa-t-il demander à l'un des spectateurs.

— Ici, les enjeux sont élevés, lui répondit-on.

Le jeune joueur, le front en nage, lui adressa une mine désespérée.

— Aujourd'hui, je joue ma vie, dit-il.

Ernest pensait qu'il plaisantait, bien sûr. Jusqu'à ce que l'homme à la cagoule noire, qui ressemblait furieusement à un bourreau, produise une hache qu'il entreprit d'aiguiser, comme s'il allait immédiatement s'en servir.

Décontenancé, Ernest passa son chemin. Pas question de rejoindre ce genre de partie ! À cette ambiance pesante, il préféra les tables de billard français. Un individu grisonnant d'un mètre quatre-vingt-dix, particulièrement volubile, tournait autour d'un tapis en cherchant le meilleur angle pour préparer son coup. Il opta finalement pour une véritable posture de contorsionniste : presque couché, sa queue de billard au-dessus de l'épaule.

— Pas évident, ce coup-ci, avoua-t-il.

La bille blanche qu'il frappa d'un geste sec décolla dans l'air, en tournant sur elle-même. Puis elle roula sur le rebord en bois de la table, pivota au coin opposé, vint frapper la boule rouge, qui fusa vers l'autre boule blanche.

— Très joli mouvement ! applaudit son adversaire, une femme coiffée d'un chignon compliqué, piqué de roses bleues.

— Vous n'avez encore rien vu ! s'exclama le contorsionniste.

Il se hissa cette fois sur le rebord de la table, la queue de billard coincée entre les pieds, tout en marchant sur les mains.

Cela confirma les soupçons d'Ernest. Visiblement, au Castel, la rationalité n'était pas toujours de mise.

Au moment où il allait quitter les salles dédiées à ces jeux, trop compliqués pour lui, un grand type au visage émacié, aux cheveux en brosse, l'appela depuis un autre endroit de la salle.

— Hé, mais te voilà, sale empaffé !

Ernest se figea, fixa la personne qui venait de l'insulter.

— On m'a parlé de toi, dugenou, insista l'homme. Un nouveau, parmi les invités. Tu m'as l'air d'une sacrée enflure. Soit dit tout à fait amicalement, bien sûr.

— Je vous demande pardon ? frémit Ernest en se crispant.

Le type se dirigea à grandes enjambées dans sa direction. S'il croyait lui faire peur ! Après ces insultes totalement gratuites, pas question qu'il tourne les talons. Pourtant, l'individu, loin d'être belliqueux, le gratifia d'une solide tape sur l'épaule.

— Putain de bordel de merde, ça fait plaisir de voir une nouvelle tête de taré dans le secteur ! se réjouit-il.

Son franc sourire contrastait totalement avec le langage ordurier et décalé qu'il employait. Ernest changea illico d'attitude. Lui aussi décida de sourire. Et d'employer le même registre en retour.

— Écoute, dugland, rétorqua-t-il, ma journée était déjà bien moisie avant de rencontrer ta vilaine face de pet. Mais je suppose que je vais devoir m'y faire, bordel !

— Rôôôôh, mais t'es vraiment qu'une moisissure à gerber ! répondit le grand type en ouvrant les bras.

— Et toi, rien qu'une crevure qu'on aurait plaisir à voir mourir la gueule ouverte, répliqua Ernest.

Le gaillard se mit à rire à gorge déployée.

— Alors toi dis donc, je t'aime bien, tête de nœud !

— La réciproque est vraie, crétin des Alpes !

Si le magicien ne connaissait pas la plupart des expressions utilisées par ce curieux personnage, il en saisissait la grande vulgarité. Pourtant, passé le langage ordurier, l'olibrius se montrait tout à fait chaleureux. Ernest finit même par le trouver vraiment sympathique. Dans son oreille, il lui parut entendre les récriminations d'Helena, de Kilma, sur sa propension à s'enthousiasmer à propos de « n'importe qui ».

— À la prochaine, tête de gland ! sourit-il à son nouvel ami.

De nouveau seul, Ernest revint vers le hall. Désormais, il ne possédait plus aucun doute sur la nature du Castel.

Tous ces nobliaux, qui parlaient de pays qui n'existaient pas. Ces joueurs de cartes, de billard, qui choisissaient des enjeux insensés ou multipliaient les acrobaties. Et puis, ce Prince de nulle part, ce manoir perdu au milieu de la forêt… Il avait pénétré dans un nouveau monde magique. Pour accéder à celui-ci, cependant, pas de badge, aucun portail de lumière. Juste un type qui venait vous voir, cigare en coin, et qui soudain vous faisait basculer dans son univers. Ernest tâta les poches de son costume : Rodriguez l'oisillon n'était plus avec lui. Comment avait-il pu l'oublier ?

Se voir ainsi privé du petit animal que lui avait confié Vicente, sans qu'on l'en ait averti, le mit extrêmement mal à l'aise.

Soudain, il en eut assez d'arpenter ce grand Castel de long en large. Il n'allait tout de même pas en visiter chaque recoin !

D'un pas décidé, il se dirigea vers un domestique. Celui qui avait débarrassé le verre de bourbon, un peu plus tôt.

— Pardonnez-moi. Je souhaiterais revoir le Prince.

Le valet se montra hautain.

— Vous voulez dire que vous demandez audience ?

— Oui oui, « audience » si vous voulez…

— J'en prends bonne note et nous verrons bien, Monsieur, si cette *disposition* soudaine agrée au maître des lieux.

Non loin du Castel

L'homme partit en direction d'un miroir, qu'il frotta de la main, puis qu'il fit pivoter, avant de le refermer derrière lui.

Ernest attendit. Debout, d'abord. Puis il s'assit. Puis il attendit encore. Au bout d'un laps de temps interminable, le domestique reparut enfin.

— Je suis extrêmement confus, signifia celui-ci, d'un air qui semblait satisfait. Le Prince est extrêmement occupé. Il vous prie de l'en excuser et vous enjoint à profiter de la conversation des autres invités, qui sans nul doute saura vous intéresser.

— Non mais, rien du tout ! s'indigna brusquement Ernest. Et puis, ça commence à bien faire, ces simagrées !

Ernest n'était pas comme Kilma : un être perpétuellement révolté contre l'arbitraire. Cependant, il avait trop vu sa vie chamboulée par d'autres, ces derniers temps, pour accepter une manipulation de plus. Il se leva, se mit à gesticuler.

— Déjà, je n'ai jamais demandé à votre souverain de me faire apparaître dans son Castel. Et puis j'en ai assez, aussi, de toutes ces figures d'autorité qui s'inventent Roi Clochard de quelque part, ou Prince d'ailleurs ! Alors, vous et moi, on va aller voir votre employeur, et je lui dirai ma façon de penser.

Le domestique jeta des regards effarés alentour.

— Monsieur, calmez-vous, je vous prie. Vous importunez les autres invités. Veuillez, je vous en prie… Aïe !

Excédé, Ernest avait pris le domestique par le col.

— Vous allez me conduire à ce pseudo-Prince tout de suite ! Je veux le voir, et je veux comprendre ! Et puis, je dois aussi récupérer mon jeune épervier. Où est-il, hein ?

— Sa… Sachez que les animaux sont interdits dans l'enceinte du Castel. Vous trouverez votre oisillon à la volière, à gauche en sortant d'ici. En revanche, concernant le Prince, je ne puis vous aider… Voulez-vous bien me lâcher, maintenant ?

Autour de lui, les invités le dévisageaient avec stupeur. Ces regards désapprobateurs ne l'attinrent pas vraiment. Sa fureur encore vivace, il planta le domestique décoiffé derrière lui et se dirigea vers la porte-miroir où celui-ci avait disparu tantôt.

— Dans ce cas, pas besoin de vos services. Votre Prince, je m'en vais le trouver tout seul.

Il voulut faire pivoter le miroir. Qui ne daigna pas bouger. Alors il en poussa un autre, qui ne s'ouvrit pas davantage. Un troisième lui révéla un couloir : il l'emprunta. Contrairement à toutes les pièces lumineuses qu'il avait traversées jusqu'ici, ce corridor était sombre, dépourvu de portes. Au terme d'improbables circonvolutions, il dénicha enfin une issue. Qui l'amena très exactement à l'endroit d'où il était parti.

C'était à n'y rien comprendre. Le domestique, plus hautain que jamais, défroissait ses habits comme il le pouvait.

— Si le Prince ne veut être dérangé, vous ne pourrez le trouver, lui révéla-t-il.

— Eh bien d'accord, à votre convenance, je vais donc prendre congé, s'agaça Ernest. Vous remercierez votre maître de m'avoir invité ici. À part ça, lui et moi, on ne se doit rien. Salut !

De l'un des salons de jeu émergea le visage étonné de son ami aux cheveux en brosse.

— Eh, ho ! Qu'est-ce qu'il se passe, enfoiré ? C'est toi le responsable de ce chambard des familles ?

— Il se passe que je décampe d'ici, macaque des montagnes !

— En voilà un putain d'état d'esprit, sourit le grossier personnage en levant le pouce. Digne des plus gros bâtards !

Non loin du Castel

Cette fois, Ernest ne répondit rien. Même les amicales insultes de ce type ne l'amusaient plus. Il fila vers la porte de chêne à double battant. Ignora l'énième salut des gardes. Courut au travers des jardins. Localisa la volière, en lisière de la forêt. Trouva la cage minuscule où l'on avait remisé Rodriguez. Le fourra sans ambages dans son nouveau costume. Prit le premier chemin qu'il trouva. Et se pressa, droit devant lui.

Une légère brume habillait la forêt. Il dut très mal s'y orienter. Car au bout d'un certain laps de temps, à travers bosquets et buissons, se redessina la majestueuse silhouette du Castel.

Ernest fronça les sourcils. Ne comprit pas bien. Il était pourtant persuadé d'avoir avancé, droit devant lui. Cette fois, il ne quitta pas le soleil du coin de l'œil. Il évita les sentiers. Coupa toujours à travers les bois brumeux. La marche s'avéra un peu plus pénible. Plus sûre aussi, peut-être.

Peut-être. Mais pas certainement. Car au bout de quelques kilomètres, et au détour d'une futaie, le Castel, superbe et obstiné, s'invita de nouveau dans son champ de vision.

Ernest testa ainsi plusieurs routes. Ses souliers jadis impeccablement cirés furent bientôt couverts de terre, de feuillages. Son pantalon, son veston, tout son costume fut abîmé par les branchages.

Il marcha durant de longues heures. Refusant d'accepter l'évidence.

Il avait beau cavaler. Il avait beau s'obstiner.

Toujours, toujours, ses pas le menaient au Castel.

XVII

Le Prince n'était jamais reparu. La nuit était venue et Ernest, épuisé, avait fini par se résigner à dîner sur place. Il avait gardé le petit Rodriguez avec lui, sans le dire à personne. On lui proposa de nouveaux vêtements, plus convenables pour la suite de la soirée. Il se trouva, à table, coincé entre la comtesse de Muronova, qui égrenait les potins en vogue, et un comptable extrêmement barbant, qui lui détailla de savants montages financiers. Ces conversations lui parurent stériles, mais au moins personne à la tablée ne lui tint rigueur de ses écarts de conduite passés, lors de sa fracassante tentative de départ. La bienséance et l'étiquette commandaient en effet de ne pas se montrer rancuniers vis-à-vis des invités sélectionnés par le Prince.

Seul le domestique empoigné auparavant se fit un malin plaisir d'assez mal le servir, toujours en dernier, et en renversant sur lui quelques pommes de terre, ou bien un peu de sauce.

— Je suis absolument navré, répétait-il, sans même se donner la peine de paraître convaincant.

Ernest finit par ignorer ces maladresses volontaires. Discrètement, il demanda, à droite, à gauche, quel était le chemin à suivre pour sortir de ce domaine. On lui fit cette réponse :

— Il est impossible de quitter le Castel par vous-même, voyons ! Pour s'en aller, il vous faut une autorisation du Prince.

Quant à la localisation de l'endroit où il avait atterri, les indications restaient vagues :

— Vous savez, le Castel, c'est surtout un état d'esprit…

Ce qui ne voulait rien dire. On finit par annoncer que le Prince ne rejoindrait pas ses invités à table. Leur hôte devait, « à son grand regret, traiter d'affaires très urgentes ».

Personne n'en prit ombrage. Au contraire, ils louèrent son courage d'ainsi travailler sans relâche tandis qu'eux devisaient gaiement. En bout de table, le grossier personnage qu'Ernest trouvait paradoxalement sympathique enchaînait les gestes obscènes, bras d'honneur et majeurs levés, pour lui signifier son regret de n'avoir pas été placé à ses côtés.

Malgré les dérapages durant le service, le magicien jugea le dîner succulent : fruits de mer, cailles farcies, sanglier rôti accompagné de sa sauce au vin, puis fraisier géant et tartes meringuées diverses. De toute sa vie, jamais Ernest n'avait connu repas si copieux, si sophistiqué. Il s'en emplit la panse jusqu'à somnoler dans son assiette. Littéralement épuisé par cette journée bien trop longue, bien trop chaotique, il se fit mener, au premier étage, vers une chambre digne d'un aristocrate, où l'attendait le plus douillet des matelas.

Là encore, le grand luxe. Un confort parfait : il en aurait bien fait son quotidien ! Comble de la modernité : tout l'éclairage, au Castel, était assuré par des réseaux électriques. Nulles bougies ou lanternes à changer, mais des ampoules, qui apportaient une illumination d'une grande netteté. Ernest n'avait jamais connu pareille installation.

Au réveil, l'esprit reposé, il songea longuement à Helena. À ses animaux et au cirque. Mais aussi à ses compagnons de galère. Comment Kétinée et Kilma avaient-ils géré son absence ? Et puis, comment Déa se portait-elle ?

— Pourvu qu'elle n'ait pas massacré des policiers sans le vouloir, entonna-t-il.

Plus il pensait à leur petite troupe, plus son angoisse montait en flèche. Il se leva, se lava, s'habilla. Il devait absolument voir le Prince. Comprendre ce que ce sorcier voulait de lui. Et puis surtout, partir et rejoindre ses amis.

Il regagna le grand hall. Courtisanes et courtisans étaient déjà d'aplomb, tirés à quatre épingles. Il décela des nouvelles têtes. Globalement pourtant, les mêmes personnes parlaient des mêmes choses. Celles-ci paraissaient condamnées à peupler ces luxueux appartements de leurs exploits fantasmés.

Ernest se renseigna. On lui signifia que le Prince était encore « extrêmement occupé », qu'il avait « tout un tas de rendez-vous cruciaux » et qu'il reparaîtrait « peut-être dans le journée ». L'illusionniste avait dépassé le stade de la colère ou de l'impatience. Il attendrait donc ce Prince qui, tout bien considéré, l'avait tiré d'un mauvais pas à Châteauroux.

Auprès d'Ernest revenait parfois son ami spécialiste des insultes. Pour la dixième fois consécutive, il l'invita à rejoindre une partie de billard.

— Non mais bordel à cul ! s'agaçait-il. Tu peux pas lever ton derche de ce canapé, face de raie ? Viens jouer avec nous, quoi !

— Je ne peux pas, nez-de-bœuf ! regretta Ernest. Si je loupe le Prince, il me fera encore poireauter durant des heures.

— Sans rire, tu sais quoi, trouduc ? Il est dans les salons de jeux, le Prince. En train de dépecer d'autres couillons.

L'information électrisa Ernest.

— Ne me dis pas que je fais le pied de grue depuis des plombes pendant que monsieur s'amuse ?

De nouveau furieux, il quitta son poste d'attente. Il suivit son ami, qui le guida vers une table où l'on jouait au whist. Le Prince s'y trouvait en effet, en train de miser, de rire et de fumer le cigare.

— C'est comme ça que vous travaillez, alors ? le héla Ernest. Je suis vraiment, vraiment navré de vous déranger en plein « rendez-vous important » !

Le Prince rit de bon cœur.

— Puisque vous m'avez percé à jour, que diriez-vous de vous joindre à nous, cher ami ? À cette table, on mise tout ce que l'on veut. Mais on ne commence pas en-deçà de six mois de vie.

Ernest ne comprit pas vraiment. Il repoussa donc l'offre.

— Quel dommage ! sourit le Prince, tout en tirant sur son cigare. Eh bien, restez donc à nous regarder. Après cela, promis, je vous place en tête de mes priorités.

S'il ne saisit pas toutes les subtilités de la partie, Ernest remarqua les jetons de différentes couleurs, tous surmontés d'un crâne. On misait plus ou moins gros en fonction des tours. Le moins bon joueur du lot, celui qui se faisait plumer, vieillissait à vue d'œil. Trentenaire un quart d'heure plus tôt, il avait gagné quelques rides. Puis quelques cheveux blancs, qui devinrent légion. Puis son dos se voûta. Puis ses cheveux tombèrent. La métamorphose était absolument glaçante.

En face de lui, le Prince, qui gagnait beaucoup, parut de plus en plus dynamique. Entre ces deux extrêmes, il existait des fortunes diverses. Des gens qui n'avaient pris que quelques pattes d'oie. Et d'autres personnes à la chevelure blanche qui avaient retrouvé quelques précieuses mèches de couleurs.

— Laissons-les croire à leur bonne fortune, chuchota le Prince à Ernest tandis qu'il ramassait ses gains. Cela les fera revenir une prochaine fois.

Le grand perdant du jeu, devenu vieillard, s'éloigna en boitillant et en pestant d'une voix chevrotante.

— Prince, je me réjouis de votre hospitalité, assura Ernest. Je vous remercie également de m'avoir sauvé plus tôt. Seulement, j'ai quelques problèmes à régler. J'aimerais quitter le Castel.

Le Prince le regarda droit dans les yeux tout en tirant sur le cigare qui jamais ne le quittait.

— On m'a déjà fait part de votre vœu, confessa-t-il. Vous ne vous plaisez pas, chez nous ?

— Euh… Non. Enfin, si. Enfin, j'ai une autre vie qui m'attend. Une compagne, une fille, des amis. Ceux-là ont vraiment besoin de moi. Alors j'aimerais partir assez vite.

— Ce que vous souhaitez donc, ce serait *traverser la brume*.

Ernest songea au brouillard qui stagnait dans une certaine partie des bois. Pouvait-il s'agir d'une protection magique que seul le Prince saurait lever ?

— Oui, traverser la brume, dit-il. Rejoindre la réalité…

— Hum, vous concernant, j'avais tout autre chose en tête, avoua le Prince.

Il se leva d'un coup.

— Écoutez, donnons-nous rendez-vous d'ici quelques minutes à la volière. Ensuite, nous verrons comment agir. Cela vous conviendrait-il ?

Le Prince tourna les talons, laissant Ernest dubitatif. Allait-il vraiment l'aider, cette fois ? Le magicien le retint, d'une phrase :

— Au fait… je peux savoir comment vous me connaissez ? Par l'affaire des Douze de Verdun ? Vous n'êtes pas venu me voir au cirque Palazzi, tout de même ?

Par-dessus son épaule, le monarque au cigare le gratifia de l'un de ses énigmatiques sourires.

— On m'a en effet parlé de vos spectacles en des termes plus qu'élogieux, Monsieur Villempré. Il m'est avis, cependant, que vos meilleures représentations sont à venir. À tantôt, très cher…

Ernest demeura immobile, ne sachant quoi penser de cette dernière réplique. Il alla boire un verre d'eau, puis se rendit sans se presser à la volière. Là-bas : personne. Il ne s'en choqua pas. Les aristocrates aiment se faire attendre.

Tandis qu'il nourrissait le jeune Rodriguez de quelques miettes, il perçut un bruit de sabots.

— Le Prince vous fait mander, lui dit un cavalier. Montez avec moi, nous partons.

Ernest s'installa à même la croupe, juste derrière l'escorte : le fier destrier fila aussitôt. Il galopa ainsi quelques instants, à travers la forêt, jusqu'à une clairière qu'Ernest n'avait jamais arpentée. Là, le cavalier demanda à son passager de descendre. Puis il le laissa planté là.

Cette partie de la forêt lui parut immensément vaste. Un peu perdu, dubitatif, il voulut recourir à la sorcellerie. S'il s'élevait dans les airs, comme il l'avait fait chez le Roi

Clochard, peut-être saurait-il mieux appréhender le terrain. Il se concentra, bras tendus. Puisa en lui la force de faire se lever le vent. À sa grande surprise, il ne se passa rien.

Son pouvoir lui avait échappé.

Extrêmement contrarié, il tenta autre chose. Il fixa la paume de sa main droite. Voulut, par illusion, y faire apparaître une carte imaginaire. Là non plus, rien ne vint. Depuis de longues années, il se servait de ce simple tour pour pimenter ses spectacles. Il l'avait réalisé un millier de fois peut-être. Avait-il perdu tous ses dons ?

Il y eut bientôt des bruits de sabot, des cavaliers qui approchaient. Parmi eux chevauchait le Prince.

— Eh bien, vous voilà donc ! s'exclama Ernest. Dites-moi... pourquoi ces fusils ? Vous chassez la biche, c'est ça ?

Le Prince se mit à rire.

— Désolé, cher ami. Aujourd'hui, nous avons un autre genre de gibier en tête.

Alors, il pointa son arme vers Ernest.

— Euh... Vous n'allez pas me tirer dessus, quand même ?

En guise de réponse, le Prince fit feu à ses pieds.

— Et maintenant, courez, Monsieur Villempré, exigea le Prince. Courez, si vous tenez à la vie !

De nouveau, il pointa l'arme dans sa direction. Vers la tête, cette fois. L'instinct de survie du magicien lui commandait de décamper.

— Vous êtes complètement malade ? ! hurla Ernest, terrorisé.

— Vous avez exactement dix minutes pour prendre de la distance, lui révéla le Prince. Ensuite, nous partirons à vos trousses. Il vous faudra survivre quinze autres minutes. Passé ce délai, vous aurez gagné, et nous pourrons faire affaire, vous et moi. Sinon, ma foi… c'est que vous n'étiez pas digne du Castel ! Considérez ceci, voulez-vous, comme un entretien d'embauche.

L'un des suivants du Prince dégaina un chronomètre. Il annonça :

— C'est parti !

— Vous n'allez pas sérieusement vous lancer dans une chasse à l'homme ? tenta Ernest, têtu.

— À votre avis, Monsieur Villempré ? fit le monarque d'un air très grave.

Le message parut limpide. Alors Ernest fila droit devant lui. Sans même un regard en arrière, il courut à perdre haleine.

Ce Prince était donc un fou dangereux. Pas du tout un bienfaiteur : un despote de plus. Ernest ignora les orties, les ronces. Il devait mettre le maximum de distance entre ses poursuivants et lui. Eux se déplaçaient à cheval. Lui se trouvait à pied. Dix minutes pour filer. Quinze minutes pour survivre. Il n'avait pas aperçu de chiens. Les chasseurs comptaient-ils le débusquer sans aide extérieure ?

Tout en courant, Ernest se fit la réflexion que tous ces souverains sorciers étaient bien les mêmes. Munis d'un peu de pouvoir, ils s'arrogent le droit de vie et de mort sur ceux qu'ils martyrisent. Ils organisent des jeux odieux où ils veulent vous écraser. Et votre avis, tout comme votre vie, ne compte pour rien.

Le magicien fulmina contre cette évidente injustice des mondes sorciers, reflets de la société humaine, où les forts avaient toujours eu raison des faibles. Puis il ne pensa plus qu'à survivre. Il n'avait plus aucun pouvoir magique. Sans doute l'en avait-on privé. Encore un moyen de dominer l'autre. À travers les branchages, à travers fougères et buissons d'épines, Ernest voulut se fondre dans la nature. Il courut ainsi de longues minutes jusqu'à ce que ses poumons soient en feu. Lorsqu'il jugea la distance entre le Prince et lui suffisante, il avisa un chêne au large tronc. Y grimpa aussi vite qu'il le put. Il aurait pu se cacher dans un fossé, se recouvrir de feuilles, demeurer au sol. À cette tactique, il préférait celle qui consistait à garder un œil sur le paysage et sur ses adversaires. Arrivé à près de six mètres de hauteur, il cala ses jambes sur deux branches touffues. S'il se débrouillait bien, il pourrait pivoter le long du tronc…

Si les gens à ses trousses étaient de bons pisteurs, ils n'allaient pas tarder. Il tenta de se souvenir quel était le nombre de ses poursuivants. Cinq, tout au plus. Dont le Prince. Allaient-ils tous rappliquer en un bloc, ou au contraire se diviser pour quadriller le secteur ?

La réponse se situait entre ces deux hypothèses. Car bientôt deux cavaliers surgirent. L'un d'eux, aux cheveux blonds, pointait le fusil à droite, à gauche. À l'un des endroits qu'il visa, on vit bientôt un oiseau s'envoler.

Ernest n'attendit pas de se faire repérer. Dans l'une de ses poches, il avait gardé un couteau. Il s'en saisit, visa un premier poursuivant. Sans le recours à la sorcellerie, Ernest n'était pas le meilleur tireur au monde. Aujourd'hui, cependant, il n'avait pas le droit à l'erreur. Il lança l'arme. Qui se planta dans l'épaule de son adversaire. Celui-ci poussa un cri rauque. Tomba de cheval. L'autre cavalier pivota aussitôt dans sa direction. Avant qu'il n'eût pu repérer la source du problème, Ernest se jeta sur lui. Il atterrit sur son cheval, puis roula à terre en sa compagnie et l'assomma d'un coup sec.

Malgré le couteau entre ses omoplates, l'homme blond se releva et pointa son arme. Ernest était déjà sur lui. Il le fit chuter de nouveau parmi les feuilles mortes. Puis il se saisit d'un caillou et le frappa violemment au visage. Du sang coula du crâne. Il tomba inconscient.

Ernest n'était pas fier de lui. Mais c'était blesser ces attaquants, ou bien mourir. Il se félicita du peu de temps qu'avait duré l'échange. Et puis, aucun coup de feu n'avait été tiré. Sans attendre, il prépara l'assaut suivant, en récupérant son couteau.

Il s'était déjà battu pour sa vie, par le passé. Quelques bagarres avec des malfrats avinés. Aucune, cependant, aussi impitoyable que celle-ci. Le sang-froid dont il faisait preuve l'effrayait un peu. Il s'empara des armes de ses adversaires tombés – un fusil, un revolver. Échangea sa veste avec la tenue de l'homme dont le dos n'était pas maculé de sang. Choisit le plus docile des deux chevaux. L'attacha à un arbre. Prépara une mise en scène. Sur le sol : l'homme blond, blessé, puis celui qui portait sa veste. Un peu comme s'ils s'étaient entretués. Plutôt que de filer ailleurs, l'illusionniste regagna son arbre.

Bientôt, comme il s'y attendait, un autre cavalier déboula. Aussitôt, celui-ci examina les hommes tombés. Ernest le visa de son revolver. Malheureusement, il le manqua. L'homme comprit qu'on lui tirait dessus depuis les hauteurs. Il pivota, visa à peu près dans la direction d'Ernest. Qui tira un deuxième coup. Touché à la hanche, l'homme poussa un cri. Ne tomba pas immédiatement de cheval. Ernest lança de nouveau son couteau. Manqua encore sa cible, mais cette fois celle-ci tomba. Il fallait finir le travail. Ernest bondit, toucha terre. Puis courut vers l'homme encore conscient, lui décocha un coup de pied en pleine tête. Suivi d'un autre.

Bientôt, trois hommes gisaient au pied du chêne. Ernest sentit les lourds battements de son cœur jusque dans ses tempes. Le sang étalé sur les feuilles mortes, tous ces gens inconscients, blessés, peut-être morts, lui flanquèrent le vertige. En quelques minutes, ce jeu meurtrier dans les bois venait de le transformer en quelqu'un qui ne lui ressemblait pas. Ou plutôt quelqu'un qui avait toujours existé, en lui, et qu'il s'était efforcé de repousser ? Il demeura là, haletant, face à lui-même. Des bruits lointains, dans les bois, le firent soudain reprendre conscience.

La chasse. La chasse n'était pas finie. Pour l'instant, c'était tuer. Ou être tué. Il se poserait des questions éthiques plus tard. Se morigénerait à loisir, lorsque ses jours ne seraient plus en danger. Pour Déa, pour Helena, pour ses amis, il devait survivre et lutter.

Les coups de feu avaient mené à lui ses derniers adversaires. Un cheval arrivait. Plus le temps de grimper. Se rappelant qu'il portait un manteau de chasseur, il tourna le dos au nouveau venu. Le stratagème fonctionna. Derrière lui, le cavalier s'exclama :

— Non mais quel bazar ! Tu l'as trouvé ?

Ernest tourna vivement les épaules, tira à l'aveuglette dans la direction d'où le type était apparu. Cette fois, il fit mouche. En pleine poitrine. Encore un homme à terre… Et de quatre !

L'homme geignit, se tortilla, chercha son arme. Déjà sur lui, Ernest l'en priva. Puis il posa un pied sur le torse blessé. Geste inutile : car déjà l'homme ne bougeait plus.

Ernest contempla son visage immobile. Ses yeux grands ouverts, sans expression. Cette fois, aucun doute : il venait bien de l'exécuter. Épouvanté, le magicien se prit la tête entre les mains.

Non. Non. Comment avait-il pu ?

Autour du chêne, le carnage. Le vertige devint total. Autour de lui, les arbres tournaient, tournaient.

Dégoûté par ses propres actes, il tituba. Se hissa tant bien que mal sur un cheval. Claqua vigoureusement des talons. Galopa à bride abattue, voulut retrouver son sang-froid. Il lui fallait encore affronter le Prince. Peut-être le plus dangereux de ses adversaires.

Et puis après, quoi ? Devait-il le supprimer, lui aussi ? Embrasser totalement son nouveau rôle d'assassin ? Perdu dans ses pensées, le magicien chamboulé ne prit garde à la silhouette qui l'attendait. Caché derrière un arbre, le Prince venait de tirer. Il lui sembla que sa tête explosait. À son tour, il tomba de cheval. Roula dans un fossé. Dévala une pente. À plat ventre, il porta une main au front. Son cerveau n'avait pas été pulvérisé. La balle avait frôlé sa tempe gauche. La blessure inondait son visage de sang.

Des pas, dans les fourrés, le firent sursauter. Cependant il ne bougea plus. Étourdi par sa blessure, éreinté par la course et cette innommable tuerie, il venait de perdre l'envie de se battre.

Le visage du Prince lui apparut. Celui-ci pointa le canon d'un fusil droit sur son visage.

— Et voilà. Vous êtes mort, dit-il.

Mais il ne tira pas. Un sourire s'étendit sur ses lèvres.

— Heureusement pour vous, les quinze minutes sont passées, depuis quelques secondes. On peut donc considérer que vous avez gagné, très cher.

Il brandit une montre de gousset. Au bout de quelques instants d'un très lourd silence, Ernest, au bord des larmes, parvint à hoqueter ces mots :

— Gagné… À quel prix ?

Non loin du Castel

— Allons, je vous trouve bien dramatique, rit le Prince. Tout ceci n'était qu'un jeu entre nous, voyons.

— Ce sang, tout ce sang, gronda Ernest.

— Mais quel sang, mon ami ? Tout le monde va très bien.

Ernest ne comprit pas. Il se porta la main au crâne. Où était passée sa blessure ? Des fourrés sortirent les autres chasseurs. Les quatre adversaires qu'il avait vaincus, parfaitement indemnes. Pas de blessure, pas de sang, rien… Même le type mort quelques instants plus tôt se portait comme un charme et le félicitait.

— Franchement, bien joué.

Ernest Villempré pivota sur lui-même. Le Prince lui sourit.

— Un jeu très convaincant, j'en conviens, analysa-t-il. Il fallait au moins cela pour que vous vous y impliquiez vraiment. Mais vous avez relevé le défi haut la main, bravo.

Il porta le cigare en bouche, applaudit Ernest. Comme l'applaudirent tous les participants du jeu. Le sorcier resta là, bras ballants, le cœur et l'esprit en vrac.

— Cher ami, je vous informe que vous pouvez désormais être embauché au Castel. Je ne puis que vous pousser à saisir cette incroyable chance, qui…

— STOP ! parvint soudain à crier Ernest.

À cette réaction, le Prince prit un air étonné.

— Quelque chose ne va pas ?

Le visage d'Ernest était devenu cramoisi.

— Mais un peu, oui, que ça ne va pas ! D'abord, vous m'enlevez ! Ensuite vous me séquestrez ici ! Avant de m'embarquer dans un jeu immonde et malsain, une explosion de poudre et de violence où vous faites de moi un assassin. Alors, non, stop ! Je ne joue plus ! Je ne sais pas vraiment qui vous êtes, je ne sais pas ce que vous me voulez, mais puisque je suis rentré dans votre sale combine, puisque vous m'avez promis de me laisser partir si je relevais le défi, vous allez gentiment vous garder votre saloperie d'offre d'embauche et me FOUTRE LA PAIX !

Dans les bois du Castel, le silence devint total. Pas un seul cri d'oiseau, plus rien. Les chasseurs auprès du Prince n'osèrent rien dire. Le souverain, qui affichait une expression égale, finit par exhaler l'épaisse fumée de son sempiternel cigare. Il parut réfléchir un moment. Puis il finit par déclarer :

— Eh bien, puisque vous le prenez ainsi, Monsieur Villempré, je vais vous laisser partir… Mais sachez simplement ceci : si un jour vous souhaitez en apprendre davantage sur ma petite organisation, et si vous voulez accepter ma proposition d'embauche, je vous promets de vous rendre un service ou deux.

À cette nouvelle offre, Ernest préféra ne rien répondre. Autour de lui, la brume qu'il avait traversée à plusieurs reprises la veille réapparut brusquement, s'écoula depuis le fond des bois.

En quelques secondes à peine, elle devint plus compacte. Jusqu'à prendre la forme d'un brouillard d'une extrême densité qui avala les silhouettes humaines et tous les végétaux.

Ernest cligna des yeux. Il reconnut le mobilier, le lit pas encore défait, la vue sur la petite place. Il était de retour dans la chambre d'hôtel. Celle de Châteauroux. Et il y était réapparu seul.

Enfin, il avait quitté le Castel. Son corps empesé se trouvait vêtu cette fois de sa vieille veste élimée, de ses chaussures usées.

Le cerveau en surchauffe, il eut besoin de prendre l'air. Il descendit les escaliers quatre à quatre, quitta l'hôtel, traversa les rues de Châteauroux. Trop d'événements violents, absurdes, étranges, s'étaient accumulés. Il en oublia la plus élémentaire prudence. Ses pas le menèrent à la gare de la ville, qu'il trouva inchangée.

— Monsieur Villempré, prononça-t-on dans son dos.

Il s'attendit à voir réapparaître le Prince.

En réalité, il s'agissait de deux policiers en faction qui l'avaient attendu là.

Ernest ne chercha même pas à fuir. Il ne voulait plus cavaler. Surtout plus se battre. Et encore moins blesser quelqu'un.

Tel un automate, il laissa les deux hommes lui passer les menottes et l'emmener au loin.

XVIII

Dans la minuscule cellule où on l'avait enfermé, Ernest Villempré caressait machinalement la tête de son épervier. On lui avait laissé l'oiseau, jugé inoffensif. L'animal grandissait, prenait des forces. Bientôt, sans doute, il battrait des ailes et prendrait son premier envol. Pendant ce temps, que deviendrait le magicien ?

Ernest leva les lourdes chaînes qui entravaient ses poignets. On ne l'avait pas simplement menotté. Mais enchaîné à une barre de métal. Un peu comme un animal sauvage. La faute à ses dons de prestidigitateur, sans doute. On le pensait capable de subtiliser une clé, de la faire disparaître dans sa manche, et puis de s'évader ensuite. Si Noidkoko était resté en sa compagnie, le magicien aurait pu solliciter son aide. Pour le moment, le petit singe était bien loin de lui. Comme l'étaient tous les gens qu'il aimait, d'ailleurs.

Il regrettait son geste. Sa soudaine apathie, qui l'avait poussé à se laisser arrêter, sans résistance aucune. À la suite de son séjour chez le Prince, qui avait révélé le tueur en lui, il avait eu besoin de se poser, de réfléchir. De ne plus courir en tous sens. Et puis, surtout, il avait trop peur de réitérer ses sanglantes actions, d'assassiner d'autres personnes dans sa fuite. S'il commettait l'irréparable, nulle magie pour effacer ses actes, ici.

En quittant le domaine du Castel, il avait retrouvé toutes ses capacités de sorcier. Impossible de les utiliser ici de manière convaincante, pourtant. Sans les savants rituels de Kétinée, son pouvoir d'illusion ne durait pas. Il pouvait toujours générer des courants d'air. En préparant son coup, sans doute filer dans le ciel, comme le ferait bientôt Rodriguez. À condition, bien entendu, qu'on le débarrasse de ces fichues chaînes !

Il songeait à présent aux craintes prémonitoires de Déa. Il se souvint des mots exacts qu'elle avait prononcés.

« Je vois du feu, et puis des larmes… Beaucoup de peur, des masques et des rideaux… Ce sera terrible, tu sais. Comme un séisme. Quelque chose qui va tout changer pour nous. »

Désormais, il mesurait l'ampleur du tremblement de terre qui avait secoué puis ravagé son monde.

Il se trouvait sans nouvelles de sa fille, de Kétinée, de Kilma. D'après ce qu'il avait cru comprendre lors des interrogatoires, ils n'avaient pas été retrouvés. Il espérait de tout cœur qu'ils aient pu rester ensemble et regagner Paris. En tous les cas, les onze enfants n'avaient pas réintégré leur foyer. Car tous les jours, on questionnait énergiquement Ernest pour savoir où il les avait séquestrés et où se trouvaient ses complices. Il avait reçu quelques coups. Pour le moment, il les avait encaissés, sans broncher.

Le magicien niait en bloc toute volonté d'enlèvement, toute maltraitance. Il avait parlé de malfaiteurs grimés en clowns.

Ceux-là étaient les véritables responsables de l'opération. Ses amis et lui les avaient suivis jusque dans la forêt aux abords de Verdun, et au-delà. Comme convenu avec Kilma, il avait parlé d'une bande d'escrocs, qui recrutait de la main-d'œuvre pour une firme, à l'étranger. Ernest prétendait les avoir pistés, être tombé sur les enfants en Espagne, les avoir libérés, et puis s'être enfui.

On lui parla de ses complices gitans. Ernest inventa des noms, ne révéla pas le véritable emplacement de leur rencontre avec la famille Giacomo-Rodriguez. Il osait espérer que d'autres témoins avaient aperçu les clowns, en octobre dernier.

Les mondes sorciers, en dehors des lois habituelles, exerçaient sur Ernest une véritable fascination. Il eût aimé mieux saisir les règles qui les régissaient. Les souverains de ces pays cachés se connaissaient-ils ? Existait-il une hiérarchie, une rivalité entre eux ? Le prestidigitateur se remémora ces absurdes noms de lieux évoqués par les courtisans du Prince. Lyageröne. Horiface. Kraggatengen… S'agissait-il d'autres endroits secrets, comparables au Castel, au monde de Linda ? Ces zones, affranchies des gouvernements mondiaux, s'avéraient en tout cas bien plus imprévisibles, bien plus cruelles que n'importe quel pays connu.

Pour la première fois de sa vie, Ernest se félicita que sa chère aïeule, Mamy Beldani, n'ait pas survécu davantage. Car cela aurait énormément peiné la vieille femme, de voir son cher petit-fils incarcéré, sa réputation traînée dans la boue. Elle avait élevé Ernest seule ou presque. La mère du magicien, Amélie Novotni, était morte en couches. Quant à son père, grand voyageur, il avait quitté le pays quelques années après la tragique disparition de sa femme. À ce que lui en avait dit

Mamy Beldani, ce père absent ne s'était jamais remis de ce décès. Il avait délaissé son fils, l'avait abandonné aux bons soins de sa mère, qui résidait à Saint-Étienne.

De cet homme, prénommé Raoul, Ernest ne possédait aucun souvenir. Même son visage lui était étranger. Brun, l'air sévère, de larges cernes sous les yeux. Dans sa roulotte existait un unique daguerréotype de lui en compagnie d'Amélie, cette rouquine avec qui Ernest partageait un même regard malicieux et une épaisse chevelure ondulée. Au-delà d'eux, on lui avait parlé d'un grand-père maternel un peu fantasque, qui résidait en Écosse. Mais lui aussi était mort depuis de nombreuses années.

À part Helena et les gens du cirque, il n'existait donc personne pour se désoler du sort d'Ernest. Il songeait beaucoup à la trapéziste. Dans l'obscurité de sa cellule et de sa solitude, il l'imaginait telle qu'il l'avait connue tant de fois : dans l'intimité de leur chambre, leur corps l'un contre l'autre, tour à tour enfiévrés puis tendrement enlacés. Ce contact, cette chaleur, cette douce proximité lui manquaient atrocement.

La peau de l'autre est peut-être la plus puissante des drogues. Une fois disparue, on se trouve en état de manque permanent. Rien que l'on puisse faire ou penser ne vous détourne tout à fait de cette obsession… Parfois, dans ses moments les plus aigus de détresse, une autre silhouette se superposait. Fidèle à Helena, le magicien la chassait.

On s'approchait de la mi-décembre. Par la fenêtre, la neige tombait à gros flocons. Ernest, toujours enchaîné, finit par être transféré jusqu'à la ville de Chartres. Le rude traitement qu'on lui faisait encore subir indiquait que ses dépositions demeuraient suspectes. On pensait qu'il avait assassiné les enfants…

Non loin du Castel

Il ne cherchait pas à s'évader. Pas encore. Il osait penser que la justice de son pays saurait reconnaître son innocence. Kilma l'eût taxé d'inconscient. En vérité, Ernest préférait incarner un doux rêveur plutôt qu'un être capable, lors d'une partie de chasse, de poignarder ou de tuer son prochain pour survivre.

Entre Châteauroux et Chartres, la route lui parut bien longue. Le paysage immaculé de neige lui rappelait Déa, leur première et si particulière rencontre. Il n'avait pu trouver la cartomancienne évoquée par ses amis gitans. Et donc n'obtiendrait aucun début de réponse sur la nature de sa fille. Assis dans le fourgon, encadré de deux policiers, son nez restait levé sur un petit carré d'horizon, unique source de lumière.

Au moment de se soulager, sur le bord d'une route, il aperçut un loup. Tapi dans les fourrés, l'animal s'était placé là, un peu comme s'il avait attendu le magicien. Il le fixa d'ailleurs un petit moment. Ernest fut tenté de l'appeler. Aidé de sa sorcellerie, il aurait pu sans doute établir un lien avec l'animal. Lui demander d'attaquer l'un des policiers tandis que lui se chargerait de l'autre… L'idée était tentante. Pourtant, Ernest souhaitait toujours laver son nom, celui de ses amis. Et surtout éviter de nouvelles victimes. Alors, sans se presser, il regagna le fourgon.

Deux bonnes heures furent encore nécessaires pour rejoindre la prison de Chartres. Là-bas, après une très courte nuit, on lui fit garder les fers aux poignets et aux chevilles, on lui posa les mêmes questions que précédemment. On le transféra ensuite dans une autre cellule. Une fois la porte fermée, une fois les gardiens partis, quelqu'un l'interpella depuis la pièce d'à côté.

— Hé, pssst, compère. Allez, dis-moi, pourquoi on t'a serré ?

Au début, Ernest prétendit ne pas entendre cette voix. Il se cala sur son oreiller, regarda le plafond.

— Hé, fais pas comme si j'existais pas, insista son codétenu. Tu sais, j'ai bien senti ce que tu es. J'ai bien senti la part de ténèbres, dans ton sang.

Ces derniers mots interpelèrent Ernest. Il se dressa sur le coude, attendit la suite. Laquelle ne tarda guère : l'homme avait envie de parler.

— Mon truc, tu vois, c'est le sang, avoua-t-il. Chaque sang possède une odeur, une texture, un goût particulier… Je peux ressentir tout ça, à distance. Attention, hein, je suis pas un vampire ! Ces bestiaux-là, très peu pour moi !

— Les vampires n'existent pas, répondit simplement Ernest.

L'autre se mit à ricaner.

— Ha ha, ouais. T'as raison. Les loups-garous non plus, d'ailleurs. Pas plus que les fantômes et les esprits frappeurs ! Vas-y, demande-moi si j'en ai croisé quelques-uns.

Ernest joua le jeu :

— Vous en avez croisé, alors ?

— Mais non ! Mais non, voyons ! Puisqu'ils n'existent pas !

Son voisin partit d'un rire de dément, à s'en étrangler. Ernest regretta de lui avoir répondu en premier lieu. Il se rallongea sur le dos, caressa comme à son habitude les minuscules plumes qui habillaient le jeune Rodriguez.

— Bon alors, bon alors, avant de rigoler, nous parlions sang, renifla son voisin. Et le tien, mon ami, je sais qu'il est particulier… Tu fais partie des nôtres, pour sûr.

Ernest voulut noyer le poisson.

— Des vôtres ? Je ne vois pas bien de quoi vous parlez.

— Comme si j'avais besoin de te faire un dessin, tiens ! Tu dois être du genre dangereux, sinon ils ne t'auraient pas enchaîné.

— Je suis là pour un crime que je n'ai pas commis…

— Ha ha, ça, ouais, t'as raison… On n'a jamais rien fait, pour sûr. Innocents. Blancs comme neige. Pas un début de cornes, non. Pas de commerce avec les puissances occultes. Aucun pacte de sang, rien du tout. Ce genre de pratiques, très peu pour nous, Monsieur le Juge. Personnellement, entre deux festins de viande humaine, je n'y toucherai jamais !

Ernest se fit la réflexion que son codétenu, en plus d'être bavard, ne devait pas posséder toute sa tête. Il le laissa soliloquer.

— Hééé, hééé, entre nous, collègue, compère de sang noir, plier les règles de la réalité, quel pied de fou, pas vrai ? Quel plaisir de leur en mettre plein la vue, à tous ces humains qui chassent les nôtres, qui veulent nous rendre plus inoffensifs que des clébards aux dents limées !

— Tu n'as pas l'air d'aimer ceux qui ne sont pas sorciers.

— C'est pas que je n'les aime pas, l'ami. C'est juste que ce sont eux qui nous détestent. Jaloux, surtout. Alors ils font comme si on n'existait pas. Ou pire : ils nous arrêtent, ils nous parquent, ils nous brûlent. Qu'est-ce que tu crois que font les cognes d'ici ? Tu penses qu'ils sont aveugles, peut-être ? Tu penses qu'ils ignorent ce que nous sommes ? Ils savent très bien à quoi s'en tenir. Ils savent bien de quoi on est capables. Même que ça leur file méchamment les foies. Alors ils préféreront nous briser. C'est l'éternelle Inquisition, mec… Ouais… L'éternelle Inquisition…

Derrière le mur, Ernest entendit un bruit de crachat. Il réfléchissait surtout aux implications de cette diatribe. Le type de l'autre côté souffrait-il d'une paranoïa galopante, ou bien sorciers et sorcières étaient-ils effectivement reconnus par tous, et réduits au silence dès qu'il était possible de le faire ? Si tel était le cas, Ernest pouvait-il réclamer justice ? Allait-on vite le juger, sans vraiment l'écouter, juste pour le punir de ce qu'il était ? Il se souvint de la croix gravée, sur la chair de Mamy Beldani.

Cette fois, ce fut Ernest qui reprit la conversation.

— Et toi donc, tu es… intéressé par le sang ? Tu m'as parlé de « viande humaine ». Tu n'es pas cannibale, quand même ?

— Cannibale ! Cannibale ! éructa soudain l'homme. Tout le monde m'appelle comme ça, tiens ! Ça les arrange, ces salauds, de me ranger dans une case. Dans une de leurs sales catégories ! Cannibale ! Peuh ! C'est pas ma faute.

Ernest perçut un « BOUM » sonore. Un peu comme si l'homme était en train de se claquer la tête contre le mur.

— Ohé, hum… Vous allez bien ? demanda-t-il à son voisin.

— C'est pas ma faute, répéta l'autre. C'est nos pouvoirs, mec… C'est nos pouvoirs, notre côté démon. Notre héritage !

BOUM.

— C'est tout ça, ouais. Le sang noir de la Terre.

BOUM.

— C'est tous ces trucs-là qui nous vrillent le cerveau !

Il y eut un ultime « BOUM », bien plus fort que les autres. Puis le silence retomba dans le couloir. Ernest appela son voisin. Pas de réponse. Il en déduisit que le type s'était assommé.

Il ne sut jamais quel était le nom de cet homme, quelle était son histoire, quels drames abominables il avait traversés. Le lendemain, au moment du repas, deux gardes vinrent ouvrir sa cellule. Au lieu de nourrir l'étrange détenu, ils constatèrent son décès. Alors, ces gros bras l'emmenèrent. Silhouette qui pour Ernest resterait éternellement sans visage. Victime de sa propre folie, comme soudain sortie des ténèbres, et qui pour toujours y replongerait. Cette non-rencontre avait été brève. Extrêmement marquante, en même temps. Saisissante par ses paroles. Par sa violence. Par ses implications.

Le moral jusque-là plutôt solide d'Ernest en prit un vilain coup. Le prestidigitateur se dit que, peut-être, il avait commis sa plus lourde erreur. Plutôt que de continuer à courir, sorti du Castel, plutôt que de se battre, il avait très soudainement baissé les bras.

Un instant de faiblesse, un seul… Mais qui pouvait avoir de très fâcheuses conséquences si personne ne voulait vraiment croire en son innocence.

Bientôt, il fut question d'un procès. Dix jours à peine après son arrestation. Alors, il repensa aux paroles de son défunt voisin. À ces humains qui voudraient le juger, le faire taire, éliminer ce qu'il était, à tout prix.

Il passa d'une pensée dérangeante à l'autre. Se dit que l'enfermement, que ces fers le rendaient paranoïaque. Puis un autre jour, il les vit. Kétinée et Kilma, à travers une fenêtre à barreaux.

Une calèche venait de les amener ici, à Chartres. Il reconnut ses deux amis, fers aux chevilles et aux pieds. Fiers dans leur attitude, mais tout aussi captifs que lui. Ainsi, eux aussi avaient été interpellés. Ernest voulut leur parler, les héla. Kétinée tourna la tête dans sa direction. Un homme saisit ses cheveux, empêcha son amie de même croiser son regard.

Le soir de ce très sinistre épisode, Ernest se mit à pleurer, pour la première fois. Il imagina les souffrances, les coups, les injures. Tout ce qu'il avait enduré, ces derniers jours, en pire. Tout ce que l'on n'avait pas dû épargner à des gens qui, ici, n'étaient pas de la bonne couleur de peau.

Il ne voulait pas croire que ses amis, un vieil homme et une jeune femme, aient pu subir ce genre de traitement. Même la présence de Rodriguez, contre sa poitrine, ne lui apporta pas le réconfort habituel cette nuit-là.

Et puis Déa, Déa alors ? Si Kétinée et Kilma étaient là, qu'était donc devenue sa fille ?

Les angoisses qui le saisirent, au creux du lit, ne trouvèrent comme écho que sa solitude. La solitude, et le silence.

Les jours suivants, on le laissa dans l'ignorance. À ses questions répétées sur le sort de sa fille, des enfants, de ses amis, on ne lui répondait absolument rien.

Le procès arrivait. Le procès se tiendrait rapidement. Ernest n'avait même pas pu rencontrer son avocat. On lui en avait commis un d'office. S'il le voyait, ce serait au dernier moment.

Ernest cria au scandale. Hurla à l'injustice. On lui répondit que c'était ainsi que devaient être traités ceux qui malmenaient les enfants.

Jamais Helena ne vint le voir. Jamais personne de son cirque ne se déplaça. La seule visite à laquelle Ernest eut droit se déroula au travers d'une minuscule fenêtre à barreaux : cette nuit-là, il y eut un croassement.

Ernest se plaça à la fenêtre, aperçut l'origine de ce cri. Un volatile noir, surgi du ciel, tournoyait dans la cour intérieure sur laquelle donnait sa cellule. Bientôt, il vint se perdre dans un coin d'ombre. Ce corbeau-là réapparut, sur une silhouette entièrement drapée de noir. Le haut du visage caché par la capuche, la silhouette s'approcha, parut fixer Ernest. Le menton était fin, la peau assez pâle. Une voix de femme résonna.

— Je n'ai pu m'empêcher de venir vous voir, dit-elle.

La visiteuse abaissa sa capuche. Ernest reconnut immédiatement la jeune femme aux cheveux blond platine, aux yeux noirs, qu'il avait brièvement croisée, à Verdun, au moment de s'éloigner du cirque en feu.

— Vous, murmura-t-il. C'est vous qui avez plongé dans les flammes, ce soir-là. Alors… vous avez éteint l'incendie ?

L'expression de la visiteuse demeura de marbre. Elle ne laissa paraître ni joie, ni tristesse, ni même compassion.

— Il faut tenir le coup, poursuivit-elle. Pour l'heure, désolée, je ne peux vous aider.

Elle lui adressa un mouvement de menton. Remit aussitôt sa capuche. S'apprêta à regagner l'ombre. Ernest n'y comprenait rien. Pourquoi cette inconnue réapparaissait-elle, maintenant ? Pourquoi prendre contact avec lui, dans cette cour, pour aussitôt s'en aller ?

— Non mais ho, attendez ! la héla-t-il. Vous avez l'air de me connaître. De me surveiller. Tous ces corbeaux que je croise… ce sont vos agents, non ? Si vous vous intéressez à moi, si vous m'avez suivi, vous voyez bien que nous sommes victimes d'une erreur judiciaire ! Il faut en parler !

La fille encapuchonnée garda son expression indéchiffrable.

— Je ne devrais pas être ici, dit-elle.

Puis elle retourna dans l'ombre, accompagnée de son corbeau. Ernest l'appela. Plusieurs fois. Il se mit à crier. Tellement fort que les gardes, réveillés et furieux, voulurent le frapper. Lui-même distribua quelques coups. Pas question de se laisser molester… À bout de nerfs, il déchaîna une bourrasque, qui fit décoller les gardes. L'un d'entre eux rebondit sur un mur, se cassa quelques côtes. On finit par le laisser seul. On battit en retraite.

— C'est ça, c'est ça, fuyez ! cracha-t-il. Venez ici, revenez voir le monstre, tiens !

Ses musculeux geôliers, violents mais guère inconscients, ne réagirent pas à sa provocation. Ernest saisit ses chaînes, les secoua. Chercha à les briser, tel un animal sauvage, prêt à tout saccager.

Et puis… Et puis il se rendit compte que cette colère ne lui ressemblait pas. Il comprit qu'elle était le résultat de son embrigadement chez Linda, de ses combats insensés, de ses fuites, de cette chasse à l'homme, de la captivité, des frustrations, des mystères gratuits, des blondes platine sans compassion, du dialogue avec ce codétenu dont il n'avait jamais vu le visage.

— Stop, Ernest, se dit-il à voix haute. Tu n'as pas envie de devenir le type qu'ils ont emmené l'autre jour. Respire. Respire… Tu vaux bien mieux que ça, mon vieux.

Il s'assit en tailleur. Il se posa. Inspira. Exhala très lentement.

Tout allait s'arranger, oui… Ce procès, il allait l'affronter comme il avait toujours abordé la vie : avec une lucidité froide et totale, mais teintée de cet optimisme qu'il s'était toujours imposé.

Il savait qu'il prendrait encore des coups. Il y résisterait. Il y survivrait. Il serait prêt à tout affronter.

Tout ou presque, en réalité. Car le lendemain, un policier lui apprit que sa fille Déa venait d'être internée dans un asile psychiatrique.

En un lieu qui chercherait à la briser, elle aussi.

XVIIII

Kétinée et Kilma se firent arrêter dans un petit village à vingt kilomètres de Chartres. Un peu avant le transfert d'Ernest à cet endroit.

Sans le pouvoir d'illusions du prestidigitateur, le groupe s'était caché parmi les sacs, les caisses et les tonneaux en improvisant beaucoup. Mais un déchargement inattendu mené par un très large groupe d'ouvriers les surprit. Si la plupart se montrèrent cléments après les avoir découverts, l'un d'entre eux prévint les gendarmes. Sorciers et enfants avaient fui, protégés par des iwas, quelques traînées de sable et coups de massue psychiques de Déa.

S'en était suivie une rocambolesque cavale. Les forces de police s'étaient déployées, avaient battu la campagne. Repéré un matin tandis qu'il cherchait de quoi nourrir les enfants, Kilma avait été blessé d'une balle au niveau du cou. Sa petite-nièce lui avait sauvé la vie, mais sa convalescence avait compliqué le voyage. Seule adulte valide, Kétinée avait organisé les enfants en petits groupes, qui s'entraidaient.

Au bout d'un moment, la situation lui parut ridicule. Elle comprit que les enfants, épuisés, n'avaient pas à pâtir de cette traque à travers la campagne. Malheureux, mal nourris, ils allaient finir blessés, eux aussi. Ou peut-être pire. Et puis, elle avait récemment appris, par les journaux, l'arrestation d'Ernest… La décision fut prise de conduire les enfants vers un couvent local, à la très bonne réputation. Kilma alité, c'est Kétinée qui s'en chargea.

Elle les raccompagna tous. Charles. Agathe. Hugo. Christelle. Jeanne. Paolo. Henri. Émilie. Pauline. Le petit Valentin. Et enfin Léopold.

Avec un immense pincement au cœur, elle serra ce dernier contre sa poitrine.

— Garde le don que tu as en toi au plus profond de ton cœur, lui dit-elle. Il t'aidera dans les moments difficiles. Je sais déjà que tu deviendras un homme bon et valeureux.

— La… souris de monsieur Villempré, hoqueta Léopold, tout aussi ému que la mambo. Elle est encore dans ma poche. Je vais…

— Garde-la, Léo. On ne sait pas de quoi demain sera fait. Itsy est déjà très heureuse en ta compagnie.

Au moment de frapper à la porte du couvent, tout le monde ou presque était en larmes.

Avant de disparaître, Kétinée les encouragea d'un sourire.

— Soyez braves, les enfants. Comme vous l'avez toujours été.

Puis elle prit un peu de distance, mais s'assura, depuis le lointain, que tout le monde pénétrait dans le couvent.

Une fois les onze enfants partis, un vide immense s'empara d'elle. Ils avaient vécu tellement de choses, tous ensemble, traversé tant d'épreuves insensées… Elle s'en voulait de les laisser là, au bord du chemin. Les garder à ses côtés, cependant, commençait à relever de l'inconscience. Kétinée avait donc dû évoluer, s'adapter, choisir ce qui était le mieux, pour tous.

Malgré l'arrestation de son ami, la mambo était encore résolue à se battre. Elle devait s'occuper de Déa, qui avait insisté pour rester en sa compagnie. Et puis, il fallait encore soigner Kilma. Elle devait trouver un nouvel abri. Ensuite, peut-être, on songerait à organiser l'évasion d'Ernest.

Une fois de plus, rien ne se passa comme prévu.

Tandis qu'elle était partie déposer les enfants, la police avait rappliqué. Des agents tombèrent sur Kétinée avec une telle rapidité que la mambo ne put invoquer un seul iwa. Elle finit assommée dans un fourgon. La dernière arrêtée fut Déa, entourée d'une demi-douzaine de policiers qui s'étaient très brusquement endormis. La fillette accepta de se rendre quand un lieutenant parla de son père, et qu'il mentit en évoquant la possibilité de le revoir. Quant à Noidkoko, le petit singe, il sut disparaître dans la nature. De tous les fugitifs, il fut le seul qu'on laissa en paix. Perché dans un arbre, l'œil triste et perdu, il assista au départ des calèches, les unes après les autres.

Déa fut séparée des deux adultes. Kétinée ne revit Kilma que lors de son transfert, à la prison de Chartres. Tous deux étaient menottés et enchaînés. On ne manqua pas d'insulter ces « nègres fugitifs » « de véritables animaux ». Kétinée ne possédait aucun matériel vaudou, ne pouvait tracer de symboles magiques dans ces conditions. Elle sentit bien vite le désir de certains gardes à son égard. Ces derniers voulurent pénétrer dans sa cellule, à la faveur de la nuit. Elle se montra bien plus indomptable qu'Ernest.

— Et c'est nous que l'on traite d'animaux, sales porcs ! les tança-t-elle lorsqu'ils quittèrent précipitamment les lieux sous les coups vengeurs d'un iwa immatériel… mais électrique.

Car si elle ne possédait ici qu'un infime fragment de son pouvoir, cela lui suffisait à les mettre en fuite. Assez vite, tous les geôliers comprirent que des mesures spéciales devaient être prises pour ces trois détenus intenables. Personne ne les approcha directement. On les garda enchaînés, nourris à distance.

Kétinée et Kilma eurent beau clamer que les enfants étaient désormais en chemin vers leur foyer, rien ne changea pour eux. En secret, la mambo prépara l'apparition d'iwas plus robustes.

Bientôt arriva leur procès. Qu'à cause de leur condition on précipita. Plutôt que faire voyager ces trois forcenés vers Verdun ou Paris, tout se passa à Chartres. Car il était préférable de proscrire tout transfert de ces personnes aux réactions imprévisibles, que beaucoup pensaient possédées par le diable.

Bien peu de voix s'élevèrent pour défendre les trois « enleveurs d'enfants ». Même les plus progressistes des hommes politiques et des journalistes accueillirent la nouvelle de leur procès avec soulagement. Seules quelques personnalités engagées émirent un doute raisonnable, sans s'impliquer tout à fait.

On finit par réunir les trois accusés dans la même salle, enchaînés, séparés par un nombre impressionnant de policiers. Ils ne purent échanger aucun mot, tout juste des regards furtifs.

Kétinée découvrit un Ernest aux traits tirés, à la barbe en bataille. Dans son regard habituellement affable luisait un éclat plus farouche que d'habitude. Elle eût voulu lui conseiller de redevenir celui qui enthousiasmait les gens par son optimisme communicatif. Car sa nouvelle attitude et son apparence de vagabond n'inspiraient pas vraiment confiance.

Kilma, au contraire, paraissait égal à lui-même. La blessure par balle sur son cou avait très bien cicatrisé. La mambo suivit les débats, les chefs d'accusation, observa tout et tout le monde. Elle comprit qu'on accélérait la procédure afin de décider, au plus vite, du sort de ces trois détenus difficilement gérables.

En réalité, les mesures de sécurité étaient insuffisantes. Kétinée n'allait certainement pas le dire ! Pour la première fois, tous trois se trouvaient réunis. Une évasion spectaculaire – et dangereuse – était possible. Fallait-il risquer leur vie pour cela ? Tout dépendait du verdict. Studieuse et prévoyante comme à son habitude, Kétinée prépara discrètement son sortilège et ses iwas. Au moment opportun, elle frapperait. Car, passé cette audience, on les séparerait. Et chacun d'entre eux encourait aujourd'hui la peine de mort.

Elle n'avait pas vraiment eu le temps de parler avec Anatole Baudel, le jeune avocat débordé qui s'occupait de leur défense – aucun ténor du barreau n'ayant voulu s'emparer de l'affaire. La moustache fine, l'air inquiet, le jeune homme s'était surtout entretenu avec Ernest. On le devinait consciencieux, plutôt inexpérimenté, et surtout dépassé par l'enjeu du procès ainsi que par l'aisance oratoire de son adversaire, le très doué Joseph Poulain, procureur de la République. Cet homme aux tempes grisonnantes, sommité locale, avait composé un redoutable réquisitoire pour démontrer la culpabilité indéniable des trois accusés. Témoin après témoin, il multipliait les diatribes et les effets de manche, contre lesquels son opposant commis d'office ne pouvait opposer que sa candeur. Le tout sous l'œil d'un juge ridé, sévère, qui ne paraissait partager de complicité qu'avec le procureur.

On vit s'exprimer plusieurs policiers et militaires de Châteauroux, de Chartres, qui tous identifièrent formellement les fugitifs qui leur avaient donné tant de fil à retordre. Seule bonne nouvelle dans cette série de témoignages hostiles : les deux gitans que l'on avait aperçus en leur compagnie au pied des Pyrénées n'avaient jamais été appréhendés. Bientôt vint un moment dont le procureur de la République se délecta : les incohérences dans les témoignages croisés des trois accusés. Ernest avait redouté cet instant : il arrivait.

— Ici, on marche sur la tête, messieurs les jurés ! pérorait Joseph Poulain. Monsieur Villempré évoque une traque de ravisseurs imaginaires, grimés en clowns, et qui l'aurait mené aux portes de l'Espagne. Le vieil Africain qui l'accompagne décrit pour sa part des gitans malfaisants, opposés à d'autres plus civilisés. Quant à cette jeune négresse, elle mentionne des puissances invisibles, qui selon elle joueraient de mauvais tours. Superstitions imbéciles, et vous remarquerez qu'entre toutes ces déclarations rien n'est cohérent !

Il énuméra les nombreux détails qui ne concordaient pas dans les déclarations : éléments d'enquêtes sur la disparition des enfants, poursuites fantasmées, indices discordants… Tout comme Ernest, Kilma avait inventé plusieurs épisodes qu'on lui resservait aujourd'hui, devant témoins. Restée plus vague, Kétinée s'en tirait un peu mieux. Cependant le procureur de la République ne manqua pas d'évoquer ses « croyances barbares », son caractère « analphabète » et sa « bêtise congénitale ».

Tant d'attaques firent fulminer la mambo, qui ne se priva pas de répliquer, sans aucun accent notable, à haute et très intelligible voix :

— Si l'on m'avait laissée proprement témoigner, Monsieur le Juge, on aurait appris que j'ai reçu de mes parents une éducation complète, que ma mère n'est pas moins intelligente que moi, que mon père est un architecte français, et que...

Le procureur de la République lui coupa la parole.

— Et que vous n'avez pas été suffisamment bien élevée, Mademoiselle, pour savoir que face à la Justice française, on se tait. On laisse plutôt parler ses représentants.

— Franchement, vous trouvez ça normal ? s'indigna Kétinée.

Une rumeur scandalisée s'empara de la salle. Qu'une très jeune femme, d'une couleur de peau « douteuse », s'autorisât à ainsi s'immiscer dans les débats, voilà qui n'était pas sérieux !

— Maître Baudel, veuillez tenir votre cliente, intervint le juge, impérieux. Si elle ne se tait pas, nous la ferons bâillonner.

— Ben voyons, maugréa Kétinée. Bâillonner une accusée au tribunal. Quelle belle idée pour nous discréditer !

Complètement affolé, le jeune Anatole Baudel courut vers la mambo, l'enjoignit au silence.

— Je vous en conjure, du calme ! La situation est déjà suffisamment explosive en ce qui vous concerne !

— Ce que je vois surtout, c'est un juge et un jury déjà acquis à la cause de l'accusation, maugréa Kétinée.

— Voilà qui est sacrément bien parlé, ma nièce, se félicita Kilma.

De sa voix la plus forte, il clama :

— Messieurs, nous ne reconnaissons pas la légitimité de ce tribunal. Décider ainsi du sort des autres, sans nous avoir donné le temps de véritablement nous exprimer et aider notre jeune avocat à monter le dossier, voilà qui est inacceptable. Parfaitement honteux !

Cette fois, la rumeur dans la salle vira au brouhaha. Kétinée et Kilma écopèrent tous deux d'une « insulte à magistrat dans l'exercice de ses fonctions ». Ernest fut à deux doigts d'ajouter son grain de sel. Il conserva cependant le silence, en partie par compassion envers leur avocat, qui suait désormais à grosses gouttes et s'était presque mis à genoux afin de les convaincre de se taire. Depuis le début de la séance, le magicien avait voulu, malgré son air négligé, faire bonne impression au jury. Il désirait encore croire que leur trio possédait une chance de s'en tirer légalement. Car il n'y avait pas uniquement leurs trois existences qui étaient en jeu. Mais aussi celle de sa fille, internée il ne savait où. Tout comme ses amis, il percevait les failles de la défense et rongeait son frein. Éternel optimiste, il attendait cependant d'autres témoignages, qui pourraient enjoliver leur image, et même, pourquoi pas, les innocenter.

Il y eut d'abord quelques spectateurs du soir de l'incendie. Malheureusement, il ne s'agissait pas de ceux qu'il avait libérés du brasier. À la place, on entendit des personnes suspicieuses qui se souvenaient très bien avoir vu filer Ernest au moment du chaos, en compagnie de Kétinée. Certains témoins se plaignirent également d'avoir été les victimes des arnaques de Kilma. Ce qu'il leur avait promis (futur resplendissant, retour de l'être aimé, fortune imminente…) ne s'était jamais réalisé, et ils estimaient s'être fait soutirer leur argent par un charlatan.

Personne ne mentionna les clowns. Mais peut-être les parents des enfants enlevés, eux, s'en souviendraient-ils ?

Aux spectateurs succédèrent l'employeur des artistes de cirque et les collègues de ceux-ci. Guido Palazzi, le visage fermé, dressa du trio un portrait au vitriol, pire encore que celui rapporté dans les journaux. Il jouait son rôle de directeur éploré, abusé par trois canailles paresseuses, qui avaient failli provoquer la ruine de son cirque en incendiant « la grande œuvre de sa vie ».

— Les accepter au sein de mon équipe a été ma plus grossière erreur, Monsieur le Procureur… Et encore aujourd'hui, j'en subis les cruels effets…

Cette intervention donna la nausée aux trois accusés, qui eurent bien du mal à se contenir. Chacun d'entre eux devina que Palazzi jouait sciemment les victimes afin qu'on lui accorde davantage d'argent pour les préjudices subis. Peu lui importait au fond le sort d'Ernest, de Kétinée, de Kilma ou même de Déa. Le Monsieur Muscles du cirque lui succéda. Sans surprise, celui-ci corrobora chaque accusation imaginaire du « respectable Signor Palazzi ».

Ce passage à tabac moral fut heureusement atténué par les avis empreints de bienveillance du sympathique Alvaro et d'un représentant de la famille Lezziero. Les parents de Kétinée, partis à l'étranger depuis des mois, n'avaient pu être contactés.

Bientôt parut Helena. À l'évocation de son nom, le cœur d'Ernest bondit dans sa poitrine. Il l'avait tellement attendue, il avait tellement rêvé de son visage…

L'illusionniste l'avait imaginée le regard intense, farouche et superbe, dans une robe simple mais élégante. Au lieu de cela, elle arriva, la mine grise, vêtue d'une longue cape très sombre. Elle ne chercha même pas à croiser les yeux d'Ernest. Fit bien attention de minimiser leur longue relation.

— Il était juste l'un de mes partenaires, déclara-t-elle. Quelqu'un que je fréquentais, pour le plaisir. Mais je n'ai jamais considéré notre liaison comme très sérieuse. Lui n'a jamais été impliqué dans le travail comme moi je l'ai été. Nous étions extrêmement différents. Je dirais même : incompatibles.

Ernest en fut estomaqué. Il ne s'attendait pas du tout à cela, il ne comprenait pas. Lui possédait, gravées dans sa mémoire, des années de complicité et de tendresse, mille journées, mille nuits passées dans les bras l'un de l'autre, dans d'inoubliables étreintes. Son optimisme débridé avait-il déformé la réalité de leur union ? Avait-elle simplement et brusquement tourné la page pour ne pas se trouver liée au criminel qu'on voulait faire de lui ?

Bouche bée, le cœur en miettes, le magicien trahi voulut se lever à son tour. Il se redressa, se mit à l'appeler.

— Helena ! Helena, regarde-moi !

Elle ne le fixa pas, au contraire. Elle demeura impassible et froide, les lèvres pincées, le regard éteint quand le sien paraissait vibrant. Comme auparavant, avec les deux autres accusés, on somma Ernest de garder le silence.

— Bien sûr, nuança Helena, j'ai ressenti de l'affection à son égard. Et je ne l'imaginais pas enlever des enfants. Vraiment pas… Encore maintenant, j'ai du mal à y croire. Cela ne ressemble en rien au collègue que j'ai connu.

Ces derniers mots paraissaient empreints d'affection, et finalement ce témoignage, contrairement à celui de Palazzi, ne le chargeait pas trop. Cependant, il laissa à Ernest un goût bien amer. Il s'en trouva sonné, hébété sur sa chaise, à mille lieux des débats qui se poursuivaient, du pénible sort qu'on lui réservait. On jugeait peu sérieuse sa vie de bateleur, préjudiciable son laisser-aller, dangereuse toute sa ménagerie. Beaucoup condamnèrent ses amitiés « avec ces gens de couleur, aux pratiques contre-nature ».

Le point d'orgue fut atteint par les parents de jeunes victimes. Nulle trace d'empathie chez eux. Plutôt une colère sourde, grondante, une volonté de revanche contre ces saltimbanques qui avaient sans doute drogué leurs enfants, qui les avaient emmenés on ne savait où, faire on ne savait quoi. Les propos de ces chères têtes blondes récemment rentrées au bercail étaient à ce sujet abominablement incohérents.

On crachait aux trois visages des accusés la haine qu'inspiraient leurs actes, la détresse dans laquelle les familles longtemps sans nouvelles de leur progéniture avaient été plongées, et l'état d'abrutissement des enfants, depuis.

À chaque témoin, maître Baudel, dépassé, tentait de réparer les pots déjà cassés. À chaque témoin, Joseph Poulain, implacable, enfonçait un peu mieux le clou de leur inévitable condamnation.

Leur avocat n'avait obtenu d'aucun des parents la possibilité de faire témoigner leurs enfants. Ni Léopold, ni Valentin, ni aucun autre n'était apparu. Rien pour corroborer leurs dires, et les périls qu'ils avaient affrontés ensemble.

Bientôt se dessina le portrait, pour le jury assez net, d'un trio de brigands sans vergogne, de brutes sadiques enleveurs d'enfants, qui leur avaient fait subir plusieurs traumatismes.

— Et pourquoi ? avait conclu Joseph Poulain, terrible. Parce que ces esprits dérangés ont favorisé une fascination malsaine pour des rites païens décadents. Un salmigondis de cérémonies impies et de bacchanales, que dans leur intimité et leur imagination malade ils nomment « sorcellerie » ! Nul doute que Monsieur Villempré, autrefois fréquentable, est tombé sous le joug de ces deux sauvages qui l'ont peu à peu et irrémédiablement perverti.

En face du terrible procureur, Anatole Baudel n'était parvenu qu'à timidement évoquer une clémence que méritait n'importe quel esprit analphabète ou égaré.

Ernest, Kétinée et Kilma comprirent qu'ils avaient tout perdu. Le vieux marabout se vit mourir en prison. Ernest songea, dévasté, qu'il ne reverrait sa fille que dans vingt ou trente ans. Si par chance il échappait à la guillotine.

Quant à Kétinée, à cet instant, elle voulut lancer le sortilège de la dernière chance qu'elle préparait depuis le début des débats.

— Cette garce manigance quelque chose ! comprit un policier dont elle avait refusé la visite, l'un des jours précédents.

Il lui couvrit la bouche avant qu'un esprit venu de l'éther n'entende ses prières, et sème le désordre, comme en cellule. Sous les yeux horrifiés d'Ernest, elle fut assommée, emmenée. On ne ménagea pas Kilma non plus.

La semaine touchait à sa fin. Demain, dimanche, le tribunal ne siègerait pas. Il n'y avait plus qu'à attendre, dès le lundi matin, les deux réquisitoires et puis la délibération des jurés. Lesquels pencheraient sans l'ombre d'un doute pour la culpabilité de ce trio trop haut en couleur.

La seule inconnue véritable était le nombre d'années de travaux forcés encourus. Ou pire : combien d'entre eux allaient subir la peine capitale ?

Comme tous les jours depuis ces dernières semaines, on jeta Ernest dans une cellule froide et sombre, cet endroit qui était devenu son enfer personnel, un lieu propice au déploiement de ses doutes et de ses regrets.

Cependant, une fois seul, Ernest ne s'affala pas sur son lit. Dents et poings serrés, bouillonnant de colère, il ne s'effondra pas non plus au sol, à ressasser les échecs et les couteaux plantés en plein dos. Il fixa le vide qui l'environnait. À voix haute, il appela :

Non loin du Castel

— Très bien. D'accord. Il est évident que tout est fichu, que personne d'autre que vous ne viendra m'aider, pas vrai ? Je me demande si vous n'avez pas votre part de responsabilité dans cette affaire. De près ou de loin, peut-être vous êtes-vous arrangé pour qu'on nous perçoive comme des criminels... Pourtant, je n'ai pas vraiment le choix. J'accepte votre offre d'embauche... Vous entendez ? J'accepte !

Ernest Villempré demeura debout, rageur et enchaîné. Il se tint immobile, quelques dizaines de secondes. Et puis, au terme d'un clignement d'yeux, les parois de la prison s'effacèrent.

Autour de lui, il y avait des canapés, de luxueux fauteuils, des courtisans qui devisaient d'un peu de tout, d'un peu de rien.

En face de lui, un homme à la barbe soignée, dans son costume bordeaux, sirotait un verre de bourbon tout en fumant le cigare.

— Mon très cher ami, dit le Prince, vous venez de prendre la meilleure décision de toute votre existence.

XX

Noidkoko le singe n'était pas resté seul très longtemps dans les bois. Au moment où le dernier fourgon, celui qui emmenait Déa, était parti, il était descendu de son arbre en quatrième vitesse, avait couru sur ses quatre mains, s'était élancé, puis enfin accroché à l'essieu du véhicule avant que celui-ci ne roule au loin. À cet endroit, il percevait l'odeur de Déa. Une senteur dont il avait l'habitude puisque la petite aveugle dormait dans la même roulotte que lui, depuis quelques années déjà.

L'essieu vibrait sans cesse. Noidlkoko trouva un autre perchoir, du côté du coffre, où il put s'installer un peu plus confortablement, sans être dérangé par les cahots de la route.

Le voyage dura un moment, jusqu'à une sorte de grande bâtisse à l'architecture compliquée. Au premier abord, Noidkoko n'aima pas trop cet endroit sinistre. Cependant, celui-ci offrait un nombre impressionnant de perchoirs, un très vaste terrain de jeu, propice à l'escalade. Le ouistiti pygmée ne put d'emblée approcher Déa. Il l'aperçut une fois ou deux, de loin, à travers une fenêtre sale. Elle était entourée de nombreuses personnes, mais paraissait ne pas s'intéresser à eux.

Rassuré de la savoir dans le secteur, même au milieu de ces humains qu'il ne connaissait pas, Noidkoko oublia un instant sa présence pour simplement profiter de l'immense espace empli de recoins qui s'offrait à lui. Durant plusieurs heures, il s'élança vers les hauteurs, partit à l'assaut des rebords, s'agrippa aux gouttières, gambada vers les toits, marcha en équilibre sur le faîtage, glissa le long des appentis, pirouetta sur les ardoises, s'engouffra dans plusieurs conduits de cheminée.

Le temps pour lui n'avait plus d'importance. Au mépris des intempéries et du vide, entre les gouttelettes et les éclaircies, il poursuivit joyeusement sa vie d'acrobate, épris de voltige et de vent vif, comblé de liberté.

Et puis, à un moment, son ventre un peu trop vide sonna la fin de cette longue récréation. Et l'attira vers la réalité.

Il redescendit donc, jusqu'à une trappe ouverte. La traversa. Trottina dans un couloir. S'engagea sur un palier. Descendit sans un bruit deux longues volées de marches. Il suivait désormais une très bonne odeur. Dans une salle bruyante, plusieurs humains s'étaient rassemblés autour d'une table. Noidkoko n'irait certainement pas leur rendre visite. Son objectif était une cuisine déserte à cet instant, emplie de casseroles et de poêles dont il lécha les sauces. Dans une vaste corbeille, il trouva même quelques morceaux de fruits. Cela serait bien suffisant pour son minuscule estomac.

Les heures et même les journées passèrent. Personne ne remarqua ce petit singe chapardeur et très discret, qui passait son temps à caracoler sur les toits, à s'endormir dans les greniers, à vider les restes des marmites et le surplus du garde-manger.

Parfois, dans cet endroit très vaste aux mille chambres et couloirs, il y avait des cris, des pleurs. Quand le niveau sonore devenait trop intense, ou qu'une série de pas se rapprochait un peu trop de lui à son goût, Noidkoko prenait comme à son habitude la poudre d'escampette. Il regagnait l'un des conduits où personne ne viendrait le chercher.

Une nuit, cependant, il y eut un orage. Plusieurs gros nuages déversèrent des trombes d'eau. Noidkoko s'était terré dans le grenier, comme à son habitude. Il fut brusquement tiré de son sommeil par une pensée persistante. Un appel impérieux, quelque chose contre lequel il ne put résister.

Tandis que tout le monde ou presque dormait, il déambula un peu plus lentement que d'habitude vers un couloir, près d'un endroit qu'il avait déjà repéré.

Il se dressa sur ses mains arrière, puis gratta à la porte. Quelques secondes plus tard, Déa apparut sur le seuil.

— Coucou Noidkoko. À ce que j'ai senti, ça fait un moment que tu traînes dans le secteur. Tu as l'air de bien t'amuser, dis donc.

Heureux de retrouver sa jeune maîtresse, le ouistiti s'agrippa à sa robe, grimpa le long de son corps, vint se nicher dans son cou.

— Pour moi, c'est beaucoup moins rigolo, avoua-t-elle. Les gens, ici, ne sont pas très gentils. Ils ne m'aiment pas beaucoup. Peut-être que je n'aurais pas dû en endormir certains… J'essaie de ne plus trop le faire…

De ses petites mains, elle caressa le pelage sombre de l'animal. Dehors, la pluie martelait toujours les fenêtres.

— Papa me manque. Kétinée aussi.

Sa voix était chargée d'émotion. Comme pour répondre à sa peine, Noidkoko couina doucement.

— Il paraît que quelqu'un va venir pour moi. Mais que rien n'est sûr, que tout est très compliqué… J'espère que ce sera Helena. Je sais qu'elle m'aime plutôt bien, même si elle a très souvent peur de moi.

La petite fille resta un moment sur le palier, à câliner l'animal. Le vent qui s'engouffrait dans la vieille bâtisse engendra des bruits sourds et fit grincer les portes.

Au bout d'un moment, Déa ajouta :

— J'aimerais beaucoup partir d'ici. Parce que si je reste, je sens que ça va mal tourner pour moi. Seulement, je ne sais pas où aller cette fois. Si je prends un… *raccourci*… cela réveillera quelque chose de terrible, je le sens. Et je ne sais pas si j'aurai encore toute ma tête, ensuite…

Perdue dans ses pensées, elle laissa le bruit de l'orage se déployer, rugir encore. Elle serait bien restée en compagnie du ouistiti toute la nuit. Mais elle finit par lui demander de déguerpir.

— Si quelqu'un te capture, on t'emmènera loin de moi, je ne te verrai plus. Et j'ai déjà perdu tous les autres, peu à peu… Alors, file ! Allez, hop !

D'un geste vif, elle congédia le petit singe. Et puis, presque sans bruit, elle regagna sa chambre. Dix secondes plus tard, deux infirmiers passèrent ensemble dans le couloir. Noidkoko s'était éclipsé dans un nouveau conduit. Il glissa cette fois jusqu'au sous-sol, s'installa dans sa seconde cachette préférée : les confortables corbeilles emplies des draps à laver, dans la lingerie. Au-dehors, l'orage était passé, la pluie s'était arrêtée de tomber. Il se trouva un coin particulièrement douillet. Il s'y positionna en position fœtale, faillit s'y endormir.

Un frôlement l'attira cependant. Noidkoko leva sa bouille de singe. Il repéra, par le soupirail, un regard qui brillait dans la nuit.

Il s'agissait d'un prédateur, un grand loup gris.

*

Près d'une vingtaine de policiers furent mobilisés autour des trois accusés, qui pour la toute dernière fois devaient gagner la salle d'audience du tribunal. Kétinée comme Kilma n'avaient pas dormi de la nuit. Les traits tirés, la mine défaite, ils s'attendaient à un lynchage public en règle. Étrangement, Ernest avait l'air un peu plus reposé, quasiment détendu. Kétinée remarqua qu'il s'était rasé la barbe, et elle s'en étonna.

Le procureur de la République, maître Joseph Poulain, était arrivé le premier, suivi des membres du jury. On attendait encore Anatole Baudel, le jeune avocat, et le juge Arthur Cailleau. Celui-ci franchit la porte du tribunal. Il avait l'air passablement contrarié.

— Messieurs, il y a du nouveau, dit-il. Nous en avons été informés dès samedi soir… Il semblerait que la défense se soit dégotté un témoin de dernière minute. Quelqu'un que nous n'avons pu refuser d'inclure au procès. Mais je m'étonne… Maître Baudel n'est toujours pas arrivé ?

— Il s'est fait porter pâle. Une soudaine indigestion qui le force à garder le lit, paraît-il. Je le remplace, très exceptionnellement aujourd'hui, répondit une voix nouvelle.

Dans un recoin du tribunal, un homme s'avança. Personne ne s'était rendu compte de sa présence. Il portait un costume très coûteux, de couleur bordeaux, surmonté d'un boléro. Ses cheveux noirs, tirés en arrière, étaient aussi soignés que sa courte barbe. À la commissure des lèvres pointait un cigare. Le juge Cailleau dévisagea ce nouveau venu des pieds à la tête.

— Je m'excuse, Monsieur... mais qui êtes-vous ? Vous prétendez remplacer maître Baudel ? De quel droit, s'il vous plaît ? Et où est votre robe ?

L'inconnu s'approcha du juge Cailleau. Il sortit un parchemin de l'une de ses poches, qu'il déplia aussitôt.

— Vous trouverez là-dedans toutes les informations qui vous seront utiles, annonça-t-il dans un geste élégant.

Il y avait sur ce document d'aspect suranné toutes les références et tous les tampons adéquats pour que le juge sourcille abondamment, et se trouve soudain en proie au doute.

— Eh bien, cher Maître... euh... Leprince ? Vos références sont ma foi excellentes, rédigées par plusieurs personnes que j'admire et respecte... Veuillez donc prendre place. Nous avons un tout dernier témoin à interroger, visiblement. Il est bien regrettable que vous ne portiez pas la robe réglementaire. Pour une fois, nous ferons une entorse au protocole.

— Objection, Votre Honneur ! s'indigna le procureur de la République. Le procès a suivi son cours, les réquisitoires ont déjà été préparés ! Je ne vois pas en quoi l'arrivée d'un témoin surprise pourrait changer quoi que ce soit... Quant à ce remplaçant... Allons, soyons sérieux ! À quoi correspond ce costume voyant ? Et depuis quand nous est-il permis de fumer dans l'enceinte du tribunal ?

— Monsieur le Procureur, répondit aussitôt le juge, sachez qu'il a été excessivement délicat de rassembler de nouveau ces trois accusés, dont deux sauvages qui mettent nos forces de police à rude épreuve ! Alors, au diable les convenances, mais restons tout de même soucieux de la vérité. Faites entrer ce témoin !

— Monsieur le Juge, je me félicite de votre bon sens, sourit le nouvel avocat.

Dans la salle, dans le jury, et même dans le box des accusés, on ne sut que penser de ce brusque changement d'avocat. Seul Ernest Villempré, le regard vif, connaissait déjà cet homme.

La grande porte en bois du tribunal s'ouvrit. Escorté de deux nouveaux gendarmes, un homme entre deux âges apparut, menotté comme les trois accusés. L'individu, de stature moyenne et d'aspect négligé, avait les cheveux touffus, en bataille, et d'un blond presque jaune. Une barbe hirsute de la même teinte saillait de son menton. Son dos était voûté, son regard constamment fuyant. Un drôle de sourire déformait ses traits.

On installa l'homme, qui tremblait un peu, ricanait convulsivement, hoquetait parfois.

— Votre Honneur, quelle est cette bouffonnerie ? réagit aussitôt le procureur. Il est évident que la personne en face de nous a été produite dans un geste désespéré de la défense pour tout remettre en cause ! Chercherait-on à nous offrir un suspect idéal sorti d'on ne sait où ? La manœuvre est grossière, Votre Honneur !

— Vous jugez donc cet individu par son apparence, et non par les possibles révélations qu'il pourrait nous faire ? intervint l'avocat au cigare. Vous voilà à la fois juge, jury et bourreau, cher Maître. À quoi servons-nous tous ici, je vous le demande ?

Un brouhaha s'empara de la salle d'audience. Le juge joua de son marteau pour réclamer le calme.

— Cher procureur, veuillez garder votre salive pour le contre-interrogatoire, décida le juge. En attendant : silence… Maître Leprince, le témoin est à vous.

Le procureur se rembrunit. Il aurait donné cher pour jeter un coup d'œil au contenu du parchemin qu'avait examiné le juge. Le sémillant avocat se leva, s'approcha de l'homme à la barbe jaune.

— Vos nom, prénoms, qualités, je vous prie.

— Ha ha ha ha ha, se contenta de ricaner l'homme.

— Franchement, de qui se moque-t-on ? tenta encore le procureur. Nous voilà clairement face à un dément ! Je demande la révocation de…

— Maître Poulain, allez-vous donc vous taire ? éructa le juge, furieux. Laissez votre collègue faire son travail. Ou c'est vous que je révoque, et tout de suite !

Le procureur, vexé, se rassit en grommelant dans sa barbe.

— Ha ha ha hin hin, continua le témoin, nerveux, en se curant atrocement le nez.

Kétinée avait reconnu le clown. Il s'agissait du serviteur de Linda, venu récolter la Moisson, qui avait été frappé le fameux soir de l'incendie par l'un de ses iwas. Ernest s'était emparé de sa broche. Privé de celle-ci, l'individu n'avait visiblement jamais pu regagner le monde du Roi Clochard.

Comment leur nouvel avocat avait-il mis la main sur cet homme ? Et puis, d'où pouvait bien sortir ce magistrat providentiel et non conventionnel, à l'allure impeccable ? La mambo devinait la sorcellerie sous-jacente. Elle avait également compris l'implication d'Ernest.

Dans la salle, les commentaires allaient bon train. L'allure distinguée du nouvel avocat et celle, crasseuse, douteuse, du témoin rieur avaient produit grande impression. Le fait que ce dernier soit entravé avait soulevé des questions. Pourtant, tout paraissait tourner à la mauvaise blague.

— Ha ha… Hi hi ha, persistait l'individu à la barbe jaune.

Alors, l'avocat pencha doucement la tête. D'un souffle continu, il exhala la fumée produite par son cigare. Quelques volutes dansèrent un instant sur le faciès du témoin, dont les traits peu à peu se détendirent, et dont le sourire s'effaça.

— Objection ! rugit le procureur. Que fait donc maître Leprince au témoin ?

— Je veux juste attirer son attention, se dédouana l'avocat. Et cela marche… Veuillez décliner votre nom, prénom et qualités.

Du gosier du témoin, désormais d'un calme olympien, s'échappa une voix rauque, sans ton particulier.

— Je m'appelle Claude Poquin, dit-il. Jadis, j'étais vitrier, du côté de Thierville-sur-Meuse, non loin de Verdun…

— Une activité respectable, sourit maître Leprince. Vous faisiez ainsi « votre beurre », comme on dit.

— Plus ou moins bien, Monsieur. Les journées n'étaient pas toujours faciles. J'allais de par les routes, sans beaucoup de profits.

— Et vous avez longtemps mené cette vie ?

— Près d'une dizaine d'années, Monsieur.

— Mais quelque chose a ensuite changé, pour vous… Vous avez été recruté, n'est-ce pas ?

— Oui. Oui… On peut dire cela. En réalité, j'ai fait la plus belle des rencontres. Il y a eu… une illumination.

— Une illumination, releva l'avocat. Vous employez là un vocabulaire religieux. On vous croirait en adoration devant quelqu'un, ou quelque chose… Quoi, au juste ?

Le témoin retrouva le sourire.

— Dans la forêt de Bourgandune, toujours près de Verdun, j'ai rencontré Linda, Monsieur… J'ai rencontré Linda, elle a changé ma vie. Et je sais que jamais, jamais plus je ne l'oublierai.

— Tiens donc, reprit l'avocat, comme intrigué. Pouvez-vous nous dire aujourd'hui qui est cette Linda ?

Kétinée ne ratait pas une miette de ce témoignage. Elle observait combien leur nouvel avocat menait la danse, ménageait ses effets. Que savait-il de leur longue aventure, au juste ? Ernest lui avait-il tout révélé ?

Sur sa chaise, l'homme aux cheveux et à la barbe jaunes, au sourire béat, se tortilla. Il devint même lyrique.

— Linda est la lumière. Le centre de ma vie. Elle réside dans mes pensées, dans tous mes rêves. Elle est mon idéal, celle pour qui je me lève, et auprès de qui je veux pour toujours retourner…

— On dirait que vous évoquez une déesse.

— C'est ce qu'elle est pour moi, Monsieur. Une merveille, la beauté pure, inatteignable par le commun des mortels… Elle vit dans un monde éthéré, au-delà même de notre monde.

— Cette Linda, l'avez-vous déjà vue ?

— Au-delà des rideaux, oui… Au sein d'une autre dimension.

— Mais son visage, ses traits… À quoi ressemble-t-elle ?

— Oooh, il serait impie de vouloir écarter le masque qu'elle porte sans cesse, Monsieur. Ou bien de vouloir soulever cette toge, qui nous cache son corps. Tous, nous portons cette même tenue, à un moment ou à un autre. La toge est son habit secret. Le nôtre, également. Mes amis et moi-même ne sommes que des vermisseaux, pour toujours indignes de la contempler nue.

— « Mes amis »… Vous êtes donc plusieurs. Plusieurs à suivre Linda, aveuglément.

— Elle peut tout nous demander. Pour elle, nous pillons, nous tuons. Pour elle, nous récoltons la Moisson.

Non loin du Castel

Le nouvel avocat s'arrêta, interdit. Un frémissement s'empara de la salle. Prêt à poser une question cruciale, maître Leprince voulut s'assurer de posséder l'entière attention de son auditoire, en levant l'index.

— Et quelle est donc cette « Moisson » ? demanda-t-il.

— De jeunes enfants, répondit le témoin. Des enfants que nous enlevons à leur famille pour en faire les disciples de Linda.

Les murmures redoublèrent d'intensité. Désormais, chaque oreille dans la salle était suspendue aux paroles de maître Leprince et de son témoin. Beau parleur, volubile, le charismatique avocat sut obtenir toutes les réponses adéquates pour subtilement dresser le constat suivant :

Claude Poquin était membre d'une secte. Un groupe religieux secret qui vénérait une déesse invisible. Laquelle leur commandait d'enlever des enfants pour les « emmener dans son monde ». Et pour cela, lui et ses complices étaient « prêts à traverser d'insondables distances, vers un pays plus chaleureux ». Maître Leprince déduisit qu'une telle formule faisait référence à la traversée de la France, du nord vers le sud, et jusqu'aux Pyrénées. Tout cela recoupait les dires d'Ernest, du vieux Kilma, mais aussi ceux, plus mystiques sans doute, de la jeune et « impressionnable » Kétinée. Si tout cela était bien vrai, les trois accusés n'avaient pas menti et l'on tenait, « chance inouïe », l'un des nombreux exécutants de l'opération. Quelqu'un qui, séparé de son groupe, croupissait en prison près de Verdun, ces derniers temps, parce qu'il avait voulu survivre en volant quelques fermiers et marchands.

— Mais nous l'avons trouvé, dit l'avocat. Il a suffi, pour cela, d'écumer quelques prisons dès samedi soir… La tâche n'a pas été de tout repos. Mais je possède quelques relations, comme vous le savez, Votre Honneur…

— Il est fort, il est très fort, marmonna Ernest, qui avait lui aussi retrouvé le sourire. Quand je pense qu'il a compulsé le dossier il y a moins de trente-six heures…

De très nombreux détails restaient à régler. Cependant le prestidigitateur comprit que désormais ses amis et lui-même possédaient une chance de s'en tirer. Le très sérieux procureur de la République, qui lui aussi sentait le vent tourner, n'y tint plus.

— Voilà tout de même nombre de déclarations fumeuses ! s'indigna-t-il. Rappelons au jury et à cette estimable cour que tout ne tient que sur le témoignage d'un seul individu qui – je le pointe depuis le début ! – est évidemment déficient mental, à qui l'on peut faire avouer n'importe quelle imbécillité !

— Votre Honneur, il ne tient qu'à vous de me laisser étayer l'éclairante déclaration de monsieur Poquin, répondit le brillant avocat, du tac au tac. Je ne suis en charge de l'affaire que depuis peu, et n'ai donc eu le temps de vous convaincre d'ajouter encore quelques personnes au dossier… Mais si je vous dis que celles-ci ont voyagé de nuit, de Verdun jusqu'à Chartres, si je vous dis qu'elles sont ici, aux portes mêmes du tribunal, toutes et tous prêts à témoigner en faveur de mes trois clients… pourriez-vous m'accorder la possibilité de les présenter aux membres de notre estimable jury ?

On vérifia l'information : effectivement, il y avait, devant la grande salle d'audience, plusieurs voyageurs qui avaient attendu leur heure. Comment avaient-ils pu, en si peu de temps, être réunis ? Voilà qui dépassait l'entendement.

En d'autres circonstances, jamais le juge Cailleau n'eût accepté d'ajouter autant de témoins de dernière minute à l'audience. Cependant, maître Leprince s'était approché de lui.

Discrètement – Kétinée l'avait vu – il avait soufflé la fumée de son cigare vers le visage du juge. Fasciné par maître Leprince, à la verve admirable, au si parfait maintien, aux éminentes relations, l'autorité suprême de cette cour de justice fit donc une nouvelle et dernière exception.

S'ensuivit un long défilé de personnages bien renseignés, qui jusqu'ici avaient cruellement manqué pour l'équité du procès. Une dizaine de spectateurs du cirque Palazzi, victimes reconnaissantes, parlèrent de ces artistes qui les avaient sauvés. Ils évoquèrent Claude Poquin et ses semblables. D'autres parents d'enfants enlevés arrivèrent. Dont ceux de Valentin, d'Hugo, d'Agathe et de Léopold, qui laissèrent leurs enfants parler. Habilement guidés par maître Leprince, ces derniers turent les aspects trop surnaturels du voyage. Et lorsque le procureur voulut les déstabiliser, l'avocat sut trouver quand intervenir, quoi objecter, pour qu'on laisse enfin ces jeunes gens tranquilles sans chercher « à embrouiller leur esprit ».

En quelques heures, et grâce au nouvel avocat, la situation s'était radicalement inversée. À tel point qu'il ne fallut pas longtemps au jury pour déclarer les trois accusés innocents de toutes les charges qui pesaient jusqu'ici sur eux. Le juge Cailleau, magnanime, leva même les deux « insultes à magistrat » notées au procès-verbal.

On libéra donc Ernest, Kilma et Kétinée dès le lendemain.

Aucun d'entre eux ne put vraiment croire à un si brusque et si complet retournement de situation, avant de passer physiquement la porte du pénitencier de Chartres et de battre tous trois le pavé.

À la sortie de la prison les attendait un fiacre. Au pied de ce fiacre, celui qui avait joué le rôle de leur avocat.

— Je ne pouvais manquer votre libération, déclara le Prince, tout sourire, son éternel cigare en bouche. Ce véhicule est à votre entière disposition durant quelques jours. Il vous emmènera où bon vous semble… En vous liant à moi, vous avez fait le bon choix, cher ami.

Ernest contempla le ciel bleu, puis le fiacre, puis ses deux amis libérés de leurs chaînes. Et enfin ses propres poignets, qu'il pouvait remuer pour la première fois sans pour cela porter une lourde charge de métal.

— Tous les témoins réunis en si peu de temps, releva Ernest… Comment avez-vous fait ?

Avant de lui répondre, le Prince tira sur son cigare.

— Au fil des ans, j'ai également forgé quelques alliances précieuses, avec des gens prêts à remuer ciel et terre si je sollicite leur aide… De plus, le Castel est idéalement situé, entre Chartres et Verdun.

Ernest tiqua.

— Vous ne résidiez pas plutôt du côté de Châteauroux ?

— Entre Chartres, Châteauroux et Verdun, alors, ajouta le Prince. En réalité, la Castel n'est jamais très loin…

Le magicien ne chercha pas à en savoir davantage. Il aurait d'autres occasions, sans doute, de poser quelques questions sur ce sujet précis.

— En tous les cas, vous nous avez sauvé la vie… Sans votre intervention, on serait en train de croupir en prison jusqu'à la fin de nos jours. Ou sans doute bien pire… Alors, merci.

— Cela fut un plaisir, lui assura le Prince. Je me suis beaucoup amusé. En temps normal, je quitte rarement le Castel. Pour vous, cher Monsieur Villempré, j'ai fait une exception. Et vous saurez vous en souvenir, je le sais.

Ils n'échangèrent pas un mot de plus. Ernest grimpa dans le fiacre et rejoignit Kilma, qui s'y était déjà assis.

Kétinée, en revanche, se planta devant l'homme au cigare.

— Qui êtes-vous ? demanda-t-elle. Jusqu'à très récemment, Ernest ne vous connaissait pas, j'en suis sûre… Je me doute que vous n'êtes pas un avocat. Plutôt un sorcier, du genre très influent. Je peux sentir cela rien qu'en vous approchant.

Entre la mambo et l'énigmatique Prince passa un flux invisible de défi et de non-dits.

— Si vous êtes si perspicace, Mademoiselle Mountabila, vous savez sans doute pourquoi je ne me suis pas intéressé d'emblée à votre personne.

— Parce que je ne me serais jamais liée à quelqu'un comme vous, je pense.

— Chacun ses choix, sourit le Prince.

D'un geste élégant, il invita la mambo à monter dans la voiture attelée.

— Vous n'avez pas répondu à ma question, insista-t-elle depuis le marchepied. Qui êtes-vous ? D'où sortez-vous ? Depuis quand vous nous observez ?

— Je ne suis pas le seul à vous « observer », comme vous dites, lui révéla l'homme au cigare. Depuis Verdun, et l'impressionnant atterrissage dans les Pyrénées, plusieurs regards se sont immédiatement tournés vers votre groupe. Cela a été comme un phare qui soudain s'illumine en pleine nuit. Un splendide déséquilibre que l'on ne pouvait décemment manquer. Il y a eu… comme une convergence de forces occultes. Certains se sont manifestés, par réaction, et parce que vous vous êtes trouvés sur leur chemin. Et certains autres, par anticipation…

— Je ne suis pas certaine de tout comprendre…

— Tout simplement parce que vous ne possédez pas encore toutes les informations… L'information, c'est le pouvoir. Il faudra vous en souvenir. Mais je ne doute pas que quelqu'un d'une si fulgurante intelligence que vous, Mademoiselle Mountabila, saura assembler, une à une, toutes les pièces de ce très intrigant puzzle.

De l'index, il frôla la main gauche de la mambo : celle marquée d'une griffe de loup. La seconde suivante, il ferma lui-même la porte du fiacre. Par la vitre baissée, il s'adressa à Ernest :

— Si vous roulez une petite heure, direction nord-ouest, vous retrouverez votre fille, monsieur Villempré.

— Oh ! s'étonna le magicien. Vous l'avez sauvée, elle aussi ?

Le Prince secoua la tête.

— Il s'agit là de l'un de ces autres regards, dont je parlais à votre amie. Prenez garde, surtout… La plupart de vos… « protecteurs » ne sont pas aussi bienveillants que moi.

— Pas aussi bienveillants ? Ou pas aussi manipulateurs ? demanda Kétinée.

Sans un sourire cette fois, le Prince tira sur son cigare.

— Sur ce point précis, vous obtiendrez très bientôt une réponse, je le crains.

Prestement, il fit signe au cocher de démarrer. Le fiacre quitta les environs de la prison, puis la ville de Chartres. Les chevaux galopèrent vers le nord-ouest.

Durant quelques minutes, les trois voyageurs ne s'adressèrent pas un mot. Et puis, n'y tenant plus, Kilma brisa ce silence gêné.

— Ton nouveau copain, le type au cigare… tu lui as promis quoi, au juste, pour qu'il nous sorte de la panade, tous les trois ?

Non loin du Castel

Ernest détourna le visage du paysage qui défilait. Ses doigts quittèrent le plumage du jeune oiseau qu'il nourrissait. Il était en train de songer à Helena, à son si glaçant témoignage, à toutes ces années passées au cirque Palazzi. La veille au soir, Marco Lezziero était venu lui rendre visite, au parloir. Il lui avait lâché toute une série de mauvaises nouvelles. Le soir de l'incendie, à Verdun, sa roulotte et celle des Mountabila avaient brûlé, toutes leurs affaires avec elles. Les animaux d'Ernest s'en étaient sortis mais s'étaient dispersés, ou bien avaient été relâchés, peu à peu. Helena n'était même pas restée pour entendre le verdict délivré par le tribunal. Elle et Guido Palazzi avaient filé, dès le dimanche. Il lui avait été impossible de lui parler. Selon Marco Lezziero, la trapéziste vedette et le directeur s'étaient énormément rapprochés, ces derniers temps.

L'ancienne vie d'Ernest s'était désagrégée. Elle était comme ces morceaux de papier jetés au bûcher, qui se déchirent, s'échappent et veulent s'envoler. Mais qui finissent mangées de feu, lucioles incandescentes rattrapées par une trop forte chaleur.

Il ne restait plus rien de son existence de saltimbanque, ou presque. Aucun souvenir de Mamy Beldani, de ses parents. Seuls lui restaient ses plus proches amis. Et puis bientôt, sa fille.

Très lentement, il avisa les visages anxieux du vieux marabout et de la belle Kétinée.

— Pourquoi crois-tu qu'il y ait une contrepartie à notre liberté, Kilma ?

— Ne me prends pas pour un crétin s'agaça le vieil homme. J'ai roulé ma bosse un peu partout, je sais très bien comment cela fonctionne. Un type de la haute comme lui… aider des gens comme nous ? Qu'a-t-il donc à y gagner ? Que t'a-t-il demandé ?

Ernest poussa un long soupir. Puis il lâcha l'information.

— Cinq ans à son service, dit-il. Ce sorcier peut disposer, comme il l'entend, de cinq années entières de ma vie.

Fin de la deuxième partie

Troisième partie

LE CHANT DES LINCEULS

On a tort de dire que la nuit tombe ;
on devrait dire la nuit monte ;
car c'est de terre que vient l'obscurité.
Victor Hugo, *L'Homme qui rit*

XXI

Les fines mains de Louise Balsia battaient avec indolence le paquet de cartes. Celles-ci, comme vivantes, semblaient filer entre ses doigts tels des poissons d'eau vive. Elles apparaissaient, s'évanouissaient, remontaient un courant, en empruntaient un autre, parfois se combinaient pour mieux se séparer, en associations éphémères.

L'aisance de la taromancienne était telle qu'Ernest Villempré, pourtant habitué à ce genre de manipulation, avait bien du mal à appréhender tous les mouvements accomplis.

— Vous êtes sacrément douée pour votre jeune âge, siffla le prestidigitateur.

— Les apparences sont parfois trompeuses, s'amusa Louise, avant de poser les cartes sur la nappe rouge tendue entre eux.

Brune, le teint très pâle, la jeune femme paraissait avoir moins de vingt ans. Elle était vêtue d'une étoffe légère et sombre, et d'un décolleté peu en accord avec la mode actuelle. Dans ses yeux clairs dansaient les flammes des chandeliers disposés autour d'elle, unique source de lumière du boudoir. En retrait de la table carrée, Kétinée et Déa assistaient à la séance, une tasse de thé à la main. Le singe Noidkoko se tenait sage, couché sur les jambes de la petite fille. En arrivant dans l'appartement, Déa n'avait pas semblé à son aise. Afin de l'encourager à participer, Ernest avait proposé d'être le premier à « passer sur le gril ».

Les sorciers n'avaient eu aucun mal à localiser l'appartement de Louise Balsia, situé au premier étage d'un immeuble, rue Séguier, à moins de six cents mètres de Notre-Dame de Paris. À l'évocation de Mamà Giacomo, l'aïeule du clan gitan, les sorciers avaient obtenu un rendez-vous rapide. Mais ils avaient dû revenir plus tard, car Louise Balsia n'officiait que de nuit.

« Question d'ambiance », songea Kétinée.

Ernest et Kétinée s'attendirent à rencontrer une dame d'un certain âge. Au lieu de cela, un domestique les mena vers une très jeune personne, d'une éclatante beauté : la fameuse Louise, qui désormais détaillait son *modus operandi.*

— Je me base sur le tarot de Marseille et sur les arcanes majeurs, expliqua-t-elle d'une voix douce. Et j'effectue le tirage en croix. Veuillez prendre quatre cartes sans les regarder, je vous prie.

Sans accorder trop d'importance à l'exercice, Ernest sélectionna ce dont la jeune femme avait besoin. Il avait même hâte que cette démonstration se termine. Ce sentiment paraissait partagé par Kétinée, qui observait la taromancienne avec un soupçon de dédain, par-delà ses épaisses boucles brunes. Louise disposa, l'une après l'autre, les cartes choisies par Ernest.

— Celle placée à votre gauche vous représente, Monsieur Villempré. Celle placée à votre droite correspond aux circonstances extérieures. Celle du haut sera le problème que vous devez régler. Et celle du bas : le résultat que vous obtiendrez.

— D'accord, très bien, répétait Ernest, l'air un peu absent – une constante chez lui depuis la trahison d'Helena.

— Monsieur Villempré, avant de retourner les cartes… laissez-moi vous regarder quelques secondes, je vous prie… Et donnez-moi vos mains.

Kétinée toussa, ce que Louise ignora. De ses yeux infiniment bleus, Louise fixait Ernest. Intensément. L'air s'était empli d'un envoûtant parfum, signature de la jeune femme. Quand leurs peaux se touchèrent, il y eut un sursaut commun.

— Vous dégagez un flux… particulier, s'étonna-t-elle.

Elle scruta la paume de la main d'Ernest, y promena l'index, en suivant les lignes qui s'y dessinaient.

— Votre ligne de chance est assez chaotique, votre ligne de cœur s'en tire un peu mieux, mais elle reste complexe…

— Ça ne m'étonne pas vraiment, regretta le prestidigitateur.

— Et… je suis bien désolée, mais votre ligne de vie me laisse tout aussi perplexe. Davantage, sans doute… Avez-vous remarqué comment elle semble s'interrompre, à différents endroits, plutôt brutalement ? Avez-vous déjà frôlé la mort, monsieur Villempré ?

— Ces derniers temps, ça devient même une habitude, répondit Ernest, laconique. Espérons que cela s'espace un peu.

— La paume de votre main est vraiment incroyable…

Kétinée toussa de nouveau.

— On pourrait peut-être revenir aux tarots, non ? Votre tirage en croix, déjà effectué…

D'un geste élégant, Louise retourna la toute première carte : celle de gauche. Elle portait le numéro 12. On y voyait un homme, les mains dans le dos, pendu par l'un des pieds.

— Cela commence de façon bien étrange, analysa Louise. Car voici le pendu. Cette image est censée vous représenter.

— Les cheveux décoiffés, l'air complètement en vrac… Pas de doute, c'est bien moi !

— Je ne parle pas de représentation physique. Plutôt mentale… Je suis désolée, ce n'est pas l'arcane le plus joyeux. Il est souvent lié au malheur.

— Génial… commenta Ernest.

— Le pendu évoque souvent une initiation mystique que l'on vous fait subir. Parfois, cela signifie un sacrifice. Récemment, vous avez dû faire un choix qui bouleverse toute votre vie.

— On peut dire ça…

— Passons à la carte de droite : les circonstances extérieures. Il s'agit de l'amoureux. Quelqu'un qui se trouve dans l'indécision… Votre cœur serait-il partagé entre deux femmes ?

— Et la carte tout en haut ? demanda le magicien en changeant de sujet. C'est quoi ?

— Votre problème actuel, révéla Louise en la retournant. Voici l'Empereur… Une figure d'autorité, de stabilité absolue. Cette carte est très riche, elle possède de nombreuses significations. L'Empereur est un personnage complexe… En ce qui vous concerne, je vois un antagonisme. L'Empereur va vous forcer à accomplir certaines choses, contre votre gré… Cela entre en résonance avec la carte du Pendu, qui lui subit sa condition.

Ernest songea immédiatement au Prince. Aux cinq années à son service pour lesquelles il venait de s'engager. Il ignorait encore quand ce service débuterait... Mal à l'aise, il pressa Louise de lui révéler la dernière carte, celle de la résolution.

— Pour vous libérer de cette autorité, la solution serait...

La main de Louise révéla l'ultime figure, qui parut danser doucement, à la lueur des chandeliers. Cette figure représentait un être squelettique, une faux à la main.

— La treizième carte. La Mort. Cela veut dire...

— Que seule la Mort me libèrera de ce joug, énonça Ernest lui-même, d'un ton funeste.

Très brusquement, il se leva de table. Louise voulut l'apaiser.

— La carte de la mort ne signifie pas forcément un décès, Monsieur Villempré. Ce peut être une renaissance.

— Avec ma chance, sûrement pas, soupira le prestidigitateur. Allons, hop ! Passons à Déa.

Louise fut très surprise de le voir ainsi écourter la séance qui lui était destinée. Puis elle devina qu'Ernest ne se trouvait pas en paix avec lui-même. Elle n'insista donc pas.

Déa confia Noidkoko à Kétinée, puis elle vint silencieusement rejoindre Louise tandis que celle-ci battait les cartes.

— Je pensais que l'on devait rassurer Déa, chuchota Kétinée à Ernest. Ta brusque réaction ne va pas vraiment l'aider...

— Je suis désolé. En ce moment, je suis un peu à cran... Et puis, finalement, je me demande si cette séance était bien nécessaire. On fait un peu dire aux cartes ce qu'on veut, non ?

— Je n'aime pas beaucoup cette fille, avoua Kétinée. Pourtant, il émane d'elle une énergie diffuse. Son don est réel, je le sens.

— Veuillez m'excuser, mais je possède une excellente ouïe, leur signifia Louise. Si vous avez quelques remarques, n'hésitez pas à m'en faire part directement.

Cette intervention cloua le bec de ses deux clients. Comme précédemment, Louise Balsia demanda à Déa de choisir quatre cartes. Qui furent disposées elles aussi en croix. Puis elle prit la main de Déa. Durant l'opération, les yeux blancs de la fillette fixèrent un point invisible, au-delà de la pièce.

— Ta ligne de vie est tout aussi chaotique que celle de ton père, finit par avouer la taromancienne étonnée. Vos… Vos deux sangs sont très différents. Déa sait-elle qui vous êtes, pour elle ?

— Elle sait que je suis son père adoptif, clarifia aussitôt Ernest. Je l'ai recueillie, un soir de neige, il y a quelques années.

— La neige, répéta Louise, énigmatique. La neige qui s'invite, sans tapage inutile. Et qui recouvre toutes les apparences.

D'un geste vif, la taromancienne retourna les quatre cartes, l'une après l'autre. Toutes étaient blanches, à la face lisse et unie. Vides d'images, vides de sens. Elle s'exclama :

— Alors celle-là, franchement, on ne me l'avait jamais faite !

En face d'elle, Déa demeura imperturbable.

— Qu'est-ce qu'il se passe ? s'étonna Ernest. Pourquoi on ne voit rien du tout ?

— Il se passe que votre fille adoptive, Monsieur Villempré, ne souhaite pas que l'on puisse lire en elle. Alors elle a masqué mes cartes. Tout le paquet.

Elle retourna le reste des arcanes, les plaça tous en éventail, bien à plat sur la table. Toutes les figures, sans exception, s'étaient évanouies pour toujours.

— Pas croyable ! s'étonna Ernest. Et ce n'est pas vous, la responsable de ce tour ?

— J'aimerais bien ! s'exclama Louise. Cependant vous devez voir en face cette vérité : sous des dehors dociles, votre fille est rebelle. Quant à moi, je n'ai plus qu'à m'acheter un nouveau jeu.

— Incroyable ! répéta Ernest. Déa, c'est vraiment toi qui…

— Si le tour de mademoiselle Balsia ne fonctionne pas, l'interrompit la fillette, on peut s'en aller maintenant, papa ?

Face à cette insolence inattendue, Kétinée faillit exploser de rire. Louise haussa simplement les épaules.

— Si votre fille ne souhaite pas s'impliquer, je ne vois aucune raison de prolonger cette séance en effet.

Elle souffla les bougies les plus proches. Puis elle congédia ses trois invités. De retour dans la rue Séguier, Ernest s'adressa de nouveau à sa fille.

— Tu as joué un drôle de tour à mademoiselle Balsia. Pourquoi tu as fait ça, au juste ?

Déa sembla chercher ses mots.

— Elle voudrait tout savoir sur moi, papa. De son côté, elle cache beaucoup de choses. Je ne trouve pas ça… équitable.

— En même temps, ma puce, si nous sommes venus la voir, c'est pour obtenir des réponses. En aucun cas nous n'avons à fouiller, en retour, dans la vie privée de cette jeune personne.

— « Jeune », c'est vite dit, souffla aussitôt Kétinée. Tu as deviné ce qu'elle est, bien sûr ?

La mambo parla d'indices évidents. Ernest ne comprit pas bien où son amie voulait en venir. Il se trouvait bien trop préoccupé par les cartes tirées. Et surtout par l'arcane de la Grande Faucheuse.

Le trio quitta bientôt la rue Séguier pour rejoindre les quais de Seine. Quelques mètres plus loin les attendait le fiacre prêté par le Prince. Le cocher moustachu, qui somnolait, n'eut pas besoin de directive pour savoir où mener son attelage : vers un hôtel cossu, réservé pour eux par les services de son maître.

— C'est bien pratique ce cocher, cette voiture particulière, avoua Ernest. On y prendrait goût !

— N'oublie pas que tout ceci possède un prix, bouda la mambo. Il serait pratique, d'ailleurs, de savoir à quel moment tu vas devoir partir au service de ce prince sorcier, avocat à ses heures… Tu m'as dit que cela faisait partie d'un contrat. Tu as donc signé… quelque chose ?

— On a fait ça dans son bureau, au Castel. J'ai même dû verser un peu de sang. Et il m'a donné une sorte d'amulette en retour. Un truc qui doit sceller notre accord, je suppose.

De sa poche, il sortit une tablette d'argile représentant une arche. Kétinée l'examina, la fit tourner entre ses doigts.

— Drôle de truc… La prochaine fois, réfléchis avant de signer un pacte !

Le magicien trouva son amie bien injuste.

— Tu dis cela comme si j'avais vraiment eu le choix ! déplora-t-il en replaçant la tablette dans sa poche. Tu préférerais qu'on pourrisse en taule, peut-être ? Ou bien la tête détachée du corps ?

Kétinée soupira : Ernest avait raison.

— Je suis bien désolée, avoua-t-elle. Oui, grâce à ton sacrifice, nous avons tous les quatre un avenir, même s'il est incertain. Moi qui suis plutôt inventive, j'aurais juste voulu… trouver un autre moyen, plutôt que de te voir bientôt partir.

La mambo frissonna. Pas seulement à cause du froid de janvier, qui balayait, mordant, les artères illuminées de Paris. Sa jambe contre celle d'Ernest, elle n'osait l'approcher davantage. Elle voulait respecter ce qu'il avait traversé récemment, à cause d'Helena.

Elle songeait à la deuxième carte. Celle du choix amoureux. Combien de temps attendrait-il, pour enfin s'intéresser à elle ? Le ferait-il un jour ? N'allait-il pas plutôt se rapprocher de quelqu'un d'autre, comme de la pâle Louise, par exemple ?

Elle voulait le mettre en garde contre la taromancienne, contre ce qu'elle était vraiment. Elle faillit bien le faire... quand Ernest changea de sujet.

— Tu crois que pendant ce temps Kilma a enfin revu son frère ? La boutique dont on s'est approchés, rue du Dragon, n'avait pas vraiment l'air en activité.

— Grand-père Babadji doit bien approcher les soixante-quinze printemps, répondit Kétinée. Alors tu sais, la poussière dans sa boutique, les toiles d'araignée, c'est simplement parce qu'il devient trop âgé pour se soucier de faire le ménage. Et puis, son commerce tient sur une clientèle d'habitués. Qui a appris à aller au-delà des apparences. Et des horaires pourtant affichés mais que visiblement il ne respecte pas.

— C'est le moins qu'on puisse dire ! Trois fois nous y sommes passés. Il n'était jamais là !

— En vadrouille perpétuelle, oui. Ça lui ressemble bien, reconnut Kétinée dans un sourire. Depuis qu'il n'a plus de famille autour de lui, il a repris les habitudes vagabondes de sa jeunesse...

Au cours de sa courte vie, la mambo en avait entendu de belles, sur le vieux Babadji. Elle l'avait connu facétieux, fantasque. Toujours intéressé par les filles, malgré son âge avancé. Plus récemment, il avait pris un méchant coup de vieux, à cause de la tragique disparition de son fils. Le défunt se nommait Ambala Mountabila. Il était l'oncle de Kétinée. Disparu près de deux ans plus tôt, dans des circonstances dramatiques : piétiné par un cheval fou... Sur le coup, Babadji en avait été dévasté. Puis il avait peu à peu remonté la pente, jusqu'à accepter ce cruel coup du sort (un de plus dans sa vie) et retrouvé la paix.

En arrivant à l'hôtel, Ernest et Kétinée tombèrent sur Kilma, qui en sortait. Ils s'étonnèrent de le voir partir ainsi en pleine nuit.

— J'ai payé un gamin pour surveiller la boutique de mon frère, dit-il. Il vient de m'avertir : Babadji est revenu chez lui. Je ne voudrais pas le louper avant sa nouvelle escapade ! Vous venez ?

Ernest eut quelques réticences : Déa paraissait épuisée. Kilma parvint à le convaincre : on trouverait bien un matelas, quelques coussins, pour que la petite se repose chez Babadji. Le seul membre de leur groupe à ne pas se joindre à eux fut donc le jeune épervier, Rodriguez, désormais trop volumineux pour la poche d'Ernest. On l'avait laissé sur le balcon de la chambre d'hôtel, près d'un perchoir. Bientôt, il faudrait le laisser s'envoler.

Quand le fiacre arriva rue du Dragon, Déa dormait déjà sur la banquette. Ernest l'emmitoufla dans une couverture et la prit dans ses bras. Kilma et Kétinée frappèrent à la porte plusieurs fois. Ils n'obtinrent aucune réponse.

— Le gamin que tu as payé en a peut-être eu assez, avança Ernest. Il t'aura lâché une fausse information juste pour que tu craches quelques pièces.

— Possible, jugea Kilma, déçu.

Ils s'apprêtèrent à partir. À cet instant, une femme blonde d'une cinquantaine d'années, un peu décoiffée, les vêtements froissés, ouvrit la porte.

— Oh, hum… Messieurs dames, bonsoir, dit-elle.

Elle paraissait gênée. Mais surtout en colère. Le rose lui était monté aux joues. Sans cérémonie, elle s'engagea dans la rue, et puis partit en trottinant. De l'intérieur de la boutique résonnèrent deux voix différentes.

— Et voilà, tu lui as fait peur !

— Elle n'était pas prête, voilà tout !

— Non mais qu'est-ce qui t'a pris, aussi, de vouloir qu'elle prépare le rituel entièrement nue ?

— Parfois, il faut savoir se débarrasser de ses oripeaux terrestres ! Le corps est ainsi entièrement exposé aux émanations du monde invisible.

— Non mais, quel baratin !

Kilma se mit à rire franchement :

— Ha ha, ça y est, je viens de comprendre ce qui se passe !

Le tout premier, il passa la porte. Puis salua son frère Babadji, en grande conversation avec un homme asiatique très maigre, aussi âgé que lui.

— Toi, tu as encore voulu dénuder une fille !

— Mais bien évidemment ! s'exclama son grand frère. La nudité, c'est important !

— Vieil obsédé, va !

Les deux frères tombèrent dans les bras l'un de l'autre. Puis Kétinée fit les présentations. Ernest découvrit un vieil homme, un peu moins volumineux que Kilma, doté de la même barbe, version blanche. De très longs cheveux tressés d'ornements encadraient un long boubou bleu-gris. À leurs côtés s'inclina un septuagénaire en kimono, un certain « Monsieur Tan ». À l'évocation du nom de famille d'Ernest, Babadji fronça ses épais sourcils.

— Villempré, Villempré… Ce nom me dit bien quelque chose… On ne s'est pas déjà croisés dans ma boutique ?

Ernest, qui portait Déa, secoua la tête.

— Je crois que je m'en souviendrais, assura-t-il.

D'un regard circulaire, il considéra l'immense capharnaüm qui régnait dans les étalages de cette petite échoppe, dont on avait du mal à saisir la fonction. Des gris-gris pendaient du plafond. Des idoles africaines, viriles et poussiéreuses, exhibaient un sexe tendu. Des femmes bien en chair, odes à la fertilité, paradaient nues. Et puis, partout, pêle-mêle, des fioles, des potions, des onguents, des plantes séchées ou en pots. Beaucoup, beaucoup de livres, aussi. Empilés en équilibre précaire, sans aucun classement apparent.

— Alors, c'est peut-être dans un bouquin que j'ai vu ce nom, réfléchit encore Babadji. Il faudra que j'y repense, à l'occasion…

Il sa tourna vivement vers Kétinée.

— Cela fait plaisir de te voir, ma petite fille ! s'égaya-t-il.

— Moi aussi, avoua la mambo. Car apparemment tu es en pleine forme, grand-père. Mais dis-moi… qu'est-ce que tu fiches debout, en plein milieu de la nuit ?

— Mais je prépare un rituel, bien sûr… Mon ami Monsieur Tan est lui-même sorcier. Alice, une nouvelle connaissance, devait nous rejoindre à la cave, mais… hum… je crois qu'elle a eu peur.

— Que se passe-t-il ? Alice est-elle partie ?

D'un petit escalier émergea un dernier personnage. Un très grand Africain d'une trentaine d'années. Le crâne chauve, très musculeux, il mesurait près de deux mètres.

— Napoléon Boussangué. Disciple de Babadji, se présenta-t-il avant de se tourner vers ses amis. Veuillez m'excuser, mais tandis que vous bavassez, le temps passe… Alors, que faisons-nous ? On abandonne ? Sans présence féminine, tout est fichu, je pense… À moins que…

D'un mouvement de menton, il désigna Kétinée.

— Brillante idée ! s'exclama Babadji. Kétinée, voudrais-tu… prendre la place d'Alice au pied levé pour…

— … me joindre au rituel ? Pourquoi pas, répondit la mambo.

— Et on se passera de nudité, jugea Monsieur Tan. Ce serait inconvenant. De toute façon, je reste très peu persuadé de son utilité.

— Parce que tu n'entends rien à la magie dogon, voyons !

Le grand Napoléon Boussangué claqua de ses doigts épais.

— Les amis, je ne veux pas vous presser… mais, si vous voulez accomplir ce rituel, il ne faut plus traîner. Sauf si vous voulez reprendre dans… vingt-huit jours, très exactement.

— Avant de vous suivre, j'aimerais tout de même savoir ce que vous voulez accomplir, jugea la mambo.

Son grand-père demeura évasif.

— Je dois récupérer un artefact… Un objet d'une grande valeur. L'affaire est assez compliquée. Je t'expliquerai tout au fur et à mesure. Pour mettre la main dessus, il nous faut ouvrir un passage et passer par un monde…

— Un monde magique ? tenta Ernest, les yeux pétillants.

— Je vois que ton jeune ami fait partie des nôtres, sourit Babadji.

— Ah çà, pour sûr, confirma Kilma dans une moue. Par certains côtés, il est même aussi fou que toi, mon frère !

— Mais, ce passage… insista Kétinée. Où est-il censé nous mener ?

— En Afrique, ma fille, lâcha le vieux Babadji. Sur la terre de nos ancêtres. Si tout se passe comme prévu, dans moins d'une heure, nous pourrons fouler le sol des Dogons, toi et moi.

XXII

Ernest avait déposé une Déa endormie sur un matelas trouvé au rez-de-chaussée. Noidkoko le singe était censé veiller sur elle. Désormais, le prestidigitateur descendait un escalier interminable qui le mena à un premier, puis à un second sous-sol, aménagé à une profondeur improbable.

— Ça s'arrête un jour, votre truc ? s'étonna Ernest. Jusqu'où on va, au juste ?

— Jusqu'à un très ancien vestige, lui répondit la voix de Babadji. Je n'ai pas choisi d'installer mon magasin ici par hasard.

— Je n'ai jamais descendu tous ces escaliers, avoua Kétinée. Tu me l'as toujours interdit, grand-père.

— Tu es mambo, maintenant, lui signifia le vieil homme. Alors, je suppose que le temps est venu.

Bientôt, ils arpentèrent la seconde cave. À l'extrémité de celle-ci s'étendait un tunnel.

— Techniquement, nous nous trouvons sous le terrain de mes voisins, révéla Babadji. Mais jusqu'ici, personne ne s'est plaint.

Le cortège déboucha sur une sorte de caverne deux fois plus vaste que la pièce d'où ils venaient. À cet endroit trônait un vaste pilier sombre et usé, unique en son genre. D'un peu plus d'un mètre de diamètre pour quatre de hauteur, il était pris dans la roche, à la base comme au sommet. Penché, usé par les siècles, on le découvrait sculpté d'ornements détaillés, par endroits érodés.

— C'est... à peine croyable, grand-père ! s'exclama Kétinée. Depuis quand connais-tu l'emplacement de ce vestige ?

— Ça remonte à ma jeunesse. À l'époque, il y avait un terrain vague, juste au-dessus. Plusieurs bâtiments ont été construits, depuis... Je pense que ce pilier est beaucoup plus ancien que n'importe quel bâtiment de Paris. Comme je vous le disais : ce n'est pas pour rien que j'ai installé ma boutique dans le secteur.

Une lanterne à la main, Babadji éclaira quelques détails de l'étonnante structure, divisée en deux parties bien distinctes.

— Du côté droit, vous pouvez observer des guerriers africains masqués. Hommes ou femmes. Ce qui n'est pas courant.

— Du côté gauche, par contre, on dirait... des chevaliers francs. Des personnages issus du bas Moyen Âge, tenta Ernest.

— Cherche encore plus loin dans le passé, lui signifia Kilma. Ce sont des Celtes. Armés d'épées, de boucliers ovales. Ce sont eux qui ont gravé ce pilier... D'un premier regard, on peut songer à un affrontement... En réalité, cette scène illustre plutôt une rencontre.

Les yeux du magicien s'arrêtèrent sur les nombreux oiseaux qui se mêlaient aux êtres humains, surtout côté celte.

— On dirait des corbeaux.

— Les corbeaux pullulent à Paris, ajouta Kilma.

Au milieu du pilier, on découvrait une grande lézarde. Comme le trou d'un arbre creux, sculpté en trompe-l'œil.

— Alors, c'est ici, le lieu du rituel ? comprit Kétinée. C'est ici, le passage ? Je ne suis pas spécialiste des rites dogons.

Le grand et musculeux Napoléon Boussangué désigna quatre piquets de bois. Plantés à égale distance du monument, ils figuraient un carré. Le pilier se trouvait au centre.

— La forme du carré est extrêmement importante, chez les Dogons. Chacun doit se placer en tailleur, à l'un de ces piquets. Le rituel doit comporter quatre à cinq personnes. Jamais davantage. L'un de nous peut se tenir au centre, au pied du pilier. Mais ce n'est pas indispensable.

— Nous avons au moins besoin d'un principe féminin et d'un principe masculin, précisa Babadji.

La mambo n'en revenait pas.

— On va vraiment se rendre en Afrique… à partir d'ici ?

— Dans un monde magique d'abord. Puis en Afrique ensuite, corrigea Monsieur Tan.

— On est bien passés de Verdun en Espagne en sortant de chez le Roi Clochard, se souvint Ernest. Alors, pourquoi pas ?

— Un Roi Clochard, releva Babadji. Ça aussi, ça me dit quelque chose…

— Nous en reparlerons plus tard, intervint Napoléon. Je vous rappelle que le temps presse. Pour accomplir ce rituel, les étoiles doivent être correctement alignées. Et la lune doit être nouvelle. Ce soir, tout est possible.

Ernest voulut participer.

— Si vous avez besoin de moi…

— Nous ne voulons pas vous exclure, l'interrompit Babadji, en s'excusant. Cependant il vaut mieux posséder quelques rudiments de magie dogon… Une autre fois, peut-être… Mon frère, te joindras-tu à nous ?

D'habitude rétif à ce genre d'expérience, Kilma se laissa gagner par la nostalgie : un nouveau voyage entre frères le tentait. Babadji et lui se placèrent auprès de deux piquets opposés. Monsieur Tan et Kétinée choisirent les deux autres. Chacun s'équipa d'une besace. Celle de Babadji paraissait plus lourde que les autres. Enfin, Napoléon se plaça au centre. Il s'était emparé d'un instrument de musique : un tambour aux multiples cordes tressées, sur lequel il fallait jouer à l'aide d'une baguette recourbée. L'objet avait pour nom gomboy.

— Je vais jouer le rôle du passeur, indiqua-t-il, et je vais vous donner le rythme. Vos esprits doivent se trouver à l'unisson. Concentrez-vous sur la musique, ensemble.

— D'habitude, ma magie tend vers le vaudou, annonça Kétinée. Cela me fait plaisir d'explorer ce soir mes racines dogons.

— Kétinée, vous serez le vecteur, révéla Monsieur Tan. La dépositaire de nos énergies. Ne vous inquiétez pas. Une fois nos esprits en harmonie, il n'y aura qu'à vous laisser guider.

— Nue, elle aurait été plus réceptive…

— Babadji, voyons ! s'exclamèrent Monsieur Tan et Kilma.

Ernest se plaça en retrait. Il observa la métisse, les trois sorciers africains et le maigre Asiatique. Il eût donné cher pour s'aventurer en leur compagnie dans un nouveau monde magique. Entre les lignes, il comprenait qu'il existait un enjeu important. Lequel ? Il l'ignorait encore. Il ravala donc sa frustration, assista au spectacle.

Le grand Napoléon Boussangué plaça le gomboy sous son aisselle. En variant la pression qu'il exerçait sur les cordes, le son était plus aigu ou plus grave. Chacun commença à entonner des prières qu'Ernest ne comprit pas. La cadence imprimée à l'instrument résonna au sein du sous-sol. Kétinée fut peu à peu prise de soubresauts. Ses mains, ses bras, ses épaules, ses hanches remuèrent. Au tout début, elle se sentit pataude. Et puis très vite, elle s'appropria le rythme du gomboy. Ses mouvements devinrent harmonieux. Ernest observa la mambo, il la trouva superbe. Il se prit à détailler ce corps aux courbes sensuelles, abandonné à la danse et à la magie.

Autour de Kétinée, tout devint flou. Sous l'effet du sortilège, les silhouettes se firent plus éthérées. Napoléon cessa brusquement de jouer. Et pourtant la musique se poursuivit, seule.

— Sorcellerie ! se dit Ernest dans un sourire fasciné.

Il n'était pas au bout de ses surprises. Napoléon Boussangué fit signe à tous les autres de se lever et de le suivre. Le pilier s'était mis à vibrer. Invitée par Napoléon, Kétinée y posa la main. La partie centrale s'ouvrit. L'un après l'autre, Napoléon, Kétinée, Kilma, Babadji et Monsieur Tan entrèrent dans le monument creux. Celui-ci ne pouvait les contenir tous. Et pourtant, ils y disparurent. Leurs corps se fondirent dans le vestige, comme si cette structure les avait avalés. Quand ils furent passés, le son de percussion s'évanouit progressivement.

— Eh bien, les voilà partis, soupira Ernest.

Où exactement et pour combien de temps ? Il l'ignorait.

L'illusionniste contempla un moment le vestige redevenu solide. Il s'en approcha. À la base du pilier était apparue une toute nouvelle sculpture. Une représentation en pierre de Monsieur Tan, fidèle trait pour trait. Le dos courbé, les mains au niveau de la tête, l'ornement paraissait soutenir la fresque entière.

Ernest Villempré frôla le pilier. Celui-ci se mit à scintiller d'une étrange énergie, couleur émeraude.

— Ouh là… Je ne devrais peut-être pas toucher à ce truc.

Il recula vivement : l'énergie verte se dissipa. Puis, comme plus rien ne bougeait, il tourna les talons et finit par rejoindre Déa.

À l'intérieur du pilier, le temps, l'espace répondaient à de nouvelles règles, les normes fluctuantes et fantasmatiques d'un monde sorcier. Monsieur Tan demeura courbé à l'entrée du passage, mains collées au plafond. Il salua les autres du menton car il ne les suivrait pas.

— N'ayez crainte. Malgré le poids des ans, mon corps est encore très robuste. Je suis un fier disciple du temple Din. Je saurai garder ce passage ouvert pour vous le temps qu'il faudra.

Napoléon remercia le vieil Asiatique. Puis il guida les trois autres voyageurs au sein d'un long tunnel. Il s'agissait d'un couloir étroit, assez sombre. Un chemin souterrain cerné de parois rocheuses. La lanterne que portait Babadji et qu'ils se passèrent révéla une roche ocre. Napoléon demanda à Kétinée :

— As-tu déjà mis les pieds en Afrique ?

— Pas une seule fois, avoua-t-elle. Et très franchement, je ne pouvais pas m'attendre à m'y rendre ce soir !

— Tu es très réceptive à la magie dogon, analysa le musculeux passeur. J'ai été impressionné par ta danse. On voit que tu as cela dans le sang. Tu converses souvent avec l'invisible ?

— Cela m'arrive, oui, minimisa la mambo, malicieuse.

— Alors, il faudra que nous réitérions l'expérience, toi et moi. As-tu déjà dialogué avec les défunts ?

— C'est un domaine que je n'ai pas vraiment exploré… Il m'arrive plutôt d'invoquer des iwas.

— Ces esprits vaudous t'obéissent sans te jouer de vilains tours ? De plus en plus impressionnant ! Si tu le veux, plus tard, nous pourrons tenter d'autres rituels ensemble. Qu'en dis-tu ?

— J'en dis que c'est une proposition très intéressante, s'égaya Kétinée.

À son sourire répondit celui, très large, de Napoléon. Kétinée ne connaissait pas leur guide depuis plus d'une heure. Déjà, pourtant, elle le trouvait fort sympathique. Derrière eux, les deux frères se remémoraient une lointaine époque.

— Ce genre d'expédition en ta compagnie m'a manqué, avoua Kilma. Même si j'avais juré que l'on ne m'y reprendrait plus. La faute à ces monstres qui nous ont torturés, près d'Agartha.

— Hummm, les moines de l'Obscur ne sont jamais tendres avec ceux qui s'approchent de leur domaine, grimaça Babadji. Cela se passera bien mieux, chez les Dogons. Tu connais le secteur, tu es déjà venu il y a bien longtemps…

— Peux-tu juste me dire… ce que tu cherches ici ?

— Juste deux artefacts dont j'ai besoin, pour une importante cérémonie qui aura bientôt lieu dans les catacombes de Paris.

Kilma leva un sourcil intrigué.

— Dans les catacombes ? Tu dois m'en révéler davantage !

— Nous en reparlerons plus tard, je te le promets. Pour le moment, concentrons-nous sur notre parcours. J'ai besoin d'une certaine idole animale et d'un peu de terre consacrée.

À cet instant, on recommença à entendre un bruit de percussion.

— Voici venir le comité d'accueil, commenta Napoléon.

Une lueur au bout du couloir apparut, puis peu à peu s'intensifia. Chacun vit apparaître un personnage affublé d'un long masque décoré avec soin. Ce guide, pieds nus, était vêtu d'un pagne et de paille tressée. Comme Napoléon, il portait un gomboy et une baguette recourbée. Il salua le groupe dans une langue chantante.

— Le guide me connaît, traduisit Napoléon. Il a senti notre arrivée, est venu à notre rencontre. Il s'agit d'un prêtre danseur qui appartient à la société secrète des Masques.

— J'ai entendu parler d'eux, opina Kétinée. Je sais que cette société est uniquement composée d'hommes.

— Cette section particulière de la société des Masques n'empêche pas aux femmes d'accéder à leurs rites, au contraire ! Nous sommes entre gens éclairés.

Passé les amabilités, le guide invita tout le groupe à le suivre. Il posa la main sur une paroi : un tunnel secret s'ouvrit aussitôt. Il prit alors la tête du cortège, marcha quelques dizaines de pas, réitéra l'opération. Plusieurs fois, il fit ainsi apparaître un nouveau passage dérobé, qui infléchit leur long parcours.

— Sans lui, nous nous serions perdus dans ces galeries, indiqua Napoléon. Cet endroit est fait pour décourager les non-initiés. Et surtout nos « amis » colonisateurs. Tu sais ? Ceux qui sont *censés* nous éduquer… Voici l'un d'entre eux, je le crains.

De l'index, Napoléon désigna un squelette qui gisait dans un recoin de couloir, encore vêtu à la mode européenne. Ce voyageur infortuné, mal préparé, s'était trouvé piégé.

On pouvait accéder au labyrinthe depuis plusieurs endroits du globe. Quelques cadavres desséchés émaillèrent donc leur parcours, dans un état plus ou moins avancé de décomposition.

Plusieurs fois, Kétinée avala sa salive et imagina les souffrances que ces explorateurs avaient dû endurer avant que leur corps ne les lâche. Si le passage n'était praticable qu'une fois par mois et s'il était impossible, sans initiation, sans passeur et sans guide, d'en comprendre les circonvolutions secrètes, on ne pouvait s'étonner de voir de nombreux inconscients errer puis y périr.

Chaque raccourci s'ouvrait en musique. Avant que le guide n'en fasse apparaître un, le rythme du gomboy s'intensifiait toujours. Jusqu'à ce que se joue une succession de frappes bien particulières. En se concentrant, Kétinée put même déceler des volutes translucides qui tournaient autour du corps de leur guide.

— Des spectres l'accompagnent ? avança la mambo. Eux aussi frappent son instrument ?

— Et j'ai, de mon côté, quelques esprits qui m'aident à lui répondre. Entre nous deux, le dialogue se fait par la musique. Si je répondais mal, il pourrait m'aguiller vers un couloir funeste. Mine de rien, depuis tout à l'heure, je suis extrêmement concentré.

Le colosse à la peau d'ébène expliqua tout ceci d'un air parfaitement nonchalant. Pourtant, il avait entamé avec son homologue masqué un dialogue mental et instrumental très complexe. À chacune des sollicitations du guide, il devait réagir en conséquence.

— Tu sais manipuler les esprits en silence, sans les invoquer un à un ? s'étonna Kétinée, impressionnée par sa technique.

— Nous n'avons plus besoin de mots pour nous comprendre. Je te les présenterai… Enfin, s'ils acceptent, bien sûr !

Le parcours touchait à sa fin. Le guide masqué, d'un air de défi, se posta devant une toute dernière paroi. Les rythmes produits devinrent extrêmement rapides, très sophistiqués. Napoléon y répondit en virtuose. La toute dernière paroi s'escamota à son tour.

Le groupe débarqua dans une pièce circulaire, toujours souterraine, éclairée par des torches. Un trio grimé les attendait là : d'autres membres de la société secrète des Masques. Une femme prit la parole.

— Elle souhaite la bienvenue aux sorciers expérimentés que nous sommes, traduisit Napoléon. Toutes et tous ici sont les gardiens de ce passage. Ils nous demandent pourquoi nous sommes venus.

— Je besoin d'un peu de terre sacrée de nos ancêtres, répondit Babadji. Vous savez combien c'est important, pour nous, les Dogons exilés.

Les notions de langue dogon, chez Kilma, étaient un peu rouillées. Cependant il remarqua que son frère n'avait pas du tout parlé aux quatre personnes masquées de l'idole animale mentionnée plus tôt.

La porte-parole de la société secrète des Masques invita le groupe à emprunter ce qu'elle présenta comme « un tout dernier chemin vers l'extérieur : le passage des Tentations ».

— Ce n'est pas un labyrinthe physique, expliqua Napoléon à Kétinée. Pour nous tous cette fois, l'épreuve sera mentale. D'apparence, il s'agit juste d'un couloir. Serti de pierres brillantes, incrustées dans les parois. Pour le franchir correctement, il faut savoir faire le vide dans son esprit.

— Même moi, je suis parvenu à le traverser, jadis, confia Kilma.

— Tu as résisté à la tentation ? s'amusa la mambo. Voilà qui est encourageant, ma foi !

Kilma fit une grimace à sa petite-nièce. Laquelle demanda encore :

— Et Monsieur Tan, alors ? Durant tout ce temps, il va garder le passage à l'entrée du pilier ouvert ?

— Mon vieil ami est capable de tenir ainsi plusieurs jours, assura Babadji. Question puissance brute, il n'a rien à envier à Napoléon.

— Il m'a déjà fichu de sacrées dérouillées ! s'amusa l'intéressé. Malgré notre différence d'âge, de taille et de gabarit, ce type est un tigre féroce. Je n'ai jamais réussi à le battre au corps-à-corps.

Kétinée s'efforça d'imaginer l'improbable scène : Napoléon, le nez dans la poussière, qui demandait merci au maigre Monsieur Tan.

La société des Masques se trouvait toujours dans les parages. De nouveau, l'une des femmes s'adressa à eux. De l'index, elle indiqua un large couloir incurvé, dont on ne voyait pas le bout.

— Ils nous souhaitent bonne chance, dit Napoléon. Maintenant, on doit avancer.

Kétinée se prépara mentalement. En silence, elle dressa la liste des tentations qui pourraient entraver sa progression. Les mains jointes sur le torse, Napoléon récita une prière. Babadji fit de même. Quant à Kilma, il se contenta de s'impatienter.

— Alors, c'est bon pour vous ? Vous en mettez, du temps !

— Tu feras moins le malin quand on te retrouvera à quatre pattes, hébété, tandis que tu pensais t'être mis des diamants plein les poches, lui signifia son frère. Je te rappelle que la dernière fois, c'est moi qui t'ai tiré de là.

— Il y a prescription ! s'indigna Kilma. Depuis, j'ai gagné en expérience.

— En expérience, mais pas en sagesse, le taquina Babadji.

— Et c'est le vieux machin qui dénude ses connaissances féminines qui me dit ça ?

Napoléon invita les deux frères au silence. Enfin, ils purent avancer, de concert, le long du sombre passage orné de hautes statues au ventre percé de pierres translucides. Ils laissèrent derrière eux les quatre personnes masquées. Le couloir, plus vaste que les précédents, permettait à deux personnes de marcher de front. Napoléon progressa droit devant lui, totalement imperturbable. À ses côtés, Kétinée voulut garder l'œil rivé sur l'horizon. Cependant il y eut bientôt des bruits et des parfums extrêmement proches.

Pêle-mêle déboulèrent mille souvenirs olfactifs, visuels, auditifs, même tactiles, du plus lointain au plus récent, du plus obscur au plus chéri. Une odeur se détacha bientôt : celle de la soupe à la tomate de sa grand-mère. Cela s'accompagna de rires, de chants joyeux, de musique. De touches saisissantes. Kétinée ne put s'en empêcher : elle risqua un coup d'œil sur les parois ocres du tunnel. Les grosses pierres incrustées dans les ventres des larges statues luisaient, incandescentes. Sur ces surfaces, des images se dessinaient. Les yeux de Kétinée tombèrent sur le visage rieur de grand-maman Solange : elle pensait l'avoir oubliée ! L'odeur de sa cuisine planait dans l'air, celle entêtante de son parfum à la lavande, aussi. Elle crut sentir la chaleur de ses bras qui l'avaient tant consolée, entendre au creux de son oreille le tendre murmure de ses paroles bienveillantes. Cela la ramena en un doux temps d'harmonie et d'enfance, passé avec son père et puis sa mère, avant que le couple et la jeune Kétinée ne se comprennent plus. L'espace d'un instant, la mambo faillit s'approcher de la vision sur la surface de la pierre. Elle faillit la toucher, la goûter, plonger dedans, corps et âme.

Une très légère pression de Napoléon sur son épaule lui fit reprendre conscience de la réalité. Le tissu du fantasme s'arracha.

— Tout cela n'est qu'une illusion, l'alerta son guide. Dans ce couloir, ne crois aucun de tes sens.

— Oui. Oui, bien sûr, opina la mambo.

Cette illusion, elle en tremblait encore ! De nouveau, elle voulut faire le vide en elle. Fuir le confort de ses souvenirs, la tentation de se replier sur le passé.

À chaque pas, elle subissait un nouvel assaut. Elle repoussa ainsi des bribes entières de sa vie : le frôlement des herbes hautes dans le grand jardin de ses jeunes années, le goût des épices de la cuisine familiale sur sa langue, le moelleux de son oreiller dans la roulotte de Kilma, les parties de rigolade en compagnie de son oncle, le divin son d'une harpe lors d'un concert des rues. Kétinée ne s'attendait pas à une telle avalanche de détails. Du coin de l'œil, elle apercevait des formes illustrant ces sensations, chacune dansant dans les grandes pierres brillantes.

— Tout cet or, cet argent... ronchonna la voix de Kilma derrière elle. Laissé sans surveillance. Il n'y aurait qu'à tendre les mains... Quelle tristesse, franchement !

Les tentations contre lesquelles devaient lutter son grand-oncle la firent rire de bon cœur. Ce qui lui permit de relativiser les siennes. Pas après pas, elle progressa donc.

Jusqu'à cette très convaincante perception. Le contact de la peau d'Ernest, sur la sienne. Ses mains qui tout à coup se promenaient dans son dos. Le parfum de sa chevelure. Sur sa langue, le sel de sa peau. Elle n'avait jamais été jusque-là, avec le magicien. Peut-être ne connaîtrait-elle jamais ce goût. À cet instant, il était là, avec elle. Elle avait l'impression qu'il la tenait serrée tout contre lui. Plus fort encore, oui : il était en elle. Tous ses sens submergés n'étaient plus qu'une étreinte intense et enfiévrée.

— Si réel… si réel, ne put-elle s'empêcher d'exhaler.

Kétinée l'ignorait, mais juste à côté d'elle Napoléon luttait contre des chimères tout aussi fortes. Les yeux fermés, il s'était mis à prier et n'était plus capable de l'aider.

La mambo dut stopper, reprendre posément son souffle : son désir grandissant, enfin assouvi, commençait à la paralyser. Elle s'aperçut, en compagnie d'Ernest, dans le grand miroir de cristal qui s'ouvrait sur son âme. Elle était retournée, il était sur elle, rien n'arrêterait leur union, parfaite et si puissante…

— Non ! Non, répéta-t-elle.

Elle ne se laisserait pas duper ainsi. Elle avait désiré ce moment, en effet. Elle l'appelait souvent et secrètement de ses vœux. Mais jamais, jusqu'alors, elle n'avait cédé à la facilité. Jamais elle ne s'était nourrie d'illusions.

Trop fière, trop déterminée, trop volontaire pour s'abaisser à cueillir ce fantasme, elle s'y arracha d'elle-même, le menton haut, et les yeux grands ouverts. La réalité reprit tous ses droits quand, juste devant ses yeux, elle vit poindre la lumière du jour.

Elle venait de sortir seule du labyrinthe psychologique de ses failles. En nage, les vêtements collés à la peau, mais plus forte qu'elle ne l'avait jamais été, Kétinée jeta un regard vers Napoléon, qui lui ahanait et rêvait encore. Elle lui prit la main, puis les deux, le tira de l'illusion, d'un coup sec.

— Par ici, lui dit-elle. Nous arrivons au bout du tunnel.

Le regard perdu, effaré, du colosse émergea à son tour du couloir des Tentations. Il remercia plusieurs fois la mambo, tout en s'excusant de sa réaction hébétée.

— Je me pensais plus fort, avoua-t-il. Les dernières fois que je suis venu ici, la traversée a été bien plus aisée… Étonnant, comment le trouble et le désordre peuvent très vite éclore en nous !

Il ne s'étendit pas sur ce qu'il avait vu. Mais s'intéressa plutôt aux deux frères qui peinaient à sortir du couloir, eux aussi.

— Où sont-ils ? Tu les as vus ?

Kétinée répondit par la négative. Ils les trouvèrent à terre, en train de lutter. Au début, tous deux pensaient que Babadji cherchait à ramener Kilma à la raison. En réalité, c'était le contraire : Babadji se débattait férocement. Il criait :

— Ambala ! Ambala, viens ici, mon fils !

— Aidez-moi : il perd la boule ! appela Kilma.

Les yeux du vieux Babadji étaient comme perdus, affolés. Il tremblait de tous ses membres. À chaque souffle, il appelait son défunt fils. Le spectacle faisait peine à voir.

— Je peux le toucher, le revoir… Je peux le prendre dans mes bras ! pleurait-il.

Il fallut les forces conjuguées de Kilma, Kétinée et Napoléon pour arracher le vieil homme à ses songes délétères.

Ils y parvinrent par la force. Puis en usant de douceur, de longs murmures, lorsque enfin ils furent sortis du périlleux couloir aux Tentations.

— Ambala… Ambala… appelait encore le vieil homme.

Chacun comprit combien la cicatrice laissée par la disparition de son enfant était profonde. Il avait voulu la dissimuler, nier son existence sous le vernis des sourires et des apparences. En réalité, celle-ci s'était imprimée jusqu'aux tréfonds de son âme.

Le petit groupe conduisit le marabout toujours en larmes. Ils l'assurèrent de leur présence, de leur soutien. Mètre après mètre, ils parvinrent à l'extraire du passage magique pour se mettre en route vers la lumière.

La clarté du soleil d'Afrique occidentale baigna leurs visages. Ensemble, ils portèrent la peine du vieil homme jusqu'au-dehors. Puis ils prodiguèrent à Babadji des paroles et des gestes d'une tendresse infinie.

Comme souvent lors d'un passage dans un monde magique, le temps avait été largement chamboulé. Le matin se levait sur les larges falaises de Bandiagara, creusées par les ancêtres troglodytes du quatuor, au cœur même du pays dogon.

XXIII

Les quatre sorciers étaient sortis de la falaise et progressaient désormais sur un plateau rocheux. Trois cents mètres plus bas se dessinait une plaine verdoyante constellée de buissons et de baobabs. Un fleuve serpentait, donnant naissance à cette vallée luxuriante, très différente de l'Afrique aride à laquelle Kétinée s'était attendue.

Jamais elle n'avait contemplé de ses yeux la savane. Elle fut estomaquée par les teintes rosées qui habillaient un ciel immense, sans aucun nuage.

Babadji avait repris ses esprits. Il ne cessait de s'excuser de son instant de faiblesse, dans le couloir aux Tentations.

— Vraiment désolé, je pensais tenir… Je ne sais pas ce qui m'a pris.

— On ne va pas te jeter la pierre, Babadji, intervint Napoléon Boussangué. Moi-même, je n'ai pas été très valeureux. Et ce n'est que grâce à Kétinée si j'ai pu m'en sortir dignement.

— Avec l'âge, on a l'impression que l'on progresse, que l'on devient plus fort, opina Babadji. Mais certaines blessures nous rendent plus vulnérable aux mauvais sorts.

— Allez, arrête ton char, papy, le chambra son frère. La dernière fois, c'est toi qui m'as sauvé la mise, tu te souviens ? Alors, nous voilà quittes !

— Je dois accepter ma propre vulnérabilité, avoua son frère. Alors, hum… que penses-tu de cet endroit, Kétinée ?

— La voilà donc, notre terre natale, s'émerveilla la mambo, dont le regard embrassa le majestueux paysage.

— Bienvenue chez les Dogons ! sourit Napoléon de toutes ses dents.

Ils descendirent du plateau, le long de la falaise qui saillait à pic. En contrebas, collées à la roche pour profiter de son ombre, avaient été bâties de multiples habitations en forme de parallélépipèdes, percées de fenêtres étroites.

— Les gens ici vivent dehors, au grand air, commenta Napoléon. Ces habitations sont sommaires, et surtout fonctionnelles. On y recherche l'ombre et le calme.

Kétinée observa le visage de son guide.

— Comment se fait-il que tu te nommes Napoléon ? Tu n'es pas métissé.

— Cela me vient de mon grand-père. Bonapartiste convaincu, malgré le retour de l'esclavage sous l'Empereur. Il était fasciné par le personnage, sa démesure et même ses excès. Sur son lit de mort, il a demandé que son premier petit-fils se nomme Napoléon… Franchement, va comprendre !

— Et tu viens donc ici, de temps en temps ?

— Autant que faire se peut !

— Pas question de rester ici plusieurs mois, rappela Babadji. La cérémonie que je ne veux surtout pas rater se tient à Paris dans quelques jours. Et puis, Monsieur Tan nous attend… Nous resterons donc ensemble à flanc de montagne, dans les territoires sorciers.

— Et où nous emmènes-tu au juste ? lui demanda Kilma. Tu nous as embarqués dans ton rituel, et jusqu'à des milliers de kilomètres de Paris. Et nous, bonnes poires, nous t'avons suivi ! Il serait temps de nous indiquer plus exactement ce qu'on fait ici.

Babadji esquissa un grand geste.

— L'essentiel, vous le savez : je dois bientôt me rendre à une grande manifestation magique. Il y aura forcément de très éminents sorciers, à ce moment-là… Je compte y réaliser un petit tour qui va en étonner plus d'un !

— Tu veux te faire mousser auprès des huiles de la capitale ? s'étonna son frère. Voilà qui ne te ressemble pas.

— Bien évidemment, vous viendrez tous avec moi, cette nuit-là… Alors, vous comprendrez. Je ne vais tout de même pas vous gâcher la surprise… hé hé hé.

— « Hé hé hé » ? tiqua Kilma. C'est quoi, ce rire ? Bon, dis-nous-en plus ! Dans le souterrain, tu as évoqué une idole…

— C'est vers elle que nous nous dirigeons, révéla Babadji. Nous devrions l'atteindre à la tombée de la nuit.

— Une journée entière de marche, releva Kétinée. Heureusement que tu es encore vigoureux, grand-père !

— Babadji, tu ne veux quand même pas… pénétrer dans le territoire du Renard pâle ?

— Et si je le voulais, Kilma ? Que me répondrais-tu ?

— Euh… Que tu es devenu timbré avec l'âge, mon frère ?

— Qui est ce « Renard pâle » ? demanda Kétinée, perdue.

— Pour beaucoup, c'est un mythe, lui expliqua Napoléon. Ici, on le nomme plutôt Yurugu. Je te fais un cours accéléré de la mythologie dogon ? Au commencement était Amma, le dieu de tout, créateur de la terre et du ciel. Yurugu, ou le Renard pâle, est son adversaire. Celui qui amène le désordre, et qui le premier a rendu les hommes mortels… Il existe un domaine, non loin d'ici, qui lui est consacré. En lui adressant des prières, des offrandes, en lui permettant de régner à cet endroit précis, on tient Yurugu à l'écart des villages, où il ne se rend que très occasionnellement.

— Aux quatre coins de ce territoire existent des idoles, enchaîna Babadji. Celles-ci délimitent le champ d'action du Renard pâle… Chacune d'entre elles est conçue pour absorber une parcelle de sa très grande puissance. Pour endiguer sa fureur destructrice.

— Et tu veux piquer l'une de ces idoles ? comprit aussitôt Kilma. Pourquoi ?

— Pour l'immense pouvoir mystique que celles-ci possèdent. De quoi impressionner les puissants sorciers assemblés, lors de ce que l'on appelle « la fête du Bœuf Gras ».

— Un renard… Un bœuf maintenant ! résuma Kétinée.

— Je ne comprends toujours pas pourquoi tu veux jouer les intéressants face à de vieux barbons ! bougonna Kilma. Et puis, ce n'est pas dangereux de piquer l'un de ces artefacts ?

— Oh que si ! s'exclama Babadji. Voilà pourquoi je ne vais pas le voler. Mais plutôt demander humblement à l'un des sorciers-sculpteurs s'il peut m'en céder un exemplaire. Je sais que ces artisans en préparent sans cesse afin de renouveler leurs sorts. Et je pense avoir de quoi marchander.

Du plat de la main, il tapa sur la besace qu'il avait emportée. Kilma n'insista pas : il était trop heureux de voir Babadji sourire après ce qui s'était passé dans le couloir des

Tentations. Les traits creusés, le regard accablé de son frère lui avaient fait grand-peine. Il ne souhaitait pas retrouver cette triste expression de sitôt.

Malgré son grand âge, Babadji paraissait résolu à marcher tout le jour. Heureusement pour eux, ils progressaient à l'ombre de la montagne. Dans la besace de chacun, le vieil homme avait prévu de l'eau et de quoi se nourrir. Le quatuor avança donc. Les deux frères parlaient beaucoup ensemble. Napoléon et Kétinée évoquaient leurs vies respectives. Devant leurs yeux défilait le paysage de baobabs, d'herbe fraîche et de quelques cultures. Au loin, des femmes aux tenues colorées pilaient le mil, des individus partaient à la chasse ou récoltaient les bienfaits de la terre fertile. Les heures passèrent ainsi, à observer les autres ou bien l'azur.

Kétinée et Napoléon évoluant plus rapidement que les deux frères, ils se permirent quelques courtes conversations avec d'autres promeneurs. À mesure que le quatuor s'approchait du territoire du Renard pâle, on commença à les prévenir. On leur conseilla de faire demi-tour, de ne pas s'aventurer trop près de cet endroit sacré.

— Ils ont l'air de croire que Yurugu lui-même réside là-bas, remarqua Kétinée, une fois qu'ils se furent éloignés des derniers promeneurs. Tu ne vas quand même pas me dire que cette créature au centre des légendes existe réellement ?

— Tu viens de me parler d'un endroit où il existe des fauves et des serpents affamés plus robustes que dix hommes. Alors, pourquoi pas un dieu vivant, incarnation absolue du désordre, ici ?

On approchait de la fin de l'après-midi. Lorsque le soleil eut totalement disparu, ils aperçurent les terres sacrées réservées à l'adoration du Renard pâle. Immédiatement, ils repérèrent les idoles. Babines retroussées, tous crocs dehors, elles délimitaient les différents points d'entrée du lieu. Il en existait de toutes tailles, de la plus immense à la plus modeste.

— Eh bien le voilà, ton cher artefact ! s'exclama Kilma. Pas besoin de courir plus loin.

— Je te l'ai déjà dit : ceux-ci ont déjà un rôle bien précis. Celui d'absorber une partie de la colère de Yurugu. Je ne voudrais pas déséquilibrer ce savant sortilège.

— Tu crois franchement que personne n'est déjà venu dans les parages pour se servir ? Regarde : il n'y a même pas un garde !

— Parce que les gens, ici, sont respectueux de ce lieu, répondit Babadji. D'après les Dogons, quand un larcin se produit ici, une catastrophe arrive immédiatement dans son sillage et s'abat sur l'humanité. Cela fait réfléchir, pas vrai ?

— Je vais envoyer un esprit, un messager qui va nous annoncer, les informa Napoléon.

Il s'assit sur le sol, commença à jouer du gomboy. Une volute quasiment invisible parut partir de l'instrument.

Kétinée en profita pour mieux observer les alentours. Ils avaient gravi un nouveau plateau, où seule brillait la lanterne de Babadji. À cet endroit avait été dressé un toguna, composé de nombreux piliers de bois, très courts, plantés à intervalles réguliers. Chacun de ces piliers, de moins de un mètre vingt de haut, était orné d'une statue différente. Il existait un grand toit, très épais, couvert de bottes de cannes de mil.

— À quoi correspond cet endroit ombragé ? demanda Kétinée, intriguée. C'est une sorte de temple ?

— Les sages se réunissent ici, indiqua Babadji.

— Sais-tu pourquoi le plafond est si bas ? compléta Kilma. Pour empêcher les gens en colère de se lever d'un bond et de partir trop vite parce qu'ils se sont fâchés ! Cela incite à la mesure… Plutôt futé, non ?

Napoléon fit signe aux autres de se taire.

— D'autres esprits arrivent. Ce sont eux qui vont nous accueillir, autour de la Grande Prêtresse. Elle représente l'ordre caché des sorciers dogons. Ceux dont on ne parle jamais, mais qui pourtant œuvrent pour l'équilibre de ce monde… Prenez place sous le toguna.

À la suite de Napoléon, chacun s'assit sous la structure, en tailleur. Une dame d'un certain âge les rejoignit bientôt. De petits points bleus, dessinés avec soin sur son visage chauve, épousaient chaque courbe de celui-ci. Son regard intense fixa les quatre visiteurs. Elle s'exprima d'une voix posée. Napoléon traduisit.

— La Grande Prêtresse nous souhaite à tous la bienvenue. Elle nous félicite d'avoir su respecter les usages : nous être annoncés, l'avoir attendue. Le fait d'être arrivés à quatre, aussi.

Concernant les Dogons, Kétinée avait surtout entendu parler d'une société patriarcale. D'un savoir réservé aux hommes, transmis à d'autres hommes. Napoléon l'avait avertie : le monde sorcier était en cela plus équilibré.

— Qu'avancent les esprits ! s'exclama la Grande Prêtresse.

Des traînées lumineuses s'invitèrent entre les cinq êtres vivants, passant au-dessus d'une épaule, frôlant un coude, effleurant une hanche. Ces énergies translucides zigzaguèrent un moment, puis s'amalgamèrent. Dans une lueur bleutée, plusieurs corps commencèrent à se former. On vit cette fois des personnages sans masques, sages défunts d'une autre époque. Toutes et tous possédaient une figure ridée, chaque trait s'imprimant en lumière sur l'obscurité ambiante.

La Grande Prêtresse présenta ces esprits un à un. Puis elle s'adressa de nouveau aux quatre visiteurs.

— Elle demande ce que nous sommes venus faire ici, et pourquoi nous nous risquons à braver la colère de Yurugu.

Babadji prit la parole. Assez longtemps. Il paraissait humble et gêné. La Grande Prêtresse lui répondit calmement, avec des paroles bien plus brèves. Alors, les sages spectraux marmonnèrent.

Kétinée n'avait jamais assisté à pareille assemblée. En compagnie de son grand-père, elle avait, très occasionnellement, participé à des séances de spiritisme. D'après ce qu'elle savait, il était extrêmement rare de voir des défunts aussi nettement. Elle devina qu'elle devait ce prodige à la sorcellerie ambiante, dispensée par le toguna. Lui manquait une explication de texte.

— Qu'est-ce qu'il se passe, au juste ?

— Babadji a exposé sa requête, lui résuma Napoléon. Pour la terre consacrée, la Grande Prêtresse dit que cela ne posera aucun problème. Mais concernant l'idole, la chose fait débat.

— Tu ne dis pas tout à ma petite-nièce, Napoléon, toussa Kilma. Explique-lui comment mon frère a présenté la chose.

— J'allais simplement à l'essentiel... En fait, Babadji justifie ainsi sa requête : il a besoin de l'idole, du désordre qu'elle représente, car elle lui permettra d'accomplir quelques prouesses. Des tours qui feront rayonner la magie dogon dans les sphères européennes du monde sorcier. C'est selon lui une façon d'asseoir la légitimité de notre culture sur d'autres terres. Une intention louable... La Grande Prêtresse, ensuite, lui a demandé, droit dans les yeux, s'il ne s'agissait pas d'une quête intéressée. Babadji l'a tout de suite rassurée, a souligné dans cette affaire son désintérêt : il ne compte pas utiliser la rude magie de Yurugu à des fins personnelles.

Kilma valida cette traduction plus complète. Kétinée demanda encore :

— Et comment réagissent les sages ?

— Ils parlent beaucoup de libre-arbitre. De la nécessité de laisser les hommes et les femmes agir, selon leur seule conscience. Et que si des erreurs sont commises, c'est à chacun de savoir en tirer les conséquences.

La Grande Prêtresse reprit la parole. Cette fois, Napoléon en rapporta chaque mot.

— Le conseil des sages a délibéré, annonça-t-elle. Vous êtes autorisés à traverser le territoire du Renard pâle, mais sous certaines conditions. Il existe quelques idoles touchées par Yurugu, qui sont ensuite réparties entre les villages dogons. Celles-ci servent surtout aux différents sages, qui souhaitent communiquer avec la divinité elle-même. Vous obtiendrez l'une de celles-là. Vous partirez séparés, chacun à un point cardinal. Puis vous vous rejoindrez au centre du domaine. Là où vos pas vous réuniront, vous trouverez l'idole. Surtout, prenez garde aux esprits rôdeurs. Et si Yurugu se manifeste, prosternez-vous… Il se peut que dans un coup de fureur, il vous foudroie sur place. Vous devrez alors accepter votre sort. Ici, le Renard pâle peut s'emparer de la vie comme il l'entend.

Babadji fit le tour de son groupe pour savoir si chacun acceptait ces conditions. Napoléon et Kétinée, confiants, acquiescèrent sans trop poser de questions. Kilma Mountabila, en revanche, exprima quelques réserves légitimes.

— Il peut toujours essayer de me faire frire, tiens, affirma-t-il, bras croisés. Je lui rendrai la monnaie de sa pièce !

Ce à quoi la Grande Prêtresse, amusée, répondit que la fougue de Kilma pouvait encore se lire sur son visage malgré son âge avancé.

— Une dernière chose, conclut-elle : sur votre chemin, vous croiserez d'autres idoles consacrées. Vous ne devez y toucher sous aucun prétexte. Seule celle qui vous est réservée peut être enlevée du domaine. Si par malheur vous en déplacez une autre, l'équilibre ambiant serait rompu. Alors, vous devrez faire pénitence. Et servir parmi nous durant quatre fois quarante jours et quarante nuits.

— Ouh là, alors, on redoublera de prudence ! assura Kilma. Mais comment ça se passera si on se trompe d'idole, à la fin ?

— Cela n'arrivera pas, certifia la Prêtresse.

Babadji ouvrit sa besace, fit quelques offrandes : encens, gris-gris, idole à quatre bras, collier de perles semi-précieuses et bracelet d'or. Les esprits parurent satisfaits. Babadji reçut en échange un peu de terre consacrée. Un à un les esprits reculèrent, et la plupart s'évanouirent. Seuls quatre d'entre eux demeurèrent : ceux qui leur serviraient de guides.

La Grande Prêtresse salua ses visiteurs. Tous quatre quittèrent le toguna puis se dispersèrent. Une dame spectrale, aux cheveux blancs tressés, accompagna Kétinée. Elle avait été en charge du domaine, quelque trois cents années plus tôt. Plus elle s'éloignait du toguna, plus elle devenait évanescente. Kétinée et la vieille dame marchèrent un moment parmi les pierres et sous la lune. Son guide disparaissait, réapparaissait, à une fréquence de plus en plus longue. Tous les deux pas, d'abord. Puis un pas sur trois. Puis un sur dix. Enfin, Kétinée la vit clairement stationner devant un rocher. De l'index, elle indiqua la direction que la mambo était censée suivre, seule. Puis ce guide disparut complètement, sans lui laisser d'indice supplémentaire.

— Très bien, d'accord… murmura Kétinée.

Elle avisa un relief. Se mit à le gravir. Celui-ci lui parut plus abrupt qu'au premier coup d'œil. Elle se plaqua à la paroi. Escalada précautionneusement le versant à mains nues. Des cailloux glissaient sous ses pieds, sous ses doigts. Peu à peu, un vent vif se leva. Au fur et à mesure que la mambo progressait, il gagnait en puissance. Les cheveux ondulés de Kétinée volèrent dans ce courant. Celui-ci fit claquer les franges des quelques habits qu'elle avait gardés sur elle : sa courte tenue d'artiste de cirque, bien pratique sous ces latitudes. Plusieurs fois, la mambo faillit perdre l'équilibre. Elle progressait, néanmoins.

Elle commençait à se poser des questions sur les motivations de Babadji. Jusqu'ici, elle avait accordé une confiance aveugle à son grand-père. Elle se demandait qui étaient ces autres sorciers qu'il comptait impressionner, et pour le loisir desquels elle était en train de risquer leur vie. Car un faux pas sur ce versant, et elle pouvait facilement se rompre le cou.

Le pire était cependant à venir : des traînées spectrales et mouvantes, qui sillonnaient dans l'air. Kétinée eut l'heureux réflexe d'éviter l'une d'elles, qui se formait, très proche de sa nuque. À quelques centimètres de son nez, elle sentit une odeur de pourriture. La traînée vint se déposer sur un buisson paré de quelques feuilles. Instantanément, la plante se flétrit, se recroquevilla. Kétinée sentit une chape de sueur lui couler dans le dos. Elle n'avait pas envie de se trouver soudain transformée en octogénaire. Ou bien pire encore : en cadavre !

Avec d'infinies précautions, elle poursuivit son ascension. Parfois, elle effectuait un pas de côté, en équilibre précaire.

Une autre traînée de vapeur s'invita sur son flanc droit. Pour esquiver celle-ci, il lui fallut se courber en arrière. La prise n'était plus assez bonne : elle dégringola de quelques centimètres. Ses deux mains s'accrochèrent ensemble, laissant ses longues et fines jambes pendre dans le vide. Elle les replia ensuite, quand la traînée spectrale repassa, un peu plus bas.

— Bon sang ! J'espère que grand-père et grand-oncle ne doivent pas crapahuter comme moi, pesta-t-elle.

De l'autre côté de ce mont, Kilma progressait sur un chemin certes sinueux et accidenté, mais globalement praticable. Son guide, un spectre glabre et sec, l'avait invité à y cheminer. Le vieux marabout se méfiait des aspérités, sautait par-delà les obstacles, contournait les rochers. En même temps, il devait éviter les traînées vaporeuses qui ondoyaient un peu trop près de lui.

— Vous voulez quoi, au juste ? leur parlait-il. Me piquer le peu d'essence vitale qu'il me reste, c'est ça ? Vous pourriez vous trouver quelqu'un d'un peu plus jeune et de plus savoureux, quand même ! À quoi ça rime, de s'attaquer aux vieux barbons ? Et ne me dites pas que c'est parce que vous préférez les proies faciles !

Kilma se trouva obligé de s'accroupir, et même de se jeter à plat ventre. Ses vieux os et ses muscles fatigués furent mis au supplice. Il ne pouvait imaginer combien sa petite-nièce suait elle aussi sang et eau face à ces manifestations vivaces… Au bout de quelques bonds et acrobaties supplémentaires, un Kilma essoufflé arriva bientôt au bout du chemin.

— Mon frère, franchement, tu ne m'y reprendras plus !

Il se posa quelques secondes sur un rocher, le temps de reprendre son souffle. À cet endroit, les traces vaporeuses étaient un peu moins actives. Il observa les alentours. On n'y voyait pas grand-chose, de nuit. Les trois autres n'arrivant pas, il sut qu'il devait poursuivre sa route. Sous la lune blême se dessina une première statuette. Puis une autre. Puis une autre encore.

« Je ne dois pas être très loin du but », songea-t-il.

Il se baissa afin d'examiner d'un peu plus près l'une de ces idoles. Une nouvelle traînée de brume choisit ce moment pour jaillir. Kilma glissa, tomba et roula sur le côté, dans un fracas. La traînée forma quelques circonvolutions autour de lui. Impossible de lui échapper : Kilma gisait à terre, parfaitement vulnérable. Il eut le réflexe d'attraper une poignée de sable. Selon sa volonté, la matière dessina un cercle tout autour de lui, en suspension dans l'air. La traînée vaporeuse qui se condensait, qui cherchait à l'atteindre, fut alors repoussée par cette protection.

— Ah ben mazette ! Je l'ai échappé belle !

Fier de ses réflexes encore vifs, le marabout voulut se relever. Un relief inconfortable, dans son dos, lui froissa un muscle.

— Saloperie de cailloux ! grimaça-t-il.

D'une torsion, il voulut s'en débarrasser.

Mais ce n'était pas un caillou. Sous ses doigts s'égrainèrent des particules de terre cuite. Les restes d'une ancienne idole à l'effigie du Renard pâle, qu'il venait tout juste de fracasser.

— Et crotte ! jura-t-il d'un air désabusé.

…

De l'autre côté, Kétinée venait elle aussi à bout de sa difficile ascension. Ses mains étaient en sang, égratignées par tant d'efforts. Elle aussi souffla quelque temps, avant de progresser sur un plateau supérieur. Comme Kilma, elle repéra des idoles, de plus en plus nombreuses. Elle prit soin de n'en toucher aucune, se rappelant parfaitement des sanctions énoncées, en cas d'erreur.

Parfois, les serpents de fumée qui lui tournaient autour revenaient à l'assaut. Elle faillit plusieurs fois invoquer un iwa afin de les repousser. Sa propre agilité suffit cependant à les éviter. Au détour d'un relief, elle aperçut Babadji, bientôt suivi de Napoléon. Elle chemina vers eux. Tous trois savaient que l'idole qui leur était destinée se trouverait à leur point de jonction. Ils s'approchèrent les uns des autres, se rencontrèrent. Pourtant, aucune idole n'apparut dans leur voisinage immédiat. Et puis surtout : Kilma ne les avait toujours pas rejoints.

— La traversée n'a pas été trop difficile ? s'enquit Napoléon. Les présences spectrales sont assez agressives !

— Un peu sportive pour mes jambes d'ancêtre. Mais je tiens le coup, assura Babadji.

— Où est mon oncle ? s'inquiéta Kétinée. Sans lui, impossible de choisir l'une des idoles. On est censés l'attendre… ou bien bouger ?

— Alors là, je n'en sais fichtrement rien, ma petite fille !

Tous trois demeurèrent sur place, puis avisèrent toutes les directions. Comme ils ne voyaient toujours pas Kilma, Kétinée grimpa le long d'un relief, nouveau promontoire qui lui permettrait d'obtenir une meilleure vision périphérique.

— Attendez-moi, ordonna-t-elle.

À mi-chemin, une lumière la fit sursauter. C'était une sorte d'éclair. Un frisson lumineux, qui déforma brièvement le paysage.

Kétinée leva le menton. Au sommet du tertre qu'elle avait voulu gravir, quelque chose était apparu. Quelque chose… ou plutôt quelqu'un. Il s'agissait d'un être de lumière, bien plus étincelant que tous les spectres croisés jusqu'alors. De grande taille, la silhouette fine, son crâne était surmonté de deux excroissances mobiles. « Un homme à tête d'animal », analysa la mambo. Elle ne le vit que de dos : cela lui suffit. Car si déjà la posture un peu voûtée de la créature, ses longues mains griffues, n'inspiraient guère confiance, son aura brute, surtout, la fit trembler. Jamais Kétinée n'avait senti un tel déchaînement de puissance. Même la voix d'outre-tombe de Déa, au sein du monde de Linda, n'était guère comparable à ce que la mambo ressentait maintenant.

Lentement, très lentement, la créature pivota. Kétinée se ramassa sur elle-même, plaqua son corps à la paroi du tertre.

Pas question de croiser le regard de cette entité : Kétinée finirait foudroyée, elle le sentait dans chaque fibre de son être. Elle aurait voulu rentrer dans la pierre, y disparaître. Si elle invoquait un iwa, peut-être parviendrait-elle à accomplir ce miracle ?

Elle n'osait pas le faire. Un simple murmure suffirait sans doute à attirer l'attention de l'entité. Brusquement, dix doigts de lumière se fichèrent à moins d'un mètre d'elle. Kétinée entendit et sentit un souffle. Elle avait l'impression que la créature observait la nuit, la cherchait. Bientôt, elle perçut un reniflement.

Il s'agissait du Renard pâle. Un animal humanoïde capable d'instiller la peur dans n'importe quel cœur, d'y semer remords et désordre. Kétinée dut puiser aux tréfonds d'elle-même pour ne pas se mettre à hurler. Elle réprima ses tremblements, se prépara à se faire dévorer.

Puis tout à coup : plus rien.

Plus un reniflement, plus un bruit, plus un souffle. Kétinée demeura immobile de très longues minutes. Lorsqu'elle se décida enfin à bouger, une voix faible, en contrebas, voulut percer la nuit.

— Kétinée, l'appela prudemment Napoléon. Tu es encore là ?

Avant de lui répondre, la mambo s'assura que la longue silhouette humanoïde du Renard pâle avait bel et bien déserté le paysage. Alors, elle déglutit et souffla longuement. Ses jambes, devenues de coton, se dérobèrent sous son corps. Elle tomba sur ses fesses, sans grâce, mais avec un soulagement infini.

— C'était… C'était quoi ce truc ? trembla-t-elle.

Elle connaissait déjà la réponse. Comme elle ne parvenait pas à rejoindre ses deux autres compagnons, ils grimpèrent vers elle.

— Tu vas bien ? s'enquit aussitôt Napoléon en la soutenant.

— Tu t'es vraiment approchée de très près de Yurugu, ajouta Babadji, décomposé. Il s'est ensuite détourné, je n'en reviens pas… Nous n'avons pas osé bouger ! Je suis tellement désolé.

— Tout… Tout va bien, grand-père, bredouilla la mambo, qui ne se maîtrisait pas encore bien.

Kétinée savait désormais ce que l'on pouvait ressentir, en évoluant dans le sillage d'une divinité.

Parfois, elle conversait avec les iwas supérieurs : Papa Legba, Mamy Wata, Ogou… Tout cela se faisait avec la protection des rituels. Comme à distance. Frôler Yurugu, c'était autre chose ! Simple mortelle face à un dieu… Comment survivre ?

Par un coup de chance insensé, c'est ce qui venait tout juste de se produire. Le trio de sorciers comprit bientôt pourquoi.

Au sommet du tertre avait été déposée une idole. Une statuette à l'effigie animale de Yurugu. En touchant celle-ci, le dieu de la mort et du désordre venait de la consacrer. En elle, il avait déposé une partie de lui-même, avant de repartir. Ce fut à cet endroit que Kilma rejoignit les autres.

— Excusez-moi, murmura-t-il… J'ai vraiment cru que je m'étais perdu en chemin… Oooh, mais voici enfin ce que nous cherchions tous, pas vrai ?

Nonchalamment, il ramassa l'idole que les trois autres considéraient avec un regard rond depuis quelques instants.

— Eh ben, vous en faites, une de ces têtes ! Vous avez vu un fantôme un peu plus flippant que les autres, c'est ça ?

Brusquement, entre eux, le tonnerre frappa. Avec une telle puissance, qu'ils en furent soulevés de terre.

XXIIII

Plusieurs fois, Ernest Villempré revint à la cave. Sans y revoir les sorciers disparus. Au début, le magicien se contenta d'attendre à la boutique, d'observer les gens par la fenêtre, de farfouiller un peu dans les étagères, de compulser des livres. Parfois, un client toquait à la porte. Avec force gestes, Ernest expliquait que le commerce était pour le moment fermé.

Un jour, il sortit pour vider un seau d'eau. Il venait d'épousseter les étagères et de laver par terre : il n'avait rien de mieux à faire... Pendant qu'il tournait le dos à la porte, un client s'était engouffré à l'intérieur. Ernest faillit expulser l'importun. Puis il se dit qu'il s'agissait peut-être d'une opportunité. Le fiacre à sa disposition s'en était allé. Le paiement de l'hôtel réglé aux frais du Prince arrivait à terme. Ernest ne possédait pas la bourse nécessaire pour s'offrir quelques nuits de plus. Il avait donc rapatrié Rodriguez jusqu'à la boutique. Et maintenant, il vivait là, en compagnie de sa fille, de son oiseau et de son singe. Il fallait bien nourrir ce petit monde. Alors, il accepta ce client culotté. Comme il accepta le suivant, et tous les autres.

Il donnait des prix, au jugé. Parfois, il se rendait compte qu'il visait un peu trop haut, ou bien un peu trop bas. Peu à peu, il commença à se faire une petite idée de la valeur des choses.

La boutique de la rue du Dragon avait été fermée trop longtemps au goût des clients. Car maintenant les gens s'y succédaient, qui pour un talisman, qui pour un gri-gri, qui pour une mesure de potion dont Ernest ne connaissait pas la fonction. Il vit débouler des gens de tous horizons. Des badauds, attirés par la bizarrerie de l'endroit. D'autres plus spécialisés, exigeants : de toute évidence, des sorciers. À ces clients-là, Ernest précisait qu'il était un intérimaire. Quelqu'un à qui le vieux Babadji avait confié sa boutique le temps de son absence. Tout cela se passa plutôt bien. Ernest avait suffisamment entendu Kilma baratiner ses clients du cirque pour à son tour en tirer des leçons.

Oui oui, telle amante infidèle reviendrait. Oui oui, tel ennemi finirait le corps perclus de verrues. À condition, bien entendu, de verser dans son thé quelques gouttes de tel hydromel, qu'il vendait à prix d'or. L'effet ne serait pas immédiat, désolé. Il faut à toute magie un peu de temps pour qu'elle puisse s'épanouir !

Au bout de quinze jours, Ernest avait engrangé quelques bénéfices. Il gardait la grande majorité de l'argent pour Babadji, bien sûr. Mais il avait de quoi nourrir sa fille et ses deux animaux. Il avait même commencé à apprivoiser les rongeurs qui parfois traînaient dans les sous-sols. Au bout d'un moment, l'un des rats fut capable d'effectuer un double saut périlleux, sans élan. Et une musaraigne savait taper de ses pattes en cadence, sur un air enlevé joué par une minuscule boîte à musique. Rodriguez, le jeune épervier, vivait sur le balcon du deuxième étage. Un peu maladroitement, il commençait à voler. Le singe Noidkoko et lui, très complices, avaient tenté quelques explorations ensemble, dans le vaste et fabuleux territoire que représentaient les toits de Paris.

Il existait tout un tas d'autres objets étranges, entreposés dans la chambre de Babadji. Des amulettes gravées, accrochées à des cordons de cuir. Des morceaux d'étoffes aux couleurs passées. D'énigmatiques statuettes à quatre bras, ou bien dotées d'un troisième œil. Tout ceci devait posséder une valeur sentimentale.

Parfois, un client bloquait sur le visage de l'ancien prestidigitateur. Qui comprit vite que son portrait dans les journaux avait marqué certains esprits. Il prétendait être quelqu'un d'autre. Avec plus ou moins de succès.

Trois semaines plus tard, personne n'était revenu de la cave. Mais avec les mondes magiques, on ne se savait jamais vraiment à quoi s'en tenir. Trois semaines pour Ernest pouvaient correspondre à une dizaine d'heures pour ses amis.

De jour en jour, il se rendait compte à quel point Kétinée lui manquait. Les aventures vécues ensemble avaient véritablement resserré leurs liens. Plus le temps avançait, moins Ernest rêvait d'Helena. Au lieu d'imaginer le corps de la cruelle trapéziste voltiger dans ses songes, il revoyait désormais la mambo dans sa tente, la poitrine nue.

Tout cela était encore un peu flou, dans le cœur chamboulé d'Ernest. Surtout qu'il n'avait jamais été le genre d'homme à sauter d'une fille à l'autre. Assis derrière le comptoir, ou bien penché à la fenêtre de la boutique, il ne voyait donc pas les jeunes femmes qui le lorgnaient du coin de l'œil. Il voulait oublier Helena, qui l'avait tant blessé. En pleine cristallisation stendhalienne, son cœur entier commençait à s'accrocher à la très fine Kétinée.

Au cours d'une de ses rêveries, un homme d'un certain âge passa à la boutique. Il demanda où était passé le véritable propriétaire des lieux. Fut soulagé de savoir qu'il vivait encore. S'excusa car cela faisait bien des années qu'il n'était pas venu. Il s'était passé beaucoup de choses dans sa vie, il avait dû séjourner à l'étranger durant un certain temps.

Cette tête disait quelque chose à Ernest. Tandis qu'il lui parlait, il essayait de se souvenir où il avait déjà croisé l'individu. Barbu, élégant, les cheveux en brosse, il s'exprimait très bien. Il semblait jouir à Paris d'une certaine notoriété : pour une fois, ce n'était pas Ernest que l'on dévisageait. L'homme prétendait s'être remis au spiritisme. Une occupation qu'il avait pratiquée, à l'occasion, en compagnie de Babadji.

— Je lui dirai que vous êtes venu le voir, promit Ernest. Et que vous êtes tout disposé à faire de nouveau tourner les tables en sa compagnie. Et vous êtes…

L'individu sourit dans sa barbe. Il ne devait pas souvent préciser ce genre d'information.

— Hugo. Victor Hugo, dit-il. Surtout, passez le bonjour à ce cher Babadji.

Il tourna les talons, s'arrêta au niveau de Déa. Très spontanément, il lui caressa la chevelure. Puis repartit dans le tumulte parisien en faisant tourner des têtes.

Derrière son comptoir, Ernest en resta bouche bée. Le grand homme était l'une des rares voix qui s'étaient élevées lors de son procès pour s'offusquer de la promptitude des gens à condamner avant le verdict. Il aurait pu publier une pleine tribune en ce sens, peut-être. Cependant le sujet d'un rapt d'enfants était délicat, et Ernest ne lui en voulait pas de ne s'être impliqué davantage.

Il faillit courir après l'écrivain, lui dire combien il appréciait ses textes, et quel honneur cela avait été de s'entretenir, même brièvement, avec lui. Et puis, si Déa s'appelait Déa, c'était en souvenir de *L'Homme qui rit*. Un roman intense et déchirant, qui entre autres mettait en scène une fillette aveugle et un jeune homme défiguré. Lorsqu'il se souvint de tout cela, et qu'il parvint à se tirer de son hébétude, l'écrivain célèbre avait disparu.

Ernest demeura volubile. Il en parla sans cesse à sa fille, lui répétant : « Tu te rends compte ? Tu te rends compte ? » À cause de sa cécité et de son jeune âge, elle ne connaissait rien d'Hugo. Cela ne l'atteignit donc pas vraiment.

Depuis leur installation improvisée, rue du Dragon, Déa s'était fort bien accommodée de sa vie nouvelle en plein cœur de Paris. Elle récitait les leçons que lui apprenait son père, s'occupait des animaux et dessinait de temps en temps. Au début perturbée par le ballet incessant de lueurs plus ou moins intenses dans les rues autour d'elle, elle parvenait désormais à en faire abstraction. Son père n'y prêtait plus guère attention, mais corbeaux comme loups tournaient encore autour d'eux. Déa sentait leur présence diffuse. Les uns comme les autres se tenaient à distance, jamais vraiment là, jamais complètement absents. Il arriva à la fillette de sentir une présence dissimulée, dans les égouts, et un regard fauve derrière une grille de métal se posait quelquefois sur elle.

Cela lui rappelait la visite à la clinique de ce spécimen qui avait alarmé son singe. Noidkoko, agité, était alors venu la retrouver jusque dans sa chambre d'hôpital. Intriguée par son effervescence, Déa l'avait suivi jusqu'à la cave. À cet endroit, le grand loup, à l'aura mystérieuse, avait indiqué à la jeune aveugle une porte de sortie. Déa avait hésité. Il est en général plus prudent de demeurer entre quatre murs que de suivre un loup gris.

Les quatre murs en question, cependant, devenaient pour elle de plus en plus hostiles. Dès son arrivée, on lui avait administré des injections qui inhibaient ses sens. Les traces de piqûres se dessinaient sur ses bras : on la droguait. Et l'on venait d'évoquer la possibilité d'un nouveau traitement, bien plus puissant encore, pour annihiler durablement ses sombres propos et ses pensées discordantes. Alors, Déa partit avec ce loup. Noidkoko sur l'épaule, elle avait quitté l'hôpital, se fiant à ce qu'il lui restait de dons magiques pour s'orienter dans la nature et dans la nuit.

L'animal la guida aux abords d'un chemin. Puis il s'éclipsa. Déa quant à elle poursuivit sa route. Elle s'était concentrée sur la présence d'Ernest, loin, très loin d'elle. Le lien entre eux était si fort que, malgré les drogues, malgré la distance, la jeune aveugle savait à peu près dans quelle direction s'orienter pour à terme le retrouver. Le jour se levait quand une voiture à cheval arriva sur la route. Déa se cacha derrière une butte, derrière un arbre. Quelques heures plus tard sur cette même voie apparut un fiacre. Elle sentit très distinctement que celui-ci était pour elle. En effet, un Ernest stupéfait en débarqua bientôt. Il se mit à courir dans sa direction, la serra très fort dans ses bras et versa même quelques larmes. Pour la seconde fois en moins de trois mois, ils avaient été séparés, et le magicien pensait ne jamais la revoir.

Plus lucide que lui, l'aveugle voyante avait le pressentiment que ce jeu cruel de terribles séparations et d'intenses retrouvailles pourrait encore se reproduire. Confusément, elle sentait que quelque chose se préparait, même si elle n'avait fait aucun rêve prémonitoire à ce sujet. La faute aux médicaments qu'on lui avait administrés de force, et que son corps avait du mal à éliminer. Cependant, corbeaux comme loups s'agitaient. Pas eux seulement, mais d'autres forces, tout aussi éthérées ou souterraines, complexes, disparates, qui se rassembleraient. De nombreuses intrigues secrètes, des enjeux opposés qui se nouaient. La concernant, il s'agissait du troisième acte de ce qui avait débuté par le feu, à Verdun. Petit à petit, une angoisse montait en elle. Une fébrile frustration de ne pas savoir déchiffrer les signes qui s'accumulaient. Elle repensa à la cartomancienne. À ce sujet, Déa culpabilisait un peu.

Un après-midi, elle s'approcha d'Ernest. Lui était assis au comptoir, en train d'épousseter un vieux masque africain qu'il s'était donné comme défi de vendre dans la semaine.

— Papa, je peux te parler ?

— Bien entendu, ma fille, sourit Ernest, enthousiaste. Tu sais bien que je suis toujours disponible pour toi !

Un peu gênée, la fillette tortilla du pied.

— Je repensais à Louise. Celle à qui j'ai joué un tour.

— Comment oublier ça ? Franchement, tu aurais vu sa tête, avec toutes ces cartes blanches !

Il se mit à rire. Ce qui détendit Déa, qui se livra avec franchise.

— Je n'ai pas forcément envie de savoir d'où je viens, papa.

— Et… pourquoi, dis-moi ? s'étonna Ernest d'une voix tendre. Tu te souviens de quelque chose qui ne te plaît pas ?

— Oui et non, avoua-t-elle. Ce sont des impressions… Il y a des choses que je ne veux pas voir, pas entendre. Cette voix, au fond de mon crâne. Ces veines sombres, sous ma peau. Et puis, tout ce que je pourrais faire, papa, si je laissais la colère sortir de moi.

— Et tu as… beaucoup de colère, dis-moi ?

La petite fille hocha vivement la tête.

— Je ne sais pas vraiment pourquoi. Ça ne veut pas dire que, moi, je suis toujours fâchée. Juste qu'elle est toujours là. Comme un feu sous la braise. Tu vois ?

Ernest s'étonnait de tant de clairvoyance, de cette analyse plutôt mature pour une fille de sept ans.

— Tu parviens à exprimer tout cela, c'est très bien, l'encouragea-t-il. Et je te remercie d'être venue me voir pour en parler. Moi aussi, je vais te dire ce que j'en pense…

Il quitta son comptoir, s'installa face à elle, un genou à terre.

— Il est évident que tu es sorcière. Que le sang qui coule dans tes veines vient peut-être d'un lignage particulier. Il faudra peut-être tenter un exorcisme.

Déa inclina lentement la tête.

— Et si ça ne marche pas ? Et si on ne peut pas chasser le monstre, parce que le monstre, ce serait moi ?

Ernest réfléchit quelques secondes à la question. Puis il prit Déa par les épaules et la fixa, avec intensité.

— Il existe forcément un moyen de cohabiter avec ce que tu es. Et puis, tu sais quoi ? Malgré tout ça, tu es ma fille. Tu l'es depuis que l'on s'est rencontrés, et le sera toujours. Avec des veines sombres, une voix caverneuse, ou même des pieds de bouc, tiens ! Franchement, je m'en fiche ! Tu es ma fille, et puis je t'aime. Surtout, surtout, je ne veux jamais que tu doutes de cela. À mes yeux, tu es quelqu'un de merveilleux, et je veux pouvoir être à tes côtés aussi longtemps que possible. Même vieux, même grabataire, je veux pouvoir te serrer dans mes bras comme aujourd'hui. Et si je ne sais plus le faire, et comme un jour je ne serai plus là, j'espère que tu sentiras mon fantôme, venu depuis l'outre-tombe, pour embrasser ta joue.

Il la serra très tendrement entre ses bras. Déa accepta cette étreinte, se coula contre lui. Ces mots étaient exactement ceux qu'elle avait besoin d'entendre. Elle ferma les yeux. Puis elle prit une très grande inspiration et lui dit :

— On va avoir besoin de moi, je le sens. Il y a, tout autour de nous, des nuages qui s'amoncellent. Alors, je vais être forte, grâce à toi… Je veux bien revoir Louise. Je veux bien la laisser tirer ses cartes. Et je te promets de ne plus cacher ce qu'elles disent.

— Vraiment, tu fais comme tu veux. Tu n'es pas obligée…

Déa insista. Lui assura que c'était mieux pour eux tous. Pas forcément pour elle : cela aussi, elle le devinait. Sur ce détail précis, cependant, elle préférait ne rien dire à son père.

— Tu sais que l'une des gitanes, Mamà Giacomo, est persuadée de t'avoir rencontrée alors qu'elle n'était qu'une enfant ? Bizarre, non ?

— J'avais déjà parcouru les Pyrénées avant de te rencontrer, papa, révéla-t-elle. Ce souvenir m'est apparu lors du spectacle chez le Roi Clochard. Quand il a fallu partir, c'est à ce lieu que j'ai pensé. Parce que je ne savais plus où trouver notre roulotte.

— Elle avait déjà brûlé, en fait… Étrange, ce lien avec les montagnes. Mais peut-être l'as-tu simplement rêvé ? Peut-être as-tu anticipé notre rencontre avec les gitans et les loups.

— Les loups ne sont jamais très loin, dit Déa.

Ernest n'eut pas le temps de creuser cette réponse. À cet instant, un nouveau client vint pousser la porte du magasin de Babadji. Le cheveu rare, le sourcil broussailleux, le menton cerné d'un collier de barbe, l'individu paraissait bien moins sympathique que l'écrivain passé plus tôt. Il s'appelait Archibald Saisonnier. Sur le comptoir, il claqua un reste de potion, deux gris-gris et un carnet jauni. Puis il vitupéra par-dessus ses lunettes sévères :

— C'est un scandale ! Ces amulettes ne sont que des attrape-nigauds ! Des talismans tout aussi utiles qu'un grain de sucre dans un océan de sel. Et je ne parle pas de cette potion, qui n'a d'élixir de longue vie que le nom ! Monsieur, j'exige remboursement !

Ernest n'était pas celui qui avait vendu ces articles à ce client. Il voulut donc temporiser, attendre le retour du vieux propriétaire. Si Kilma tenait de son frère, il était fort probable que Babadji cherchât à escroquer des clients particulièrement antipathiques de temps en temps… Le dénommé Archibald Saisonnier fut si tempétueux qu'Ernest finit par lui céder la somme qu'il lui réclamait. Ce mauvais bougre empocha aussitôt celle-ci en grommelant. Et puis il ajouta, à voix beaucoup plus feutrée et en indiquant le dernier article :

— En revanche, ce manuscrit fut très intéressant à parcourir… J'ai pris la liberté d'en copier quelques passages. Je le retourne donc à monsieur Mountabila, comme convenu.

Sur un bref signe du menton, l'énergumène s'en alla.

Le regard d'Ernest était resté fixé sur la couverture du manuscrit. Il s'agissait d'un carnet relié de cuir, et qui portait cette simple mention :

Carnets de Raoul Villempré.

Numéro Trois

Villempré était le nom de famille d'Ernest. Et Raoul, le prénom de son père. Pouvait-il s'agir d'un homonyme ?

Le magicien retourna vivement l'ouvrage, l'examina sous toutes les coutures. Celui-ci était constellé de notes. Certaines prises à la hâte, d'autres plus propres, plus posées. Parfois, ces pages étaient accompagnées de croquis. Il y avait des animaux, des portraits. Des créatures fantasmatiques. Ernest reconnut quelques licornes. Mais aussi plusieurs personnages dotés d'un troisième œil, qui n'étaient pas sans rappeler les statues du vieux Babadji. L'une des esquisses les plus remarquables représentait une femme masquée aux longs cheveux, vêtue d'une parure somptueuse, auquel avait été apposé ce nom : Tenngalidji.

La plupart de ces dessins très soignés comportaient des parties architecturales. Quelques piliers, des portes, beaucoup de ruines, pas mal de symboles. Des hiéroglyphes. De l'écriture cunéiforme. Et même un petit lexique, avec quelques constructions grammaticales d'une langue inconnue.

Ernest revint au début de l'ouvrage. Feuilleta tout, très minutieusement, en se trouvant parfois happé par un passage prometteur. Bientôt lui apparut le point commun entre tous ces croquis, ces descriptions foisonnantes mais disparates.

Le dénommé Raoul parlait de long en large des mondes magiques. De tous ces endroits absolument extraordinaires qu'il avait visités. Cela allait de la simple caverne, dans le sud de la France, jusqu'au descriptif détaillé d'une ville antique du Moyen-Orient, en passant par une forêt bretonne, ou un large manoir écossais hanté par les spectres… Ernest croisa même « les jardins suspendus de Babylone », l'une des Sept Merveilles du monde.

Chaque endroit du globe était précisément localisé. Chaque visite, narrée, datée. Entre les lignes, Ernest sentait poindre la même fascination que celle qui l'animait vis-à-vis des mondes magiques. De façon un peu plus froide, peut-être. Plus distanciée.

Et puis, toutes ces dates correspondaient. Ancrées dans les années 1850 : il pouvait s'agir de son père.

Non. Non : c'était forcément lui !

A priori, dans ce carnet, nulle mention de sa famille. Pas une ligne sur son épouse, ou sur un fils éventuel. Des visites, des dessins, rien que des faits, ou des suppositions. Rien concernant sa vie privée. Le compte rendu d'un scientifique, d'un explorateur. Quelqu'un qui n'aurait pas eu d'attaches.

Ernest repensa à l'unique représentation qu'il possédait de son père et de sa mère, et qui avait très récemment brûlé. Au dos, celle-ci comportait une inscription. Dont l'écriture – si ses souvenirs étaient exacts – ressemblait furieusement aux mots tracés sur ce carnet.

Le cerveau en ébullition, le magicien ferma très tôt la boutique, ce soir-là. Il demeura plongé dans cet étrange document. Un peu trop glacé, un peu trop secret. Mais passionnant, surtout.

De longues heures passèrent. Déa comprit que, pour une fois, elle ferait elle-même son repas. Elle finit par s'endormir dans un vieux fauteuil tandis qu'Ernest se demandait comment diable le vieux Babadji était entré en possession d'un carnet de voyage qui avait très probablement appartenu à son père. Quand le sorcier rentrerait, cela serait la toute première question qu'il lui poserait – après s'être assuré de la bonne santé de Kétinée, bien sûr.

Absorbé par sa lecture, il entendit à peine le tapotement insistant au carreau du magasin. Il daigna lever le nez du carnet et pesta contre l'importun. Il s'agissait de Louise. La nuit était tombée, elle était venue jusqu'à la boutique. Le visage d'Ernest s'adoucit aussitôt. Il alla lui ouvrir. La sorcière brune au teint pâle portait une élégante robe sombre, décorée de dentelle.

— Alors ça, c'est amusant : ma fille et moi, on parlait justement de vous, tout à l'heure. Mais... comment nous avez-vous retrouvés ? Je ne pense pas vous avoir laissé d'adresse.

— Les cartes m'ont dit où me rendre, murmura Louise. Et j'ai compris que tout ceci était urgent... Si vous m'invitez à entrer, elles vous apporteront peut-être quelques réponses, à vous aussi.

— Mais je vous en prie, lui sourit Ernest.

Sur le seuil, il s'effaça pour la laisser passer. L'envoûtant parfum de Louise emplit immédiatement l'air confiné de la boutique, qui d'habitude sentait plutôt le vieux parchemin, le bois et la poussière. Dès qu'elle entra, Déa fut réveillée. Ernest fit passer tout le monde dans l'arrière-boutique et prépara du thé.

La charmante présence de Louise égaya le sorcier. Il n'était pas tombé amoureux d'elle, pourtant il ressentait à sa vue quelque chose d'apaisant et d'affolant en même temps. Déa s'installa spontanément en face de leur visiteuse. Laquelle sortit son nouveau jeu de tarot. La consultation reprit donc, trois semaines après le fiasco de la précédente, comme si de rien n'était. Louise Balsia plaça quatre cartes sur la table débarrassée.

À gauche de Déa se révéla le monde : la carte censée la représenter. Elle portait le numéro vingt et un. Il s'agissait d'une jeune femme, entourée de quatre créatures : un fauve, un oiseau, un taureau et un homme.

— Quand on tire le Monde, cela signifie généralement qu'il faut penser plus grand, interpréta Louise.

— Plus grand, ou bien plus vaste, réfléchit Ernest, qui pensait aux kilomètres parcourus à cause de Déa, entre Verdun et les Pyrénées. Et ces quatre animaux, que représentent-ils ? Les quatre évangélistes ?

— C'est une interprétation commune, reconnut Louise. On peut aussi y voir les différents règnes animaux. Le fauve pourrait aussi bien être…

— Un loup, proposa Déa. Et l'oiseau, un corbeau.

— Oui, bien sûr, pourquoi pas… Restent le bovidé et l'être humain. Peut-être que toutes ces forces t'environnent, Déa.

— Dans la rue, j'ai entendu parler de la fête du Bœuf Gras, révéla la fillette. C'est quoi, au juste ?

— Cela se passe aujourd'hui. Cette nuit, précisa Louise. C'est un rassemblement un peu barbare, durant lequel un gros animal est sacrifié. L'occasion de faire un festin. Depuis l'insurrection de la Commune, elle est comme en suspens chez les humains. Chez les sorciers, cette fête existe toujours. Elle représente la vitalité, le renouveau. Elle exige beaucoup de sang… Il est dit que certains s'y taillent allègrement les veines. Il y est question de sanglants sacrifices, de sombres rituels.

La taromancienne avait énoncé tout cela d'une voix à la fois douce et macabre, une expression indéchiffrable aux lèvres.

— Superbe ambiance ! plaisanta Ernest. Ça donne vraiment envie de s'y rendre. Bon… et les autres cartes ?

À droite de Déa parut la Lune. Elle évoquait l'imaginaire et l'inconscient : les mystères de l'âme.

— C'est un peu vous aussi, ça, analysa Ernest. Vous consultez de nuit, vous nous mettez face à notre âme…

— En effet, cette carte me représente souvent, admit Louise.

L'arcane suivant fut la Maison Dieu, aussi appelée Tour : une figure de transgression, de catastrophe et de bouleversements.

— Les interprétations divergent : de la fumée émane-t-elle de la Maison Dieu… ou bien celle-ci est-elle frappée par un châtiment divin ? Comme la foudre, par exemple. Cela représente un écroulement, la fin d'un ordre établi… Révélons la dernière carte. Ensuite, nous prendrons un peu de temps pour tout étudier.

On vit paraître le Pendu.

— Tout cela est étrange, confia Louise. J'étais venue pour Déa. Mais on dirait que tous les trois, nous sommes concernés. Le monde pour notre petite aveugle. La Lune pour moi. Le Pendu pour vous, monsieur Villempré. Comme la dernière fois.

— Tous réunis autour de la Maison Dieu, résuma Ernest.

— Un cataclysme dont nous serons témoins, suggéra Louise.

Ils n'eurent pas le temps de discuter davantage. Du sous-sol monta une succession de voix confuses.

— Ils seraient de retour ? s'interrogea Ernest.

D'un bond, il quitta les tarots et la séance en cours. Déa comme Louise lui emboîtèrent le pas. Les quatre cartes en croix demeurèrent seules sur la table. Un autre regard s'y posa bientôt, au travers d'une fenêtre, depuis l'extérieur. Ce regard appartenait à une jeune femme à la chevelure très claire, au regard et aux vêtements noirs. Sur son épaule croassait un corbeau.

— Oui je le sais, Idonéïs, répondit-elle à l'animal. Nous approchons de l'heure fatidique… Ramsès ?

Elle jeta un coup d'œil par-dessus son épaule. Trois autres personnages sortirent de l'ombre. La peau extrêmement pâle d'une autre femme encapuchonnée contrastait avec les visages hâlés de deux hommes. L'un était barbu, plutôt blond et portait un turban. L'autre, de type égyptien, possédait un crâne rasé, une barbiche noire, un visage sans âge.

— Bientôt, ils vont sortir de la boutique, affirma celui-ci. Puis ils se rendront dans les catacombes… La taromancienne les guidera. Pour le meilleur et pour le pire.

— Et ensuite ? demanda la fille aux cheveux blond platine.

— Ensuite, ça se corse. Les pièces du puzzle s'assemblent autour de leur groupe, et certains meurent, souviens-toi…

— Nous ferons ce que nous pourrons, répliqua sa blonde interlocutrice. Évidemment, n'oubliez pas : il arrivera ce qui doit arriver. Nous devons accomplir ce que l'on attend de nous.

— Comme toujours, murmura Ramsès.

— Comme toujours, répondirent les autres silhouettes.

Un geste de leur chef d'expédition, et tous les cinq, volatile y compris, se regroupèrent. La fille blonde esquissa un geste. En un battement de cils, les corbeaux qui rôdaient depuis l'incendie de Verdun déployèrent leurs ailes : ils avaient de nouveau disparu.

XXV

Dans la cave, au pied de l'antique pilier, gisaient cinq silhouettes. Le voyage pour eux avait été éprouvant. Depuis le tertre situé au beau milieu du territoire de Yurugu, il avait fallu courir. Car le Renard pâle, en colère et instable, avait martelé le sol de plusieurs éclairs, parfois juste entre eux.

Il était apparu, avait disparu à certains endroits du domaine, avec une rapidité fulgurante. Kilma, Kétinée, Babadji et Napoléon étaient restés ensemble, avaient magiquement repoussé les traînées spectrales de plus en plus agressives. En travaillant en équipe, ils étaient parvenus à progresser, tout en s'éloignant de Yurugu. À bout de souffle, ils avaient ensuite quitté le domaine sacré, sans revoir la Grande Prêtresse.

— Pas besoin de traîner dans le secteur, avait estimé Babadji. On a obtenu ce qu'on voulait, maintenant on revient vers Monsieur Tan, et le plus vite possible !

Malgré la fatigue, le retour fut donc plus rapide que l'aller. Parfois, le musculeux Napoléon portait Babadji sur son dos :

cela le ralentissait à peine. À plusieurs reprises, Kétinée fit remarquer à Kilma qu'il avait l'air soucieux. Elle lui demanda s'il souhaitait se reposer.

— Ça va bien aller comme ça, répondait-il invariablement. Je ne suis pas encore grabataire, je te remercie.

Les quatre voyageurs parcoururent le pays dogon dans le sens inverse, des terres du Renard pâle aux falaises de Bandiagara, des villages autochtones jusqu'au couloir des Tentations, de la salle des Sages jusqu'au labyrinthe souterrain.

Sur cette route, ils n'avaient quasiment pas dormi, ils étaient épuisés. Fort heureusement, ils ne durent pas subir les épreuves mentales une seconde fois. La présence lointaine, bienveillante et hardie de Monsieur Tan, qui avait soutenu le passage de l'autre côté du monde magique, les en dispensa. Lorsqu'ils le rejoignirent enfin, le vieil Asiatique se trouvait sur le point de s'effondrer. Il avait en effet tenu le coup, physiquement comme psychiquement. Bien au-delà, selon ses dires, des trois jours escomptés.

— Je suis… ravi de vous revoir, parvint-il encore à prononcer. Vous avez été… bien plus longs… que prévu.

Lorsqu'ils franchirent le grand pilier dans l'autre sens, Monsieur Tan ne leur dit plus rien. Il s'effondra sur le sol de la cave de Babadji, sombra dans le sommeil. Tandis que les quatre voyageurs éreintés l'imitaient, il se mit à ronfler.

— Dors, mon ami, dors, murmura Babadji. Tu as, plus encore que nous tous, bien mérité de te reposer !

Ernest Villempré les rejoignit bientôt, accompagné de sa Déa et d'une jeune dame très élégante, aux cheveux noirs et lisses : la taromancienne, que Kétinée connaissait déjà.

— Je commençais à croire que vous ne reviendriez jamais ! s'exclama Ernest. Alors… Comment ça s'est passé ?

Pour toute réponse, Kétinée Mountabila trouva l'énergie de se jeter sur lui et de l'entourer de ses bras. Un peu surpris mais ravi, le magicien lui rendit cette étreinte. Leurs cœurs à tous deux battirent la chamade. Leurs deux peaux brusquement en feu demeurèrent en contact, et leurs mains se joignirent.

Kilma les observa, un sourire complice en coin. Il ne fit aucune remarque. Mais ses yeux particulièrement expressifs paraissaient leur dire : « Ah ben… Depuis le temps qu'on attend ça ! »

Babadji fit un bref descriptif de leur périple. Kétinée demeura blottie contre Ernest tandis qu'il présentait Louise aux voyageurs. Cette dernière parut extrêmement intéressée par le pilier antique qui saillait de la cave de Babadji. On fut un peu gêné de sa présence, elle s'employa à rassurer la petite assistance.

— En sorcellerie, j'en connais un rayon, assura-t-elle. Et il m'est parfois arrivé d'emprunter quelques passages comme celui-ci. La ville de Paris en comporte un bon nombre. Nous discutions justement de ceux utilisés par les sorciers d'ici et d'ailleurs, et de la sanglante fête du Bœuf Gras.

À cette évocation, Babadji s'agita.

— Les festivités… le carnaval n'a pas déjà eu lieu, j'espère ?

— Eh bien, si vous souhaitiez assister au début de la fête, je crains fort que vous l'ayez raté. Cependant, tout cela va continuer une bonne partie de la nuit. Il est encore relativement tôt.

— Tant de temps a passé depuis notre départ ? s'affola-t-il. Voilà pourquoi Monsieur Tan était à bout de forces ! On l'aurait fait attendre… vingt et un jours en tout ? ? Inconcevable ! Quelle heure est-il ? Quelle heure, exactement ?

Ernest lui répondit qu'il devait être près de vingt-deux heures. Comme s'il avait vu le diable, le vieux Babadji retrouva ses jambes de vingt ans et se mit à courir dans l'escalier.

— Sa réunion de sorciers se déroule ce soir, expliqua Napoléon Boussangué. Il ne doit la rater sous aucun prétexte.

L'air contrarié, le musculeux sorcier prit Monsieur Tan entre ses bras, jeta un regard morne et appuyé en direction d'Ernest et de Kétinée, puis remonta les marches à son tour.

— Ne me dites pas qu'on va devoir tous y aller et qu'il me sera encore impossible de dormir plus de trois heures ? s'indigna Kilma, de mauvaise humeur.

Cependant il emprunta l'escalier lui aussi : il ne voulait pas avoir accompli tout ce voyage pour rien !

Kétinée et Ernest se seraient bien passés également d'une nouvelle expédition en pleine nuit. Tout à la joie de s'être retrouvés, tout à la spontanéité de leur étreinte, ils traînèrent un peu le pas avant de se joindre au mouvement. Les douces paroles, l'un envers l'autre, attendraient un autre moment. Ils quittèrent la cave en compagnie de Déa. Louise lutta contre une envie d'examiner le pilier. Par politesse, elle ne resta pas seule dans le sous-sol. En revanche, elle scruta la cicatrice sur la main gauche de Kétinée.

— Elle est étonnante, cette blessure, lui dit-elle. Quand vous êtes passée chez moi, je l'avais déjà remarquée. Quel genre d'animal vous a fait cela ?

— C'est un loup, répondit la mambo. Et ça met du temps à guérir.

La taromancienne hocha rêveusement la tête. Un peu plus haut, Babadji fouillait dans ses propres affaires, les balançait à travers la boutique, pestait comme il le faisait rarement.

— Mais où est cet onguent, bon sang ? Et l'idole d'Amma, incrustée de pierreries ? Et le grand masque qui trônait en vitrine ?

— Hum… il se peut que j'aie vendu quelques-uns de ces trucs, durant votre absence. J'ai… voulu faire tourner votre commerce, vous voyez ? D'ailleurs, Victor Hugo est passé, et…

Babadji se leva vivement, dévisagea Ernest comme s'il venait de mettre le feu chez lui, puis le saisit par les épaules.

— La malle sous mon lit… Vous n'y avez pas touché, au moins ?

Ernest en avait examiné chaque artefact. Il mentit donc, en prétendant qu'il ne voyait pas de quoi Babadji parlait. Toujours aussi volubile, le vieil homme se propulsa cette fois jusqu'à sa chambre. Il y poussa un soupir de soulagement. Puis, sans attendre, il fourra la majorité du contenu de la malle dans sa besace. Napoléon lui proposa d'en transporter une partie.

— Alors, on est obligés, nous aussi, de participer à ta sauterie entre sorciers ? lui demanda son frère.

— Il… hum… Il se peut que je doive, à un moment donné, entamer un nouveau rituel. Pour cela, il me faut quatre personnes, au moins. Cinq, ce serait mieux… Un peu comme ce que nous avons accompli en ouvrant le passage.

— Monsieur Tan ne pourra pas participer, analysa Kétinée. Ses forces l'ont lâché. Il dort très profondément dans le lit de Babadji. On peut demander à Ernest de se joindre à nous… Qu'en dis-tu ?

— Moi je veux bien, répondit aussitôt le prestidigitateur. Même si je n'y entends toujours rien en magie dogon.

— Vous suivrez simplement mes instructions, le rassura Babadji. Cela devrait fonctionner… Espérons !

Il se gratta le front, parut se souvenir d'un détail qui le contraria.

— Le problème, c'est que je devais d'abord me rendre chez un ami qui connaît mieux les catacombes que moi. Sans nouvelles de moi depuis trois semaines, il a dû croire que je ne participerais pas à la fête du Bœuf Gras… Il habite assez loin d'ici. Si nous effectuons un crochet jusque chez lui, cela risque de nous faire perdre un temps précieux. De quoi rater mon rendez-vous !

Louise se permit d'intervenir.

— Je connais plusieurs accès et quelques raccourcis pour se rendre à la fête. Les galeries à emprunter sont vraiment… fascinantes. Souhaitez-vous mon aide ?

Babadji accepta cette offre providentielle. Tout le monde remercia la taromancienne. Sans plus de cérémonie, le groupe de six personnes s'apprêta à partir. Déa se joignit à eux, elle insista pour les accompagner.

— Je sens que je pourrai vous être utile, dit-elle en serrant fort la main d'Ernest. Je ne veux pas rester ici.

Au moment de quitter la boutique, Rodriguez le jeune épervier cria, plana jusqu'à l'épaule d'Ernest. Noidkoko dégringola du toit à son tour et vint se poster dans le cou du prestidigitateur.

— Finalement, nous serons neuf, comprit Ernest, qui avança en compagnie de ses deux animaux, mais en tenant également la main de Kétinée, qui elle s'occupait de Déa.

Depuis la boutique, le groupe devait rejoindre la rue du Four, pour ensuite descendre le boulevard d'Enfer. L'entrée principale des catacombes se situait dans le 14e arrondissement. Pourtant Louise prétendait connaître un accès beaucoup plus proche et plus secret, du côté du jardin du Luxembourg.

— À partir de là, nous pourrons rejoindre les festivités souterraines, assura-t-elle. Les carrières où se déroulent la fête du Bœuf Gras comportent plusieurs niveaux. Ceux qui ne pratiquent pas la sorcellerie l'ignorent, mais le réseau peut mener à une vaste nécropole. À cet endroit, tout est un peu… démesuré.

— Mon rendez-vous a plutôt lieu sous le cimetière du sud, intervint Babadji.

— Ne vous inquiétez pas : nous trouverons, sous terre, de quoi nous déplacer rapidement. J'en fais mon affaire.

Tandis que le groupe hétéroclite progressait dans les rues de Paris, Kétinée remarqua qu'ils avaient quitté le sillage d'un guide pour un autre, très différent. Était-ce bien rassurant ?… Elle en toucha discrètement deux mots à son grand-père.

— Ne t'inquiète pas, dit celui-ci. Nous ne sommes pas des agneaux sans défense. Et puis, cette Louise me semble charmante.

Babadji paraissait très pressé. Il consultait sans cesse une montre de gousset, récupérée à la boutique. Kétinée ne le jugea pas très objectif. D'autant qu'il avait toujours aimé les jolies femmes.

De son côté, Napoléon regardait la mambo à la dérobée.

— Elle semble préférer les rouquins. Dommage, n'est-ce pas ? lui murmura Louise.

— Oh, eh bien… je ne vois pas ce que vous voulez dire.

— Je ne parlais pas seulement pour vous, indiqua Louise. Car je ne suis pas sectaire, dans mes préférences. Et l'on ne peut que remarquer le charme de cette jeune mambo, pas vrai ?

Au bout de dix minutes de trajet, le petit groupe arriva en vue du jardin du Luxembourg. L'endroit était fermé à cette heure, cerné de grilles en fer forgé. Louise leur indiqua un individu en faction, extrêmement discret. Elle se dirigea droit vers lui, le salua. Il s'agissait d'un homme aussi pâle qu'elle, tiré à quatre épingles, muni d'une paire de binocles rondes.

— Je me rends aux célébrations souterraines, l'informa la taromancienne. Ce passage nous est acquis, me semble-t-il.

— Cette entrée est réservée aux nôtres, ma sœur, répliqua l'homme pâle, sans un sourire envers ses compagnons.

— Je réponds d'eux, insista Louise.

Son interlocuteur haussa les épaules.

— Si tu t'es trompée, nous saurons quoi dîner ce soir, répondit-il, un sourire en coin.

Kétinée s'était attendue à ce genre de remarques. La mambo demeura sur ses gardes. Elle serra les poings.

L'homme à binocles effectua un geste du poignet. Aussitôt, plusieurs barreaux de la grille en fer forgé s'écartèrent, comme s'ils avaient été aussi malléables que de la pâte à pain. Louise remercia la sentinelle, puis elle traversa le passage, bientôt suivie des autres. Lorsque Napoléon, dernier de cordée, eut traversé à son tour, les barreaux retrouvèrent leur consistance de métal.

— Woaw, c'est génial, ça ! s'exclama Ernest. Vous faites partie d'une confrérie secrète ?

— Si l'on veut, lui sourit Louise. Cela fait bien longtemps que je ne suis pas venue ici, lors des festivités. Il y a environ quarante ans. Mais c'est toujours le même type en faction.

Ernest émit un rire sonore : il pensait que Louise plaisantait. Navrée, Kétinée Mountabila leva les yeux au ciel. Comment quelqu'un d'aussi intelligent qu'Ernest pouvait-il être aussi aveugle, parfois ? Il n'avait toujours pas compris ? Elle voulut, discrètement, prendre à part l'homme qu'elle aimait et lui dire de vive voix à quoi s'attendre. Elle n'en eut pas l'occasion. Déjà, le groupe arrivait à hauteur d'une statue, où deux autres gardiens les saluèrent. On fit à Louise à peu près les mêmes remarques qu'à l'extérieur. Elle offrit les mêmes réponses.

Tout comme l'homme à binocles l'avait fait à la grille, l'une des sentinelles modifia l'aspect du monument. Dans sa main droite, il produisit un sceau de cire, qu'il apposa à la paroi. Au contact de l'objet magique, le socle de la statue s'éleva. Puis une partie de la structure s'escamota, comme un rideau qui se plisse. Un escalier droit qui s'enfonçait sous le sol apparut.

— Formidable… On va encore devoir progresser dans mille couloirs situés sous terre, bougonna Kilma.

Ils descendirent un moment. Pourtant, au lieu des étroits passages auxquels le marabout s'attendait, ils débouchèrent dans une caverne aménagée, percée de très larges couloirs, suffisamment spacieuse pour y voir stationner deux fiacres. Les discrètes lanternes accrochées au plafond conféraient aux voitures un air fantomatique. Les chevaux qui les tiraient, aussi noirs que la nuit, possédaient un regard qu'Ernest jugea déconcertant.

— Voilà de quoi nous déplacer, annonça Louise Balsia.

Aussitôt, elle alla voir un cocher, sortit quelques pièces d'une bourse et loua la voiture. Il faudrait un peu se serrer, mais un seul véhicule ferait l'affaire. Le magicien fut le tout dernier à monter : tombé en arrêt devant les chevaux, il avait voulu leur flatter l'échine, mais avait renoncé. Il n'arrivait pas à entrer en communication avec eux.

— Ces chevaux sont étranges, annonça-t-il en embarquant entre Déa et Kétinée. On les dirait à la fois morts et vivants.

— Tu es meilleur juge des animaux que des femmes, lui répondit simplement la mambo.

Louise sourit à cette remarque, et le fiacre se mit en mouvement.

— Comme destination, j'ai donné le cimetière sud. Le cocher m'a indiqué qu'il ne pourrait nous mener jusque-là, car les passages deviennent plus étroits, et les festivités bloquent quelques accès. Passé la nécropole, nous devrons donc continuer à pied.

— On m'avait parlé de ces très larges galeries. Mais il faut le voir pour le croire, signifia Babadji.

— Bien peu de personnes y ont accès, indiqua Louise. Comme vous avez pu le constater, j'ai mes entrées dans le secteur. Les propriétaires de ces tunnels résident ici, sous terre. Au monde mortel, ils préfèrent la discrétion des souterrains.

— Pas étonnant, vu leur nature, intervint Kétinée.

Cette conversation perdit soudain toute importance. Car un paysage grandiose et baroque venait de s'inviter à la fenêtre. Une caverne si gigantesque, si structurée, qu'on avait bien du mal à la croire réelle.

Il s'agissait d'une cité. De larges bâtiments de pierre, séparés par des ruelles, parfaitement intégrés à un très vaste cimetière. Les constructions, aux jardins constellés de tombes, tenaient autant de l'habitation gothique de luxe que du vaste caveau familial. Ornées de corniches ouvragées, de pilastres à chapiteaux, ces demeures souterraines prenaient des allures de petits manoirs lugubres, percés de longues statues macabres, émaillés de gargouilles. De cet ensemble composite émanait une grande finesse architecturale, une élégance morbide, parfaitement conçue. Et puis, partout, des ossements, des crânes. Des milliers et des milliers de reliques, entassées, imbriquées les unes dans les autres. Elles étaient la glu de ce paysage. La matière sur laquelle tout était bâti.

On voyait ces squelettes servir de charpente, d'armature. D'autres carcasses se dresser fièrement, ornements sinistres et saisissants, dont les orbites creuses vous fixaient depuis l'outre-tombe. Il existait de subtiles mises en scène. Certains de ces cadavres tragiques paraissaient vous interpeller, les bras tendus, à la recherche d'une impossible échappatoire. Ou peut-être cherchaient-ils à vous agripper, pour vous entraîner à leur suite dans les profondeurs insondables. Kilma se mit à frissonner.

— J'avais des catacombes l'image de simples crânes empilés, organisés en vrac.

— Vous êtes à Paris-sous-Paris, dit Louise d'un ton lugubre. Sa sombre sœur jumelle. Son reflet mortuaire et secret.

À part la pâle taromancienne, aucun des occupants du fiacre ne se sentait vraiment à son aise. Par les fenêtres ouvertes, un vent sépulcral s'insinuait dans le véhicule et leur glaçait le sang. Même Noidkoko et Rodriguez s'étaient mis à trembler. Kétinée soupira : on se trouvait à mille lieues de la chaleur d'Afrique. Même le domaine du Renard pâle lui parut bien plus accueillant que cette nécropole.

Passé ce premier site, le groupe découvrit d'autres cavernes. Au creux de certaines d'entre elles, on décelait de l'agitation. Les sorcières et sorciers repérèrent des individus qui grimpaient, s'accrochaient aux crânes et aux tombes, puis se mettaient à ramper, intrigués par le passage du fiacre. S'agissait-il d'êtres humains désespérés ayant fui la surface, ou plutôt d'indéfinissables créatures souterraines aux traits grotesques ? Personne dans le fiacre n'avait vraiment envie de quitter le confort du véhicule pour descendre et les rencontrer.

Le véhicule s'engagea sur un pont. Un passage sculpté, qui traversa la plus vaste des grottes. En dessous de la voiture tirée par les sombres chevaux, la nécropole paraissait s'étendre sans fin. Cette vision abyssale et vertigineuse donnait une idée du nombre de personnes disparues au fil des siècles, et sur qui les vivants bâtissaient encore. Par strates adroitement superposées. Un cadavre à la fois, le suivant sur le précédent. Au bout du pont, le cocher fit brusquement halte.

— Encore des sentinelles, devina Napoléon.

Kétinée profita de cet arrêt pour serrer fort la main d'Ernest dans la sienne. Vraiment, elle eût voulu se trouver autre part, et rien qu'avec lui ! Bientôt, les voyageurs entendirent des voix.

— Je vais voir de quoi il retourne, les informa Louise.

Elle revint bientôt vers eux, la mine contrariée.

— Nous devons quitter le fiacre, expliqua-t-elle. Un rassemblement nous empêche de passer.

Des gens grimés, portant costumes et lanternes, devisaient au-delà du pont. La plupart dansaient ou chantaient.

— Comment peut-on bien danser dans un endroit pareil ? maugréa Kilma.

Le vieux Babadji consulta sa montre.

— Contournons tous ces gens, continuons à pied. Combien de temps, d'ici, avant de rejoindre les cryptes du cimetière sud ?

— Une vingtaine de minutes, tout au plus, jugea Louise.

Sa lourde besace cliquetante toujours en bandoulière, Babadji fut le premier à toucher terre. Les sorciers se regroupèrent et fendirent la foule. Les fêtards buvaient d'étranges breuvages épais, dans des verres ou des crânes creusés. Le groupe fit bloc autour de Louise. Les individus aux macabres costumes les dévisageaient, avec un regard que les voyageurs jugèrent féroce. Même leur guide n'était pas rassurée.

— Je suis désolée, dit-elle. Je ne m'attendais pas à devoir passer *si près* d'autant d'individus. Je pensais qu'il y aurait d'autres sorciers, dans ce secteur.

On les fixa, on les frôla, on leur sourit beaucoup. Certains firent mine de les agripper. Plusieurs fois, Louise précisa :

— Ils sont avec moi.

— En es-tu bien sûre ? répondit un jeune personnage aux cheveux longs, aux yeux excessivement bleus. C'est jour de fête, aujourd'hui, et dans ces occasions, un somptueux repas est toujours bienvenu.

Plusieurs de ses comparses firent mine de leur barrer la route. Certains, qui paraissaient ivres, ricanaient sans retenue.

— Ça sent le grabuge, jugea Napoléon.

— Hein ? Ils ne veulent quand même pas… nous bouffer ? s'étonna Ernest.

Une femme à la coiffure sophistiquée intervint et calma le jeu.

— Excusez leur comportement, dit-elle. Je me présente : Henriette de Beaussire, l'organisatrice de cette partie des agapes. Et je ne voudrais pas que l'esprit de la fête soit gâché par quelques jeunes impétueux. Suivez-moi donc, je vais vous emmener ailleurs.

Elle indiqua une ruelle descendante, loin du tumulte des danseurs ivres. Il y eut quelques protestations, quelques plaintes. Cependant sa présence parut suffire pour que ceux qui avaient pris à partie les sorciers ne les suivent pas.

— Voilà, passez par ici, indiqua-t-elle. Vous rejoindrez ainsi d'autres territoires, à la faune un peu moins… spécifique. Je vous souhaite une excellente fête du Bœuf Gras.

Louise remercia leur bienfaitrice. Tous avancèrent sur un chemin sinueux, parmi le genre de tombes et de macabres bâtiments qu'ils avaient aperçus plus loin, et qui de près leur parurent encore plus sinistres.

— Ah mais oui ! s'exclama soudain Ernest. J'ai compris : ce sont des vampires !

Cette remarque fit beaucoup rire Kétinée.

— Enfin, ton cerveau s'est remis en marche !

— Mais alors… vous aussi, Louise ? poursuivit le magicien.

Il se souvint soudain de l'allusion de Mamà Giacomo, dans les Pyrénées. Qui avec ses index avait désigné ses canines.

— J'espère que cette révélation ne vous ennuie pas trop, murmura la taromancienne. Mes semblables ont beau se nourrir de sang humain, je ne suis pas du genre à me jeter au cou du premier venu, vous savez. Certains parmi nous savent se tenir.

— Hum… Non, non, aucun souci, intervint à son tour Kilma. Personnellement, j'avais deviné depuis un moment, bien sûr.

Parmi les voyageurs, personne ne le crut vraiment.

— Nous quittons très bientôt les territoires de mes semblables, fit Louise. Au-delà, ce devrait être moins dangereux pour vous. Encore quelques dizaines de mètres…

Du doigt, elle indiqua un carrefour. À cet endroit parurent quelques silhouettes qu'ils reconnurent aussitôt. Il s'agissait du petit groupe qui les avait pris à partie.

— Il serait bien dommage de prendre congé de vous tous sans vous saluer convenablement, annonça le chef de meute.

Accompagné de quatre de ses semblables, il avança vers eux.

— Et… si on rebroussait chemin ? proposa Kilma.

Il ne put mettre son plan à exécution. Car de l'autre bout de la voie arrivait Henriette de Beaussire, accompagnée de quelques invités qu'elle avait elle-même sélectionnés. Sa propre expression carnassière ne laissait que très peu de doutes quant à ses intentions.

— Que cherchez-vous donc à faire ? la toisa Louise. Vous ne jouez pas franc-jeu !

— Eh bien quoi, ma belle ? ricana l'organisatrice. C'est jour de fête, et l'on devrait se passer d'un mets de choix, servi chez nous sur un plateau ?

— Alors ça, je m'en doutais depuis le début ! pesta Kétinée, en colère contre elle-même. Franchement, qu'est-ce qui m'a pris de suivre une vampire, au beau milieu d'un piège !

— Hé, mais je n'y suis pour rien ! se défendit Louise.

Les deux filles n'eurent guère le temps de se chamailler. La dizaine de vampires qui les encerclaient se mirent à courir vers eux, tous crocs dehors. Kétinée s'apprêta à invoquer un iwa. Ernest dégaina ses couteaux. Kilma sortit un peu de sable. Babadji murmura une prière. Napoléon leva les poings. Louise sortit ses propres crocs. Aucun de ces sorciers ne fut cependant plus rapide ni plus efficace que la jeune Déa.

— *Non*, clama sa seconde voix, celle d'outre-tombe.

Tout comme chez le Roi Clochard, il y eut une violente secousse, qui fissura le sol et résonna dans toute la caverne. Plusieurs tombeaux se fendirent. Des caveaux s'écroulèrent. Des centaines de crânes et des milliers d'ossements furent chassés de leur emplacement parfois millénaire et s'éparpillèrent dans les reliefs de la grande crypte. Ce bref séisme stoppa net tous leurs ennemis. D'un mouvement coordonné, les suceurs de sang reculèrent. Leurs regards de prédateurs, soudain affolés, considéraient l'enfant dressée au milieu du chaos.

— *Et maintenant : partez*, leur ordonna Déa.

En prononçant ces nouvelles paroles, elle fit encore trembler la terre. Il ne lui en fallut pas davantage pour se faire comprendre : dans les secondes suivantes, hormis Louise, il n'y avait plus un seul vampire alentour.

Toutes et tous avaient été mis en fuite par une petite fille qu'ils n'approcheraient jamais plus.

XXVI

Ernest, à la fois soulagé, ravi, fier, interrogateur, et profondément angoissé, considéra sa fille qui venait une fois de plus de leur sauver la mise. D'impressionnantes veines rouges étaient réapparues sur ses mains, sur ses joues. Une aura sombre l'avait brièvement enveloppée.

Pourtant, tous ces signes extérieurs de puissance s'évanouirent, aussi vite qu'ils s'étaient manifestés. Bientôt, plus aucun halo ténébreux, et plus une seule marque sur sa peau.

Tous les sorciers demeurèrent cloués sur place. Seul Ernest osa s'approcher. Pas très hardiment.

— Pas besoin de t'inquiéter pour moi, papa, lui dit très calmement Déa, d'un timbre plus doux et plus enfantin. Cette fois, j'ai su m'arrêter à temps.

Chacun poussa un très profond soupir. Napoléon demanda :

— Dites-moi… C'est qui au juste, cette petite ?

— Si seulement on le savait, soupira Kilma.

Ernest prit sa fille par les épaules.

— Ce que tu viens de faire est phénoménal.

— Et très dangereux, papa. J'espère que tu ne m'en veux pas… Chaque fois que j'utilise mon autre voix, je lui permets de revenir. Et de gagner de la puissance.

— Tu permets *à qui* de revenir ? l'interrogea Kilma.

— À la personne que je suis vraiment… Quelqu'un que je n'aime pas trop. Et qui pourrait tous vous tuer si je ne fais pas attention.

Cette déclaration glaça le sang de l'assistance. Ernest ne sut d'abord quoi répondre à cela.

— Tu te souviens… de quelque chose qui date d'avant notre rencontre ? finit-il par demander à sa fille.

— Plus j'utilise l'énergie sombre, et plus mes souvenirs reviennent, oui, lui murmura Déa. C'est encore extrêmement flou. Je crois… Je crois que j'ai vécu une autre vie, avant. Que ce n'était pas une vie joyeuse. Et que j'ai fait beaucoup de mal.

Sur son visage habituellement impassible, une larme coula.

C'était la toute première fois qu'Ernest voyait sa fille pleurer. Il en fut bouleversé. Il voulut la prendre dans ses bras.

À sa surprise, elle le repoussa. Puis elle essuya elle-même la larme sur sa joue.

— Je veux oublier ça pour le moment, indiqua-t-elle. N'en parler que plus tard. Si on continuait ?

Chacun la remercia, la considéra avec un mélange d'admiration et de terreur difficile à dissimuler. Même le musculeux Napoléon n'osait plus l'approcher. Pour changer de sujet, Kilma réfléchit à la suite de l'expédition :

— Tout cela devient dangereux. Il va falloir que tu nous parles, Babadji ! Et d'ailleurs j'en soupçonne certains, parmi nous, de se trouver déjà dans la confidence.

Son regard se posa sur Napoléon, qui leva les mains.

— Hé ! s'excusa celui-ci. Nous avons donné notre parole, Monsieur Tan et moi. Alors je ne vendrai pas la mèche.

Kétinée se tourna vers son grand-père.

— Ce soir, tu ne comptes pas seulement te rendre à un rassemblement de sorciers où tu ferais la promotion du peuple dogon, pas vrai ? Dans quoi exactement nous as-tu embarqués ?

D'une main ridée et nerveuse, le vieux sorcier africain se lissa la barbe. Puis il s'assit en tailleur et soupira profondément.

— Très bien, très bien. Prenons tout de même quelques minutes... En effet, vous avez le droit de savoir... Et puis, j'avais prévu de vous le dire. Le moment est venu.

Il joignit les doigts, prit le temps de prononcer la phrase suivante.

— Il y a deux ans, jour pour jour, mon fils Ambala trouvait la mort dans ces catacombes.

— Il... n'a pas été piétiné par un cheval ? se souvint Kilma.

— J'ai tu la vérité. Il a été tué, ici, lors de la fête du Bœuf Gras. Assassiné par la créature au centre de tout.

— De qui parles-tu ? demanda Kétinée.

— Tu m'as dit avoir rencontré des hybrides, dans les Pyrénées. Certains qui se changeaient en ours, d'autres en loups... Eh bien, ici parade un hybride de taureau. Son pouvoir se transmet en famille, de génération en génération. Durant les manifestations actuelles, le Grand Taureau devient une sorte de divinité. On le porte en triomphe, on lui permet absolument tous les excès. Car c'est lui qui donne son sang pour permettre le renouveau. Et ce sang n'est jamais aussi puissant que le jour où la fête est célébrée. Question d'alignements stellaires, comme souvent...

— Je suis largué, avoua Ernest. Quel renouveau ? L'arrivée prochaine du printemps ? La renaissance de la nature ? Il s'agit d'une métaphore ?

— Non non, le Grand Taureau possède un immense pouvoir de guérison. Pouvoir que par son sang il confère aux mondes magiques. Si un autre monde est endommagé, affaibli, l'une des solutions qui s'offre à son architecte est une audience auprès du Grand Taureau. Voilà ce que nous avons voulu faire, Ambala et moi, il y a deux ans. Nous avons voulu restaurer quelque chose. Un territoire que parfois l'on appelle…

— Les Terres Oubliées, devina Ernest.

Babadji l'observa avec des yeux ronds.

— Oui, en réalité, j'ai un peu fouillé votre coffre. J'y ai vu les statuettes à quatre bras. Et puis le talisman, qui représente un « troisième œil ». Autant d'objets qui viennent de là-bas et que vous portez ce soir avec vous, n'est-ce pas ?

Babadji sortit brièvement de son sac le talisman évoqué.

— Mais, le nom de ce pays. Comment connaissez-vous… ?

— Mon… hum… On va dire que mon père a voulu les visiter, jadis. Il n'y est jamais parvenu, je crois. Du moins, pas tout de suite. Mais il a pris beaucoup de notes, à ce sujet.

— Ah mais oui ! Voilà pourquoi votre nom me rappelait quelque chose ! s'exclama Babadji. Raoul Villempré ! Vous avez parcouru ses carnets… Je les ai aperçus, sur le comptoir de la boutique. Monsieur Saisonnier a dû me les rendre… Alors, vous êtes son fils ? Cet homme était un grand explorateur.

Mentalement, Ernest nota le mot « était ».

— Vous l'avez rencontré ? Il vous a confié l'un de ses carnets ?

— Non, nous ne nous sommes jamais croisés. C'est tout à fait par hasard si je suis entré en possession d'une partie de ses notes. En fait, je les ai gagnées à l'occasion d'un troc, lors d'un voyage en Écosse.

— Qui vous les a données ?

— Quelqu'un qui l'a peut-être connu. Et qui m'a raconté que Raoul était mort. Cette personne était surtout intéressée par un gri-gri que je vendais… Mais revenons à notre sujet, car le temps presse… Il y a deux ans, Ambala et moi-même avons voulu demander audience auprès du Grand Taureau. Parce que les Terres Oubliées se meurent. Elles sont gangrenées par de très vastes plaies, qui ont peu à peu mené à leur ruine. Cela dure depuis des siècles. En fait, mon épouse disparue, la mère d'Ambala, venait de ces contrées. En sa mémoire, nous avons voulu faire quelque chose pour sa terre natale.

— Oh… Vous avez épousé une native d'un monde magique ?

— Ma grand-mère Likou, intervint Kétinée. Que je n'ai pas connue. En revanche, je m'entendais très bien avec mon oncle, Ambala. Sa mort m'a fait beaucoup de peine.

— Au père meurtri que je suis aussi, murmura Babadji Mountabila. Voilà pourquoi… je voudrais, ce soir, le ressusciter.

Cette déclaration fut accueillie par force regards médusés.

— Le… Le *quoi* ? demanda Ernest. Vous êtes sérieux ?

— Je n'ai jamais été aussi sérieux de toute ma vie, assura Babadji. J'ai la très forte conviction que nous pouvons faire revenir Ambala parmi les vivants.

De nouveau un silence. Et dans les yeux de Babadji, une grande détermination.

— C'est complètement fou, jugea Kilma. On ne revient pas du royaume de la Grande Faucheuse.

— Dans certaines circonstances, si, objecta Louise. Vous en avez la preuve, devant vous.

— Mais Ambala est décédé depuis bien trop longtemps ! s'exclama Kilma. Quasiment deux années. Il ne doit rien rester de lui… Et puis, tu veux vraiment transformer ton fils en vampire, mon frère ? Quand nous avons quitté le couloir des Tentations, j'ai vu que tu ne t'étais pas remis de sa disparition, et je le comprends tout à fait… Mais de là à en faire un cadavre ambulant ? Sans vous offenser, mademoiselle Louise.

— Le « cadavre ambulant » que je suis se porte très bien, merci, répondit-elle. Cependant… une transformation en vampire, cela doit être instantané. Sinon, il y a nécrose irrémédiable du corps, du cerveau…

— Ambala est décédé dans des circonstances très particulières, révéla Babadji. Pour faire bref : le Grand Taureau s'est moqué de notre requête. Car selon lui il faudrait de véritables rivières de sang pour sauver l'Atlantide.

— L'Atlantide ? tiqua Ernest. Le fameux continent disparu ?

— C'est également ainsi que l'on nomme les Terres Oubliées, lui révéla Babadji.

— Alors, je serais descendante… d'une grand-mère atlante ? résuma Kétinée. Grand-père… pourquoi ne m'en as-tu jamais parlé ? Et toi, grand-oncle ?

— Ce sont de très vieilles histoires, souffla Kilma. Et puis, quelle importance ? Cet endroit est inaccessible, désormais. C'est bien ce que disait ta femme, non ?

— Soit Likou se trompait, soit elle m'avait menti, mon frère, et je l'ai découvert il y a quelques années, en compagnie d'Ambala.

Kilma se redressa d'un bond.

— Ne me dis pas… que vous vous êtes rendus là-bas, tous les deux ? Alors ça, ce serait extraordinaire !

— Cela *a été* extraordinaire, corrigea Babadji. Et les carnets de ton père, Ernest, m'ont d'ailleurs bien aidé à ouvrir un passage situé en Égypte, dans la pyramide de Saqqarah. Là-bas se trouve un point d'accès vers l'Atlantide. Bref… tout cela fut très compliqué. Et très rocambolesque. Si nous avions le temps, je pourrais bien vous en parler durant des heures… Ambala et moi-même avons ainsi visité une partie des Terres Oubliées. Qui sont en proie à la désolation. Nous en avons rapporté quelques objets. Afin de prouver leur magie, nous sommes allés voir le Grand Taureau. Qui s'est d'abord moqué de nous. Puis qui a carrément insulté le peuple de l'Atlantide, jadis si prospère. Il a raillé les vestiges de ce célèbre monde magique en proie à la pourriture. Il a prétendu que les Atlantes méritaient leur sort. Je n'ai pas aimé qu'il insulte la terre natale de ma défunte épouse. Alors… hum… Alors, je l'ai défié.

— Tu as défié le Grand Taureau ? s'étonna Kilma. C'est-à-dire ?

— J'ai mis en doute son pouvoir de guérison devant ses adorateurs. Et je lui ai… euh… peut-être craché dessus, aussi.

Kilma rit de bon cœur.

— Et c'est moi que l'on traite parfois d'immature ? Babadji, mon frère, tu sais quel âge tu as ?

— Franchement, je n'en suis pas fier ! Aussitôt, le Grand Taureau m'a provoqué en duel. Impossible de refuser : j'aurais été immédiatement lynché par la foule. Sauf que…

— Sauf que votre fils a proposé de prendre votre place, devina Louise.

— J'ai refusé, bien sûr, mais les partisans du Grand Taureau m'ont retenu. Ambala a fait promettre à l'hybride que, s'il gagnait, nous serions libres. Et que, s'il perdait…

— Tu t'en irais tout seul, finit Kilma. C'est ce qui s'est passé ?

— C'est ce qui s'est passé, soupira longuement son frère. Ambala s'est très bien battu. Il est parvenu à blesser le Grand Taureau plusieurs fois. Au final, malheureusement…

Il eut bien du mal à finir sa phrase. Il revoyait chacune des blessures de son fils, chaque coup porté par le Grand Taureau. Et puis ce corps chéri, couvert du sang de la bête ennemie, mais qui peu à peu se vidait du sien, avant de s'effondrer.

Étreinte par l'émotion, la voix du vieux Babadji déclina.

— Au final, mon fils Ambala a été tué.

Dans la crypte déserte, un lourd silence perdura.

Babadji essuya les larmes naissantes sur son visage. Puis il reprit :

— Tout cela est ma faute… Comme j'ai pu me montrer stupide ! Ambala a été enterré dans un caveau, à deux pas de l'endroit où il a été assassiné. D'abord, j'ai été dévasté, anéanti de culpabilité. Incapable de vous avouer cette immonde vérité, Kilma, Kétinée… Et puis… Et puis un soir mon ami, Monsieur Tan, m'a fait cette remarque. Si le sang du Grand Taureau sert à guérir, s'il permet le renouveau des mondes magiques… pourquoi ne pourrait-il pas faire revenir à la vie une seule personne, justement morte alors qu'elle se trouvait baignée de ce fluide ? Ensemble, lui et moi, nous avons voulu… déterrer Ambala, pour vérifier cette théorie.

— Beuuuh ! c'est glauque, jugea Kilma.

— Peut-être… Cependant, nous avons constaté que son corps était effectivement intact. Maintenu en l'état par un puissant sortilège, émanant bien du sang sacré du Grand Taureau.

— C'est glauque… et complètement dingue, corrigea Kilma.

Babadji s'essuya de nouveau les yeux, puis reprit son souffle.

— Depuis deux ans, je suis allé à différents endroits, de l'Himalaya jusqu'en Inde. En Égypte. Et de nouveau, vers les Terres Oubliées.

— Que j'ai visitées moi aussi, révéla Napoléon Boussangué. Maintenant, je peux vous en parler.

Babadji hocha la tête.

— Jadis, j'ai tiré Napoléon des griffes d'une secte… En retour, il a voulu m'aider dans cette folle entreprise qui est devenue mon quotidien… Depuis quasiment deux ans, donc, ce cher Napoléon, Monsieur Tan et moi-même préparons le rituel qui doit se dérouler ce soir. À part eux, personne n'a jamais voulu s'aventurer en ces territoires que la morale et le bon sens réprouvent. Car même pour un sorcier, il est de très mauvais aloi d'offenser clairement Sa Majesté la Mort, en lui enlevant l'un des sujets qu'elle a déjà fauchés depuis si longtemps…

Ernest n'en revenait pas.

— Vous voulez donc effectivement ressusciter votre fils, formula-t-il. Vous vous en pensez vraiment capable…

Babadji hocha gravement la tête.

— Dans certains rouleaux ancestraux, précieusement archivés au temple Din, là où officie Monsieur Tan, nous avons trouvé quelques pistes afin d'élaborer notre cérémonie. Surtout qu'Ambala a du sang atlante extrêmement sensible à la magie. Il fallait donc rassembler plusieurs éléments. Divers artefacts issus des lieux empreints de sorcellerie qu'il a pu traverser, ou dont notre lignage est issu. Les derniers en date sont ceux qui me manquaient encore : la terre consacrée du pays dogon et l'idole du Renard pâle. Ces puissants éléments constituent l'autre partie des racines d'Ambala.

— Et tu crois vraiment qu'avec tout ce bric-à-brac, tu pourras le ramener parmi nous ?

Babadji leva de grands yeux déterminés vers son frère.

— Il le faut, assura-t-il. Je ne veux songer à l'échec. Tout doit se passer ce soir, lors de la fête du Bœuf Gras, au moment où le sang du Grand Taureau est le plus fort. L'an dernier, je ne possédais pas tous les éléments. Cette nuit est la toute dernière limite. Car le temps qui passe est notre ennemi. Passé ce jour, nous ne pourrons plus rien pour Ambala. Son âme, trop lointaine, nous deviendra inaccessible.

Ernest se décida à demander :

— Et… comment vous savez si on ne va pas plutôt réveiller une sorte de mort-vivant, ou bien un monstre sanguinaire ?

— Je pense avoir préparé ce rituel comme il le faut, avoua Babadji. Mais en réalité je n'ai aucune certitude absolue sur son issue…

De nouveau, le silence s'empara du groupe. Chacun parut s'interroger en son âme et conscience. S'agissait-il d'une cruelle erreur ? Du baroud d'honneur d'un père dévasté ? Des illusions d'un fou, qui malgré son grand âge refusait les lois immuables ?

Plus que tout autre, Ernest se trouvait face à un dilemme. En s'aventurant plus avant dans les catacombes sorcières, il mettait sa fille en danger. Ce soir, elle avait prouvé, une fois de plus, qu'elle était tout à fait capable de se défendre seule. Mais que se passerait-il si elle déployait un peu plus sa sombre magie ?

Il avança vers Déa, se posta devant elle. La petite fille n'avait rien perdu de la conversation.

— Écoute, lui dit-il franchement, si tu veux que l'on fasse demi-tour, nous partons tout de suite. Je ne veux pas risquer ton avenir sur des suppositions absurdes. Mais si, au fond de toi, tu souhaites vraiment que nous restions…

— Je pense que nous devons le faire, papa, répondit Déa sans ambages. Je crois que tout cela dépasse nos vies, et que c'est vraiment important.

— C'est également mon sentiment, signifia Louise. Ces dernières semaines, les cartes m'ont sans cesse ramenée à ce soir très précis.

— Très bien, opina Ernest. Alors, dans ce cas…

Il revint vers Babadji, posa une main sur sa vieille épaule.

— Dans ce cas, vous pouvez compter sur nous. Pour tenter de…

— De ramener Ambala à la vie, frissonna Kétinée.

Les larmes aux yeux, Babadji se leva, remercia tout le monde. Il regarda sa montre. Paraissait plein d'espoir. Un peu gêné, également.

— Il ne faut plus traîner, dit-il. Alors voilà, hum… Il nous manque encore un tout dernier ingrédient. Je ne pouvais guère le récolter avant ce soir… Avant de rejoindre la tombe d'Ambala, et de lancer le rituel, il nous faudrait… un peu de sang frais, guérisseur, prélevé sur le Grand Taureau.

— Ah ! pesta Kilma. Je me doutais bien que tu nous demanderais encore un truc impossible ! Et évidemment, il faudra le blesser sans se faire massacrer par lui, cette fois. Sinon on est bons pour remettre ça l'an prochain, pour quelqu'un d'autre parmi nous !

Cette analyse fit sourire le groupe – qui en avait bien besoin. Car au cœur de cette sinistre nécropole, le groupe de sorciers allait devoir réussir l'impensable : arracher l'un des leurs, tombé depuis deux ans, aux griffes de la Mort.

XXVII

Louise Balsia et Napoléon Boussangué cheminaient désormais seuls, aux franges des festivités locales.

Passé le coin d'une nouvelle artère souterraine, ils arpentèrent une portion du paysage qui leur était encore inconnue. Tout aussi macabre que la précédente, mais beaucoup plus festive.

De la musique entraînante émanait de flûtes, de violons et d'accordéons. Par endroits volaient des nuages de confettis, au-dessus de danseurs en liesse. On commençait à apercevoir des costumes bigarrés, des créatures improbables. Dont quelques véritables squelettes animés, qui dansaient autour des vivants.

— Mmmh, frissonna Napoléon. C'est en même temps très dansant… et diablement sinistre !

— Ces os sont animés par sortilège, lui signifia Louise. Ils ne sont pas vraiment vivants.

— Ça me fait un peu penser à la fête des Morts, le *Día de los Muertos*, au Mexique. Aux pratiques vaudoues, aussi.

— Il s'agit surtout d'un carnaval. Un peu morbide pour les mortels, je le conçois…

Bientôt, ils virent s'avancer des chars tirés par des chevaux, puis par des bovidés squelettiques. Sur certains d'entre eux, d'autres cadavres se déhanchaient. Bientôt, les deux sorciers furent happés par la foule.

Ils y disparurent. Tous deux venaient d'accepter la périlleuse mission de ramener un peu de sang frais. Avec en tête un plan échafaudé par leur chef d'expédition.

À six cent mètres d'eux, vers le sud, le reste du groupe cheminait vers la tombe d'Ambala. Babadji avait enjoint sa petite-fille et son frère à ne surtout pas s'approcher du Grand Taureau. Car selon lui l'hybride aurait pu renifler leur sang et deviner leur lien. Il avait aussi préféré ne pas exposer Ernest et Déa inutilement. Bientôt, il pointa du doigt une crypte.

— Encore quelques mètres… nous y voilà !

On se trouvait très proches des catacombes humaines, à la lisière du territoire sorcier. Dans cette partie de la nécropole, les caveaux n'étaient pas habités d'étranges créatures. Il s'agissait d'une plus petite grotte, réservée aux dépouilles de quelques mages. Autour d'eux : une douzaine de sépultures. Et des murs tapissés d'ossements. La tombe d'Ambala, en pierre grise, d'aspect sobre, se trouvait placée au centre de la salle souterraine.

Sur la pierre étaient uniquement gravés son nom, sa date de naissance, celle de son décès. Juste deux ans auparavant, depuis que l'on avait passé minuit.

Babadji étala les objets qu'il avait patiemment assemblés, depuis deux ans, et qu'il avait voulu porter lui-même. Il y joignit ceux du sac de Napoléon, qu'avait ensuite transportés Ernest.

— J'ai deux petites heures pour préparer le rituel dans ses moindres détails. Tout s'était passé en effet, vers deux heures et demie du matin. Cet horaire et la configuration astrale associée sont très importants… Kilma, Kétinée, aidez-moi, s'il vous plaît.

Les trois membres de la famille Mountabila se mirent à tracer des runes. Pendant ce temps, Ernest disposait les gris-gris, les idoles, selon les recommandations savantes de Babadji. Il repéra la statuette à quatre bras et à trois yeux, auparavant stockée dans le coffre du vieil homme. Il crut également reconnaître une divinité indienne, un parchemin venu d'Égypte. Sur une amulette d'ébène, il découvrit quelques corbeaux gravés.

— Dans certaines mythologies, cet oiseau représente le fantôme des personnes assassinées, expliqua Babadji. Il est également un lien avec notre monde, et celui de l'au-delà… Ambala a toujours été fasciné par cet animal.

Avec d'infinies précautions, Kétinée s'occupa de l'idole prélevée sur le territoire de Yurugu. Kilma s'arrangea pour disperser harmonieusement la terre consacrée des Dogons tout autour. Au final, on voyageait entre Atlantide, pays dogon, continents exotiques et territoires parisiens. De quoi offrir un panel représentatif de la vie nomade et sorcière du défunt Ambala.

Moins précise que son grand-père dans le dessin des runes, Kétinée se fit plusieurs fois rabrouer par lui. Il finit même par la congédier pour n'accepter que l'aide de son frère.

— C'est la première fois qu'il s'énerve contre moi, remarqua Kétinée, un peu vexée. Il est extrêmement nerveux.

— On le serait à moins, concéda Ernest. Il m'a bien fait comprendre que ma présence le dérange désormais. Alors, je suis censé faire le guet, à l'entrée de ce grand caveau. Mais ça ne sert pas à grand-chose. Cette partie de la nécropole est parfaitement déserte… Heureusement pour nous !

— Tout de même, ce rituel, c'est de la folie pure ! N'importe quel manuel pour sorcier débutant nous met en garde contre ce genre d'excès. Face à la mort, il y a toujours un prix.

Ernest, concerné autant qu'amusé, pointa les frères Mountabila du pouce.

— Ce ne sont pas eux qui sont censés être sages… et nous, encore jeunes et inconscients ?

Kétinée jeta un rapide coup d'œil par-dessus son épaule. Derrière eux, Kilma et surtout Babadji s'affairaient. Un peu plus loin, Déa, assise sur une tombe, paraissait absorbée par ses propres pensées. La mambo ne put résister. Elle suivit une impulsion, quelque chose qui couvait en elle depuis bien trop longtemps. Elle entraîna soudain Ernest dans un recoin de la crypte, loin du regard des autres. Avant qu'il n'ait pu réagir, elle l'embrassa.

Elle s'était imaginé ce baiser plus d'un millier de fois. Elle l'avait fantasmé dans leur cirque, au cœur d'une roulotte, sous sa tente de rituel, sous les étoiles ou dans un pré. Jamais, jamais elle n'avait songé à un cimetière souterrain, en bordure d'une fête sorcière, au milieu des tombes et des ossuaires.

Et pourtant, poussée par leur soudaine proximité au beau milieu de tous ces morts, elle céda à une irrépressible pulsion de vie qui les enfiévra tous deux. Leurs sens en émoi oublièrent les milliers d'ossements qui constituaient ce funeste paysage. Rien n'exista plus au monde que les lèvres et la peau de l'autre.

Il sembla à Ernest qu'un feu d'artifice avait été programmé dans la crypte. Autour de lui explosa une pleine armada de couleurs vives. Son cœur soudain libéré s'emballa, prêt à sauter de sa poitrine.

Enivrés des caresses qu'ils se prodiguaient, le magicien et la mambo se mirent à rouler par terre. Ils oublièrent le rituel si discutable, la mort et les gens alentour. Et ils seraient sans doute allés plus loin si la voix alarmée de Babadji ne les avait soudain arrachés tous deux à cet ouragan qui emportait tout.

— Kétinée ! Kétinée, Ernest ! Où êtes-vous ?

La mambo était sur le prestidigitateur, une jambe repliée, leurs bouches toujours jointes. L'un comme l'autre se relevèrent, électrisés. S'époussetèrent. Défroissèrent un peu leurs habits. Tout juste à temps : le vieux Babadji venait de les débusquer dans leur recoin de crypte.

— Eh bien, ho, vous deux ! les rappela-t-il à l'ordre. Qu'est-ce que vous fichiez ? Vous n'étiez pas en train de fricoter parmi les tombes, quand même ?

— Hein ? Nous ?

— Ah, mais… euh… non.

— Comme si tu n'avais jamais fait ce genre de choses, mon frère ! s'exclama la voix de Kilma. Laisse-les respirer ! Ce n'est pas comme si l'ambiance était abominablement pesante, dans le secteur, et qu'on avait méchamment besoin de se détendre !

Babadji laissa donc aux tourtereaux un moment pour s'arranger un peu mieux. Kétinée parut la première, un peu plus décoiffée que d'habitude. Quant à Ernest, il lui manquait un ou deux boutons de chemise.

— Bizarre… je ne sais pas où ils ont pu rouler…

— Vos boutons, vous en trouverez d'autres, jugea Babadji. Nous avons un souci bien plus urgent ! Il me manque un objet. Quelque chose que je croyais avoir emporté, qui se trouve peut-être dans la besace de Napoléon. Un morceau d'étoffe coloré ayant appartenu à mon épouse, Likou. C'est très, très important, car cette étoffe a longtemps été en contact avec la peau de ma défunte femme, et contient même une goutte de son sang, séché… Un seul objet qui nous manque, et c'est le rituel tout entier qui devient bancal !

Babadji s'agitait en tous sens. Kétinée crut se souvenir que le carré de tissu en question dépassait de l'une des poches de Napoléon. Mais elle n'en était pas sûre. Dans le doute, chacun se proposa d'aller vérifier cela. Babadji et Déa restèrent dans la crypte. Kilma rebroussa chemin jusqu'aux territoires vampires, en scrutant le sol. Kétinée et Ernest bifurquèrent quant à eux vers la foule, à la recherche de Napoléon.

Jusqu'ici, le couple avait soigneusement évité les festivités, la folie compacte du carnaval. Cette fois, ils plongèrent parmi les gens en costumes et les créatures morbides qui s'adonnaient au démon de la danse macabre. L'un prit la direction du nord, l'autre de l'est. Ils passèrent devant quelques groupes lancés dans d'effrayantes pantomimes, des visiteurs venus se griser de la noirceur des catacombes. D'autres rituels impliquant des pentacles, des croix renversées, fleurissaient tout autour d'eux. Rien d'aussi organisé que ce que préparait Babadji, mais le temps était aux excès.

Désormais séparés, Ernest et Kétinée se désintéressèrent de cette magie noire. L'illusionniste demanda à son épervier de s'envoler et de surplomber la foule, tandis que Noidkoko grimpait sur des promontoires, à la recherche de leurs amis. La mambo fit appel à un iwa, une créature composée d'air, qui se glisserait sans peine entre les gens et couvrirait plus vite le terrain, tandis qu'elle se concentrait, mentalement, sur une aura connue.

Pendant ce temps, Déa était resté auprès de Babadji, qui parachevait des préparatifs, mais n'aurait bientôt plus rien d'autre à faire que se ronger les ongles et les sangs. Elle eût bien voulu rendre service, elle aussi. Cependant cet incessant balai de lumières puissantes l'empêchaient de se concentrer sur une seule présence particulière.

D'ailleurs, l'une de ces lumières approchait. Une signature un peu floue qu'elle connaissait déjà. Sans dire un mot, Déa quitta la tombe où elle s'était assise. Elle passa derrière Babadji, qui griffonnait encore. Le vieillard ne se rendit pas compte de son départ. Déa avança sans hésiter, quitta même la crypte.

Devant elle se tenait un loup.

Le même loup qui l'avait sortie de la clinique, une nuit.

L'animal l'avait attendue. Il savait qu'elle allait venir. Sans se presser, il tourna les talons et la guida vers un autre endroit du sous-sol. Il s'agissait d'une petite caverne, sans sépultures sculptées, uniquement ornée d'un empilement de vieux os jaunis.

Sur une stalagmite érodée était assise une dame à l'aura remarquable. Constituée d'une couleur inconnue à Déa. Le loup l'avait rejointe, il se coucha docilement à ses pieds. Elle le caressa, d'abord en silence. Déa sentit une odeur âcre qui lui piqua les narines. La dame fumait du tabac. Lorsqu'elle s'exprima, elle prononça ces mots :

— Ainsi, c'est toi, la petite fille dont on m'a tant parlé.

La voix de l'inconnue possédait un timbre qui rappelait celui de Louise. L'espace d'un instant, Déa se demanda même si elle ne se trouvait pas en face de la vampire. Tout en fixant la fillette, la nouvelle venue exhala un peu de fumée.

— Des forces contraires, obscures et fascinantes sont en train de se rejoindre ici. Tu le sens, n'est-ce-pas ? Et tu en fais partie, bien sûr. Sinon je ne t'aurais pas appelée…

Elle se leva, tourna autour de Déa.

— Vasco t'a souvent évoquée. Depuis que tu es entrée en son territoire, il est totalement fasciné par toi. Cela a piqué ma curiosité… Il faut bien dire que tu es singulière. J'ai donc minutieusement préparé notre rencontre.

La petite Déa prit un air contrarié.

— Je ne vois pas ce que vous voulez dire, Madame.

Perdue dans ses pensées, l'inconnue ignora cette remarque.

— Bien avant l'emballement de Vasco, j'ai entendu parler de toi. Oui, il y a si longtemps, la première fois… Mais je ne t'ai jamais croisée, je crois. Et voilà qui est perturbant : aujourd'hui, je n'arrive pas à lire clairement dans ton jeu. Pourtant, bien peu de choses m'échappent, en ce vaste monde.

La fumée de l'étrange dame environnait Déa. À l'intérieur de la fillette, une voix s'était mise à hurler. Une voix sauvage, en colère, un côté d'elle qui se rebellait. Qui paraissait se débattre, pris au piège, mais qui s'amenuisait, en même temps. Bientôt, le cri intérieur devint simple voix. Un murmure puis le silence. L'étrange dame reprit son discours.

— Tu vas agir comme je le souhaite, n'est-ce pas ? Tu vas rester une très gentille petite fille ?

Déa entendit sa propre voix prononcer :

— Oui, Madame… Oui, bien sûr.

— Parfait alors ! sourit l'inconnue, ravie.

Puis elle vint se rasseoir auprès du loup.

Un peu plus loin, au beau milieu de la très vaste fête du Bœuf Gras, Ernest n'avait pas réussi à localiser Napoléon. Ni les vols scrupuleux du jeune Rodriguez ni les ascensions répétées de Noidkoko n'avaient donné de résultat. Le magicien, un peu perdu, n'était d'ailleurs plus très certain de la direction à suivre pour regagner la tombe d'Ambala. Tous ces gens qui dansaient, qui célébraient la mort et le renouveau, l'étourdissaient.

Et puis, il y avait cette pensée parasite qui empêchait le magicien d'être parfaitement concentré sur sa recherche : quelques minutes auparavant, il avait goûté aux lèvres de la jolie mambo et à sa peau salée. Alors, son esprit également était à la fête.

Pourtant, il finit par songer au vieux Babadji. À ses deux années de préparation. À l'étoffe souillée qu'il devait retrouver. Il fallait qu'il poursuive ses recherches. Le nez en l'air, il voulut repérer son singe, son oiseau. Par hasard, son regard tomba sur une sorte d'équilibriste à la tenue sombre et aux cheveux verts, qui marchait en hauteur sur un fil de guirlandes tendu entre deux bâtiments. Ernest n'aurait su dire s'il s'agissait d'un homme ou d'une femme. L'acrobate, qui le regardait intensément, lui adressa un signe.

À force de scruter le ciel, ce qui devait arriver arriva : Ernest percuta quelqu'un. Il s'agissait d'un homme blond, vêtu de noir. Le menton cerné d'un collier de barbe. À ses côtés marchait un loup. Sur son épaule croassait un corbeau. Ces animaux parurent particulièrement étranges à Ernest. Il s'excusa auprès de l'homme, voulut aussitôt repartir.

Une fille au regard de poupée, engoncée dans une longue robe mauve, lui barra alors le passage. Le sourire crispé, les yeux exorbités, elle se mit à le fixer. Contrairement à l'homme blond, cette femme évoquait quelque chose à Ernest : il l'avait déjà vue.

Trois autres silhouettes entrèrent alors dans son champ de vision. Il y avait un personnage androgyne, dans un costume d'arlequin. Une créature à la très grande taille, vêtue d'une toge de velours rouge, un masque en guise de visage. Et puis, un homme au vieux costume rapiécé, ventripotent, l'air aviné, accompagné d'un petit chien. Celui-ci apostropha Ernest.

— Oh, mais par hasard ! On se connaît, dites-moi !

Ces personnages se déplaçaient très peu hors de leur territoire. Récemment affaiblis par une créature surpuissante, ils étaient venus, tous ensemble, profiter du sang sacré et réparateur du Grand Taureau.

— Hum... non, je ne crois pas, marmonna Ernest avant de vouloir s'esquiver.

De sa main libre, le Roi Clochard lui saisit l'épaule.

— Mais si, mais si ! Je me souviens très bien ! Vous êtes récemment venu chez moi, avec cette maudite fille, et ensemble vous avez tout cassé !

Ernest ne parvint pas à se défaire de la poigne pesante du monarque sorcier. Très vite, il tomba à genoux. Bientôt l'entourèrent Linda, Sacha, Isabelle. Son esprit fut mis au supplice. Mentalement, le magicien sentit la présence de ces trois déités, qui ensemble s'insinuaient dans son cerveau.

Bientôt, la peur qu'inspirait Isabelle, le goût de la contradiction de Sacha et la folie contagieuse de Linda frappèrent en même temps à la porte de son âme. La plupart de ses muscles le trahirent. Il tomba sur le dos. Puis se tint la tête, se mit à hurler.

Sous l'impulsion du Roi Clochard, les quatre divinités revanchardes avancèrent en même temps, resserrèrent l'étau. Derrière eux, l'homme au corbeau et au loup contre lequel Ernest avait buté assistait à la mise à mort, impassible. Tout comme l'acrobate aux cheveux verts. Tout comme l'immense majorité des gens qui les cernaient.

On s'amusait, on dansait, on flirtait avec les représentations morbides. Et on n'allait sans doute pas s'arrêter à cause d'un énergumène qui avait le mauvais goût de se tortiller à terre, dans une pitoyable crise d'apoplexie. Qu'il succombe en silence, celui-là ! Et que la fête ne s'arrête jamais !

Sa fille Déa, occupée ailleurs, mentalement neutralisée, n'était plus là pour lui venir en aide. Kétinée se trouvait trop loin. Quant à ses deux animaux, ils étaient bien trop effrayés pour agir.

Dans le cerveau d'Ernest, tout se mettait à chavirer, à tourner et à se dissoudre. Le grotesque et morbide carnaval se délavait de ses couleurs. Celles-ci se mélangeaient, se délitaient. La peur, la folie et le mensonge infiltraient chaque pore de sa peau, chaque recoin de son esprit. Un à un, les verrous de son libre arbitre sautèrent. Du sang afflua abondamment de ses narines. Ses yeux se mirent à flamber. Il eut l'impression de sentir couler, par ses oreilles enflammées, sa propre cervelle liquéfiée. Et puis tous ses os se mirent à craquer. Ses tibias, ses rotules se désarticulèrent. Ses clavicules, ses vertèbres, ses fémurs furent bientôt brisés en dizaines de morceaux. Ses côtes, pulvérisées. Des fragments d'os vinrent se ficher dans son estomac, dans ses poumons, dans son foie. La douleur était atroce. Inhumaine. Insoutenable.

Il n'était pas de taille à se battre contre de si puissants adversaires. Il ne l'avait jamais été. Toute son existence fut bientôt annihilée, tout ce qu'il n'avait jamais pu accomplir, tout ce qu'il n'aurait jamais le temps de réparer.

Il eût voulu revoir son père. Mieux découvrir ses voyages. Comprendre son absence. Lui dire qu'on n'abandonne pas un enfant, qu'on ne peut rendre un bébé responsable de la disparition de sa propre mère.

Il brûlait de n'avoir pu connaître la douceur de la belle Kétinée qu'à travers un simple baiser. Il s'était déjà imaginé en sa compagnie, sur le long terme. Avec elle, sans doute eût-il enfin connu une relation épanouie, un océan de douceur aux antipodes des liaisons tumultueuses de son passé.

Il eût souhaité serrer une dernière fois Déa dans ses bras, aussi. La rassurer sur ce qu'elle était, sur son avenir, sur la belle personne que lui voyait en elle.

Ainsi sont nos vies, fragments épars, rêves cassés, attentes bien souvent déçues. Elles possèdent un début prometteur, galvanisé par la jeunesse des possibles, mais n'ont qu'une destination : le néant où sont englouties toutes les questions destinées à demeurer sans réponses.

Penchées sur Ernest, les quatre déités étaient devenues des charognards qui mettaient en pièce un cadavre à distance, sans même se salir les mains. En quelques secondes, il ne subsisterait plus rien du magicien. Car même son squelette allait être dissous. Selon les dieux assemblés, il s'agissait là d'un très juste châtiment, à la mesure de l'offense que ce sorcier leur avait faite.

Sur les hauteurs d'une église, des silhouettes encapuchonnées, à la robe sombre, assistaient à cette terrible scène. Leur meneuse, aux cheveux blond platine, possédait elle aussi un corbeau sur l'épaule. Ces gens avaient protégé Ernest, par le passé. Certainement pas aujourd'hui. Car le secourir eût entravé pour eux « la bonne marche des événements ».

Ils le laissèrent donc agoniser et exhaler son tout dernier souffle entre les griffes d'autres charognards.

Personne, absolument personne, n'avait rien tenté pour le secourir.

XXVIII

La nécropole souterraine de Paris comportait quelques temples que l'on pouvait prendre pour des églises. Durant la fête du Bœuf Gras, ceux-ci étaient visités, les uns après les autres, par le cœur de la fête : le Grand Taureau lui-même. Accompagné de ses adorateurs et de sa garde rapprochée, il arrivait sous les vivats. À ce moment s'engageaient des ballets, des offrandes, des manifestations de joie. Aux pieds du Grand Taureau, on plaçait des corbeilles débordantes de fruits, des mets soigneusement préparés, des fétiches et des cadeaux de prix.

Vigoureux et riche de promesses, l'hybride choisissait ensuite qui des quémandeurs profiterait de ses largesses. Deux serviteurs lui taillaient alors les veines. Quelques doses de précieux sang étaient recueillies dans des bols ouvragés de faïence, puis versées dans des récipients de cristal, immédiatement remis à leurs destinataires comblés. Il y avait quelques mécontents, bien sûr, cependant le Grand Taureau possédait tellement d'admirateurs que ces anicroches étaient bien vite oubliées.

Napoléon Boussangué et Louise Balsia s'étaient glissés parmi les spectateurs de ces offrandes. À plusieurs occasions, ils avaient voulu s'emparer de l'une des fioles de cristal. Ceux qui les récoltaient cependant n'étaient pas des sorciers faciles à duper. Plutôt des architectes, des monarques d'une certaine expérience.

Il n'était pas question de provoquer un esclandre. Car en cas de vol remarqué, le duo ne pouvait se permettre d'amener une foule mécontente en direction de leurs compagnons installés au pied de la tombe d'Ambala. Une telle issue eût sonné le glas du rituel sombre et subtil que le vieux Babadji Mountabila tentait de régler dans les moindres détails. S'ils volaient un peu de sang, cela devait se passer en toute discrétion.

Des personnes richement habillées, des colosses torses nus et tatoués, des femmes casquées très peu vêtues se succédèrent sous les vitraux, aux pieds du Grand Taureau. Louise reconnut quelques délégations : « Hengrins », « factions rebelles des célèbres harponneurs du Nord », et autres « adoratrices du Mistral » – autant de gens haut placés dont il valait mieux ne pas éveiller la colère. Ils jetèrent donc leur dévolu sur un groupe de paisibles hommes-salamandres et autre lézards en guenilles. Napoléon trouva ces créatures pittoresques. Il s'en voulut un peu de détrousser ces personnes plutôt que d'autres, plus hautaines.

Au sortir du temple, Napoléon invoqua une poignée d'esprits fugaces qui s'emparèrent du précieux flacon. Louise couvrit ce geste par un tour télépathique. Elle imprima dans l'esprit des salamandres un faux sentiment de sécurité. Et tandis qu'elles poursuivaient leur chemin, le duo de voleurs partait à l'opposé. Trouver les bonnes personnes à plumer leur avait pris bien plus de temps que prévu. Cependant cette attente s'était avérée payante. Au final, tout s'était déroulé très vite, et sans accroc.

Ils se fondirent dans la foule, s'éloignèrent du temple, voulurent retourner vers la crypte où se trouvait la tombe d'Ambala. Ils croisèrent Kétinée, un peu en panique : elle leur fit savoir qu'il manquait un artefact au rituel.

Napoléon retrouva bien vite le tissu en question, qu'il portait en effet sur lui. Il s'excusa d'un grand sourire, et tous quatre rejoignirent Babadji, au pas de course.

Kétinée ne localisa pas Ernest dans les environs. Elle eut comme un doute, une hésitation. Pourtant, elle devait aller de l'avant : l'urgence était d'initier le rituel. Elle trouverait l'homme qu'elle aimait ensuite. Et peut-être même les rejoindrait-il dans la crypte.

Autour de la tombe, le groupe trouva Kilma, lui aussi de retour et évidemment bredouille ; Déa, qui se tenait en retrait et paraissait pensive ; mais surtout Babadji, qui commençait à paniquer.

— Ah, vous voilà enfin ! Vous avez le tissu ? Le sang du Grand Taureau ? Parfait, parfait, passez-moi donc tout ça !

Il plaça le flacon puis la relique aux endroits précis qu'il leur avait attribués, griffonna un tout dernier symbole, puis demanda à chacun de gagner la place qui était la sienne aux quatre coins de la tombe. Napoléon, Kilma et Kétinée avancèrent aussitôt, parmi les écritures et les artefacts.

— Ernest n'est pas revenu ? demanda Babadji, en s'installant au centre. Voilà qui est fâcheux, nous devons commencer !

— Je peux prendre sa place si vous voulez, proposa Louise.

Babadji accepta de bonne grâce. Soulagé, il commença à réciter ses prières. Tracassé, il n'évoqua même pas la nudité, pourtant cruciale pour lui. Kétinée se concentra. Napoléon sortit son gomboy. Kilma soupira un grand coup.

— À partir de maintenant, signifia Babadji, plus personne ne quitte son poste. *Plus personne, et sous aucun prétexte*, d'accord ? Notre timing est très serré. Et nous ne pouvons plus nous permettre d'écart.

— Alors ça y est, nous y sommes, analysa Kilma. Nous allons vraiment tenter de faire revenir Ambala parmi nous ? Prions surtout pour que nos passes magiques ne servent pas à instaurer le règne d'un roi zombie !

Babadji compta à rebours.

— Trois... Deux... Un... C'est parti !

Un tout premier flux de magie, visible à l'œil nu, se tissa entre eux. Certaines runes tracées s'illuminèrent aussitôt.

Tous les sorciers africains parurent immédiatement absorbés par le rituel. Dans l'urgence, aucun d'eux n'avait véritablement prêté attention à l'état de Déa. Seule Louise Balsia, un peu télépathe, nota mentalement sa torpeur. Cette première anomalie parut en appeler une autre. Brusquement, dans son esprit, il y eut un cri déchirant. Une douleur inimaginable. Un appel de souffrance pure.

D'où cela venait-il ? En temps normal, elle eût sans doute su répondre à cette question. À présent, les énergies du rituel qui l'environnaient l'en empêchaient. Ces émanations psychiques agissaient tel un brouillard mental qui émoussait ses sens. Kétinée s'agita elle aussi. Avait-elle senti quelque chose ? Si tel était le cas, elle devait cependant souffrir des mêmes limitations. Ce trouble déplut à Babadji.

— Kétinée, concentre-toi ! Je te sens distante de nous. Suis le rythme impulsé par Napoléon sur son instrument.

— C'est Ernest, s'excusa la mambo, mal à l'aise. Quelque chose ne va pas, de son côté.

— On verra ça plus tard, lui signifia-t-il. Si nous stoppons nos efforts maintenant, tout est fichu !

À contrecœur, Kétinée s'exécuta. Elle refoula les sentiments houleux qui affluaient et qui nuisaient à l'équilibre de leur sort.

Sur son gomboy, Napoléon produisit des rythmes complexes. Bientôt, un flux incandescent partit de son point d'ancrage, navigua jusqu'à Kilma, rebondit sur Louise, arriva sur Kétinée, et tout convergea vers Babadji. Entre les sorciers organisés en quadrilatère, et le maître de cérémonie placé au centre de la tombe, vibrait un flux d'une force phénoménale.

Le sol, les murs, le plafond de la crypte se mirent à vibrer, à suinter d'énergie spectrale. La tombe elle-même fut secouée de toutes ces ondulations phosphorescentes. Pour ne pas se faire balayer par la vague qui montait en puissance, il fallait résister férocement, de toutes les forces de sa psyché.

Bientôt, un bruit sourd et continu résonna dans la crypte. Suivi de plusieurs martèlements, comparables à ceux prodigués par les esprits frappeurs lors des séances de spiritisme. En bien plus vigoureux, à l'écho profond et funeste.

On avait l'impression que tous les cadavres, prisonniers de leur cercueil, cognaient chacun leur tour pour répondre présents au rituel de résurrection.

— Concentrez-vous, concentrez-vous ! s'exclama Babadji. Si votre esprit se disperse, l'énergie que nous assemblons ici sera divisée entre les autres sépultures.

Kilma déglutit, jeta des œillades vers les caveaux qui vibraient. Il ne voulait pas savoir tout ce qu'il se passait à l'intérieur de ces tombes.

— La mort appelle la mort, marmonna Louise, lugubre.

— Parfait votre commentaire, jugea Kilma. Génial. Très rassurant.

Tandis qu'ils devisaient, tremblants, le sol entier grondait sous eux. Par-delà la roche et la pierre polie s'infiltra une mélopée glaçante qui les enroba progressivement, pour ensuite s'imprimer sous leur épiderme comme autant de cristaux coupants.

Personne n'était à son aise. Pas même la vampire. Mais ils devaient continuer.

— L'équilibre entre nous n'est pas encore parfait, analysa Kétinée. Tout pourrait basculer en quelques secondes.

— Voilà pourquoi nous devons maintenir le cap, intervint Napoléon. Un rituel de cette ampleur, ce n'est pas un simple voyage sorcier. Mais quelque chose qui se renforce, minute après minute, par nos volontés réunies.

— À part Louise, tous ici nous avons connu Ambala, dit Babadji. Je vous demande de vous concentrer sur les souvenirs que vous possédiez en commun avec lui. Sur son aura, sur sa présence.

Kétinée demeura les yeux mi-clos. Quels souvenirs marquants possédait-elle d'Ambala ? Son sourire, sa discrétion, sa grande douceur d'oncle prévenant. Elle se revoyait, petite fille, accompagnée de ce garçon qui aurait pu tout aussi bien être son grand frère. Il était devenu un homme à la longue chevelure, à la barbe semblable à celles de Babadji, de Kilma – aussi brune que la leur était blanche ou grise. Elle se souvenait de ses promenades sur ses épaules, de sa vigueur, des jeux autour de la boutique, de balades en forêt, de discussions animées entre sa mère et lui. Respectueux des traditions quand Zuhri, elle, les dénigrait, il avait été pour la jeune fille une source d'inspiration. Sage malgré sa jeunesse, mesuré dans ses propos, déterminé dans ses opinions, Ambala partait du principe que pour chaque problème existait une solution. Il s'agissait d'un homme qu'elle admirait énormément. Qu'elle idéalisait sans doute. Dont elle ne voyait pas les défauts.

Cependant, autour de cette tombe, d'autres que la mambo le tenaient en si haute estime qu'ils étaient prêts à réveiller tous les spectres afin que de nouveau palpite son cœur.

Galvanisés par leurs sentiments, les sorciers réunis sentirent se déployer une nouvelle vague d'énergie qui éclaira toute la crypte. La terre vrombit de plus belle. Les coups des importuns se firent plus insistants.

« Allons-nous réussir ? Allons-nous vraiment réussir ? » se demandait sans cesse Kétinée, consciente du caractère tout à fait exceptionnel de leur entreprise.

Babadji reprit la parole, en criant pour se faire entendre :

— Figurez-vous une porte. Un encadrement sombre, scellé d'une paroi munie de verrous. Ensemble, nous allons faire sauter ces verrous. Ensemble, nous allons frapper à la porte. Et nous y réclamerons l'âme d'Ambala, qui ensuite s'en retournera dans son corps préservé, baigné du sang sacré du Grand Taureau.

Chacun se représenta cette porte à sa façon. Kétinée eut soudain l'impression de la voir paraître, immense, funeste et majestueuse. Auréolée de brume sombre, elle allait percer le plafond de la crypte. Un souffle spectral, glacial, s'empara de tous les sorciers dans un même ressac. Il pénétra leur peau, imprégna leur cerveau, et jusqu'à leur squelette.

L'image de l'immense porte cependant demeurait évanescente. Proche de se matérialiser... mais également trop lointaine. Comme cernée d'électricité.

— Il y a quelque chose qui cloche, analysa Louise. Un détail dissonant dans le rituel. Un élément perturbateur... L'un ou l'une d'entre nous en est responsable. L'un ou l'une d'entre nous n'est pas parfaitement aligné avec les autres.

Tous se regardèrent. Des œillades suspicieuses furent jetées à droite, puis à gauche.

— Oui, je ressens cela, confirma Babadji. Et si vous ne l'aviez pas relevé, mes soupçons se seraient immédiatement portés sur vous... Cependant, la perturbation ne vient pas de votre secteur. Plutôt de quelqu'un d'autre, avec nous depuis le début.

Des griffures, des raclements se faisaient maintenant entendre dans les tombes. Les morts s'impatientaient, ils voulaient s'éveiller, sortir en procession de leurs cercueils. Certaines dalles commençaient à se soulever. D'autres se fissuraient sous les coups. Des lézardes parurent, qui fendillèrent les sépultures jusque sur les croix. Au-dessus des sorciers, tout autour de la porte spectrale, une sarabande de formes insaisissables figurait des linceuls, de multiples apparitions fantomatiques, assemblées en cohortes.

— Cela se passe mal en effet, exhala la mambo. Les esprits supérieurs sont en colère. Je sens Papa Legba prendre ombrage de ce rituel. Je sens la foudre prête à tous nous frapper !

— Je ne suis plus en adéquation avec les esprits, confirma Napoléon, qui sur son gomboy suait à grosses gouttes. Ils me disent qu'une entité est là, envieuse, affamée, qui secoue la charpente de ce que nous avons voulu bâtir.

Simultanément, quatre têtes angoissées et accusatrices se tournèrent vers une toute dernière. Kétinée, Babadji, Napoléon et Louise : tout le monde regardait Kilma.

— Hé ho, mais quoi ? Ça ne va pas la tête, de me foudroyer comme ça du regard ? On dirait que vous êtes tous prêts à sortir un couteau sacrificiel, et puis à me trancher la gorge !

— C'est toi la source de la perturbation, mon frère, l'inculpa Babadji d'une voix grave. Toi qui produis cette électricité qui nous empêche de parfaire notre rituel. Que se passe-t-il ? Dis-le-moi. À quelle étape de nos préparatifs aurais-tu commis une erreur ?

Kilma savait parfaitement à quel endroit précis tout avait basculé. En plein milieu du territoire du Renard pâle, lorsqu'il avait brisé une idole par inadvertance. À ce moment-là, il aurait dû signaler son erreur. Se présenter à la Grande Prêtresse du sanctuaire et passer quelque temps là-bas pour expier sa faute. Au lieu de cela, il avait voulu cacher l'incident. En se persuadant que celui-ci n'était pas lourd de conséquences. Et si un peu d'essence de Yurugu s'était déversée en lui, en Afrique ? Et s'il avait ramené cet excédent, avec eux, et empêché l'idole récoltée, celle posée juste à côté de lui, de se révéler utile ? La bouche ouverte, les mâchoires crispées, il s'apprêta à tout révéler.

C'est alors qu'ils parurent. Plusieurs animaux, sortis de la pénombre, progressaient lentement dans leur direction. Trop absorbé par le rituel et les récents problèmes qui venaient de se révéler, aucun des cinq sorciers ne les avait sentis venir.

Ils étaient loups. Une bonne dizaine d'entre eux. Certains que reconnut immédiatement Kétinée. Car elle les avait croisés, quelques mois auparavant, au cœur du territoire qu'ils avaient revendiqué.

— Les Pueblo ! s'exclama-t-elle.

À leur approche, Déa se leva.

Pas pour s'enfuir ni pour les affronter, comme les autres sorciers auraient pu s'y attendre. Plutôt pour les rejoindre, avancer vers le chef de meute. Ce chef avait pour nom Vasco Pueblo. Vêtu d'une chemise noire ouverte sur sa poitrine, les cheveux sombres, l'un de ses yeux barré d'une longue cicatrice, il sourit à Déa.

— Qu'est-ce qu'ils fichent ici ? s'indigna Kilma. Ils ne sont tout de même pas venus directement des Pyrénées ?

— Et nous, qu'avons-nous fait, mon oncle ? répondit Kétinée.

Plus personne pour le moment ne se souciait des perturbations causées par le marabout. Car c'était toute l'intégrité du sortilège qui était mise en jeu. Sous la lumière changeante dispensée par l'énergie qui circulait encore entre les invocateurs, les loups se déployèrent tout autour de la tombe. Certains se changèrent en gitans déjà affrontés dans la vallée du Besiberri. D'autres restèrent ces bêtes sauvages qui les suivaient depuis des mois, et qui attendaient cet instant précis. Vasco Pueblo caressa la joue de Déa et la félicita avec un fort accent espagnol.

— Brave petite. Je me doutais bien que tu nous amènerais en un endroit fabuleux, où ensemble nous saurions réaliser de grandes choses. J'ai senti cela dès ta fracassante entrée en mon domaine… Et maintenant, si nous détournions ce rituel à nos fins ? Je vois tout à fait ce que nous pourrions accomplir, avec une armée de spectres sous nos ordres !

— Ce rituel n'est pas conçu pour déployer le chaos sur Terre, s'offusqua Babadji. Il s'agit d'une célébration de la vie !

— Tu n'as pas bien compris, vieillard, riposta aussitôt Vasco. Il sera juste ce que je voudrai bien en faire.

D'un air gourmand, il considéra les tombes qui oscillaient encore : pour lui l'occasion de rassembler quelques funestes soldats au sein de son clan.

— Déa ! Déa ! l'appela Kétinée. Éloigne-toi de ce type.

— Pas besoin de vous égosiller, constata Louise. La petite est hypnotisée. Pourquoi ne m'en suis-je pas rendu compte ?

Kétinée fit mine de bouger. Babadji la reprit tout de suite.

— Ne quitte pas ton poste ! s'exclama-t-il. Si l'un de nous rompt le rituel, on ne pourra plus rien faire, plus rien tenter ! Tout doit se passer maintenant, tout a commencé à une heure bien précise, et ne saurait être reproduit. Cette année est l'extrême limite. Si tu t'en vas, plus jamais nous ne pourrons sauver Ambala.

— Alors on fait quoi ? protesta Kilma. On les laisse tranquillement nous encercler et nous bouffer ?

— On garde nos positions et on se bat, comprit Louise.

— Tu parles si ça va être pratique ! grogna le marabout.

Les loups se firent plus intimidants : ils avancèrent vers les cinq sorciers en montrant les crocs. Plus nerveux que jamais, Babadji se leva. Il interpella Vasco Pueblo.

— Vous ne pouvez décemment utiliser les énergies pour soumettre les morts. Quittez donc cette crypte sur-le-champ !

Vasco fut pris d'un rire.

— Tu te penses vraiment en position pour nous donner des ordres, pitoyable vieillard ?

Il leva la main droite, puis claqua des doigts. Aussitôt, le cœur du vieux Babadji se trouva serré comme dans un étau. Tombé à genoux, il sentit qu'une main invisible le comprimait.

— Grand-père ! s'écria Kétinée, qui n'avait pas le droit de courir pour le soutenir.

— Tu touches encore un cheveu de mon frère, et je te fais la peau ! s'emporta aussitôt Kilma.

— Comme si cela vous était possible ! s'amusa Vasco.

À quelques pas, Babadji suffoquait. Kétinée s'apprêta à courir vers lui. Le vieil homme l'arrêta d'un geste impérieux.

— Le… Le rituel, hoqueta-t-il.

Soudain, quelqu'un d'autre parut du côté des loups. Une dame aux cheveux aussi noirs que ceux de Louise. Vêtue d'une robe sombre, un fume-cigarette aux commissures des lèvres, elle s'approcha de Déa. Qui spontanément lui donna la main.

Kétinée fut époustouflée. Pour elle, aucun doute possible : l'aura complexe et très sombre qui émanait de cette femme dépassait n'importe quel sorcier ou vampire présent dans cette pièce. Seule Déa, peut-être, pouvait rivaliser avec ce déploiement d'énergie que l'inconnue venait d'afficher, à dessein, afin d'impressionner ses ennemis.

Le roi des loups se tourna vers cette élégante brune. Il lui offrit un très large sourire.

— Que t'avais-je dit, chère Lucienne ? Ces très intéressantes personnes nous offrent un complexe rituel sur un plateau d'argent. Veux-tu te joindre à nous et le détourner selon nos désirs ?

La dénommée Lucienne afficha une moue.

— Dans ce cas, Vasco, oublie donc la cohorte de spectres et sois plus ambitieux. Vois-tu la porte du royaume des morts que ces sorciers s'apprêtaient à entrouvrir ? Et si nous sonnions Sa Majesté la Faucheuse nous-mêmes pour nous accaparer une fraction de son pouvoir ?

— Riche idée, ma belle, s'enthousiasma Vasco. Ah ! tu as toujours été plus imaginative que moi.

— Cela, je le sais bien, répondit-elle, un peu blasée.

Vasco Pueblo se tourna vers ses légions.

— Avancez-vous. Prenez leurs places. Et s'ils résistent... tuez-les !

Les loups, ensemble, s'apprêtèrent à bondir sur leurs proies. Un croassement suraigu attira brusquement leur attention.

Un corbeau venait de s'inviter dans la crypte. Il tournoya au-dessus des tombes. Au moment où il piqua du bec, quatre autres silhouettes se formèrent à ses côtés, pour ensuite glisser entre les spectres, et se poser avec une sombre élégance aux côtés des sorciers invocateurs. Ceux-ci découvrirent deux femmes et deux hommes, qui se déployaient dans le prolongement de leur ombre.

À ses côtés, Kétinée reconnut la fille vêtue de noir, aux cheveux blond platine : celle qui s'était jetée dans les flammes de son cirque, à Verdun. Près de Napoléon, il y avait un personnage à la barbe blonde, coiffé d'un turban. Aux côtés de Louise était apparue une femme encapuchonnée, au visage aussi pâle que celui de la vampire. Derrière Kilma, un Égyptien au crâne rasé s'était matérialisé, les bras croisés sur la poitrine, poings fermés. De sa main droite dépassait un sceptre, dans l'autre pendait une croix noire. Le corbeau qui avait fait apparaître tout ce petit monde voletait encore au-dessus de Babadji, en croassant toujours. Il se métamorphosa bientôt en une femme aux yeux vairons, laquelle atterrit sur la tombe, à quelques centimètres du vieux mage. Grâce à son arrivée, Babadji parut enfin libéré du joug qui pesait sur lui. Vasco Pueblo cracha par terre.

— Les corbeaux, maintenant ! Vous n'avez pas d'autres cadavres à picorer ?

La fille aux yeux vairons lui répondit :

— Le seul cadavre qui nous intéresse, Vasco, c'est le tien, quand on en aura fini avec tes petits soldats.

— Bien dit, Idonéïs, releva l'Égyptien.

Kilma Mountabila se sentit dépassé.

— Qui sont encore ces personnes ? Vous ne pourriez pas prévenir avant de tous vous inviter dans notre caveau ?

— Osez nous dire qu'un peu d'aide ne vous fait pas plaisir, s'amusa l'Égyptien à ses côtés.

L'homme prit un air important.

— On me nomme Ramsès, dit-il. Et depuis déjà bien longtemps.

— Ramsès ? répéta Kilma. Mais Ramsès qui ?

En guise de réponse, l'Égyptien dressa à la fois l'index et le majeur, puis offrit à Kilma un clin d'œil et son meilleur sourire.

— Le II, bien entendu… Qui d'autre ?

— Laissez-moi deviner, poursuivit Kétinée. Vous aussi, vous nous suivez depuis longtemps ? Depuis Verdun ?

— Bien avant cela, mademoiselle Mountabila, lui assura la femme aux cheveux blond platine d'une voix feutrée. Mais nous nous raconterons nos vies plus tard. Si nous sommes ici, c'est pour que se déploie votre rituel. Alors continuez, je vous en prie.

Sans attendre, elle généra une immense traînée de flammes qui s'abattit en direction de Vasco. Ce geste donna le coup d'envoi de l'affrontement qui sourdait depuis quelques minutes.

Aussitôt, chacune des ombres se mit en garde, tandis que s'élançait en face de ces volatiles humains une entière meute de loups furieux.

XXVIIII

Dans la crypte, le désordre était partout.

Pour se concentrer sur son rituel, Babadji Mountabila pensait profiter du calme du caveau et éviter la foule. Raté ! Un entier rassemblement s'était formé jusqu'à lui. Des gens qui sautaient, qui volaient, qui s'écharpaient, qui pratiquaient chacun dans son style la sorcellerie.

Du côté de Louise, la femme encapuchonnée fit rapidement pousser de robustes plantes qui repoussaient les loups. Derrière elle, le guerrier au turban qui protégeait Napoléon avait dégainé un cimeterre, qu'il maniait avec une grande dextérité. Aux côtés de Kilma, le dénommé Ramsès dessinait dans l'air des sceaux magiques qui offraient une protection renforcée. À quelques pas de Kétinée, la fille incendiaire déversait des trombes de flammes sur un groupe de loups désorganisés. Si la force brute paraissait l'apanage des loups-gitans, l'élégance et l'efficacité se trouvaient du côté des corbeaux.

Au milieu du grabuge, Louise informa Kétinée :

— Cette brune, là-bas, aux côtés de Vasco… Je la connais un peu, de réputation.

— C'est une vampire elle aussi ? demanda la mambo.

— Non. Mais je la pense bien plus âgée que moi. Elle se nomme Lucienne Arquenotte. Et elle évolue en des cercles qui me sont interdits.

— Elle… Elle vous ressemble un peu, je trouve.

— Hum… Vous n'êtes pas la première personne qui me dit cela.

L'un des loups effectua un bond phénoménal en direction de Babadji. Idonéïs, la fille aux yeux vairons, le cueillit au vol et, d'un puissant coup de pied, l'éjecta du quadrilatère.

— Bas les pattes, monstre à fourrure ! s'exclama-t-elle.

Entre les sorciers dogons et Louise Balsia, l'énergie magique était en train de se dissiper. Babadji battit le rappel.

— Concentrez-vous de nouveau sur le rituel. Sinon, l'intervention de nos étranges bienfaiteurs n'aura servi à rien !

Ensemble, ils s'appliquèrent à intensifier les énergies translucides entre eux, à rendre un peu plus tangible le portail cerné de spectres qui avait bien failli disparaître.

— Voilà qui est mieux, non ? jugea Napoléon. Mais il nous faut encore régler notre problème.

— Tout à fait, rappela Babadji. Celui qui vient de Kilma.

— Ah zut, ouais ! concéda le marabout. Avec tous ces invités-surprises, moi-même j'avais oublié…

Cette fois il soupira et commença à s'expliquer.

Tandis qu'il parlait, les deux clans guerriers ne se ménageaient pas. À la force brute et la combativité de la meute de Vasco répondait la créativité de l'escouade adverse. Le feu, les plantes, l'énergie lumineuse, les cabrioles aériennes et les passes d'arme blanche tenaient en respect les griffes et les crocs.

De part et d'autre, des blessures étaient infligées. L'inconnue encapuchonnée parvint à emprisonner deux loups dans des racines mouvantes. Malgré toute son adresse, le guerrier à turban encaissa une morsure à la jambe. Un fauve se brisa la patte en tentant de franchir le mur de lumière généré par Ramsès. Un coup de griffes dessina une longue estafilade pourpre sur le bras droit d'Idonéïs. Quant à la femme blonde qui dirigeait les corbeaux, elle intensifia le foyer qui maintenait ses adversaires à distance.

Vasco paraissait se repaître du spectacle. Les bras croisés, il assistait aux joutes avec intérêt.

— Qu'attends-tu pour intervenir ? l'interrogea calmement Lucienne, à ses côtés. Tu étais à deux doigts de supprimer le vieil homme sur la tombe, le centre de ce rituel. Tu t'amuses, c'est ça ?

— Ce n'est pas tous les jours que ma meute se trouve face à des adversaires à sa mesure, lui répondit Vasco. Je la laisse donc un peu se défouler, prouver sa valeur. Ne t'inquiète pas : je garde un œil sur la situation.

— Et pendant ce temps, ces sorciers africains poursuivent leur rituel. S'ils le complètent, la possibilité de titiller la Mort nous échappera…

— Parce que tu ne saurais pas toi-même sauter au milieu du tumulte et régler leur sort en quelques secondes ? Surtout avec le très joli cadeau que je t'ai dégotté.

Il désigna Déa.

— Allons, laisse mes hommes prendre du bon temps. De toute façon, les choses vont devenir un peu plus intéressantes, sous peu.

Plus bas, son cousin Jorge venait de blesser la rouquine aux yeux vairons au niveau du ventre. Celle-ci en eut le souffle coupé. Elle tomba à la renverse, à la merci de son adversaire.

— Idonéïs ! tonna le guerrier à turban qui protégeait le secteur de Napoléon.

Il faillit s'élancer à son secours. La femme encapuchonnée fut plus rapide. D'un geste, elle fit éclore une imposante racine, si vigoureuse qu'elle fit littéralement décoller Jorge Pueblo. Le malheureux effectua quelques vrilles aériennes, puis vint atterrir sur la dalle d'une tombe voisine, qu'il fendit en deux.

Ce sauvetage spectaculaire mit à son tour la femme encapuchonnée en péril. L'un des loups captifs de son sortilège en profita pour se libérer et bondir sur elle. Cette fois, le guerrier à turban lança son cimeterre de toutes ses forces. L'arme vint se planter dans le corps du loup-gitan, stoppé en pleine course. Il tomba, inerte, à quelques centimètres de la gorge qu'il visait.

— Bien joué, Buraïli, et félicitations, les corbeaux, clama leur leader en rejetant une mèche de cheveux blonds en arrière. Continuons à veiller les uns sur les autres !

Joignant le geste à la parole, elle assaillit l'adversaire de Ramsès. Bientôt, le malheureux se métamorphosa en une véritable torche humaine. La compagne de Vasco, la dénommée Lucienne Arquenotte, se tourna vers le roi gitan et lui demanda, ironique :

— Est-ce ainsi que tu imaginais la suite de ce spectacle ? Te semble-t-il toujours aussi prometteur ?

Vasco Pueblo jura en catalan : trois de ses hommes venaient successivement de mordre la poussière. Deux loups, sévèrement brûlés, avaient gagné le fond de la caverne. Et un autre se débattait encore entre les branches qui l'emprisonnaient. Cette fois, aucun doute : il fallait qu'il s'en mêle, car ses troupes dépassées battaient en retraite. De ses deux index, il désigna la fille encapuchonnée et le guerrier en turban. Puis il ferma ses deux poings. Il y eut un grondement sourd. Aussitôt, ses deux cibles se trouvèrent à genoux. En train de suffoquer, la main sur le cœur.

— Vermines à plumes, cracha Vasco. Ce rituel est pour nous !

— Ramsès, renforce la protection, cria la dirigeante des corbeaux. Je m'occupe de Vasco.

Sans menace imminente dans son périmètre, elle quitta alors son poste et s'avança vers son nouvel adversaire en lançant une puissante attaque enflammée.

— Voilà qui est bien présomptueux, jugea le roi gitan.

D'un large mouvement de bras, il dispersa la traînée incandescente. Bondit à son tour vers son ennemie avec une rapidité fulgurante. Décocha à la dirigeante des corbeaux un vilain coup de pied dans les côtes, sans lâcher pour autant son emprise sur les deux soldats à genoux. Puis atterrit sur le sol, dans un grondement. À dix mètres de lui, la fille encapuchonnée et le guerrier au turban s'écroulèrent ensemble. Ne sachant si ses compagnons d'armes étaient morts ou bien inconscients, Ramsès cria leurs noms.

— Buraïli ! Aloÿs !

— Je ne fais que m'échauffer, sourit Vasco Pueblo.

Derrière lui, la dirigeante des corbeaux paraissait cracher ses poumons. Les index du roi gitan tombèrent cette fois sur Ramsès et la rouquine aux yeux vairons. Lesquels, à leur tour, furent pris d'un spasme lorsqu'il serra les poings.

En quelques secondes, le combat qui tournait en défaveur des loups venait de subir un retournement spectaculaire. Les hybrides blessés, brûlés, reprirent du poil de la bête. Ils se regroupèrent autour de leur meneur. Bientôt, Idonéïs eut du mal à respirer. Mieux protégé par son sortilège, Ramsès résistait encore… mais pour combien de temps ? L'écran doré qu'il peinait à dessiner autour des sorciers dogons se fendillait de partout.

Derrière Vasco, la blonde incendiaire n'avait pas encore rendu son dernier souffle. Elle finit par se relever. Des flammes naquirent de ses deux mains nues. Elle chercha à agripper Vasco. Qui pivota, referma ses poings sur les mains incandescentes, puis se plaqua tout contre elle.

— Chers corbeaux, vous n'aurez donc été qu'une nuisance passagère, jugea-t-il. Qu'une épine dans notre pied, mais qui nous aura servi à passer du bon temps. Maintenant... silence !

D'un coup de reins, il projeta la dirigeante des corbeaux dans les airs. Celle-ci atterrit sans grâce à quelques centimètres de Lucienne et de Déa – qui ne bougèrent pas d'un pouce.

— En avez-vous fini ? demanda une Lucienne nullement impressionnée à son amant.

— Quasiment, s'amusa Vasco. Encore quelques menus détails à régler.

La rouquine aux yeux vairons fut la suivante à mordre la poussière. Cette nouvelle victoire permit à Vasco de se concentrer sur l'œuvre de Ramsès. Il joignit les mains dans un claquement sonore. Cette fois, la protection de lumière explosa en un million de particules lumineuses.

— Alors là, ça sent le roussi, jugea Ramsès, déconfit.

Autour de la tombe, les loups meurtris n'avaient plus qu'une envie : mettre en pièce les volatiles venus de nulle part, et qui avaient failli les terrasser.

— Et maintenant, qu'est-ce qui vous ferait plaisir, chère amie ? demanda le chef de meute gitan à son amante.

Lucienne Arquenotte pointa de l'index la porte noire, évanescente, mais toujours en suspension.

— Une portion du pouvoir qui émane de cet endroit... Ce soir, nous avons tous les éléments en main pour nous en emparer.

— Et devenir la Mort incarnée nous-mêmes, sourit le gitan, au regard animé d'une lueur féroce.

Ensemble, Lucienne et Vasco s'avancèrent d'un air conquérant aux frontières du quadrilatère. Ils s'apprêtèrent à écarter les sorciers dogons dont ils convoitaient le sort. Résignés, recourbés, ceux-ci marmonnaient entre eux, paraissaient être devenus spectateurs de ce rituel qu'ils avaient pourtant initié. Ramsès, seul corbeau encore conscient, ne savait plus quoi tenter. À cet instant, Kétinée jugea que le sombre couple se trouvait suffisamment près d'eux. Elle s'écria :

— Maintenant !

Un déchaînement de lumière, comme un éclair circulaire, jaillit alors du corps entier de Kilma Mountabila. Cette lumière frappa le plafond de la grotte, provoqua une secousse d'une force phénoménale.

— Oh, voilà qui est inattendu, admit Ramsès, admiratif.

En suspension dans les airs, on vit se former une silhouette d'animal. Un mammifère de taille moyenne, mais élégant, entièrement composé de lumière rayonnante. Il s'agissait d'un renard, dont les pattes remuaient dans l'air.

À son apparition, le chant des spectres qui s'était tu reprit, en crescendo. On revit les fantômes apparaître, on entendit de nouveau les raclements, les coups frappés depuis l'intérieur des cercueils. Et cette mélopée qui montait, entonnée avec puissance, grossie cette fois de chœurs africains.

Quelques instants auparavant, dans le quadrilatère, Kétinée et les autres avaient assisté à la chute de leurs mystérieux protecteurs. En temps normal, aucun des membres de leur groupe n'aurait fait le poids face au roi gitan et à sa compagne. Cependant, il y avait eu l'erreur de Kilma. L'idole brisée, en Afrique, et qui maintenant perturbait leur union autour de la tombe d'Ambala.

En détruisant l'un des sceaux qui délimitait son domaine, Kilma avait permis à une portion du Renard pâle de s'enfuir. De quitter son pays natal et de voyager de par le monde, caché dans le corps du marabout roublard. On avait donc projeté d'extraire l'essence instable et surpuissante qui sommeillait en lui.

— Assez extraordinaire ! s'exclama Louise. Une fraction de l'essence d'un dieu comme passager clandestin !

— Depuis quand ce genre de pratiques sont-elles autorisées ? s'indigna faussement Kilma, dont le corps entier vibrait. Le sans-gêne des divinités, franchement !

Sur fond de chœur africain, le Renard pâle évoluait toujours dans les airs. Lucienne et Vasco allaient réagir. Il ne fallait pas leur en donner l'occasion. Alors Kilma, en transe, leva les deux mains vers l'animal de lumière, parut s'emparer de sa silhouette ... et la précipita en direction du couple ténébreux.

Le Renard devint Yurugu : un être aux proportions démesurées, une créature instable qui se jeta, libre et affamée, sur Lucienne, sur Vasco et sur tous leurs soldats.

Les loups s'envolèrent ensemble telles des brindilles de paille soufflées par un ouragan. Malgré sa puissance, le roi gitan fut lui aussi balayé net. En compagnie de ses sbires, il s'envola jusqu'à l'autre bout de la crypte. Puis s'encastra dans un râle contre une paroi. N'importe quel être humain moins imprégné de magie noire eût été pulvérisé sur le coup.

Les corbeaux tombés, victimes collatérales, furent repoussés également de quelques mètres. Plus résistante que son amant, seule Lucienne Arquenotte touchait encore terre. Les cheveux dans le vent, la silhouette cambrée, elle avait soutenu l'arrivée de Yurugu. En reculant simplement de quelques pas.

— Ne me touche pas, sale bestiole ! intima-t-elle au monstre.

Ivre de liberté, Yurugu demeurait instable. De nouveau, il changea de forme. Son corps se ramassa sur lui-même, prit des proportions bien plus modestes. Facétieux, il pirouetta entre les tombes. Puis déchaîna des éclairs qui vinrent frapper les sépultures, le sol et toutes les parois.

— La situation est hors de contrôle, déplora Napoléon.

— Ah oui, désolé, compléta Kilma, maussade. Ma courte emprise sur le Renard pâle a fait long feu. Par contre, cette garce brune est toujours debout, elle ! De quelle matière est-elle faite ?

Il désigna Lucienne. Louise haussa les épaules.

— En se concentrant, un vampire sait à peu près saisir l'âge d'un adversaire, révéla-t-elle. Avec elle, impossible... Serait-elle une créature millénaire ?

— Quoi qu'il en soit, vous êtes plutôt bien conservées, toutes les deux. De quoi faire des jaloux, estima Kilma.

— À cause de sa présence rien n'est résolu. Pourtant, il nous faut conclure ce rituel, les pressa Babadji. En espérant que Yurugu occupe un moment cette Lucienne.

— Deux secondes, le tempéra Ramsès. Puisque je suis encore parmi vous, laissez-moi ériger une dernière protection.

Bientôt, une nouvelle bulle dorée et lumineuse se forma, s'étendit et les enveloppa. Cette coque magique servirait aux sorciers à officier malgré les distractions et les périls.

Tout en tenant son poste, Kétinée observait Déa. En périphérie du quadrilatère, elle non plus n'avait pas bougé. La mambo espérait bien la libérer de l'emprise de Lucienne, à plus ou moins long terme.

Enfin, l'énergie magique circula de nouveau entre les Dogons et la vampire. Pour autant, personne ne se sentait rassuré. Et pour cause : le plafond se lézardait. Des infiltrations d'eau commençaient à se former. Et le Renard pâle pirouettait alentour.

Bousculée par les éclairs, moins bien protégée que les sorciers dogons, Lucienne évitait les émanations électriques qui ravageaient encore le paysage.

— Petite fille, tu vas m'aider, dit-elle soudain à Déa.

Appelée par la sorcière, la fillette restée en périphérie rappliqua aussitôt.

— Fais-moi plaisir : fais-lui la peau, ordonna encore Lucienne en désignant le facétieux Renard qui l'empêchait d'évoluer. Et pour cela, je te donne la permission de... *te lâcher.*

Toujours sous le joug de Lucienne, Déa bondit. Puis elle se transforma intégralement. Contre le Roi Clochard, des veines apparentes, rouge vif, étaient apparues sur son corps. Cette fois, sa peau entière vira au pourpre. Sa chevelure s'épaissit. Toutes ses dents devinrent pointues. Et des griffes saillirent au bout de chacun de ses doigts.

Kétinée voulut faire abstraction de cette vision dérangeante. Du coin de l'œil, elle aperçut l'entité qu'était devenue Déa se jeter à l'assaut de Yurugu. Qui prit la forme d'un renard à quatre pattes, grand comme un tigre, toujours aussi agile. Sa gueule crachait des éclairs. Lorsqu'elle parvint à s'approcher du fauve, Déa l'attaqua avec une incroyable férocité. Ses griffes entamèrent ce corps électrique, qui poussa des hurlements. Yurugu se cabra, continua de vomir des éclairs. À l'aide de ses pattes, il voulut attraper la fillette. Laquelle esquiva la manœuvre avec vivacité. Lucienne fut en revanche balayée par la queue de l'animal. Projetée en arrière, elle tourneboula un moment dans les airs. Mais parvint à se réceptionner. Elle observa Yurugu, fascinée par sa puissance. Ce n'était pas tous les jours que l'on voyait un dieu en action. Un dieu morcelé, à l'aura incomplète, à la forme instable certes. Un dieu néanmoins, indomptable et superbe.

Avec une violence extrême, le Renard pâle s'abîma contre une paroi en tentant d'attraper son adversaire. Il y eut un immense fracas. Un mur entier de la crypte s'abattit. Lucienne découvrit une autre salle mortuaire, poussiéreuse et oubliée, sans doute à l'abandon depuis des siècles. Déa et Yurugu s'y engouffrèrent, dans un nouvel échange de griffes et d'électricité.

Les sorciers dogons n'eurent pas vraiment l'occasion de prêter attention à l'incident. De leur côté, les soupirs spectraux et le chœur des âmes d'outre-tombe venaient d'atteindre leur point d'orgue. Au vacarme du mur pulvérisé répondit un grincement qui fit dresser tous les poils des personnes encore vivantes.

La porte noire cernée de formes spectrales venait de s'entrouvrir.

Lucienne Arquenotte la fixa, elle eut un moment d'hésitation. Défier la Faucheuse elle-même, c'était courir le plus grand des risques ! Chacun de ses sens lui indiquait qu'il aurait mieux valu filer.

Pourtant, la tentation était trop grande…

Elle jaugea les sorciers dogons, le degré de préparation de leur rituel. S'ils avaient correctement dosé leurs efforts, si la porte demeurait entrouverte, ces inconscients pouvaient réussir l'impossible. Profiter du sang sacré du Grand Taureau et ramener l'un d'entre eux à la vie. Si elle s'ouvrait complètement, en revanche, tout tournerait extrêmement mal – même pour elle. Et Lucienne n'était pas certaine de courir assez vite pour en réchapper.

Tandis que Déa et Yurugu dévastaient la grotte d'à côté, ses yeux demeurèrent rivés sur la porte. Qui frémit encore. Mais qui ne bougea pas. Un vent sépulcral, d'une rare intensité, s'engouffra alors entre les êtres et les choses.

Lucienne se félicita de la tournure qu'avaient pris les événements. Si les loups de Vasco, moins préparés, s'étaient emparés des positions aux quatre coins du quadrilatère, auraient-ils aussi bien accompli ce délicat point d'équilibre entre le monde des défunts et le leur ? Elle en doutait. Si Lucienne voulait s'emparer de cette formidable énergie magique qui circulait entre les Dogons et qui dépouillait la Mort elle-même, c'était maintenant ou jamais ! Elle se prépara à agir. L'arrivée sur son flanc droit d'une adversaire qu'elle avait cru vaincue l'en empêcha.

Distraite par le spectacle de la porte noire entrouverte, elle évita un jet de flammes d'extrême justesse. La sorcière blonde vêtue de noir, leader des corbeaux, venait de couper son élan.

— Cette énergie n'est pas pour vous, lui dit l'inconnue.

Elle appuya cette déclaration d'une violente trombe de flammes qui enveloppa Lucienne.

Au centre du rituel, Kétinée retint son souffle. Elle tenta de chasser les doutes qui l'assaillaient encore, qui germaient en elle depuis qu'elle connaissait l'aspect contre-nature de cette opération, et qui grandissaient à mesure qu'ils s'approchaient de la conclusion.

On ne dompte pas la Mort, songea-t-elle.

Mais est-il possible de la tromper ?

— C'est maintenant ! leur cria Babadji.

Les sorciers dogons et la vampire levèrent ensemble les mains au ciel. L'énergie se déploya entre eux, colossale.

À quelques pas de la tombe, Lucienne parvint à disperser les flammes qui l'environnaient. Elle maîtrisa cette fournaise sans trop de peine, chercha à la retourner contre la fille blonde. Qui à son tour l'absorba. La manœuvre n'avait pour but que de l'occuper : Lucienne fonça sur elle. Voulut réussir ce qu'avait raté Vasco : mettre définitivement cette adversaire au tapis.

Des lèvres de l'inconnue blonde s'échappèrent alors quelques mots. Une langue oubliée depuis longtemps, dont l'usage surprit Lucienne. La sorcière brune se trouva soudain immobilisée. Incapable du moindre mouvement.

— Oh… Comment connais-tu ce tour ? s'étonna Lucienne. Cette sorcellerie, très ancienne… quasi disparue.

En face d'elle, la meneuse des corbeaux continuait de parler. Plus les syllabes s'échappaient de sa bouche, plus le corps de son adversaire devenait pesant. Bientôt, celle-ci éprouva même quelques difficultés à s'exprimer.

— Pas… Pas croyable, jugea-t-elle. Qui t'a enseigné cela ?

Durant cet échange, le rituel dogon entrait dans sa dernière phase. L'intensité du chœur d'outre-tombe se trouvait à son paroxysme. Babadji fit un pas de côté. Libérée de sa présence, la pierre tombale remua d'elle-même.

Puis elle pivota, se retourna, s'affaissa.

Dans un jet de lumière ascendant, Ambala Mountabila apparut. Le cercueil s'était ouvert, le corps du sorcier défunt s'éleva.

Enrobé d'un linceul blanc, le visage sombre, la barbe et les cheveux longs, son corps paraissait intact. Malgré les deux années passées dans la tombe, le sang du Grand Taureau l'avait en effet préservé de la putréfaction.

Ses yeux étaient clos, il se trouvait en suspension, entre les sorciers assemblés qui avaient voulu le rappeler parmi les vivants.

— Qu'avons-nous donc fait ? vibra la voix de Kétinée.

En périphérie de l'ascension, Lucienne puisa aux tréfonds d'elle-même. Il lui fallut se concentrer. Faire appel à des réflexes enfouis. Lutter contre une forme de sorcellerie disparue, c'était comme solliciter certains muscles en sommeil. L'esprit de Lucienne se contorsionna. Il se débattit, se fit soudain poisson d'eau vive qui parvient à nager entre les mailles d'un filet de pêche. Bientôt, elle entrevit une ouverture. Bientôt, elle échappa à l'étrange emprise de la meneuse des corbeaux.

— Tu… m'impressionnes, lui avoua-t-elle. Et tu n'es clairement pas n'importe qui… Mais il en faut davantage encore pour me neutraliser.

La seconde suivante, elle lui décocha un coup de poing, sur la trachée, d'une violence extrême. De quoi empêcher la femme blonde de parler. Puis elle s'empara de sa chevelure et claqua son visage au sol. Cette fois, elle ne se relèverait pas de sitôt.

— Celui ou celle qui t'a appris cela m'intéresse, avoua Lucienne à la meneuse des corbeaux, qui ne l'entendait plus. On en reparle… un peu plus tard.

À cet instant précis, dans la caverne voisine, Déa parvint à griffer la forme animale de Yurugu au niveau de sa gueule. Un éclair émergea jusqu'à l'autre crypte, rebondit sur le plafond, ricocha sur la porte spectrale.

Et vint frapper le corps d'Ambala.

À ce contact, le cadavre qui se trouvait jusque-là en lévitation s'effondra. Il vint percuter le sol, aux pieds du vieux Babadji. Qui n'avait pas vu l'éclair venir. Qui ne comprit pas ce qu'il se passait. Bientôt, le corps tombé fut parcouru d'un bon millier d'étincelles électriques. Kétinée, Kilma, Napoléon, Louise et même Ramsès tinrent leur position, ne surent pas non plus comment réagir. Le cadavre d'Ambala ne bougeait pas.

Yurugu choisit cet instant pour ressurgir dans la crypte principale. D'un coup de museau, il projeta Déa au niveau de Lucienne.

— Pas possible ! On n'est jamais tranquille, pesta la sorcière brune, passablement énervée.

Le retour du Renard pâle fragilisait l'ensemble de la structure. Chacun de ses éclairs secouait la crypte, et les lézardes présentes sur les parois, sur le sol et sur le plafond s'élargissaient. L'eau qui ruisselait déjà depuis quelques minutes commença à affluer. Des jets humides se déversèrent depuis la voûte fissurée, entre les tombes. Des gravats commencèrent à chuter.

Tout en maintenant sa position, Kétinée eut le réflexe d'invoquer deux iwas de pierre, qui évoluèrent jusqu'au toit et qui soutinrent la structure. Pas question de voir tout le groupe soudain enseveli sous un plafond qui s'effondre !

Ce geste de sauvegarde allait à l'encontre des aspirations destructrices de Yurugu. La divinité, en effet, commençait à tourner en rond, multipliait les éclairs. Clairement, elle cherchait à sortir, à regagner l'extérieur pour s'y déployer. L'électricité rebondit sur toute l'eau qui dégoulinait, provoqua encore de multiples étincelles. Malgré les risques d'électrocution, Déa, toujours en furie, continuait à vouloir blesser le grand Renard. Au centre de la crypte, la pluie de gravats redoubla. Sans la protection de Ramsès, les sorciers dogons eussent été broyés. En une question posée à Babadji, Kétinée résuma ce que pensaient tous ses compagnons :

— Grand-père, on en a fini ici, oui ou non ?

Babadji ne le savait pas lui-même. Il s'approcha du corps d'Ambala, qui ne crépitait plus. Il voulut lui tâter le pouls. Il fut saisi d'effroi : le corps était froid, le cœur ne battait pas. Alors, le regard affolé, il haussa les épaules, en même temps qu'il secouait la tête. Il se sentit perdu.

Le rituel n'ayant pas été brisé, la porte spectrale trônait encore au-dessus de tous. Lucienne Arquenotte voulut profiter de cet instant pour reprendre la main. Elle appela Déa mentalement, se rendit alors compte que l'enfant s'était libérée de son emprise.

Tous ces événements spectaculaires avaient effacé la prison mentale qu'elle avait patiemment forgée pour elle, lors des semaines précédentes.

Elle digéra ce revers : tant que la fillette en furie occupait Yurugu, tout demeurait possible. En un instant, elle pouvait encore s'emparer de l'énergie des sorciers dogons et s'en servir pour évoluer. Peut-être même pour dompter la Mort.

Tout en évitant un véritable déluge d'éclairs, elle s'élança jusqu'aux abords du quadrilatère. Elle arriva à hauteur de Kétinée, s'apprêta à tout diriger depuis sa place. La mambo tenta un assaut contre elle : un iwa d'air qui la neutraliserait. Napoléon fit de même en envoyant deux esprits éthérés. Lucienne dispersa très facilement les atomes de ces attaques improvisées, et pour cause : ses adversaires n'osaient toujours pas bouger. Kétinée retint son souffle, s'attendit à ce que la sorcière brise la coque dorée et la tue sur le coup. Au lieu de cela, Lucienne s'arrêta sur un détail de son anatomie. Son expression se figea. De l'index, elle indiqua une cicatrice profonde, largement imprimée dans sa chair.

— Cette cicatrice ? Qui vous l'a faite ? demanda-t-elle.

Kétinée revit en pensée l'homme au corbeau, au loup, à l'entrée du monde du Roi Clochard. Mais elle n'allait certainement pas le dire à son adversaire. Qui de toute façon possédait déjà la réponse. Les yeux de Lucienne s'étaient faits très mobiles.

— Ludwig… C'est Ludwig qui a apposé sa marque sur vous, n'est-ce pas ? Pour me défier, évidemment !

Kétinée se souvint de ce prénom à consonance prussienne, de ce mystérieux prisonnier du monde de Linda. Elle se rappela également ces paroles sibyllines, gravées dans son esprit au milieu d'un tumulte.

« Le piège est en place, avait dit la voix de Ludwig. Pour qu'il se referme, j'ai besoin de toi. »

Un nouveau grondement emplit la crypte en décomposition. Au niveau du plafond, en quelques secondes, on vit se former quatre silhouettes. Ces quatre individus paraissaient avoir jailli de l'éther, comme les corbeaux avant eux.

Ils se tinrent debout, à l'envers. Les pieds collés au plafond. Entre eux naviguaient les éclairs. Kétinée reconnut Sacha, Isabelle et puis Linda, accompagnés du Roi Clochard.

— Hé, mais qu'est-ce qu'ils fichent là, ces pantins ? résonna la voix surprise et angoissée de Kilma.

— Attends, je les connais, assura Babadji. C'est en leur présence que l'on m'a parlé du sortilège de résurrection, il y a deux ans, ici même. Ils sont peut-être venus nous aider à le finaliser.

— Quoi ? firent en chœur Kétinée et Kilma, abasourdis.

— Allons donc, pour qui vous prenez-vous ? s'amusa Lucienne. C'est moi qui les ai poussés à demander audience auprès du Grand Taureau.

Le cerveau de Kétinée établit plusieurs connexions, à vitesse accélérée. Rien d'étonnant à ce que le Roi Clochard et les autres fussent ici : à la suite de la visite de son groupe, et du coup d'éclat de Déa, le monde de Linda avait été affaibli. Cet endroit magique avait donc besoin de sang neuf pour se renforcer. Si leurs visites étaient fréquentes, Babadji avait très bien pu les rencontrer deux ans plus tôt, en effet.

Quant à Lucienne, de quoi parlait-elle ? Elle les connaissait, eux aussi ? Avec Yurugu, Déa et tous les autres invités, difficile d'obtenir des réponses maintenant. D'autant qu'aux abords de la crypte certains parmi les loups et les corbeaux tombés commençaient à reprendre connaissance.

Confusément, la mambo sentait que tous les éléments d'un vaste puzzle se mettaient en place. Rien n'était encore joué.

Lucienne Arquenotte leva le menton, adressa un signe de tête aux quatre nouveaux venus, plantés telles des chauve-souris. À sa grande surprise, aucun membre du quatuor ne lui répondit. Bien au contraire : Linda, Sacha, Isabelle et le Roi Clochard paraissaient la défier. Son impression se trouva renforcée quand une nouvelle série d'éclairs générée par le Renard pâle vint la frapper de plein fouet. Trop absorbée par la présence des quatre déités, elle n'avait rien anticipé. Cette attaque électrique la fit durement percuter la nouvelle coque protectrice générée par Ramsès. Sous la pression de cette énergie, celle-ci se brisa partiellement. Au grand effroi des sorciers dogons, Lucienne tourneboula à l'intérieur du quadrilatère, par-dessus la tombe ouverte, et jusqu'au cadavre d'Ambala. Babadji eut le réflexe de protéger le corps inerte de son fils.

À son tour, le vieil homme tenta sa chance. Plein d'espoir, il demanda aux entités placées à l'envers :

— Vous êtes donc venus m'aider ?

Ils ne lui répondirent pas davantage. Lucienne redressa le buste. Considéra le quatuor avec colère. Elle les connaissait, depuis si longtemps. Pourquoi cette soudaine défiance à son égard ? Pourquoi ce comportement ?

Une ombre passa dans son regard. Une idée lui était venue. Elle considéra alternativement le quatuor, et la marque imprimée dans la chair de la mambo. Puis elle leva de nouveau le nez et repéra une forme. Un très large cercle, tracé sur la voûte : la marque d'un autre rituel, préparé bien avant celui de Babadji.

Un piège sorcier dans lequel tout le monde était tombé… et elle la première !

Alors, pour la toute première fois, elle eut une vision très précise de l'échiquier sur lequel elle était en train d'évoluer.

Elle qui pensait dominer le jeu faisait en réalité partie des pièces en place.

Si Ludwig entrait dans l'équation, il était tout à fait capable d'avoir savamment préparé ses coups depuis un très long moment, pour cet instant précis.

— Pauvres fous, qu'avez-vous donc fait ? s'indigna Lucienne en regardant Kétinée.

Son visage n'était plus qu'effroi. Très sereinement, Linda, Sacha, Isabelle et le Roi Clochard se mirent en mouvement. Ils effectuèrent quelques pas, au plafond, puis descendirent ensemble, en un quadruple salto coordonné. Désormais au sol, ils progressèrent à leur tour vers la tombe.

Lucienne voulut réagir, sortir du quadrilatère. Plusieurs décharges électriques venues de la gueule de Yurugu l'en empêchèrent. Comme dans une chorégraphie bien réglée, le roi et les déités passèrent sous le Renard, entre ses pattes, à quelques millimètres de sa queue. Chacun de leurs pas était minutieusement calculé pour éviter un mouvement de hanche, un claquement de crocs ou même un passage de Déa. Le quatuor, pourtant en plein milieu d'une tempête, progressait comme si tout était parfaitement calme.

Et pendant ce temps-là, Lucienne n'avait pas été capable de s'éloigner. Il s'agissait là d'une démonstration de force de la part de Ludwig : la sorcière le devina immédiatement. Kétinée, Kilma, Napoléon et Louise virent chacun fondre sur eux un personnage contre lequel ils n'étaient pas en mesure de lutter.

— Ah, bordel ! jura encore Kilma. Je préférais vos corbeaux, Ramsès. Ceux-là ne nous veulent clairement aucun bien !

Lucienne émit un rire sardonique.

— Les corbeaux n'étaient que la première ligne envoyée par Ludwig. Leur véritable mission n'a jamais été de vous protéger.

Babadji, Kilma et Napoléon réagirent en même temps.

— Quoi ?

— Hum… toussa Ramsès, gêné. Eh bien…

— Et maintenant, l'interrompit Lucienne, je crois bien que les généraux de mon adversaire vont vous faire décamper. Alliés comme ennemis.

Sans ménagement en effet, chacune des déités chargea. Avec davantage de succès que les loups, ils arrivèrent aux quatre sommets du quadrilatère. Dans un mouvement coordonné, Isabelle s'empara de Napoléon, Sacha de Louise, Lisa de Kétinée, et le Roi Clochard de Kilma et de Ramsès, en même temps. Ils les jetèrent aux quatre coins de la crypte, non loin des loups et des autres corbeaux. Puis ils prirent position, à leur place.

Entre Linda, Sacha, Isabelle et le Roi Clochard, une vague d'énergie blanche s'éleva, plus impressionnante que toutes celles que cherchaient à générer les sorciers dogons. Celle-ci balaya les artefacts, les idoles. Pulvérisa en quelques secondes ce que le vieux Babadji avait mis des années à rassembler, juste pour cette nuit. Surtout, elle cloua Lucienne à terre. Ses pieds se trouvèrent rivés au sol, entravés, incapables du moindre mouvement. Le vieux Babadji, le cadavre de son fils toujours entre les bras, subit exactement le même sort.

Dans le même temps, Déa fut violemment touchée par Yurugu. Bientôt bombardée d'éclairs, partiellement électrocutée. Le dieu animal, enfin victorieux, attrapa son adversaire dans la gueule. D'un mouvement de menton, il la fit valdinguer jusque dans la salle voisine, où elle s'écrasa contre une stalagmite qui se brisa sous le choc. Yurugu bondit à sa suite.

Du cercle tracé sur la voûte descendit alors un vaste rideau d'énergie, qui emprisonna chaque entité présente, des loups aux Dogons, des corbeaux aux autres sorciers. Avec Babadji Mountabila, le cadavre d'Ambala et Lucienne au centre. Tout le monde, hormis Déa et Yurugu.

Seul rescapé de l'ancien rituel, désespéré de cette tournure des événements, son fils immobile entre les bras, Babadji ne sut comment réagir. Contrairement à ce qu'il avait pensé, les quatre déités n'allaient certainement pas l'aider à ressusciter son cher Ambala.

— Qu'est-ce qu'ils veulent ? demanda le vieil homme à sa voisine captive. Vous neutraliser ?

— Forcément me tuer, souffla-t-elle.

Depuis leur arrivée, Lucienne avait cherché une opportunité de s'enfuir. Le ballet de Déa et du Renard géant, agrémenté de dangereux éclairs, ne lui avait laissé aucune espèce d'ouverture. Désormais, elle se découvrait immobilisée. Cernée d'une énergie blanche qu'elle ne pouvait franchir. À l'intérieur d'un quadrilatère enfermé dans un cercle.

Une double protection, pour s'assurer de sa captivité.

Une seule personne aurait pu l'aider : Déa. Depuis qu'elle l'avait contrôlée, Lucienne connaissait la capacité de la petite fille à se déplacer dans un autre endroit. Manque de chance : depuis peu, Déa était hors de son contrôle, elle l'avait senti. Et désormais, inconsciente. Dans la salle voisine, le Renard pâle tournait autour d'elle, comme pour la provoquer. Mais elle ne réagissait plus. Tout était donc fichu. Effarée jusqu'ici, Lucienne relâcha les épaules, et ses traits se détendirent soudain. Malgré la fragilité de sa position, elle ne put s'empêcher de ressentir de l'admiration pour son adversaire invisible.

Le piège avait été très finement réglé !

Elle daigna enfin mieux répondre à la question de Babadji.

— Jusqu'ici, Linda et les autres m'obéissaient, avoua la sorcière. Depuis, ils se sont trouvé un autre maître… Me supprimer ne leur sera pourtant pas facile. Mais je suppose que ce qui est emprisonné avec nous va réussir, lui !

Désormais chassé du centre du rituel, Kilma se massa la nuque et se releva. À deux pas de lui, Kétinée se remettait d'aplomb, elle aussi. Comme quelques corbeaux et loups alentour, fascinés par ce spectacle aux proportions dantesques.

Kilma murmura à Kétinée :

— C'est normal, ma petite-nièce, si je ne comprends *absolument rien* à ce qui est en train de se passer ?

Le chant des linceuls

— Nous avons été entraînés, bien malgré nous, au cœur d'une lutte de pouvoirs qui nous dépasse, résuma pour lui la mambo. En fait, je crois bien qu'il s'agit d'un simple duel... Toutes et tous, nous sommes pris entre deux feux.

— Hum, si tu le dis, toussa Kilma. En attendant, nous voilà tous emprisonnés, c'est ça ?

— Emprisonnés avec la Mort, résonna la voix de Louise.

La porte noire toujours entrouverte se fit soudain plus nette que jamais. La mélopée entamée puis évanouie résonna de nouveau, avec force. Tout ce qu'avaient éveillé les sorciers dogons et leurs alliés venait d'être détourné, changé. Puis accentué.

— J'ai été aveugle, avoua Lucienne. Aveugle et stupide. Il faut croire qu'on ne change jamais vraiment...

Les raclements morbides reprirent en cadence. Et bientôt, un bruit sourd, d'une puissance infinie, fit trembler la trentaine de protagonistes assemblés.

Soudain, le gitan que l'on nommait Jorge fut pris d'un spasme incontrôlable. Une énergie noire émana de lui. Il commença à se tordre dans tous les sens, tel un pantin désarticulé. Tous ses muscles s'atrophièrent. Sa bouche écuma. Ses orbites se creusèrent. Tous ses traits se convulsèrent en une grimace immonde. L'instant d'après, il s'effondra. Lorsque sa carcasse heurta le sol, il n'avait plus que la peau sur les os et s'était arrêté de respirer. La Mort incarnée n'allait pas émerger de la porte : elle rôdait déjà partout.

Quelque part, au seuil de la caverne, le tout dernier élément de cette complexe partie d'échecs apparut enfin. Il s'agissait d'un homme blond, au léger collier de barbe, un corbeau sur l'épaule, un loup à ses côtés.

Et pour la première fois depuis longtemps, il paraissait satisfait.

XXX

Depuis que la Mort évoluait parmi les prisonniers, le plafond qui menaçait de céder paraissait s'être évanoui, au profit d'un ciel brumeux et fantasmatique. Dans la prison de lumière, chacun regardait à droite, à gauche, tentait de contenir sa terreur.

Qui serait donc le suivant à rejoindre Jorge ?

Qui serait cette fois choisi par l'invisible Faucheuse ?

Le Roi Clochard et les trois déités ne paraissaient pas concernés par la paranoïa ambiante : désormais invocateurs, ils se sentaient protégés.

Dans la salle annexe, Yurugu, intrigué, avait gardé son apparence de grand Renard. Des éclairs jaillissaient désormais de tout son corps. Ce qui abîmait les parois de sa cage, mais n'entamait pas le rideau magique entre les prisonniers et lui. Il tournait beaucoup sur lui-même, et parfois s'arrêtait. Curieux, il épiait ces humains craintifs qui redoutaient l'approche de la Mort.

— C'est quoi encore ce bordel ? hallucina Kilma. Alors, comme ça, on va tous y passer, les uns après les autres ?

Napoléon voulut tester la solidité du rideau de lumière circulaire derrière eux. Il jeta une grosse pierre en direction de cette frontière. Celle-ci aussitôt se désagrégea en fines particules.

— Au cas où vous vous demanderiez : on ne peut vraiment pas passer par ici, annonça-t-il, dépité.

Un gitan transformé en loup, persuadé de pouvoir briser le sortilège en se ruant sur les déités, fut aussitôt frappé à son tour. Tout comme Jorge avant lui, il se tordit, s'enlaidit, devint d'une maigreur absolue, puis tomba raide mort.

Son geste fougueux, et le prix qu'il venait aussitôt de payer, en dissuadèrent plus d'un de l'imiter.

Au centre de ce maelström, Lucienne paraissait s'être résignée à son sort. Avant que ne tombe le double rideau de lumière, elle avait vu son amant, Vasco Pueblo, tomber de la paroi où il s'était encastré pour rouler piteusement parmi les loups et les corbeaux. Toujours inconscient, il ne pourrait rien tenter pour l'aider. Lucienne se demandait même s'il était encore vivant. D'ailleurs, quelle importance ? Tous étaient des morts en sursis, désormais.

Par-delà le rideau, Lucienne aperçut très distinctement Ludwig. Son adversaire s'était avancé, corbeau sur l'épaule, loup à ses côtés, pour lui signifier sa présence. Certains s'adressaient à lui. Ludwig les ignorait superbement.

— Alors, c'est comme cela que tout finit pour moi, dit Lucienne à mi-voix.

D'un air de plus en plus détaché, elle sortit son fume-cigarette, l'alluma et la porta à ses lèvres. Une dernière cigarette avant de mourir, peut-être ? Cette idée la fit sourire.

Babadji regardait Ludwig, maintenant. Il se souvenait de leur brève rencontre, deux années auparavant.

— Laissez-moi deviner, dit Lucienne à son encontre. C'est avec lui que vous avez conversé, il y a deux ans. Mais il devait posséder autant de consistance qu'un spectre... Non loin de Linda et des autres, bien sûr. En réalité, c'est cette personne qui vous a incité à pratiquer ce dangereux rituel.

— Rituel qui était en réalité, depuis le début, destiné à nous piéger tous, comprit Babadji, la mine contrite. Mais vous, plus particulièrement... Cet homme est capable... de planifier les événements à ce point ?

— Oh, vous n'avez pas idée ! s'exclama Lucienne. Ludwig sait anticiper énormément de choses, avec une précision diabolique. Il entrevoit l'avenir, cerne les possibles. Et les organise selon sa convenance. Voilà pourquoi il est si dangereux ! Sans opposition, il peut détruire toute forme de vie. Vous en avez eu un très savant aperçu, ce soir.

À distance, Kétinée observait les corbeaux. Qui s'étaient regroupés, eux aussi, de l'autre côté de la crypte, et dont désormais elle se méfiait. Le guerrier à turban, la rouquine aux yeux vairons et même leur meneuse, blessée au visage, étaient sortis de leur torpeur. Tous trois encadraient la femme encapuchonnée, mais aussi Ramsès, qui ne bougeait plus du tout. Son vol plané avait en effet plongé l'Égyptien dans une étonnante torpeur. Il était sur le dos, droit comme un I, les bras repliés sur le torse, tel un gisant.

Étaient-ils effectivement les agents de Ludwig ? Dans ce cas, pourquoi les avaient-ils emprisonnés également ? Par simple cruauté, peut-être ? Ou comme un général sacrifie ses simples soldats afin de remporter la bataille ?

Un corbeau s'agita soudain tel un pantin. Il s'agissait du guerrier à turban, que les autres nommaient Buraïli. Celui-ci se lança dans le même ballet grotesque que ses prédécesseurs. Il se mit à maigrir, gémit, perdit toute prestance. Sous les cris affolés de ses alliés, il mordit la poussière à son tour. Tout aussi mort que les deux loups-gitans.

Kétinée frissonna. Que ces corbeaux aient été agents de Ludwig ou autre chose : peu importait. La Mort invoquée frappait au hasard. Effectivement, chacun finirait par y passer.

Dans le même temps, Babadji sentit sa gorge se nouer. Il continua sa conversation avec Lucienne.

— Les quatre déités… elles étaient les geôliers de Ludwig ?

Son interlocutrice hocha la tête.

— Je l'ai emprisonné dans leur monde, jadis. Leur essence est liée à la sienne, par un sortilège de ma création. Il ne peut s'éloigner d'eux. À peine évoluer aux frontières de leurs trois domaines, tel un fantôme. Cependant, je ne l'ai pas remarqué : il est parvenu à les contrôler de mieux en mieux depuis sa prison. Et puis, quand leur monde s'est affaibli, il a encore étendu son emprise. Il a fait de ces quatre souverains ses marionnettes. Pour se libérer totalement, il n'a plus qu'à m'éliminer !

À ses côtés, le vieux Babadji Mountabila serra le cadavre de son fils et soupira longuement.

Il avait appelé la Mort de ses vœux. Dans ses rêves les plus fous, la Faucheuse lui restituait son fils. En cet instant de ténèbres, de sombres splendeurs et de vérités, l'immense folie de son entreprise lui éclata au visage. Il se sentit responsable de tout ce qui se nouait autour de lui et du vaste carnage annoncé.

— C'est ma faute… Tout ceci est ma faute, se morigéna-t-il.

Tout en tirant sur sa cigarette, Lucienne déclara :

— Vous n'êtes pas pire qu'un autre. Tous autant que nous sommes, ici, nous cherchons à atteindre les étoiles. À plier les lois du possible. À vouloir davantage que ce qui nous est accordé. Ainsi est née la sorcellerie. Ainsi elle disparaîtra, je suppose. En tentant une toute dernière fois de réécrire les règles du jeu.

Hors du quadrilatère, Kétinée n'avait raté aucune de ces paroles. Malgré l'intense frayeur qui l'étreignait elle aussi, elle assembla d'autres pièces du puzzle.

Quelques mois auparavant, dans une fosse de la forêt de Bourgandune, le loup de Ludwig l'avait griffée. Cette blessure ressemblait davantage à un sceau. Car elle ne guérissait pas. En s'emparant de son sang, sans doute cet énigmatique sorcier avait-il gardé un œil et une emprise sur elle. De quoi ensuite détourner à son compte le rituel auquel elle venait de participer. Cela, personne parmi les Dogons ne l'avait décelé.

Sans le vouloir, la mambo avait donc servi les plans de Ludwig depuis le début : un sorcier si puissant qu'il possédait une vision d'ensemble des événements à venir. À distance, aux abords du monde magique dont il était captif, Ludwig avait dû sentir l'incroyable pouvoir de Déa, et son mystérieux lien avec les Pyrénées. Sa capture par les clowns avait été pour lui une aubaine. Il en était même peut-être l'instigateur ! Ne pouvant s'échapper lui-même, il poussa ensuite Déa vers le territoire des Pueblo. Leur arrivée fracassante attira l'attention de Vasco, qui depuis ne quitta plus leur piste. Fasciné par la petite fille, le sombre gitan alerta son amante, au moment où s'organisait le rituel de résurrection.

Un rituel qui paraissait beaucoup intéresser Lucienne. Ludwig devait connaître évidemment ses penchants. Tout ceci aurait forcément lieu le jour de la fête du Bœuf Gras. Une fête où Lucienne inviterait le Roi Clochard et les déités récemment blessées, la sorcière brune ne se doutant pas qu'elle tissait elle-même les mailles du piège qui se refermerait ensuite sur elle.

La mambo se prit la tête entre les mains. Quel genre d'esprit pouvait bien être capable de planifier les événements à ce degré de complexité ? L'homme au loup et au corbeau, apparemment. Ses animaux devaient symboliser son emprise conjointe sur les deux clans adverses.

Kétinée savait les sorciers capables de prodiges. Eux-mêmes avaient d'ailleurs bien failli ramener l'un de leurs semblables parmi les vivants. Alors, pourquoi ne pas concevoir un homme capable d'anticiper tous les événements futurs, en les provoquant, en les agençant en amont ? Et jusqu'à faire de ses propres geôliers les éléments décisifs de son plan d'évasion.

La mambo comprenait qu'un être d'une telle puissance puisse être gardé captif par ses adversaires. S'il était pétri d'intentions discutables, Ludwig pouvait effectivement semer le chaos à loisir autour de lui.

Cependant, Lucienne valait-elle mieux que son adversaire ?

Qui de ces deux-là fallait-il aider ?

— Ni l'un ni l'autre, sans doute, dit Kétinée à voix haute.

Tandis que son cerveau surchauffait, la Mort frappa pour la troisième fois du côté des gitans. Un loup plus pâle que les autres se mit à trembler. En suffoquant, il se transforma en femme. Kétinée ignorerait pour toujours le nom de cette personne, venue grossir les rangs des victimes. Quatre déjà…

La mambo n'y tint plus. Elle se prépara à lancer une invocation à son tour. Il fallait qu'elle tente de refermer cette porte en suspension dans les airs !

Prendre ce risque allait peut-être accélérer son trépas. Oui, mais ne rien tenter signifiait de toute façon la mort. Alors, elle se mit en tailleur et respira un grand coup. Pour la dernière fois, peut-être. Plutôt mourir en se battant que d'attendre son funeste sort !

Napoléon Boussangué approcha sa longue et musculeuse silhouette de la mambo.

— Je peux te prêter main-forte, proposa-t-il. Ensemble, nous serons plus efficaces.

— Si tu veux, bien sûr, opina Kétinée. Mais c'est très risqué.

— Que vaut la vie sans risque ? sourit-il.

Il s'installa à ses côtés.

À l'entrée de la crypte, Ludwig observait l'ensemble de leur groupe. Durant de longues années, il avait été le captif des entités qui désormais formaient le quadrilatère, et qui depuis peu agissaient exactement comme il l'avait prévu.

Ce qu'il pensait de cette scène apocalyptique, personne n'aurait su le dire. Sa mine sombre, impénétrable, demeurait fixée sur Lucienne. Car il savait que la moindre seconde d'inattention signerait immédiatement l'échec de son long projet.

La dernière heure de son adversaire était venue. Il l'avait attendue, soigneusement planifiée. Le loup à ses côtés, le corbeau sur son épaule, il s'apprêtait à voir la Mort se ruer sur Lucienne. Tout ceci n'était plus qu'une question de temps. Et l'unique solution pour briser le sortilège qui l'entravait, qui le liait pour toujours aux mondes de Linda, Sacha et Isabelle. Afin de retrouver son libre arbitre, il devait détruire la sorcière.

D'autres personnes que Lucienne étaient en train de succomber à cause de leur affrontement. Des gens qui ne possédaient pas la moindre idée des enjeux déployés ici. Tel était le prix à payer : il en mesurerait toutes les conséquences. Après des années de captivité, Ludwig entrevit la possibilité de sa libération. Ce qu'il ferait de cette liberté, ensuite, cela lui appartenait.

Dans la salle annexe, l'avatar de Yurugu n'avait rien perdu de sa vigueur. Tel un fauve en cage, lui aussi attendait l'heure de sa libération avant de bondir. Son impatience suintait de chaque parcelle de son corps électrique. Tout comme Ludwig, il n'avait qu'une envie : s'étendre à l'air libre, quitte à semer le chaos.

Kétinée eut la vision d'un monde pris en tenaille. D'un côté, Ludwig. De l'autre, le Renard pâle. Deux individus rusés. Tous deux calculateurs nés. L'un ayant élevé cette capacité à un degré extrême, presque une forme d'art. L'autre, au caractère fauve, pour le moment obnubilé par sa faim des grands espaces. Deux créatures sans doute capables de détruire tous les mondes imbriqués entre eux s'ils le souhaitaient.

Au fond d'elle-même, Lucienne ne croyait pas survivre. Elle seule savait ce qu'il lui en avait coûté d'avoir mis à genoux Ludwig, de l'avoir quasiment sorti de l'échiquier. Aujourd'hui, elle regrettait de n'être pas allée jusqu'au bout, à cette époque. Car évidemment, son redoutable adversaire avait déjà tout prévu. Après tout, elle avait peut-être mérité son sort… Sur ses lèvres de sorcière se dessina un demi-sourire. Non, elle n'allait pas se débattre. Elle tâcherait d'accueillir sa mort avec sérénité. Elle avait tellement triché pour retarder cet instant…

Elle venait de remarquer ce détail : chaque fois que quelqu'un mourait, le Renard pâle avait regardé dans la direction de la victime quelques secondes avant que ne se manifestent les symptômes. Lucienne en aurait mis sa main à couper : par son flair aiguisé, le dieu africain pouvait sentir la Mort juste avant que celle-ci ne frappe.

Et désormais, il fixait les sorciers dogons.

Ceux-ci pensaient qu'un assaut contre la porte sombre était possible. Lucienne connaissait d'avance la futilité de l'entreprise. Ludwig ne les avait certainement pas enfermés ici pour qu'ils en réchappent aussi facilement.

Pris d'un malaise, Napoléon avala sa salive.

— Kétinée... je ne me sens pas très bien.

Brusquement, il émit un cri. La mambo se tourna vivement vers lui. Ses yeux s'étaient révulsés. Tout son corps s'était tendu.

— Napoléon ! s'exclama Kétinée.

Pour toute réponse, le colosse tomba à la renverse. Ses yeux roulèrent dans leurs orbites. Sa bouche s'emplit d'écume.

Kétinée poussa un cri d'horreur : devant ses yeux, Napoléon se mit à maigrir. Ses membres se tordirent. Ses joues se creusèrent. Ses côtes devinrent apparentes.

— Non, non ! hurla la mambo, impuissante.

À cet instant, une toute nouvelle voix résonna.

— Euh... salut...

La sortie de scène de Napoléon fut alors interrompue. Comme mise en pause.

À l'entrée de la crypte – chose extraordinaire entre toutes – Ludwig sursauta. Lucienne *le vit* sursauter. Lui, celui qui pouvait tout prévoir, tout planifier, jusque dans les moindres détails, venait d'être surpris. Quelqu'un se trouvait à ses côtés, quelqu'un dont il n'avait su anticiper la présence : situation que la sorcière brune jugea inédite.

Dans la prison, il y eut ce même sursaut : Lucienne le ressentit. La vague d'énergie, entre le Roi Clochard et les trois déités, se fit moins constante. Brièvement moins maîtrisée. Alentour, la Mort elle-même avait suspendu son activité.

Le regard interdit de Ludwig se posa sur un prestidigitateur aux habits râpés, à la chemise ouverte, à la barbe de trois jours, à l'air un peu perdu.

— Excusez-moi, demanda l'homme au demi-dieu, c'est par ici la tombe d'Ambala Mountabila ? Non parce que, franchement, il y a de quoi se perdre, dans toutes ces galeries.

Kétinée tourna immédiatement le regard : elle avait reconnu la voix d'Ernest. Arrivé comme un cheveu sur la soupe, comme un invité indésirable, comme un spectateur en retard, au beau milieu d'un noir spectacle dont il ne comprenait ni les tenants ni les aboutissants.

Comment était-il arrivé ici ? Par quel miracle était-il encore vivant ?

Quelques minutes plus tôt, cloué sur le sol, les organes atteints, tous les os brisés, le cerveau en bouillie, Ernest Villempré gisait, offrande impromptue à quatre monarques qui ne s'étaient pas privés pour lui picorer l'âme.

Au seuil de sa fin, cependant, il eut l'incroyable réflexe de pousser un tout dernier cri. Cette poupée désarticulée, ce pantin désormais privé d'intelligence, cette parodie d'existence eut un improbable élan de vigueur, qui surprit les déités en réunion.

Une énergie verte, une vague inespérée les fit reculer tous quatre de deux pas.

Linda, Sacha, Isabelle et le Roi Clochard avaient retrouvé leurs positions initiales. Un peu comme si, durant les dernières secondes de son calvaire, cette souffrance absolue n'avait jamais existé.

Ernest était de nouveau debout. Le nez en sang, les yeux en pleurs, les muscles tétanisés. Mais debout, le cerveau encore entier, le squelette reconstitué, et bien vivant. Pourquoi ? Comment ? Par quel sortilège inespéré ?

Alors, Ernest se souvint du talisman. De l'objet d'argile représentant une arche que lui avait confié le Prince, et qu'il gardait depuis dans sa poche. Désormais, l'amulette magique était brisée. Sans doute parce qu'elle avait rempli son office. Ernest se remémora la partie de chasse, chez le Prince. Cette façon dont le puissant souverain avait effacé les blessures, remis les compteurs à zéro. Il s'agissait de la même sorcellerie, sans doute. Un cadeau depuis le Castel, en ce souterrain où il aurait dû succomber.

Tout autour de lui, au beau milieu de la fête, parmi les chants et les danses, Lisa, Sacha, Isabelle et le Roi Clochard n'étaient pas seulement estomaqués. Ils paraissaient hébétés, à l'arrêt, le regard parfaitement vide, face au prestidigitateur. De véritables statues de cire. Cependant, tous quatre commençaient de nouveau à bouger. L'histoire et le supplice allaient-ils se répéter ?

Certainement pas ! Cette fois, Ernest eut l'opportunité d'utiliser ses pouvoirs. À l'aide d'un puissant courant d'air, il décolla dans les airs, sans un regard derrière lui. Il fila à dix mètres du sol, puis plus haut, bien plus haut. Il finit même par approcher les longues stalactites qui pendaient du plafond. Sur son passage les gens s'extasiaient, s'exclamaient. Ils montraient du doigt cet homme qui défiait la gravité. Indifférents au sort de cet inconnu quelques instants plus tôt, ils le louaient désormais, parce qu'il accomplissait quelque chose d'extraordinaire. On le pensa lié à la fête, aux incroyables tours déployés pour l'occasion. Alors on se soucia enfin de lui. Et certains même l'applaudirent.

Dans les hauteurs de sa fuite, Ernest ignora toutes ces réactions. Il filait sous la roche, loin, le plus loin possible de la douleur. Car si son squelette s'était miraculeusement reconstitué, il ressentait encore cet insupportable traumatisme, son corps et son crâne qui avaient commencé à imploser.

Lorsqu'il ne parvint plus à voler, lorsqu'il fut à bout de souffle, mais suffisamment loin de ses quatre tortionnaires, il se laissa choir doucement dans un recoin, sans fureur et sans bruit. Alors, il se plaça en position fœtale, s'adossa à un mur et se mit à respirer. Lentement, très lentement. Et tenta de ne plus se souvenir de ses organes déchiquetés et de ses os brisés. Ernest ne fut pas capable de bouger tout de suite. Il demeura immobile un long moment, à lutter contre les réminiscences de l'intense douleur imprégnée en lui, que sa raison réfutait, mais que son corps se remémorait bien trop intensément.

Peu à peu, ses sens enregistraient des informations que son cerveau traitait avec distance et détachement. Le brouhaha s'amenuisait. Les gens se dispersaient. Les diverses cohortes festives s'éloignaient. Le carnaval du Bœuf Gras, qui avait provoqué tant de tumultes, touchait à sa fin.

Noidkoko et Rodriguez avaient fini par le retrouver. L'un comme l'autre s'en voulaient beaucoup de l'avoir laissé tomber face aux déités assassines. Le magicien ne leur en tenait pas rigueur. Que peut accomplir l'animal, face au feu qui dévore le paysage ? Son instinct lui commande de fuir, il ne se jette pas dans les flammes par simple esprit de compassion. Car on arrête rarement l'incendie en se sacrifiant soi-même.

Il accepta leurs caresses, leurs griffures sympathiques, leurs coups de bec ou de main. Tous deux se blottirent contre lui, s'assoupirent même un moment. Leur chaleur fit énormément de bien à Ernest. Elle lui permit de revenir, véritablement cette fois, parmi les vivants. Alors, il parvint enfin à remuer un bras, une jambe. Au bout de plusieurs minutes, il se remit debout.

Pas très sûr de lui, il avança, chancelant. Il tituba parmi les allées, entre les sépultures désertes, où gisaient les détritus du passage de la fête. Tel un automate mal huilé, tel un arlequin manipulé par un marionnettiste fatigué, il déambula, perdu, dans ce paysage désormais délaissé. Il n'avait plus mal, non. Et son esprit retrouvait peu à peu son acuité. Mais quelle expérience traumatisante ! Il ne l'oublierait jamais…

Dans ce combat contre les souvenirs de sa souffrance, son éternel optimisme avait été l'une de ses meilleures armes. L'amour inconditionnel de ses animaux, aussi. Maintenant, il ne rêvait que de retrouver Déa, et les bras de Kétinée. Mais il y avait encore un rituel à accomplir. Un homme qu'il ne connaissait pas à ramener d'entre les morts. Tout cela avait déjà dû se dérouler sans lui…

La nécropole désormais déserte, il ne s'imaginait pas que d'autres personnes pouvaient encore s'agiter, dans le caveau qu'il eut du mal à retrouver. À l'approche de cet endroit, ses animaux se firent extrêmement nerveux. Il y avait des bruits étranges, des soufflements continus, des fracas sourds parfois, et même une inquiétante mélopée. Rodriguez crispa ses griffes sur son épaule. Noidkoko se mit à trembler. Ernest prit un moment pour les caresser, pour les rassurer, pour leur parler avec délicatesse.

— Tout doux, les amis. Tout doux… Vous m'avez bien aidé, vous savez… Sans vous, je serais encore prostré contre une tombe, là-bas, sans espérer pouvoir en bouger. Si vous ne voulez pas m'accompagner dans cette crypte, je ne vous en tiendrai pas rigueur. Mais ma fille et la femme que j'aime sont là-bas, et je ne veux pas les laisser tomber… Allez, vous me souhaitez bonne chance ?

Noidkoko produisit un faible cri, se blottit brièvement contre Ernest. Rodriguez se laissa flatter le front, à la jointure du bec. Ernest leva le bras, le laissa s'envoler. Tout comme filait Noidkoko, à l'abri d'une tombe.

Ernest prit une profonde inspiration. Comme avant d'entrer en piste, le prestidigitateur chevronné s'avança vers la lumière. Cette nuit, il s'attendait à un spectacle grandiose et morbide, identique à nul autre. Il n'allait pas être déçu.

D'abord, il y eut ce grand type blond, habillé de noir. Malgré le chambard, ses animaux à lui ne l'avaient pas quitté. « Bien dressés, se dit-il. Ou bien terrorisés par leur maître, au point de ne même plus oser bouger. » L'individu se tenait aux limites d'un rideau de lumière. Au-delà, Ernest eut l'impression de reconnaître Kilma et Kétinée. Où donc était Déa ? Et que se passait-il ?

Ernest adressa quelques mots à l'inconnu, qui visiblement ne l'avait pas vu venir. Pas de réponse de sa part. Était-il muet ?

Tout en lui parlant, il reconnut l'homme. Car il l'avait bousculé, par inadvertance, juste avant d'être mis en pièces par le Roi Clochard et les trois déités. D'ailleurs, ils étaient là eux aussi. Au centre de la crypte. Il fallait s'y attendre ! À leur vue, les muscles d'Ernest se contractèrent.

Puis il se passa quelque chose que le prestidigitateur n'aurait su anticiper : à son arrivée, depuis le centre de sa prison, Lucienne Arquenotte avait vu Ludwig sursauter. Il était extrêmement rare de surprendre un être tel que lui, habitué à tout prévoir, tout anticiper. Que pouvait donc bien posséder Ernest Villempré, ce sorcier de pacotille, ce prestidigitateur mal fagoté, qui perturbait son ennemi ? Au premier regard, rien du tout.

Si on l'observait un peu plus attentivement, cependant…

L'œil aiguisé de Lucienne Arquenotte sut immédiatement où regarder. Elle entrevit une possibilité. L'éclat d'un joyau enfoui, et qui brouillait les sens de Ludwig.

Autour d'Ernest Villempré, pour l'homme au loup et au corbeau, tout était flou, désordonné. Rien ne suivait une trajectoire linéaire. Il ne savait lire en cette sorcellerie-là, ne pouvait l'anticiper. Voilà pourquoi Ludwig avait laissé le Roi Clochard et les autres éliminer le prestidigitateur.

Ou tout du moins, essayer.

Au seuil de la crypte, le sursaut inattendu de Ludwig avait suspendu tout le rituel. Bien trop brièvement pour que la plupart des sorciers captifs ne puissent en tirer avantage. Suffisamment longtemps, en revanche, pour que Lucienne agisse.

Dans la double muraille lumineuse se dessina une brèche. Brèche elle-même amplifiée par les lézardes sur les parois de la grotte. Il s'agissait d'un passage minuscule. L'esprit de Lucienne s'y faufila. Elle jeta dans cette ouverture toute la sorcellerie dont elle disposait. Malgré son apparente décontraction, et l'attente de sa mort, c'était cette faille qu'elle avait scrutée. Et tout en gardant les yeux ouverts, elle s'était mentalement préparée à déchaîner son pouvoir. Un éclair couleur émeraude, et une fraction de seconde suffirent à la sorcière brune pour libérer ses pieds rivés au sol, s'engouffrer dans un premier passage, avaler la distance qui la séparait du second rideau déchiré, puis le traverser, juste avant que celui-ci ne retrouve toute sa consistance. À toutes les personnes emprisonnées avec elle, Lucienne parut plus véloce qu'un vampire, plus fulgurante qu'un éclair. Ils ne la virent même pas franchir une portion de cette distance. Un clignement d'yeux plus tard, elle se trouvait de l'autre côté du rideau, non loin d'Ernest, et juste derrière Ludwig.

Comment avait-elle accompli cela ? Sorcellerie, bien entendu. Et les meilleurs magiciens ne révèlent jamais leurs tours !

Une fumée entourait déjà Ludwig, son loup et son corbeau. Lucienne tint sa cigarette de la main gauche, et embrassa son adversaire sur la joue.

— Échec et mat, mon beau.

À deux pas du couple ennemi, Ernest n'avait que vaguement senti qu'on se servait de lui. Son corps avait soudain vibré, comme face au Roi Clochard et aux trois divinités. Pourtant, il n'avait plus d'amulette… Si ?

Simultanément, Linda, Sacha, Isabelle et le Roi Clochard quittèrent leur poste. Entre eux quatre, l'énergie se brisa. Comme s'évanouit le rideau circulaire, qui empêchait la plupart des survivants de s'enfuir. Sans énergie mystique pour alimenter sa présence, la porte noire, en suspension dans les airs, commença à se dématérialiser. La Mort parut s'évanouir : elle ne réclamerait plus aucune victime.

Restaient deux problèmes, et de taille.

Premièrement, sans rideau entre les humains et lui, Yurugu était de nouveau libre. Prêt à se déployer, à semer son chaos électrique, d'abord dans la crypte, puis sur le monde extérieur.

Deuxièmement, malmené par tous ces chocs successifs, le plafond céda. L'eau afflua de partout. Des blocs énormes se décrochèrent et tombèrent parmi les sorciers.

Dans un glissement accéléré, Linda, Sacha, Isabelle puis le Roi Clochard flottèrent jusqu'à l'entrée de la crypte. Dans le sillage d'une Lucienne Arquenotte libre et victorieuse, le regard de Ludwig se vida de toute sa combativité. Son esprit s'embruma, comme l'avait fait celui de Déa avant lui.

Lucienne regarda Ernest.

— Monsieur, je crois que je vous dois la vie.

— Et… vous êtes qui, au juste ? demanda Ernest, qui avait raté quelques épisodes.

Lucienne ignora cette question. En revanche, elle accueillit d'un sourire les silhouettes flottantes de Linda, de Sacha, d'Isabelle et du Roi Clochard. Traumatisé par sa dernière rencontre avec eux, Ernest recula aussitôt.

— Ne vous inquiétez donc pas, lui indiqua Lucienne. Ludwig neutralisé, je réponds d'eux, désormais. C'est le moins que je puisse faire pour vous… Nous sommes bien d'accord ?

En guise d'assentiment, le Roi Clochard tira son chapeau.

Lucienne adressa ensuite un large geste au quatuor : celui-ci encercla Ludwig. On vit apparaître des chaînes, des fers aux poignets et aux chevilles de l'adversaire dompté. Aussitôt, les quatre déités glissèrent au loin, l'énigmatique Ludwig entre eux.

— Direction la maison ! leur dit Lucienne.

Elle accueillit ensuite les loups survivants, qui bousculèrent Ernest. L'un des gitans portait le corps inconscient de Vasco Pueblo. Lucienne daigna à peine accorder un regard à son amant tombé. Puis elle se tourna une dernière fois vers le prestidigitateur.

— Ravie de vous avoir rencontré, Monsieur…Villempré, c'est cela ? Il y avait d'ailleurs quelques personnes fort intrigantes, ce soir… Veuillez m'excuser, je vais quitter la partie. J'ai eu mon compte d'émotions pour la soirée, et le dieu qui se trouve encore dans cette crypte me semble bien trop enragé maintenant pour que je puisse le maîtriser. Téméraire… mais pas folle !

Elle lui adressa un salut de la main, puis s'apprêta à emboîter le pas au Roi Clochard et aux hommes-loups.

— Vous ne m'avez toujours pas dit qui vous étiez, lui signifia le prestidigitateur.

— Grandissez un peu, tous autant que vous êtes, lui sourit Lucienne. Nous nous reparlerons, je pense, lorsque vous aurez une meilleure vision des forces en place. Alors, nous pourrons discuter… Enfin, si déjà vous survivez à ce qui se trame dans cette crypte, bien sûr… Votre… fille et vos amis sont encore là-dedans, le savez-vous ? Remerciez Ludwig pour cela : partout où il passe, c'est typiquement ce genre de désordre qu'il sème. Et après ça, on me demandera encore pourquoi je veux le maîtriser !

Ernest s'intéressa à la caverne en train de s'effondrer. Ses yeux s'écarquillèrent. Il oublia aussitôt la sorcière et bondit au cœur du chaos. Une énorme trouée s'était formée dans le plafond. Tellement d'eau et de gravats tombaient, tellement de poussière s'élevait, qu'il était difficile de discerner quoi que ce soit. Parfois, des éclairs erratiques permettaient d'entrevoir des silhouettes et de comprendre ce qu'elles tentaient d'essayer d'accomplir en plein cataclysme. Tandis qu'Ernest arrivait dans la crypte, les derniers hommes-loups en sortaient, escaladant les gravats que lui-même descendait. Puis ce fut le tour du groupe des corbeaux, qui portaient leurs blessés, ainsi que celui d'entre eux qui était mort. Le guerrier tombé, porté par ses alliés, était coiffé d'un turban dénoué. Ernest eut l'impression que cet homme possédait un troisième œil en plein milieu du front. En croisant la sorcière blonde, le magicien découvrit que celle-ci affichait une expression maussade, entre tristesse et résignation.

— Venez avec moi, j'ai besoin d'aide, lui dit Ernest. Je crois bien que mes amis et que ma fille sont là-dedans.

— Ce qui doit arriver arrivera, lui répondit l'inconnue. Nous ne pouvons plus nous impliquer, maintenant.

— Attendez... vous allez les laisser crever ? s'indigna Ernest. Vous m'avez déjà laissé tomber quand j'étais en prison. Pas de nouveau, quand même ?

La sorcière blonde pinça les lèvres. Elle parut se faire violence. Mais ne lui répondit pas. Et bientôt elle disparut dans la brume et la poussière, environnée de ses sombres compagnons.

Ernest poussa un juron. Il ne pouvait donc compter que sur lui-même. Un gros rocher se détacha du plafond. Il l'évita de justesse, avant qu'il ne s'écrase parmi les autres, dans cette crypte qui ne ressemblait déjà plus qu'à un vaste champ de ruines.

Enfin apparut une silhouette amie : celle de Kilma Mountabila. Tant bien que mal, Ernest progressa vers lui. Il sauta d'une pierre tombée à l'autre, au-dessus d'un puissant courant d'eau qui s'était formé là. Arrivé de l'autre côté, dans un bond, il dut encore éviter quelques éclairs.

— Kilma ! Kilma ! hurla-t-il. Où sont les autres ? Où sont Déa et Kétinée ?

— Je les ai perdus de vue, dans le bazar ambiant ! avoua le marabout, blessé au bras et au front. Mais j'ai aperçu mon frère, de l'autre côté. Cette tête de mûle est encore accrochée au cadavre de son fils. Je dois le traîner par ici.

Ernest faillit emboîter le pas du marabout. À ce moment, un éclair fendit la poussière et vint s'abîmer en contrebas. Tout près d'une silhouette qu'Ernest reconnut sans peine : Kétinée.

Le magicien voulut en avertir Kilma. Mais le vieux marabout s'était déjà éloigné en direction de son frère. Ernest n'eut pas le temps d'hésiter. Un autre éboulis le précipita vers la mambo. Il glissa, chuta, faillit se rompre le cou. Au dernier moment, il généra un courant d'air qui dévia sa course et le fit s'élever au-dessus des éboulis. Kétinée portait un corps amaigri entre ses bras. Au-dessus d'elle, des iwas de pierre supportaient comme ils le pouvaient une structure de plus en plus instable. Bientôt, tout tomberait sur eux.

— Ernest ! s'écria la mambo.

Le prestidigitateur lui vint en aide en produisant un courant d'air circulaire qui la faucha, elle et l'homme qu'elle soutenait.

— Napoléon ? hoqueta le magicien, horrifié. Que lui est-il arrivé ?

— Il respire encore mais… ce n'est pas le moment, Ernest, jugea la mambo. Je crois que tout va…

La parcelle de la crypte où elle s'était trouvée quelques secondes auparavant s'effondra sur elle-même. Il y eut une pluie de débris, en tous sens, qui ricochèrent sur les sorciers. Projetés contre une portion du sol en pente, ils roulèrent vers l'une des branches du cours d'eau. Au-dessus d'eux, il y eut un grognement.

Ernest leva le nez, aperçut la silhouette déformée du dieu de chaos qui cherchait à percer ce qui restait du plafond.

— Le Renard pâle veut sortir à l'air libre, expliqua Kétinée. Il va bientôt y arriver.

Tout en observant l'entité impressionnante et furieuse qui crépitait d'électricité, Ernest demanda :

— Mais… c'est quoi au juste, ce truc ?

— C'est Yurugu, répondit la mambo. Une divinité d'une infinie puissance que nous avons ramenée du pays dogon sans le vouloir. Je… Je crois bien que, s'il parvient à s'enfuir, gavé de liberté nouvelle, il sera capable de détruire Paris.

Comme pour répondre aux craintes de Kétinée, le Renard pâle émit un hurlement qui fit trembler chaque particule à proximité.

— Ne vous inquiétez pas. Je vais m'en occuper.

Ernest et Kétinée sursautèrent. Derrière eux, en équilibre sur un rocher penché, ils reconnurent Déa.

Ernest cria aussitôt son nom. Le magicien voulut courir vers sa fille, la protéger elle aussi, la serrer dans ses bras. En réalité, c'est elle qui allait tous leur venir en aide, une fois de plus.

— Sortez tous d'ici, leur conseilla la fillette d'un air tranchant et déterminé. Je crois savoir comment le dompter…

Puis elle adressa un bref regard à Ernest.

— Adieu, papa.

Tout comme Kilma avant elle, elle bondit dans la brume.

— Non mais oh, ça ne va pas ? s'indigna Ernest. Déa ! Déa, reviens vite ici !

Il s'envola à sa suite. Kétinée voulut le retenir.

— Ernest, tu es fou ! Viens ici, tu vas mourir ! Mes iwas vont nous aider à nous en sortir ! Je ne veux pas que tu meures !

La détresse qu'elle ressentait lui brisa la voix. Ernest la regarda. Elle venait de rappeler à elle ses deux serviteurs de pierre. L'un d'eux portait cette fois Napoléon, inconscient. L'autre la protégeait des éclairs et des projections.

— Quel genre de père je serais si j'abandonnais ma fille ? lui asséna Ernest. Mets-toi à l'abri… Je reviens bientôt.

Elle l'appela de nouveau. Trop tard : le magicien s'était envolé vers sa fille et son devoir. Le front en feu, la rage au cœur, et des larmes au bord des yeux, elle ne put s'empêcher de l'insulter. Une nouvelle secousse fit naître un épais rideau d'eau mâtiné de pierres. Le paysage se modifia encore. Kétinée ne put aller chercher Ernest. Alors, elle ordonna à ses iwas de modeler un passage vers la sortie de la crypte. Elle se fit la promesse de revenir ensuite, seule, pour ramener cet imbécile de magicien.

« Imbécile ! » fut le mot que prononça également Kilma à la vue de son grand frère à genoux. Car que faisait le vieil homme, au lieu de s'enfuir ? Il s'était mis à psalmodier, au-dessus du corps sans vie d'Ambala. Autour de lui, une énergie discontinue circulait encore entre les limites du quadrilatère. Juste au-dessus, la porte sombre n'avait pas tout à fait disparu.

— Mais qu'est-ce que tu fous ? hurla Kilma en le rejoignant. Tu es complètement malade ? Tu veux continuer le rituel tout seul ? Tu n'as pas compris que tout était terminé et que tu vas finir écrabouillé sous les décombres ?

Les yeux hallucinés de Babadji le fixèrent comme s'ils avaient vu un fantôme.

— Les déités ont amplifié notre sort, expliqua-t-il. Je… J'ai réussi à réveiller une portion de cette énergie… Je sais… Je sais que je peux réussir.

Kilma poussa un puissant juron. Il avança résolument vers son frère, s'apprêta à l'arracher de force à la crypte et à son obsession. C'est alors qu'il aperçut une silhouette.

Un fantôme qui ondoyait entre la porte spectrale et la dépouille sur les genoux de son frère.

— Ambala ! s'exclama-t-il.

Il reconnut la peau sombre, la longue chevelure, la barbe et les traits. En tous points identiques à ceux de l'enveloppe qui gisait au sol. Comme coincée dans l'éther, tiraillée entre ce monde et le royaume des morts, l'âme du sorcier défunt s'était finalement glissée par la porte. Elle flottait, hagarde, juste en face du marabout médusé.

— Tu l'as fait, reconnut-il, effaré. Tu es à deux doigts de réussir…

— Je le sais, mon frère, lui dit Babadji en vibrant de tous ses muscles endoloris.

Son visage ridé aux traits tirés paraissait près de l'évanouissement. En train de perdre, dans ce rituel, les toutes dernières forces qui lui restaient. Kilma découvrit qu'il était très grièvement blessé. Son boubou était imbibé de sang, depuis sa poitrine jusqu'au sol. Il devait avoir des côtes brisées, des organes atteints, et souffrait très clairement d'une hémorragie interne.

— Je vais… Je vais y arriver, articula encore Babadji.

Son corps meurtri, près du point de rupture, ne tenait que par la force farouche de sa volonté. Brusquement, il se mit à tousser. Il cracha un sang épais et lourd qui macula le linceul d'Ambala.

L'âme au-dessus de lui disparaissait peu à peu. Et reculait vers cette porte qui désormais ne demandait plus qu'à se refermer pour toujours.

— Des clous si tu vas réussir ! se mit à crier Kilma. Tu es plus mort que vif. C'est toi qui vas y passer !

Babadji toussa encore. Son vieux corps fut animé d'horribles tressautements. À quelques mètres d'eux, le spectre d'Ambala s'était quasiment effacé.

Kilma poussa encore un juron. Et s'installa, dans un mouvement brusque, en face de son frère.

— Laisse-moi faire ! lui dit-il.

Babadji n'eut guère la force de refuser. Il s'écroula sur la dépouille de son fils. Dans le ciel saturé d'éclairs et de poussière de la caverne, le fantôme d'Ambala disparut tout à fait.

— Ah non, bordel ! rugit Kilma.

Il prit alors le relais. Convoqua à lui seul les forces du rituel. Fit resurgir l'énergie chaotique qui dansait dans le quadrilatère.

Le fantôme d'Ambala reparut.

— Allez, Ambala, allez ! s'écria le marabout, exalté à son tour. On a fait tout ça pour toi. On a bravé mille tourments dans cette saloperie de crypte. On a survécu à tout un tas d'entités mortelles, qui voulaient juste se bouffer le nez. Elles se sont toutes barrées, la queue entre les jambes. C'est le moment, bon sang !

Le marabout comprit pourquoi Babadji n'était pas venu à bout du rituel. Il sentit qu'il devait fournir un tout dernier effort.

Car on ne peut arracher une âme défunte au royaume des morts sans en payer le prix.

Babadji l'avait toujours su : il fallait aujourd'hui un sacrifice. Il avait voulu donner sa vie pour celle de son fils. Comme celui-ci avait sacrifié la sienne lors du duel contre le Grand Taureau.

Depuis le début, Babadji avait été prêt à payer ce prix, celui qui lui semblait si juste. Sans imaginer un instant qu'un autre que lui puisse s'en acquitter à sa place.

Kilma contempla l'âme d'Ambala, qui désormais avait glissé à sa hauteur, presque attachée à son cadavre.

Il manquait encore un élément. Un sacrifice consenti.

Le vieux marabout se mordit les lèvres.

— Eh bien, vis, mon neveu, murmura-t-il.

Dans la crypte résonna un coup de tonnerre assourdissant.

La porte spectrale invoquée par les Dogons disparut enfin.

…

À deux pas de ces événements, dans le brouillard, le cœur d'Ernest manqua un battement.

Il venait de retrouver Déa. Mais une Déa transformée, échevelée, aux griffes longues, à la peau pourpre. Dos à lui, elle fixait le Renard pâle, cette silhouette qui tressautait plus que jamais, qui s'étirait en longueur, à deux doigts de crever le plafond.

Autour de l'entité, tout n'était plus qu'étincelles. Un feu d'artifice d'électricité. Prêt à se répandre sur le monde. Prêt à frapper et à consumer.

— Rien ne pourra arrêter Yurugu, martela Déa. Et si je l'emmène au loin, il se déversera dans le ciel. Il contaminera le réel, tout ne sera plus que chaos…

Ernest se posta à quelques mètres de sa fille.

— Et dans un monde magique ? proposa-t-il. Si tu l'emmenais dans le monde de Linda ?

— Un monde magique le nourrirait encore davantage. Il n'en deviendrait que plus puissant.

— Tu n'es pas obligée de l'affronter, soupira Ernest. Viens plutôt avec nous. Ensemble, nous trouverons une solution.

Déa secoua la tête.

— Il faut agir vite, papa. Je le sais. Je le sens. Sous cette forme, je devine le chaos qui gronde et toutes ses conséquences.

Elle se tourna vers Ernest, qui pour la première fois découvrit son véritable visage. Son expression carnassière, ses dents pointues.

— Voilà ce que je suis, papa, lui avoua-t-elle. Une âme errante, vouée à la solitude. Un démon déguisé pour toujours en petite fille. Qui grandit puis qui meurt et qui revient à zéro. Un monstre qui marche parmi les hommes depuis longtemps déjà… Tu n'imagines pas les efforts que je dois fournir pour que tout ne s'effondre pas, autour de nous comme dans le monde de Linda.

Entre eux s'abattit une série d'éclairs. Les gravats chutèrent par centaines. Tout allait bientôt se conclure.

S'ils n'avaient pas encore fini pulvérisés, c'était grâce à l'énergie colossale qui émanait de Déa. Tellement puissante, qu'elle agissait tel un paravent invisible qui désintégrait les gravats s'approchant un peu trop d'elle.

Ernest était certes impressionné par la transformation de sa fille. Intérieurement chamboulé. Pourtant, il ne tremblait pas du tout. Résolument, il planta son regard dans celui de Déa.

— Tu es ma fille, lui rappela-t-il.

Alors, il s'avança et la prit entre ses bras. Puis il lui murmura, à l'oreille :

— Tu te rappelles ce que je t'ai dit, dans la boutique de Babadji, quand on n'était rien que tous les deux ?

La créature qu'était devenue Déa hocha la tête.

— Eh bien voilà, rien n'a changé. Et rien ne changera. D'où que tu viennes, dans cette vie je te le répète : tu es ma fille. Rouge, avec des griffes si tu le veux. Venue de je ne sais où. Détentrice de secrets qui me dépassent… Ma fille quand même. Et je possède un document très officiel qui atteste de cela.

Il toussa, puis se frotta la nuque, l'air gêné.

— Enfin, hum… j'*avais* un document très officiel, corrigea-t-il. Je l'ai perdu, lors de l'incendie du cirque.

Déa sourit. Il sembla à Ernest que son aspect monstrueux s'altérait un peu.

— J'ai beaucoup aimé être ta fille, avoua-t-elle d'une voix douce. Peut-être que j'ai senti que je pouvais le devenir quand j'ai cessé de me perdre dans la nature et que je me suis approchée de toi. De toi et de ton optimisme contagieux. Qui m'ont fait tout oublier pendant quelque temps.

En quelques secondes, elle avait retrouvé forme humaine. Ernest la prit par les épaules.

— Allez, viens. Partons.

— Si je pars d'ici, répondit Déa, le Renard pâle va tout engloutir. Kétinée aussi. Toi avec, papa. Et ça, franchement, il n'en est pas question.

D'une décharge d'énergie invisible, elle éloigna son père. Projeté en arrière, le magicien faillit perdre l'équilibre.

— Je connais un endroit où Yurugu se tiendra tranquille, révéla Déa. Quant à toi, pars ! Quelqu'un va arriver, qui pourra te sauver.

À cet instant précis, Louise rejoignit Ernest parmi les débris tombés. Déa afficha un air déterminé et se prépara pour son tout dernier assaut.

— Adieu, papa.

Déa bondit vers le grand Renard pâle. Ernest voulut s'envoler à sa suite. La poigne vampirique de Louise le retint.

— Il faut sortir d'ici, lui intima-t-elle. Avec mes pouvoirs d'immortelle, je peux encore nous mener vers la sortie.

Ernest refusa son aide. Il chercha à se débattre.

— Non. Non… Attends.

— Il est impossible d'attendre, lui assura Louise.

Dans un fracas apocalyptique, le plafond céda enfin. Le visage fauve de Yurugu, satisfait, s'apprêta à bondir et dévorer tout ce qu'il pourrait trouver sur son passage.

Soudain, une brèche déchira ce ciel constellé d'étoiles et de promesses. Un paysage aride, un monde rocailleux et rougeoyant balayé par des tempêtes de flammes, se dessina juste devant le dieu d'électricité.

Déa venait de faire apparaître cette fenêtre, ouverte sur un ailleurs, au cœur des ténèbres. Elle se jeta alors sur l'entité, la fit s'engouffrer dans la brèche.

Tous deux disparurent dans cet autre monde tandis que les dernières fondations cédaient.

— Déa ! Il faut rejoindre Déa !

— Il est trop tard, jugea Louise. Et tu n'y survivrais pas… Ne sens-tu pas quel est ce lieu où règnent le feu et le désordre ? Moi, je l'ai reconnu. Ta fille vient d'effectuer un plongeon droit vers les Enfers.

Ernest protesta encore. La vampire ignora ses cris. Elle le prit d'autorité sur son épaule. Puis elle fusa vers la sortie. Une demi-seconde plus tard, et tous deux seraient morts, broyés, ensevelis.

Des tonnes de rochers s'abattirent et s'empilèrent dans un déluge assourdissant.

La crypte s'effondra sur elle-même. Désormais, elle n'existait plus.

Fin de la troisième partie

ÉPILOGUE

Quelque part sur un toit de la rue du Dragon, Kétinée Mountabila contemplait la voûte céleste, habillée des mêmes astres qui avaient assisté à l'écroulement de la crypte, et d'une partie du cimetière sud de Paris. Le regard empli de ces joyaux inaccessibles, elle se fit la réflexion que la vie pouvait être tout aussi merveilleuse que monstrueuse, à la fois splendide de majesté, d'une douceur incommensurable, et d'une cruauté plus tranchante qu'un hachoir bien aiguisé qui vous taillade le cœur.

Ces dernières semaines, son corps et son âme devaient être passés par tous les états d'émotions possibles, d'une série de pics inégalables de félicité vers des gouffres insondables d'accablement. Tout se joua en une dernière série d'événements.

D'abord, il y eut la détresse d'Ernest, qui avait vu disparaître Déa vers les Enfers. Louise se montrait catégorique à ce sujet.

— Je reconnaîtrais cette odeur pestilentielle, ce relent de terreur et de soufre entre mille, certifia la vampire.

— Selon toi, les Enfers des écritures existeraient bel et bien ? réagit Ernest, entre défiance et appréhension. Alors quoi ? Il faut s'attendre à des diables cornus ? À des monstres armés de fourches ? C'est là-bas que Déa serait allée ? C'est à ce peuple qu'elle appartiendrait ? Si tu reconnais cette odeur entre mille, comme tu le prétends, pourquoi ne l'as-tu jamais sentie sur Déa ?

— Les diables les plus puissants sont ceux qui savent nous cacher leur véritable nature, énonça Louise.

— En cela, au moins, tu t'y connais, s'énerva le magicien. Entre les diables et les suceurs de sang qui viennent s'abreuver à nos veines lorsque nous dormons, quelle différence ?

En colère, Ernest Villempré s'éloigna d'elle. Louise eût pu le trouver injuste, elle qui faisait partie des rares créatures nocturnes à savoir maîtriser ses appétits. Cependant, elle comprenait la colère et la frustration du prestidigitateur qui, à cause de son intervention, n'avait pu suivre Déa.

Comment la retrouver, désormais ? Comment savoir si elle était encore vivante ? Privé une fois de plus de sa fille, le magicien avait erré dans les environs d'un Paris souterrain déserté. Il avait même approché des sorciers peu scrupuleux. Des satanistes et autres adorateurs auto-proclamés du diable qui, en flairant sa détresse, lui avaient promis monts et merveilles… et un passage assuré vers le « royaume de Méphistophélès ». Autant de stratagèmes que Kétinée et Louise avaient ensuite déjoués, ramenant Ernest à la raison, l'empêchant de perdre son argent et sa santé à la poursuite de chimères.

Devenu plus sensé au fil de ces déconvenues nécessaires, Ernest avait fini par se tourner vers la vie et trouvé refuge entre les bras de la mambo, qui seule parvint à le consoler.

Épilogue

Il se lova contre Kétinée comme un naufragé s'accroche à sa planche de salut. Il lui parla de ses joies et de ses peines durant des heures, caressa chaque parcelle de sa peau cuivrée au cours de leurs nuits communes. Peu à peu, ils connurent tout l'un de l'autre, et cette intimité nourrit les sentiments vigoureux qu'ils éprouvaient. Bientôt revint chez Ernest cette caractéristique qui avait fait s'emballer le cœur de la mambo, dès qu'elle avait acquis la certitude qu'elle aimait cet homme : cet optimisme insensé, finalement insubmersible, prêt à défier les pires obstacles, pour entrevoir des lendemains plus radieux.

— Je dois respecter le choix de Déa, finit-il par reconnaître. Je ne saurai jamais, sans doute, ce qu'elle est réellement. Je ne sais pas si je la reverrai un jour…

Sa gorge fut nouée par l'émotion. Kétinée poursuivit pour lui.

— Et pourtant tu dois avancer. Continuer à vivre, réussir à être heureux. Penser à ta fille, bien sûr, à ce qu'elle représente pour toi. Pourtant, rester ce que tu as toujours été est sans aucun doute le meilleur moyen de faire honneur à son geste dans la crypte. Et si tu flanches, moi, je saurai t'aider…

Tout en prononçant ces paroles, elle le serra extrêmement fort, et mélangea une fois de plus sa crinière sombre à la chevelure claire de l'illusionniste. Ils projetèrent de retourner dans les Pyrénées. Parler à Mamà Giacomo, qui prétendait avoir connu Déa dans sa jeunesse. À défaut de retrouver la fillette, cela permettrait de comprendre ce qu'elle avait été.

Kétinée elle-même avait perdu quelqu'un de très cher : son grand-oncle Kilma. Drôle, ronchon, vif d'esprit, déterminé, il laissait un vide immense dans son cœur et dans son existence.

Pour le marabout, il y eut des funérailles, auxquelles assistèrent tout le clan dogon et leurs amis proches. Napoléon était présent. Affaibli, toujours amaigri, mais bel et bien vivant. De jour en jour, il gagnait en vigueur. On s'étonna surtout de voir parmi les gens assemblés ce jeune homme au regard profond, à la longue barbe et au tempérament très calme qu'on pensait déjà avoir enterré.

— Que puis-je vous dire ? se défendit Ambala Mountabila, plus vivant que jamais. La nouvelle de ma mort était exagérée.

On inventa une histoire selon laquelle Ambala avait dû feindre sa disparition afin d'échapper à un ennemi mortel : un chef de clan gitan qui voulait l'assassiner. Depuis, le problème avait été réglé, le gitan vaincu, et Ambala pouvait désormais reparaître sans craindre pour sa vie. Les sorciers dogons avaient réussi l'impossible en ramenant l'un d'entre eux par-delà la porte sombre. Monsieur Tan, clairvoyant en ce domaine, ne décela sur Ambala aucune trace de diablerie, aucun signe visible ou même invisible de damnation. Juste la sombre marque de la sorcellerie que ses semblables possédaient toutes et tous.

— Tu vois, nous avions raison, lui murmura le vieux Babadji, un demi-sourire aux lèvres. Mon fils est vivant et en parfaite santé.

— Tout cela n'aurait pas été envisageable en d'autres circonstances, affirma Monsieur Tan. Pour le retour d'Ambala, les étoiles étaient favorablement alignées. Une aubaine d'une grande rareté !

— Une aubaine qui possédait son prix, compléta son ami sur un ton maussade.

Une partie du vieil homme débordait de joie, bien sûr, à la vue de son fils ressuscité. Pouvoir de nouveau parler à Ambala, le voir évoluer, penser, s'interroger et sourire était pour lui la plus douce des félicités. Babadji mesurait toute l'étendue de sa chance, la situation unique dans laquelle il se trouvait.

Épilogue

Cependant, il culpabilisait de n'avoir su, le moment venu, sacrifier sa propre vie pour le retour d'Ambala. En récupérant son fils, le vieux Babadji venait de perdre son frère.

Très souvent, il regardait le soleil couchant, en songeant à leurs existences tantôt si proches, tantôt un peu plus éloignées. À leurs différences, à leurs disputes chroniques. À leurs multiples points communs, aussi. Chaque affrontement, chaque éloignement tempétueux, avait toujours fini par s'effacer, au profit d'inévitables retrouvailles et de sincères réconciliations.

Plus maintenant. Plus jamais.

— Tu vas beaucoup me manquer, mon frère, prononçait souvent le vieux Babadji.

Il avait bien du mal à imaginer la vie sans les coups de sang, les expressions amusantes, l'indignation pittoresque et continue de cette autre partie de lui-même qu'il avait toujours connue, et qui désormais ne résonnerait plus à l'unisson de son vieux cœur.

Regagner un fils pour perdre son frère, quelle cruelle ironie du sort ! Plus que quiconque, Babadji en goûterait toute l'amertume. Jusqu'à la fin de sa propre existence.

Le soir du miracle et du drame, le vigoureux Ambala, aidé de Louise, était parvenu à ramener son père, puis le cadavre de son oncle avant que la crypte ne s'effondre. Kétinée s'était épanchée sur la dépouille de ce grand-oncle qui lui avait tout appris. Tout comme Babadji, elle oscillait entre l'immense joie de côtoyer Ambala, et la blessure béante qui laisserait pour toujours une cicatrice dans son âme. Napoléon Boussangué, qui conversait avec les esprits, assura à Babadji, Kétinée et Ambala que l'âme de Kilma Mountabila naviguait sereinement, dans le royaume des esprits.

— Il est en paix avec lui-même, avec ce qu'il a accompli, assura-t-il. Comme son âme n'est pas torturée, vous ne pourrez pas communiquer avec lui. Imaginez-le donc serein. Déterminé dans ses choix.

Avec un sourire, le grand sorcier chauve ajouta :

— Et toujours aussi irrévérencieux.

Ces paroles firent beaucoup de bien aux sorciers dogons. Notamment à Ambala, qui lui aussi culpabilisait beaucoup.

Pour ce miraculé revenu du tombeau, les deux dernières années n'avaient tout simplement pas existé. De son expérience d'outre-tombe, il ne gardait aucun souvenir, rien que quelques impressions fugaces et chaotiques. Se réveiller dans les bras de son père blessé et de son oncle défunt avait été comparable à la sortie d'un coma. À cette différence près qu'Ambala s'était immédiatement senti capable de marcher, de bouger, de décamper de cette crypte dont le toit tombait sur eux tous.

À cette occasion, il s'était découvert un pouvoir qu'il ne se connaissait pas : celui de générer une foudre d'une très grande puissance. On lui expliqua qu'il s'agissait sans doute d'un cadeau de Yurugu. D'un legs indirect de son oncle qu'il garderait en lui, désormais, dès qu'il voudrait convoquer son héritage sorcier.

Ernest et le ressuscité s'entendaient très bien. Au grand plaisir de Kétinée. En Ambala, elle retrouva un oncle et quasiment un frère. Ensemble, ils parlèrent de choses et d'autres, plus particulièrement de voyages, de la visite des mondes magiques qu'il avait entrepris, jadis, seul ou en compagnie de Babadji. Ambala ne se montra pas avare de détails. Ils en vinrent même à évoquer le rédacteur des carnets que le prestidigitateur avait parcourus, de long en large.

Épilogue

— Je n'ai jamais rencontré Raoul Villempré, avoua Ambala. Mais je sais, de plusieurs sources sérieuses, que ses récits sont vrais. Il y a deux ans, je me trouvais sur la piste de deux autres carnets. Et puis, est arrivé ce qui est arrivé, face au Grand Taureau… Je n'ai jamais pu mettre la main dessus.

— Cela m'intéresserait beaucoup, avoua Ernest, tout en caressant le crâne à plumes de Rodriguez et en gratouillant le ventre de Noidkoko.

Ambala lui fit la promesse de renouer avec quelques contacts afin de lui procurer ces écrits.

— Et peut-être nous aventurerons-nous ensemble, en certains de ces lieux que Raoul évoque… ou que j'ai déjà approchés.

— J'en serais ravi, Ambala, assura Ernest.

Entre ces deux hommes était en train de naître une solide amitié. Grâce à Kétinée, le prestidigitateur se rabibocha même avec Louise. Qui accepta de répondre à des questions sur ses activités de vampire. Oui, elle se nourrissait de sang humain. Non, elle ne tuait pas toutes ses victimes. Principalement des criminels, ceux qu'elle jugeait « irrécupérables ». Ce genre de considération pouvait prêter à débat, bien sûr. Cependant l'immense majorité des vampires se considéraient comme des prédateurs. Et clairement, Louise faisait partie des meilleurs d'entre eux.

La taromancienne revint sur les cartes tirées la nuit de la fête du Bœuf Gras. La Lune qui représentait sa condition de vampire. Ernest, *alias* le Pendu, qui avait subi une sorte de sacrifice, et mystérieusement aidé à la libération de l'implacable Lucienne face au terrible et mutique Ludwig. Deux forces qui s'étaient jouées de tous les sorciers assemblés. Représentée par le Monde, Déa symbolisait l'ouverture vers un ailleurs. Celui dans lequel elle avait plongé, en compagnie du Renard pâle.

— Il y avait aussi la Tour frappée par le feu du ciel, se souvint Ernest.

— La carte de la Maison Dieu, précisa Louise. Celle qui signifie un immense bouleversement, l'ébranlement de l'ordre établi. Et c'est ce qui s'est passé, bien sûr… La foudre est tombée sur Ambala. Le voilà de retour parmi nous, à revers de toutes les lois qui gouvernent les existences mortelles…

On en vint à évoquer les corbeaux, les premiers pions de Ludwig. Tour à tour protecteurs et témoins complices du drame. Au moment de l'effondrement de la crypte, plutôt que de sauver les Dogons, ils avaient préféré fuir.

— Ils nous ont suivis depuis le début de notre périple, se souvint Kétinée. La femme blonde a même secouru des gens, à Verdun, au moment de l'incendie.

— Elle se nomme Lise, révéla Louise. J'ai entendu ses compagnons l'appeler ainsi. Je m'en suis immédiatement souvenue, car nos prénoms se ressemblent.

— Drôle de fille, jugea Ernest. Quand j'étais en prison, elle est venue me narguer.

— Vous aviez parlé de l'un d'entre eux, dans le monde de Linda, se souvint Napoléon. Comment s'appelait-il ? André ?

— Il prétendait être entré dans ce monde magique pour nous attendre et pour nous protéger, expliqua Kétinée. Comme si on lui avait dit, à l'avance, que nous finirions tous par arriver.

— André s'est même sacrifié pour nous, reprit Kétinée. Et les autres corbeaux ont bel et bien risqué leur vie, dans la crypte. L'un des leurs y est resté…

Épilogue

— Difficiles à suivre ces corbeaux, résuma Ernest. Mais ne cherchons pas trop à comprendre : peut-être n'étaient-ils que des marionnettes agitées par le fameux Ludwig dans un sens ou dans l'autre, en fonction de ce qu'il souhaite mettre en place.

— Par le corbeau sur l'épaule de cet homme, ils doivent se trouver liés, avança Kétinée. Simples pions dupés ou bien victimes consentantes ? Impossible de trancher.

La jeune mambo se tourna vers son oncle, qui avait tout écouté sans participer aux débats.

— Grand-père nous a dit que cet animal t'intriguait.

Ambala Mountabila haussa les épaules.

— J'ai toujours eu des corbeaux qui tournaient autour de moi, avoua le sorcier à longue barbe. Mais je n'en sais pas davantage. Les descriptions et les noms que vous évoquez ne me disent rien. À part ce... Ramsès, bien sûr. Mais l'homme que nous avons croisé ne peut être l'antique souverain auquel je pense, si ?

— Les vampires n'ont pas le monopole de l'immortalité, et vous en êtes un vibrant exemple, clama Louise. D'ailleurs, à propos d'immortels, je n'avais jamais entendu parler de Ludwig, et cela m'intrigue. Car il fait clairement partie des personnes les plus impressionnantes qu'il m'ait été donné de rencontrer... En revanche, je suis parvenue à lire un peu en Lucienne. À saisir quelques pensées qui affleuraient chez elle, lorsqu'elle se trouvait concentrée sur sa survie. En temps normal, je n'y serais guère parvenue, je pense.

— Vous êtes télépathe ? demanda Ambala.

— Ah ben d'accord ! s'exclama Ernest. Ça doit sacrément aider pour tirer les tarots, ça !

— J'étais gitane et devin avant d'être vampirisée, il y a longtemps, précisa Louise. Mais depuis que j'ai changé, oui... mes facultés se sont accrues. C'est toute une histoire...

— Alors, cette Lucienne ? poursuivit Ernest, impatient. Quel âge a-t-elle ? Et d'où elle sort ?

— Je n'ai rien obtenu de si précis sur ce sujet. Mais je la pense extrêmement âgée malgré son apparence. Bien plus que moi… En sondant son esprit, j'ai surtout décelé ses deux angoisses les plus grandes… Premièrement, j'ai compris qu'elle souffre d'une maladie. Quelque chose d'assez grave. C'est un peu comme si… elle était en train de mourir à petit feu.

— Cela expliquerait sa fascination pour la Mort, avança Kétinée. S'emparer d'une fraction du pouvoir de la Faucheuse, pour elle, signifierait peut-être le salut. Si elle est désespérée, c'est ce qu'elle a voulu croire.

— Tu dois être dans le vrai, acquiesça Louise.

— Et sa deuxième angoisse, alors ? intervint Ernest.

— Elle a pour nom Ludwig, bien sûr… D'après les pensées de Lucienne, Ludwig est quelqu'un qui, en totale liberté, provoquerait la destruction de toute chose. C'est bien ainsi qu'elle le perçoit : une menace à neutraliser à tout prix.

— Alors c'est quoi ce type ? Une sorte d'antéchrist ?

L'espace d'un instant, le magicien s'imagina Ambala, figure de résurrection positive, opposé à cet homme auréolé de chaos. Puis il secoua sa chevelure ondulée. Bien entendu, la réalité s'avérerait sans doute bien plus complexe.

— Tu sais quel est le lien précis de Ludwig avec le royaume du Roi Clochard ? demanda encore Kétinée à Louise.

— J'ai justement saisi ces tout derniers détails dans l'esprit de Lucienne : jadis, il y a très longtemps, elle a affronté Ludwig, l'a vaincu… Alors, elle a passé un pacte avec les mondes de Linda, Sacha et Isabelle. Les trois déités devaient tenir son adversaire captif au fin fond de leur royaume. Le sortilège m'a paru complexe, avec différents niveaux de sécurité. Apparemment, Ludwig serait parvenu à briser les protections qui l'entravaient, petit à petit, sans que Lucienne ne s'en rende compte… Ensuite, il a été capable de projeter son esprit au-dehors, sous la forme d'un spectre.

— C'est ce spectre que j'ai croisé dans la forêt, se souvint Kétinée.

— Et c'est ce spectre que nous avons tous aperçu, aujourd'hui. Celui qui a tellement gagné en puissance qu'il a pu accompagner ses quatre geôliers lors de la fête du Bœuf Gras. Il a agi tel un parasite. Sans leur proximité, sans leur sorcellerie dont il a fini par se nourrir, il n'aurait pu voyager aussi loin. Il est même parvenu ensuite à les manipuler physiquement… tout en provoquant les événements qui ont mené à l'affrontement, dans la crypte.

— Brrrr, ça fait froid dans le dos, jugea Ernest. Alors, elle n'est pas si mauvaise que ça, la Lucienne ?

— Disons surtout qu'elle suit ses intérêts, analysa Louise. Et que pour l'heure cela nous arrange. Coincée dans la crypte, elle s'est crue condamnée… Jusqu'à ton arrivée.

— Moi ? prononça le magicien, dubitatif. Pourquoi moi ?

— Il existe quelque chose, dans ta nature, qui a perturbé Ludwig. Étrangement, tu es l'élément qu'il n'avait pas su prévoir.

— Mmmh. Pourtant, je n'ai rien de spécial… Pour un sorcier, je veux dire.

— Ton lien avec Déa était *extrêmement* spécial, songea Kétinée.

— Si Lucienne a deviné de quoi il s'agissait exactement, cette pensée m'a échappé… Et voilà. Je ne sais rien de plus…

— C'est déjà beaucoup, jugea Ambala. Merci pour toutes ces utiles précisions, Louise…

— Je tâcherai de me renseigner sur ce Ludwig et sur cette Lucienne, promit Napoléon. Certaines de mes connaissances en ont peut-être déjà entendu parler.

— D'anciens vampires aussi, jugea Louise. Cependant, je resterai prudente quant au choix des personnes avec qui je discuterai de ce genre d'informations…

Kétinée poussa un soupir.

— Tous ces sorciers très anciens, qui jouent avec nos vies comme si nous n'étions que des pièces d'échiquier, mon grand-oncle les aurait envoyés paître d'une phrase bien sentie.

— Plutôt deux fois qu'une, confirma Ernest. Jamais personne n'aurait su entamer sa légendaire mauvaise humeur !

Plusieurs parmi les sorciers sourirent. On tâcha de se souvenir des phrases les plus cocasses de Kilma. Un être qu'ils jugèrent irremplaçable. Babadji, encore trop peiné, ne pouvait pour le moment rire tout en pensant à lui.

Ambala soupira à son tour.

— Je ne sais pas pourquoi je peux encore vivre et respirer tandis que lui a pris ma place dans la tombe… Je vous fais le serment, en tous les cas, de me montrer digne de son sacrifice.

Kétinée, Ernest, Napoléon et Louise lui assurèrent qu'il n'avait rien de grandiose à accomplir. Juste rester en vie, cette fois. Franchement, cela suffirait ! Lui leur apprit qu'il comptait se rendre dans le monde magique d'où sa mère, Likou, était originaire : les Terres Oubliées.

— En espérant que ce vieux territoire tient encore debout, espéra-t-il, inquiet.

La soirée se poursuivit assez tard. Napoléon comme Louise finirent par regagner leurs domiciles respectifs.

Épilogue

Dans son appartement, rue Séguier, la taromancienne voulut plusieurs fois consulter les cartes en se concentrant sur l'avenir. L'une d'elles revint à chaque tirage.

— Le Mat, prononça-t-elle à voix haute. Quelle est cette graine de folie qui s'invite sans cesse dans l'équation ?

Personne ne pouvait l'entendre réfléchir à cette question.

Lorsqu'ils se trouvèrent seuls dans leur lit, Ernest et Kétinée passèrent la nuit dans les bras l'un de l'autre.

— Il va falloir que je t'analyse un peu mieux, minauda la mambo, en tenant serré le magicien tout contre elle. Car nous n'avons pas encore cerné ta particularité. Que dirais-tu d'un rituel bien préparé, sous une tente, où j'examinerais chaque parcelle de ton âme et de ton corps ?

— Si tu te trouves encore poitrine nue devant moi, ça risque de dégénérer, lui sourit Ernest.

Alors, ils s'embrassèrent, puis se prodiguèrent mille caresses enfiévrées.

Près d'une heure plus tard, lorsque leurs corps épuisés se reposèrent, Kétinée remarqua une ombre qui passait sur le visage de son amant.

— Tu songes encore à Déa, n'est-ce pas ? C'est pour ça que tu ne trouves pas le sommeil ?

— C'est très bête, je le sais, mais chaque fois je me demande ce que j'aurais pu faire pour que les choses tournent différemment.

— Je suppose que chaque être humain, sorcier ou non, est condamné à se torturer de la sorte, jugea la mambo. Il faut apprendre à ne pas se laisser submerger par les regrets.

Sur ces paroles que le magicien trouva sages, il embrassa encore Kétinée. Ensemble, ils imaginèrent ce que serait leur vie, si loin du cirque Palazzi.

Au petit matin, asignélors que Babadji et Ambala n'étaient pas encore éveillés, on leur apporta une lettre. Elle était signée du jeune Léopold – aidé de sa grande sœur. Celui-ci leur racontait sa vie quotidienne chez son père, sa mère. Il leur donnait des nouvelles d'Itsy la souris, leur confiait qu'en secret, à la nuit tombée, il s'exerçait pour maîtriser ses pouvoirs naissants. Récemment, il avait réussi à former une rapière de lumière, par la simple force de sa pensée.

— Graine de sorcier ! s'exclama Ernest.

— Tu sais que j'avais prévu une poupée vaudouee de Vasco, pour venger Léopold ? Je n'ai même pas eu le loisir de l'utiliser…

— La prochaine fois, tu ne le louperas pas, sourit Ernest.

Mais bien vite, son sourire s'effaça. Car sur le seuil de la rue du Dragon était parue une femme qu'il connaissait bien. Une trapéziste brune, vestige de leur ancienne vie à tous deux.

Nous étions au mois de mai 1876. Plus de sept mois après le départ précipité d'Ernest, Kétinée, Kilma et Déa du cirque Palazzi.

Helena Silène avait su à quelle adresse trouver ses anciens collègues. De fil en aiguille, et avec quelque difficulté, elle était remontée jusqu'à la vieille boutique située rue du Dragon. Désormais, elle faisait face à la mambo, mais aussi à son ancien amant.

— Helena… dit Ernest.

Qui ne se serait jamais attendu à la voir débarquer ici. Et surtout, dans cet état : avec un ventre gonflé, à deux mois du terme.

— Pas possible, tu es enceinte ? poursuivit le magicien.

— Oui, fit l'ex-trapéziste, forcée au chômage, un air incertain sur le visage, le teint pâle et les lèvres tremblantes.

Épilogue

Elle s'approcha à pas mesurés d'Ernest, puis lui asséna, sans le moindre préambule :

— Cet enfant qui va venir est le tien. Tu l'as deviné, non ?

Ernest refusa d'abord d'y croire. Et pourtant, les dates concordaient. Il comprit la mauvaise humeur d'Helena, au tout début de sa grossesse. Leurs discussions houleuses, prémices du bouleversement physique et moral que la trapéziste allait subir ensuite. Et puis il y avait eu la disparition du magicien, l'avis de recherche national lancé contre lui, très vite suivi par son procès, très médiatisé. Le jour de son témoignage, en effet, Helena Silène portait une cape, des vêtements amples, à mille lieues de ceux, très près du corps, qu'elle arborait habituellement. Elle avait voulu cacher son début de grossesse.

Ernest lui avait reproché son indifférence. Son regard fuyant, son manque évident de soutien qui avait bien failli sceller son funeste sort : la mort ou bien la prison à vie.

— Et tu ne voulais même pas me parler de cet enfant ? s'indigna-t-il. Toi qui aurais pu apporter une note de lumière dans le sombre tableau que le procureur voulait brosser de moi, tu m'as fait faux bond, tu m'as fait passer pour l'ordure que tous les jurés voulaient voir en moi !

Helena ne se laissa pas faire.

— Tu ne m'as jamais écrit une lettre, pas une seule fois depuis ton départ de Verdun, lui reprocha-t-elle. Tu as disparu, cette nuit-là, en nous laissant l'incendie sur les bras, et tous les dégâts matériels ! Tu es parti jouer les héros avec Déa, avec les Mountabila, à la recherche de tous ces enfants, sans jamais un regard en arrière pour moi !

— Mais je… Je ne pouvais pas t'écrire. Je me suis trouvé dans un endroit où cela m'était impossible.

Il voulut expliquer ce qu'était le monde de Linda. Helena ne lui en laissa guère le temps.

— D'accord, très bien… mais tu as fini par sortir de cet endroit, non ? On m'a dit que tu as traîné du côté des Pyrénées, que tu as traversé plusieurs villages, que tu as même monté de petits spectacles. Qu'est-ce qui t'empêchait, alors, de prendre une plume, un peu d'encre et un morceau de papier afin de consacrer quelques secondes à ta compagne ? À la femme dont tu es censé t'occuper et qui t'attendait, enceinte, qui guettait ton retour chaque matin, chaque soir, en se rongeant les sangs pour toi, pour ta sécurité ?

— Nous… Nous sommes des vagabonds, se défendit Ernest. Le cirque poursuivait son chemin. Comment te contacter ?

— J'ai un père, des amis qui auraient su me transmettre de tes nouvelles, lui rappela la trapéziste. Tu les connais bien, il me semble ! Face à ton silence, je me suis vue mère célibataire. Ma carrière fichue. Sur les routes et sans le sou. Alors, voilà, oui, je me suis tournée vers Palazzi, qui m'a toujours considérée avec indulgence et respect. Pas comme certains, qui m'ont laissée croupir sans prendre de nouvelles, pas même une seule fois !

Ernest se sentit contrit. Balayé par ces arguments qui se défendaient. D'un certain point de vue, il se trouva effectivement coupable d'abandon.

— Alors, quand est venue l'heure de ton procès, poursuivit Helena, comment devais-je agir ? Palazzi m'a demandé de couper tout lien avec toi. Je n'avais pas envie de me retrouver en compagnie d'un enfant dont le père était un criminel reconnu, responsable d'un rapt de grande envergure.

— Mais… Mais… comment m'as-tu cru capable de ce genre d'atrocité ? répliqua Ernest, indigné. Tu me connais, bon sang, nous avons passé de nombreuses et belles années, ensemble ! Je ne suis certainement pas ce genre de monstre, enfin !

À distance, Kétinée écoutait cette véhémente conversation, tous les muscles abominablement crispés, les bras croisés. Elle vit le visage d'Helena se décomposer, des larmes abonder au niveau de ses yeux dorés.

— Non… Non, par pitié, Ernest, murmura la mambo pour elle-même. Ne tombe pas dans le piège de ces larmes…

— C'était… C'était partout dans les journaux, dit la voix soudain brisée d'Helena. Tout le monde le répétait, à longueur de temps. Tout le monde paraissait si convaincu… J'ai donc fini par y croire, moi aussi.

Kétinée n'y tint plus. Elle ouvrit une porte à la volée, se joignit vivement à cet entretien qu'elle jugeait révoltant.

— Ne l'écoute pas, Ernest ! s'exclama-t-elle. Si elle est venue te voir, c'est juste qu'elle est sans le sou, et que Palazzi ne veut plus d'elle, maintenant !

Elle se plaça aux côtés d'Ernest, elle lui prit la main. Helena demeura fixée sur cette intimité qu'elle découvrait, qu'elle avait évidemment soupçonnée.

Le prestidigitateur ne repoussa pas la mambo.

Cependant il la regarda droit dans les yeux et lui dit :

— Kétinée… Chérie… Attends deux secondes, garde ton calme, s'il te plaît… Il s'agit là de mon enfant.

— Et qu'est-ce qui le prouve, franchement ? Pourquoi elle ne t'embobinerait pas, tout ça parce qu'elle ne sait plus où aller ?

Helena riposta :

— Je suis bien sûre que, quand le petit ou la petite sera là, on reconnaîtra la bouille de son père, tiens ! Le temps me donnera raison.

Dépassé par la situation, Ernest considéra alternativement le ventre gonflé d'Helena, la frimousse chagrinée de Kétinée, ces deux femmes auxquelles il avait été uni.

— Kétinée… reprit-il. On ne peut décemment pas laisser Helena à la rue.

La mambo partit en furie. Ernest voulut la suivre. Mais elle s'enferma dans leur chambre à double tour.

Au final, chacun des trois protagonistes de ce retournement de situation se trouva dans un coin différent de la boutique désertée. Helena, assise sur le seuil, en larmes. Ernest, devant la porte close de Kétinée, la tête entre les mains, le cerveau et le cœur en ébullition. Kétinée, enfin, qui avait filé par la porte de la chambre pour aller tromper sa colère et sa déception sur le toit.

À ses côtés, la mambo entendit un toussotement.

Elle essuya quelques larmes, puis considéra son oncle, qui était passé par la fenêtre ouverte de sa propre chambre afin de rejoindre sa nièce sur le toit.

— La vie est toujours plus compliquée qu'on ne l'avait imaginée, pas vrai ?

Kétinée eut la force de le regarder, et de lui sourire à demi.

— Tu en sais quelque chose, mon oncle, dit-elle.

— J'en sais quelque chose, opina-t-il.

Et tous deux parlèrent de Kilma, entre tristesse et sérénité. En ponctuant, peu à peu, ce nouvel éloge d'autres sourires.

Au niveau du rez-de-chaussée, Helena quitta le seuil de la boutique pour réfléchir au loin, en se perdant dans la nuit.

Pendant ce temps, l'odeur d'un cigare que l'on fume fit tousser Ernest. Il leva le nez : le Prince était devant lui.

— J'arrive à un bien mauvais moment, peut-être ?

— J'avais quasiment oublié votre existence, avoua Ernest.

Épilogue

Dans sa main droite, le Prince tenait un gri-gri.

— Je le trouve plutôt bien conçu, avoua-t-il. Pensez-vous que le vieux Babadji m'en voudrait si j'en décore mon Castel ?

— Vous allez payer pour ça ? demanda Ernest.

— Vous vous doutez bien que je ne suis pas venu juste pour un artefact tressé, n'est-ce pas ? répondit le Prince. Nous avons signé un contrat, tous les deux.

Ernest se releva brusquement.

— Attendez... Une minute... Ne me dites pas que je dois partir avec vous, *maintenant* ? Que je dois quitter Paris pour m'embarquer quelques années à votre service ? Vous allez me laisser encore un peu de temps, non ?

— Je vous en ai déjà laissé plus qu'assez, mon ami, sourit le Prince. Vous ne trouvez pas ?

Sonné, Ernest mit quelques secondes avant de lui demander :

— Ces cinq années d'engagement... elles sont dangereuses ? Est-ce que je reviendrai un jour ici ?

Le visage du Prince devint grave.

— Je ne peux rien vous promettre, très cher.

— Et... nous ne partons pas... immédiatement ? Si ?

Pour toute réponse, le Prince exhala la fumée de son cigare.

Au niveau du toit, Kétinée était un peu plus apaisée. Ambala était parvenu à calmer ses ardeurs d'amante incomprise et de femme blessée.

— J'ai confiance en Ernest, dit Ambala. C'est quelqu'un de bien, je le sens. Un homme qui possède des principes... Je pense qu'il fera le bon choix, et pour son enfant à venir, et pour vous deux.

— Et c'est justement ce qui me fait peur, trembla Kétinée. Quel est le bon choix à faire, selon toi ? Revenir vers une femme délaissée et l'enfant qu'elle porte ? Ou bien s'envoyer en l'air avec une sorcière vaudoue avec qui il ne possède aucun autre lien ?

— Tu n'es pas une inconnue pour lui, voulut la rassurer Ambala. Je crois qu'il t'aime vraiment, tu sais... De toute façon, il ne reste qu'une façon de connaître son choix, pas vrai ? Quitte ce toit, va le voir. La vie est si courte, et elle peut finir si brusquement parfois... Ne laisse pas le doute te ronger. Affronte ce problème, tête haute. Et, quelle que soit l'issue, je serai là pour t'épauler, ma nièce.

Il embrassa la mambo sur le front. Qui le remercia chaleureusement. Qui essuya une toute dernière larme.

Comme son oncle venait de le lui conseiller, elle quitta les hauteurs de la vieille boutique, se glissa sans un bruit dans la chambre, déverrouilla la porte d'un mouvement vif.

Kétinée se trouvait en paix avec elle-même. Prête à affronter le monde entier, et même à accepter quelques compromis, s'il le fallait, pour garder avec elle le cœur d'Ernest.

Elle le chercha sur le palier, à l'étage, au rez-de-chaussée, et même dans les sous-sols.

Elle n'en décela pas la moindre trace.

Le tour de magie paraissait parfait : le prestidigitateur s'était volatilisé.

Fin du premier tome

GUIDE DES PERSONNAGES

Acrobate aux cheveux verts : inconnue croisée par Ernest Villempré lors de la fête du Bœuf Gras.

Adoratrices du Mistral : délégation sorcière aperçue dans les Catacombes.

Agathe : enfant enlevée à Verdun.

Alice : amie effarouchée de Babadji

Aloÿs : botaniste, membre des corbeaux.

Alvaro : compagnon de Yaneli, artiste du cirque Palazzi.

« **Amical** » **:** personnage sympathique et néanmoins ordurier, membre de la cour du Prince.

Amma : « dieu de tout » dans la mythologie dogon.

André : père amnésique d'Idonéïs, rencontré dans le monde de Linda.

Arquenotte, Lucienne : sorcière brune, grande fumeuse, prévoyante et cynique.

SORCIERS

Balsia, Louise : taromancienne à la peau pâle demeurant rue Séguier, à proximité de Notre-Dame de Paris.

Baudel, Anatole : jeune avocat inexpérimenté.

Beaussire, Henriette de : résidente des catacombes à longues dents.

Beldani, Mamy : grand-mère paternelle et tendre d'Ernest Villempré.

Boussangué, Napoléon : vigoureux sorcier dogon, joueur de gomboy qui converse avec l'invisible.

Brutus : *alias* « Monsieur Muscles », homme fort du cirque Palazzi.

Buraïli : guerrier à turban, membre des corbeaux.

Cailleau, Arthur : juge chargé de l'affaire des Douze de Verdun.

Charles : enfant gourmand enlevé à Verdun.

Christelle : enfant enlevée à Verdun.

Clowns : agents de Linda, enleveurs d'enfants lors de la fête de la Moisson.

Corbeaux, les : énigmatique groupe de sorciers.

Dogons, les : peuple d'Afrique de l'ouest dont est issue la famille Mountabila.

Dogon, Grande Prêtresse : gardienne des esprits, elle préside l'assemblée fantôme des grands sages du toguna.

Dübürck, baron : guerrier légendaire évoqué par les courtisans du Prince.

Guide des personnages

Émilie : enfant enlevée à Verdun.

Freda, Erzulie : déesse vaudoue du désir.

Giacomo, Mamà : aïeule de la famille gitane Giacomo-Rodriguez, amie de Louise Balsia.

Giacomo, Raquel : guérisseuse gitane.

Giacomo, Sabrina : gitane, compagne de Vicente Rodriguez, a attiré jadis l'attention de Vasco Pueblo.

Giacomo, Sancho : jeune gitan fiable et bagarreur.

Grand Taureau, le : créature hybride et querelleuse qui préside la fête du Bœuf Gras dans les catacombes de Paris.

Harponneurs du Nord : délégation de musculeux personnages aperçus lors de la fête du Bœuf Gras.

Hengrins : personnages croisés dans les catacombes.

Henri : enfant enlevé à Verdun.

Hugo : enfant enlevé à Verdun.

Hugo, Victor : écrivain et spirite, client de Babadji Mountabila.

Idonéïs : guerrière affiliée aux Corbeaux, et fille d'André.

Isabelle : déité qui se délecte de la peur.

Itsy : souris blanche.

Jeanne : enfant enlevée à Verdun.

Joueur de billard : personnage excentrique de grande stature, aperçu chez le Prince.

Léopold : jeune sorcier enlevé à Verdun, se lie d'amitié avec Kétinée Mountabila.

SORCIERS

Lezziero, famille : artistes du cirque Palazzi.

Linda : déité qui se pare de folie, organisatrice de la fête de la Moisson.

Lise : pyrokinésiste à la chevelure blond platine, membre des corbeaux.

Ludwig : personnage barbu et silencieux à la forte présence, aperçu aux environs du monde de Linda, souvent accompagné d'un corbeau et d'un loup.

Moines de l'Obscur : sentinelles peu fréquentables du domaine souterrain d'Agartha.

Monsieur Dufoin : cheval de trait au caractère affable.

Mountabila, Ambala : fils défunt de Babadji et de Likou Mountabila, oncle de Kétinée, sorcier voyageur.

Mountabila, Babadji : vieux boutiquier d'origine dogon installé rue du Dragon à Paris, frère aîné de Kilma.

Mountabila, Kétinée : jeune sorcière vaudoue déterminée qui commande aux iwas.

Mountabila, Kilma : sorcier marabout roublard et bougon.

Mountabila, Likou : épouse disparue de Babadji, mère d'Ambala et de Zuhri.

Mountabila, Zuhri : mère de Kétinée qui a renoncé à la sorcellerie.

Novotni, Amélie : défunte mère d'Ernest Villempré.

Muronova, comtesse de : membre de la cour du Prince, d'une rare élégance.

Guide des personnages

Noidkoko : ousititi pygmée dégourdi.

Palazzi, Guido : patron de cirque tyrannique.

Papa Legba : divinité vaudoue des croisements.

Pauline : enfant enlevée à Verdun.

Paolo : enfant enlevé à Verdun.

Passeur, le : personnage qui s'exprime en vers, rencontré aux abords du monde de Linda.

Polly : animal de compagnie du Roi Clochard.

Poquin, Claude : recrue de Linda.

Poulain, Joseph : procureur de la République.

Prince, le : mystérieux monarque manipulateur, fumeur de cigares et amateur de bourbon. Entouré d'une cour absurde, il réside au Castel.

Pueblo, Diego et Jorge : gitans lycanthropes.

Pueblo, Vasco : chef de meute gitan, ennemi juré de Vicente Rodriguez.

Ramsès : ancien souverain égyptien, membre des corbeaux.

Rodriguez : jeune épervier.

Rodriguez, Carlos et Georgio : respectivement cousin et frère de Vicente Rodriguez, victimes de la même malédiction.

Rodriguez, Vicente : patriarche de la famille gitane Giacomo-Rodriguez, époux de Sabrina. À cause d'une malédiction, il ne peut quitter les Pyrénées.

SORCIERS

Roi Clochard : personnage imposant et négligé qui ouvre les portes entre les mondes de Linda, Sacha et Isabelle.

Sacha : déité qui affectionne le mensonge.

Saisonnier, Archibald : client connaisseur et exigeant de Babadji Mountabila.

Sakpata : divinité vaudoue de la terre et de la maladie.

Shangô : divinité vaudoue de la foudre.

Silène, Helena : acrobate et trapéziste vedette du cirque Palazzi.

Société secrète des Masques : groupe de sorciers dogons spécialistes du passage entre les mondes.

Solange, Grand-Maman : grand-mère paternelle de Kétinée.

Tan, Monsieur : grand prêtre du Temple Din, ami de Babadji.

Tenngalidji : élégante femme masquée esquissée dans les carnets de Raoul Villempré.

Valentin : enfant enlevé à Verdun.

Villempré, Déa : jeune sorcière aveugle, fille adoptive d'Ernest Villempré, trouvée un jour de neige.

Villempré, Ernest : prestidigitateur optimiste et malchanceux.

Villempré, Raoul : explorateur et écrivain, père d'Ernest.

Yurugu, alias le Renard pâle : dieu dogon du désordre.

Yaneli : femme-araignée, membre du cirque Palazzi.

LE TAROT DES SORCIERS

On fait remonter l'apparition du jeu de tarot vers le XVe siècle, en Italie.

Certaines historiens ou chercheurs lui esquissent une origine bien plus reculée : bohémienne, indienne ou même égyptienne.

Le tarot de Marseille, tel qu'utilisé par Louise Balsia, se divise en deux grandes catégories de cartes :

- Quatre familles de quatorze cartes à jouer.
- Vingt-deux atouts numérotés, également appelés lames ou arcanes, hautement symboliques.

Ils sont fréquemment utilisés pour la divination, et se déclinent ainsi :

SORCIERS

0. Le Fou (ou le Mat)
1. Le Bateleur
2. La Papesse
3. L'Impératrice
4. L'Empereur
5. Le Pape
6. L'Amoureux (ou Les Amoureux)
7. Le Chariot
8. La Justice
9. L'Ermite
10. La Roue de la Fortune
11. La Force
12. Le Pendu
13. La Mort
14. La Tempérance
15. Le Diable
16. La Maison Dieu
17. L'Étoile
18. La Lune
19. Le Soleil
20. Le Jugement
21. Le Monde

Le tarot des sorciers

Ces vingt-deux figures sont les sujets d'interprétations sans fin.

Cependant il est dit qu'un œil initié saura en percer la signification véritable.

On raconte qu'à l'origine il existait d'autres atouts, enlevés du jeu pour d'obscures raisons. Quelques variantes en portent la trace, tel le tarot Visconti-Sforza qui parle de « Foi », d'« Espérance » ou de « Charité ».
D'autres sources, versées dans l'occulte, prétendent qu'un jeu parfait doit présenter autant d'arcanes que d'heures dans une journée...

REMERCIEMENTS

Je n'exprimerai jamais assez la joie infinie que me procure le fait de travailler avec mon frère sur « Sorciers ». Cet univers, bâti par Romain, nous colle à la peau depuis plus d'un quart de siècle maintenant. Imaginer et rédiger une intrigue autour de ses scénarii originels, avec quelques-uns de mes personnages, ont été une de mes meilleures expériences d'écriture.

MAX

À mon grand frère,

Je n'aurais pu espérer meilleure plume que celui qui m'a vu grandir pour raconter l'histoire d'Ernest. Merci de croire en moi et à ce monde qu'est « Sorciers ».

À tous les joueurs qui sont venus enrichir ma réflexion.

À toi qui passes par ici et qui t'intéresses à la création.

Nous sommes tous porteurs d'un monde.

ROM

À Marc, Michèle, Marie-Louise.

À celles et ceux qui ont fait rouler les dés avec nous. Et en particulier Benoît Chapron, Céline Cailleretz et Nicolas Troublé.

Merci à l'enthousiasme de Romain Allais, à Stéphanie, Jérôme, Tiphaine, Angela, à toute l'équipe de Gulf stream, ce havre de paix studieux où les écrits s'épanouissent, en toute liberté.

Merci à la fabuleuse Anne-Clotilde Jammes, qui a su si bien comprendre et dessiner nos personnages.

Merci à Pascaline Nolot pour sa relecture attentive et son soutien.

Merci à notre correctrice, Maud Bataille.

Une pensée émue pour les désopilants Fuego, Tama et Bubble Man, coupés au montage.

Nous devons beaucoup à L. Frank Baum, Walter Murch, Lewis Carroll, Honoré de Balzac, David Lynch, Mark Frost, Patrick McGoohan, Shingo Araki, Michi Himeno, Hayao Miyazaki, John Carpenter, Hideaki Anno, Dead Can Dance, Vangelis, Seiji Yokohama, Joe Hisaishi, Wojciech Kilar, Anne Dudley…

Et, bien entendu, à Victor Hugo.

Quand il a fallu choisir quelques citations pour « Sorciers », nous n'avons retenu que les siennes.

MAX ET ROM

MAXIME FONTAINE

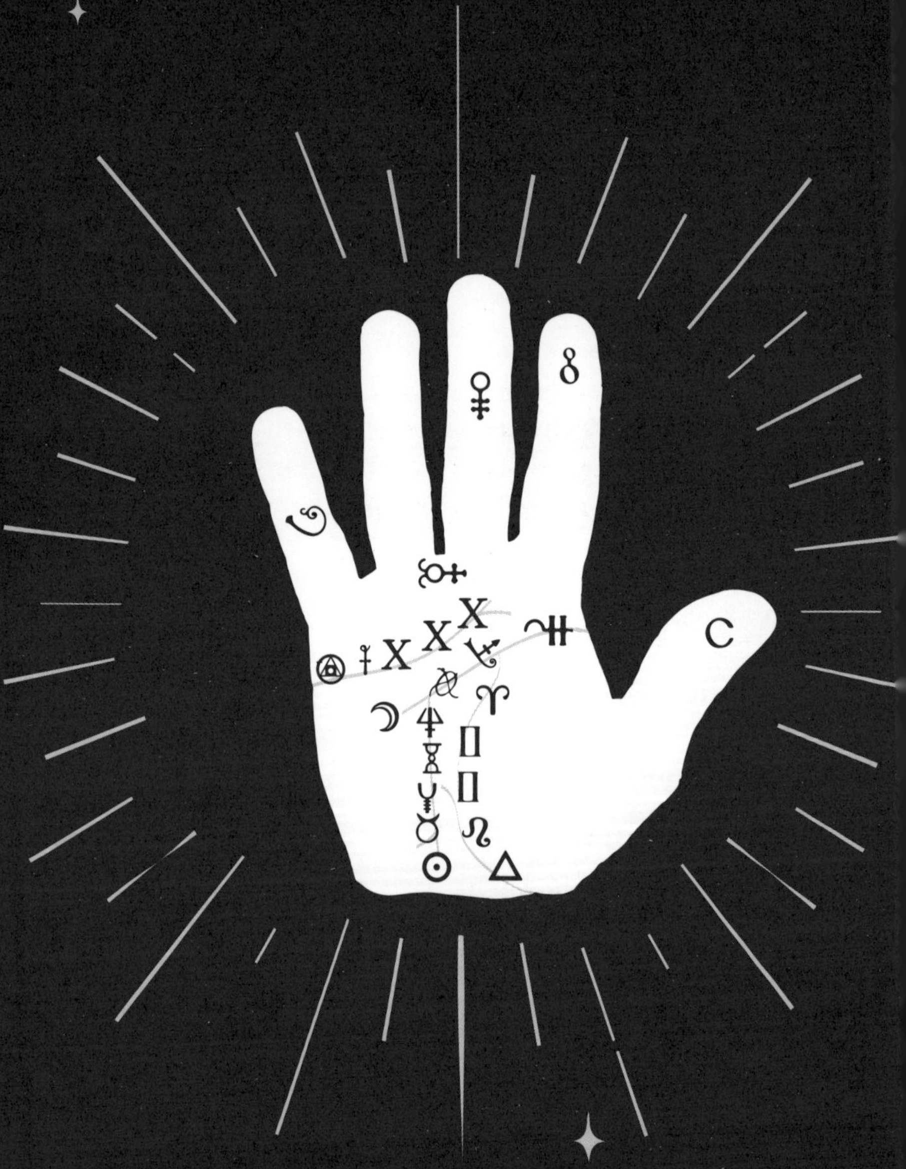

Ligne de cœur

X X X amour non partagé

ꝉ se fait quitter

⊛ coup de foudre réciproque inespéré : JACKPOT !

Ligne de tête

☽ imaginatif

ℛ hyperactif

↯ enthousiaste

♓ désordonné

Ligne de destin

♆ imagine Kétinée et Ernest

⧗ rédige *Mes vies à l'envers* pour Gulf stream éditeur

♅ publie « Les 100 visages de Soryan Nesh »

♉ invente « Chance et Celsius » avec Sophie Noël et Yllya

☉ écrit « Sorciers » avec Romain Watson

Ligne de vie

♈ 1 enfant

♊ 2 enfants

♊ 3 enfants

♌ 4 enfants

△ faudrait peut-être songer à s'arrêter là !

Signes distinctifs

♋ indisposition au bricolage

♀ cale de l'écrivain

♁ tourneur de pages

C précision du dessinateur

⚸ rêverie du rôliste

Romain Watson

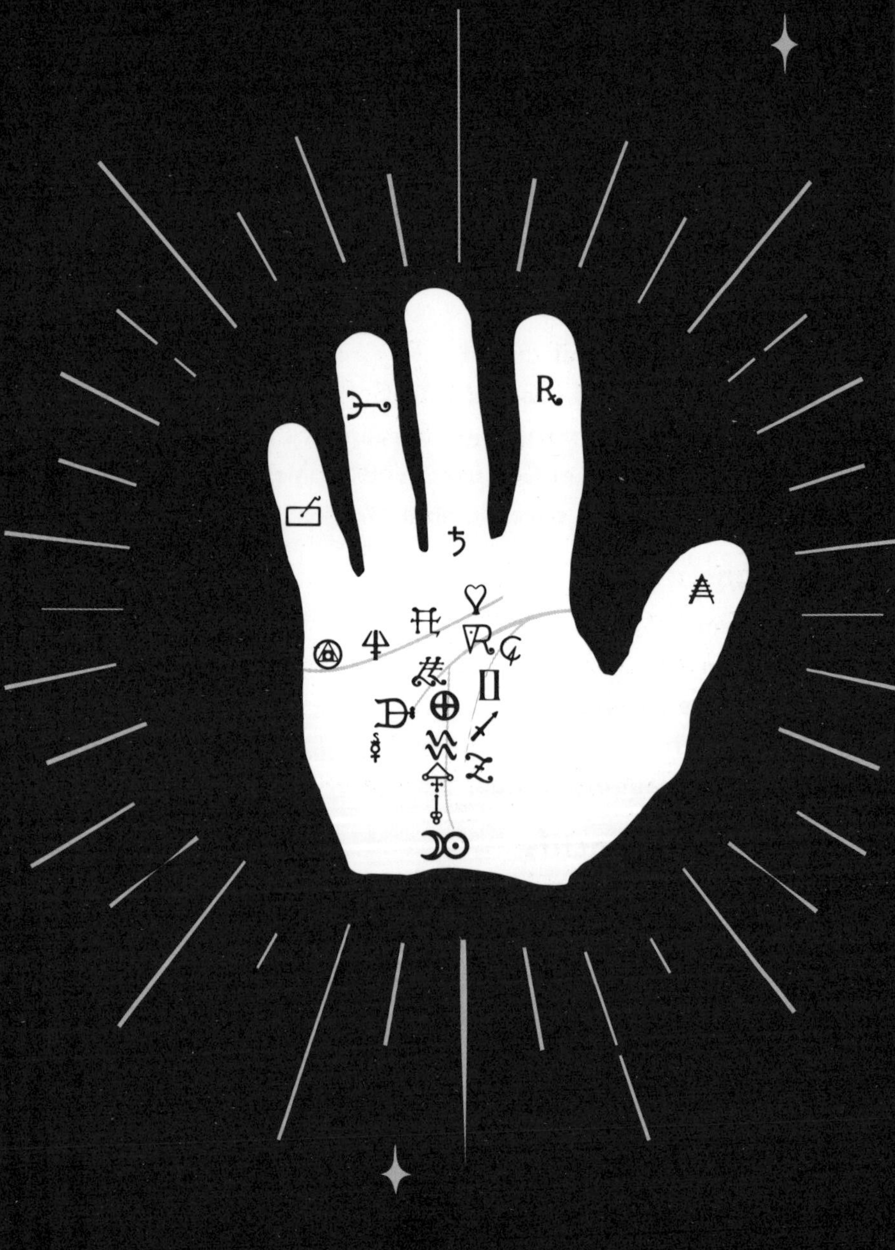

Ligne de cœur

- jeune bourreau des cœurs
- premières blessures
- rencontre d'une vie
- alchimie artistique

Ligne de tête

- secret
- énergique
- à fleur de peau
- créatif

Ligne de destin

- invente le monde de « Sorciers »
- le met parfois en musique avec *Atlantys*
- déchaîne son énergie sur scène avec Watson Club
- compose et chante avec Old Treez, de la folk tribale électro
- répond aux défis sur YouTube pour son projet solo

Ligne de vie

- enfance au sein d'une fratrie
- cocréateur de vie
- choix de la reine
- redécouverte du sommeil

Signes distinctifs

- toucher du pianiste
- talent de compositeur
- traces du monteur vidéo
- marques du gratteur de cordes
- manipulations de maître du jeu

TABLE DES MATIÈRES

Reproduit et achevé d'imprimer en novembre 2021
par Abedik, en Pologne,
pour le compte de Gulf stream éditeur
31 rue Alfred-Riom, 44100 Nantes
www.gulfstream.fr

Dépôt légal 1re édition : mars 2022